FUSSBALL KRIMI

W0334207

Jörg Heinrich wurde höchstwahrscheinlich nicht zufällig exakt in jenes Jahr hineingeboren, in dem der TSV 1860 München letztmals deutscher Meister wurde und in dem die Beatles ihr allerbestes Album »Revolver« veröffentlichten. Denn irgendwo muss sie ja herkommen, die Liebe zum Fußball und zur Popmusik, die der freie Journalist aus Niederbayern in seinem ersten Kriminalroman »Tod aus elf Metern« zu einem Fußball-Schlager-Potpourri kombiniert. So skurril wie sein Held Paul Apfel sind auch die TV-Kritiken und Kolumnen, die Jörg Heinrich für die tz München, die Hamburger Morgenpost und andere deutsche Blätter schreibt.

Dieses Buch ist ein Roman. Die darin geschilderten Ereignisse sind erfunden. In besonderem Maße gilt das für Handlungen und Äußerungen der auftretenden oder erwähnten Personen, auch wenn einige von ihnen nicht der Phantasie des Autors entsprungen sind. Darüber hinaus sind Ähnlichkeiten mit lebenden oder toten Personen rein zufällig.

JÖRG HEINRICH

TOD AUS ELF METERN

FUSSBALL KRIMI

Emons Verlag

© Hermann-Josef Emons Verlag
Alle Rechte vorbehalten
Umschlagzeichnung: Heribert Stragholz
Druck und Bindung: Clausen & Bosse GmbH, Leck
Printed in Germany 2006
ISBN 3-89705-439-6

www.emons-verlag.de

Für Monika, Rebecca und Cristina

1

»Es war schon dunkel, als ich durch Vorstadtstraßen heimwärts ging.« Tatatatata. Udo Jürgens, 1974.

Der Fundus an Schlagern, der im Gehirn von Paul Apfel abgespeichert war, wies einen mächtigen Umfang auf. Und er blockierte dort Speicherplatz in großen Mengen, ohne jede Löschfunktion.

Irgendwann, davon war Apfel überzeugt, würde die Festplatte in seinem Kopf ganz plötzlich kollabieren und einer Art Schlager-Anfall zum Opfer fallen. Akute Überfüllung, keine Datensicherung. Der neununddreißigjährige Hauptkommissar der Münchner Kriminalpolizei neigte zu solch bizarren Gedanken, hütete sich aber davor, sie mit seiner Umwelt zu teilen.

Das alte Damenfahrrad von undefinierbarer Farbe, auf dem Paul Apfel an diesem Abend vom Bahnhof seiner Wahl-Heimatstadt Landshut nach Hause radelte, war noch älter als der Schlager vom »Griechischen Wein«, den er gleichzeitig sang, ziemlich laut im Übrigen. Und auf dem letzten Kilometer drehte Apfel noch weiter auf, sowohl in Sachen Trittfrequenz als auch in Sachen Lautstärke. Nun übertönte seine Stimme mühelos das rhythmische Ächzen seines Untersatzes. Aber hier, am nördlichen Stadtrand von Landshut, wo die niederbayerische Klein-Metropole fast noch ein Dorf war, wunderte sich schon lange niemand mehr über den Fahrrad fahrenden Schlagerpolizisten.

»In dieser Stadt werd ich immer nur ein Fremder sein«, sang Paul Apfel, als er die familieneigene Doppelhaushälfte ansteuerte, die sich in Wahrheit weitgehend im Besitz der Sparkasse Landshut befand. Die Siedlung trug ihren Zweitnamen »Hypotheken-Hügel« ebenso zu Recht wie die nahe gelegene »Sachsen-Siedlung« mit den eifrig zugezogenen ostdeutschen Mitbürgern den ihren. Aber das war eine ganz andere Geschichte.

»Ich hatte Zeit und mir war kalt, drum trat ich ein«, sang Hauptkommissar Apfel und tat es Udo Jürgens gleich. Drinnen, und das hatte Udo nicht ahnen können, schon gar nicht 1974, befanden sich allerdings keine Männer mit braunen Augen und schwarzem Haar, sondern Apfels Familie, oder wenigstens ein Teil davon. Spontan erkannte Apfel inmitten einer graugrünen Rauchwolke, die aus dem Backofen quoll, die seit siebzehn Jahren mit ihm verheiratete Miriam Apfel, genannt »Äpfelchen«. Neben ihr vermutete er die gemeinsame Tochter Tatjana, genannt Tatjana, seit ihr vormaliger Girlpower-Kampfname »Tati« als »endspeinlich« auf dem Index stand.

Das heißt – er hörte die beiden mehr, als dass er sie erkannte. Und genau genommen hörte er auch nur Äpfelchen, die den ausgesuchten Wortschatz, den sie für ihre Übersetzungen zeitgenössischer japanischer Literatur benötigte, in Notfällen blitzschnell gegen eine dramatischere Ausdrucksweise zu tauschen vermochte. Ein implodierender Rollbraten war ganz zweifellos solch ein Notfall.

Der Backofen war schuld, so viel schien festzustehen, eine Dose Ravioli reicht gut auch für fünf, und Äpfelchen würde weder den bescheuerten Ofen säubern noch die verdammten Ravioli zubereiten.

»Mama, das mit den Ravioli kannst du vergessen. Die haben Papa und Jo gestern Abend gegessen«, gab Tatjana bekannt. Paul Apfel erkannte zweierlei: Es war tatsächlich Tatjana, die neben ihrer Mutter im beißenden Qualm nach Frischluft rang, und er hatte eine Verräterin zur Tochter.

Er und sein Sohn Jonathan, genannt Jo, würden künftig noch vorsichtiger zu Werke gehen müssen, wenn sie über Äpfelchens wenige, dafür aber umso sorgsamer gehütete Vorräte herfielen. Und sie würden Spuren legen müssen, die auf Tatjana oder ihre Schwester Natascha, nach wie vor Taschi genannt, als Täterinnen hinwiesen. Dann würde Aussage gegen Aussage stehen, zwei gegen zwei, und er und der Juniorchef würden einer Verurteilung vor dem Apfel'schen Familien-Standgericht entgehen. Freispruch aus Mangel an Beweisen. Auch wenn ihnen die stille Verachtung der »Äpfelinnen«, des quantitativ übermächtigen weiblichen Teils der Familie, einmal mehr sicher war.

Aber die, da war sich Apfel mit seinem Sohn einig, war mit vollem Bauch durchaus zu ertragen. Deutlich besser jedenfalls als die

Reste der schwiegermütterlichen Zucchinisuppe vom Vortag, die mangels Rollbraten und Ravioli beim Abendessen erneut zum Einsatz kam.

Apfels löffelten ihre Suppe, im wahrsten Sinne des Wortes, schweigend aus. Der sonst so beeindruckende Redefluss der sechzehnjährigen Tatjana, des vierzehnjährigen Jonathan und der zwölfjährigen Natascha war von der prekären familiären Versorgungslage vorübergehend zum Versiegen gebracht worden.

Miriam Apfel machte deutlich, dass sie weder Backofen noch Gatten so schnell verzeihen würde, schon gar nicht unter Verzicht auf erhebliche materielle Kompensationsleistungen. Apfel wiederum würde nach dem Essen dringend mit seinem Sohn sprechen müssen, von Mann zu Mann. Jo würde wissen, ob Abdurahman Öztürk von der einzigen Döner-Bude in der näheren Umgebung endlich aus dem anatolischen Heimaturlaub zurück war.

Paul Apfel wusste genau, mit welchem Schlager er an diesem 12. April 2006 seinen Döner-Dealer begrüßen würde: »Hab ich dir heute schon gesagt, dass ich dich liebe?« Chris Roberts, 1971.

Wobei »Gute Freunde kann niemand trennen« ebenfalls bestens gepasst hätte. Franz Beckenbauer, 1966. Aber auch das war eine ganz andere Geschichte.

2

Während Paul Apfel mit seiner Zucchini-Phobie rang, gab sich zur gleichen Zeit Julius Stuck knapp sechzig Kilometer weiter südwestlich deutlich zufriedener. Die Pflanzen, mit denen er sich zu beschäftigen hatte, entsprachen vollauf seinem Geschmack. Im Wesentlichen handelte es sich dabei um Poa pratensis, Wiesenrispe, behandelt mit Headstart zur Keimbeschleunigung. Das war wichtig. »Hodda«, freute sich der Schwabe, was in etwa mit »Geschafft« zu übersetzen ist und in Stucks Heimat auf der schwäbischen Alb als Ausdruck großer Euphorie gilt.

Der Platzwart des neuen Münchner Fußballstadions hatte allen Grund, entspannt zu sein. Achtundfünfzig Tage vor dem Eröffnungsspiel der Weltmeisterschaft 2006 in der Allianz-Arena gegen die costaricanischen Fußballzwerge war der Rasen endlich wieder in Prachtform. Vor zwei Monaten hatte das noch ganz anders ausgesehen. Der feuchte Winter und die vielen Spiele des ruhmreichen FC Bayern München und der derzeit nicht ganz so ruhmreichen Löwen vom TSV 1860, die sich nun schon das zweite Jahr um den Aufstieg aus der Zweiten Liga mühten, hatten das Feld in einen löchrigen Rübenacker verwandelt. Das scheußliche Braungrün des ruinierten Rasens hatte Stuck viele schlaflose Nächte eingebracht, er hatte das Desaster als ganz persönliche Niederlage empfunden. Doch sogar er war hilflos gewesen gegen die Kräfte der Natur – und gegen die Kräfte von Ballack, Schweinsteiger & Co. Und so war im März ebenso kurzfristig wie außerplanmäßig ein neues Spielfeld verlegt worden.

Aber auch das war noch nicht der WM-Rasen. Kurz vor dem Turnier sollte nochmals ein völlig neues Grün angelegt werden, nach den pingeligen Richtlinien des Fußball-Weltverbands. Julius Stuck hielt das für völlig unnötig, mehr noch, er empfand es fast schon als Beleidigung seiner Arbeit. Aber bitte. Er würde natürlich auch den neuen Etepetete-Weltverbands-Rasen so perfekt in Schuss halten wie nur möglich.

Der rundliche und gemütliche Endvierziger blickte sich um in der gewaltigen Arena, die ihn mit ihren drei steilen Rängen von den Dimensionen eines Hochhauses immer noch täglich aufs Neue beeindruckte. Ja, er liebte sein Stadion. Und er genoss es, wenn er Journalisten, Schulklassen oder Sponsoren in Führungen durch die Arena von der hohen Kunst berichten konnte, heutzutage das Gras wachsen zu lassen. In dieser Arena würden in nicht einmal zwei Monaten sechsundsechzigtausend Zuschauer Deutschland zum Sieg beim WM-Eröffnungsspiel treiben, und zwar mit ungefähr 9:0. Daran hatte Julius Stuck überhaupt keinen Zweifel.

Sein ebenso tüchtiger wie geschäftstüchtiger schwäbischer Landsmann Jürgen »Klinsi« Klinsmann, nach der Pleite bei der Europameisterschaft 2004 zum Bundestrainer berufen und seither zum Hoffnungsträger der deutschen Fußballfans aufgestiegen, würde es schon richten. Auch wenn Klinsi viel zu viel Zeit am Strand von Kalifornien und zu wenig Zeit in deutschen Bundesligastadien verbrachte, wie sogar Stuck fand.

Einsam, wenn auch aufgrund seiner kurzen Beine nicht ganz so elegant wie der Kaiser 1990 beim letzten deutschen WM-Titel in Rom, schritt Stuck im nun fast dunklen Stadion über »sein« Spielfeld. Ihm war, als könnte er ihn spüren, den leichten das Rasenwachstum anregenden Windhauch, der dank eines ausgefeilten Belüftungssystems permanent über die Grasfläche strich. Er würde als »Rasen-Weltmeister« seinen Anteil daran haben, wenn Klinsis Jungs den Titel holen, das wusste Julius Stuck genau. »Hodda«, murmelte er noch mal.

Stuck beschloss, dass er sich eine Belohnung verdient hatte. Er steuerte seinen John-Deere-Trecker, mit dem er den Rasen auf die vorgeschriebenen fünfundzwanzig Millimeter gestutzt hatte, in die Gerätehalle und ließ das Hallentor nach unten gleiten, bis es einschnappte. Dann schob er seine Magnetkarte in den Türöffner, warf einen kontrollierenden Blick nach hinten und betrat mit entschlossenen Schritten die Katakomben der Arena.

Julius Stuck wusste sehr genau, dass in diesem Monat ein Software-Update für die Zutrittssysteme des Stadions installiert wurde, das die penibler Anforderungen des Weltverbands für die WM 2006 erfüllte. Und er wusste vor allem, dass es daher zwischenzeitlich nur ein einheitliches provisorisches Zutrittslevel für alle Arbeiter im Innenraum der Arena gab.

Die finale Version der Sicherheitssoftware hätte Julius Stuck den Zugang zu dem Bereich der Katakomben verweigert, in dem sich die Spielerkabinen befanden und in dem ein Greenkeeper nichts verloren hatte. Nichts hatte Julius Stuck dort zu suchen, auch wenn er außer seinen »blühenden« Leidenschaften Düngen, Trimmen und Vertikutieren noch eine »glühende« Leidenschaft pflegte – die für »seinen« VfB Stuttgart.

Julius Stuck konnte sich die Chance einfach nicht entgehen lassen, seinen Teil dazu beizutragen, dass der VfB spätestens in der nächsten Bundesligasaison in der Arena mit einem Triumph über Bayern die Grundlage für die deutsche Meisterschaft legen würde. Und, wer weiß, vielleicht würde der VfB irgendwann hier im Champions-League-Finale stehen. Dann konnte er jede Hilfe gebrauchen. Und auch dem Nationalteam würde seine spirituelle Unterstützung gewiss nicht schaden.

Da traf es sich gut, was dem Greenkeeper zu Ohren gekommen war: Die drei Meter unter dem Rasen der Allianz-Arena liegende Kabine des FC Bayern wurde derzeit, kaum ein Jahr nach ihrem Erstbezug, schon wieder umgebaut. Auch hier machten Vorschriften des Weltverbands zusätzliche Arbeiten erforderlich. Angeblich, dies hatte Julius Stuck zumindest gehört, war sogar die Zahl der Föhns für die Fußballspieler vorgeschrieben. Und jegliche Logos des FC Bayern und seiner Sponsoren hatten natürlich aus der Kabine zu verschwinden, die genau genommen gar keine Kabine war, sondern an ein Fitness- und Rehabilitationszentrum von beeindruckenden Ausmaßen erinnerte.

Und deshalb waren jetzt wieder einige Fliesen von der Wand geschlagen worden. Und auch in den Duschen war der Boden teilweise noch mal geöffnet worden, um die Installationen nachzubessern. Bereits letzte Woche hatte Stuck in den offenen Fliesenfugen der Bayern-Kabine vier sorgfältig zusammengerollte Aufkleber des VfB deponiert, die dort nach Abschluss der Arbeiten auf Jahrzehnte ihre segensreiche Wirkung entfalten würden. Und deshalb würde er heute bei den Duschen vorsichtig eine der ebenfalls noch nicht verfugten und teilweise noch lockeren Bodenplatten lösen.

Er würde einen Wimpel seines Vereins darunter legen und die Platte danach mit dem reichlich vorhandenen Fliesenkleber wieder fixieren, stabiler als zuvor sogar. Hodda.

Julius Stuck wusste, dass sich Familie, Freunde und Kollegen über seinen Aberglauben amüsierten – aber am Ende würde er lachen. Schließlich hatte er auch die Erfahrung gemacht, dass jeder Stadionrasen deutlich besser gedieh, wenn er einmal die Woche diagonal von Eckfahne zu Eckfahne lief und dabei möglichst laut die VfB-Hymne pfiff. Und es hatte ja auch seinen Sinn gehabt, dass der ehemalige VfB-Trainer Giovanni Trapattoni vor jedem Spiel einen kleinen Weihwasserkessel über dem Rasen schwenkte.

Dass die Tür der Kabine des FC Bayern offen stand, anders als beim letzten Mal, als er die Aufkleber eingeschmuggelt hatte, bemerkte Stuck erst, als er unmittelbar davor stand. Den toten Körper dagegen registrierte er sofort. Das heißt, er sah, dass in einer Ecke der Spielerbänke ein Mann saß, wahrscheinlich angetrunken, fast wie dort abgestellt und nachlässig angelehnt. Dass der Mann tot war, fiel ihm zunächst nicht auf.

»Siiiiee!! Hallo!! Es isch verboodn, sich unerlaubt im Kabinenbereich aufzumhalte«, rief der eifrige Platzwart dem Mann zu. Doch der reagierte nicht.

Erst als sich Stuck dem vielleicht Dreißigjährigen näherte, nahm er dessen kalkweiße Gesichtsfarbe wahr, die wächserne Struktur seiner Haut und vor allem das Blut. Das Blut, nicht einmal besonders viel, war dem Mann in einem nur wenige Millimeter breiten und leicht gezackten Faden aus der linken Schläfe über Wange und Hals gelaufen. Dann verlor sich die Spur unter dem Trikot der deutschen Fußballnationalmannschaft, das der Tote trug.

Das Blut bildete in seinem tiefen Dunkelrot einen deutlichen Kontrast zum unschuldigen Weiß des Trikots. Es war bei weitem nicht so auffällig rot wie die Spinde im knalligen FC-Bayern-Rot, die den Raum dominierten. Es sah eher fast wie ein Schwarz aus, dieses Dunkelrot, wie Schlammspritzer auf dem Körper eines Fußballers nach einem Spiel im Matsch. Wahrscheinlich war Stuck das Blut deshalb zunächst nicht aufgefallen.

»Heilandzack!«, entfuhr es Stuck. Diesem Mann würde kein Arzt mehr helfen können, das hatte der Platzwart sofort begriffen.

Denn der Mann im Fußballtrikot sah aus und vor allem roch er auch so, als wäre er nicht erst seit ein paar Stunden tot. Julius Stuck fühlte sich jetzt nicht mehr gut, ganz und gar nicht. Er würde diese verfluchte Bayern-Kabine in seinem ganzen Leben nie mehr betreten.

Dass der Tote auf der Brust seines Trikots die Spielernummer 1 trug, obwohl es sich nicht um ein Torwartdress handelte, dem diese Nummer üblicherweise vorbehalten ist – das war selbst Fußballfreund Stuck nicht aufgefallen.

3

Dieser Abend hatte keine wirkliche Chance mehr, als besonderer Höhepunkt in die Familiengeschichte der Apfels einzugehen. »Döner fällt aus«, hatte Junior Jonathan seinem Vater eröffnet, nachdem der sich nach dem Zucchini-Desaster entkräftet in sein Büro abgesetzt hatte. Denn Abdurahman Öztürk, der Döner-Mann, kehrte erst nächsten Montag aus dem Urlaub zurück. Jonathan, der so penibel war wie seine Schwestern schlampig, hatte diesen 17. April als »D-Day« in seinen Wandkalender eingetragen. D wie Döner.

Apfel fühlte sich ausgezehrt, fast ausgemergelt. Auch wenn er, das musste er Äpfelchen zugestehen, nicht so aussah. Aber das würde spätestens nach der nächsten Zucchini-Saison der Fall sein.

Zwar türmte sich in der Speisekammer der Familie das Hunde-, Katzen- und sogar Fischfutter. Ansonsten aber entsprach das Nahrungsmittelangebot im Hause Apfel im Allgemeinen dem einer Metzgerei im bulgarischen Hinterland bei Plovdiv, 1977, kurz vor Ladenschluss. Miriam Apfel pflegte strikte Prioritäten zu setzen in ihrem Leben. Eine allzu üppige Anhäufung von Nahrungsmittelvorräten für ihre Brut gehörte nicht zu ihren primären Instinkten.

Der Anruf von Carl Reutemann kam gegen halb zehn. Sein junger Kollege rief am Privatapparat der Apfels an. Er war geladen wie Pauls geliebte iPod-Musikabspielmaschine nach fünf Stunden an der Steckdose.

»Scheiße, Paul, kannst du das gottverdammte Handy nicht anlassen? Ich ruf seit zwanzig Minuten bei dir an, immer belegt. Das ist unprofessionell.«

Es war unprofessionell, aber erklärbar. Apfel hatte schlichtweg keine Lust, sich auch noch am Feierabend von seinem Mobiltelefon versklaven zu lassen. Taschi wiederum hatte ihrer vor einem Jahr nach München entflohenen Freundin Lisa jeden Abend gegen neun den »Bericht aus Landshut« zu übermitteln. Dessen Länge ließ eine tägliche sagenhafte Anhäufung von Großereignissen in ihrem niederbayerischen Heimatort vermuten, gegen den Berlin, Peking, Buenos Aires und Chicago geradezu lächerlich erschienen.

»Tut mir Leid, Carl, ich hab's sonst immer an«, sagte Apfel zu seinem Kollegen. »Was gibt's? Wir sitzen gerade beim Abendessen, Rollbraten.« Er würde sich endlich das Schwindeln abgewöhnen müssen, das war ihm klar. Aber was hatte es Carl zu scheren, wenn es bei Apfels nichts zu essen gab?

Carl Reutemann kam sofort zur Sache, das entsprach seinem jugendlich-forschen Naturell. »In der Allianz-Arena wartet eine Leiche auf dich. Mann im Fußballtrikot in der Kabine des FC Bayern, anscheinend erschossen.«

Paul fiel beinahe der Hörer aus der Hand, was er als deutliches Zeichen körperlicher Schwäche interpretierte. »Noch dran? Was erzählst du da, Carl? Ein ermordeter Fußballer?«

»Keine Ahnung. Wenn, dann wird er uns bei der WM nicht mehr helfen können.«

Hauptkommissar Paul Apfel brauchte auch ohne Blaulicht auf seinem roten Seat Altea Turbodiesel kaum mehr als fünfundzwanzig Minuten von Landshut-Nord bis zur Arena. Das Stadion lag wie ein notgelandetes Ufo im wärmenden Steppmantel direkt neben einem Windrad und einer bisweilen bis ins Stadion müffelnden Mülldeponie an der Autobahn A9 von München nach Nürnberg. Die wahlweise rote, blaue oder weiße Beleuchtung war an diesem Abend ausgeschaltet, was der Arena viel von ihrer Wirkung nahm.

Privat war er nie im neuen Münchner Stadion gewesen. Der Kommissar war alles andere als ein Fußballfan. Aber er hatte seit Baubeginn des Stadions insgeheim damit gerechnet, eines Tages hier dienstlich antreten zu müssen. Sei es wegen eines dummerweise vom Gerüst gerutschten rumänischen Schwarzarbeiters, sei es, weil sich die Verantwortlichen der beiden Münchener Fußballvereine im Streit um Geld und Macht gegenseitig umbringen würden. Jetzt also ein Toter im Fußballtrikot.

Hossa, dachte Apfel. Rex Gildo, 1972.

Die Ordner winkten seinen Wagen bis an einen Tribünenaufgang direkt am Stadion durch. Die Kollegen Leo Ludwig und

Marco Quester passten den Kommissar ab und bugsierten ihn durch den Innenraum des Stadions, vorbei am Rasen, durch den Interview-Bereich fünfzehn Treppen tief in die Eingeweide der Arena.

Inspektor Carl Reutemann, acht Jahre jünger als Apfel, notorischer Trotz-Dunkelheit-Sonnenbrillenträger und nach Taschis Meinung wesentlich besser in Form als ihr väterliches Auslaufmodell, lehnte vor der Kabine. Er tat dies zweifellos lässiger, als es Paul je gekonnt hätte.

»Das geht zu wie am Stachus da drin«, empfing er Apfel, der längst zum Freund geworden war, »und es stinkt wie am Hamburger Fischmarkt im Hochsommer nachmittags um vier. *Holy shit.*« Reutemann pflegte einen Hang zum Anglizismus, ganz im Gegensatz zu Kommissar Apfel übrigens.

Paul drückte sich an Reutemann vorbei in die Bayern-Kabine, die von rund zwanzig Tatortexperten der Polizei okkupiert war. Fotografen, Ärzte in weißen Plastiküberzügen mit hellblauen Schonern über den Schuhen, Spurensicherer, das wie üblich wuselnde Polizeivolk. Ihre Schritte verursachten auf dem genoppten grauen Plastikfußboden ein lautes Quietschen, das dem Kommissar durch Mark und Bein fuhr. Es stank tatsächlich erbärmlich, und die hektische Arbeit vieler Menschen im heißen Scheinwerferlicht trug nicht zur Verbesserung der Gesamtsituation bei. Apfel schätzte die Größe der Kabine auf gut sechzig Quadratmeter.

Reutemann war hinter dem Kommissar in die Kabine geschlüpft und fasste den Stand zusammen. »Männliche Leiche, einen Meter achtzig groß, Anfang dreißig, vielleicht schon zwei oder mehr Tage tot, offenbar nur ein Schuss in die linke Schläfe. Keine Kampfspuren, keine Papiere.«

Apfel warf einen Blick auf den Toten, der noch nicht vom Fleck bewegt worden war, seit ihn der Greenkeeper vor rund eineinhalb Stunden bei seinem illegalen Besuch in der Kabine entdeckt hatte. Allerdings hatten die Beamten das weiße Trikot nach oben geschoben. Jetzt konnte man deutlich erkennen, dass Venen und Bauch grünblau verfärbt waren. Der Kommissar wusste, dass dies ein deutliches Zeichen einsetzender Verwesung war.

Er wandte sich angewidert ab. »Wer hat ihn gefunden?«

Reutemann wies auf Julius Stuck, der in der dem Fundort entgegengesetzten Ecke hockte. Er war zusammengesunken, fahl, in seiner Blässe dem Toten nicht unähnlich.

»Hauptkommissar Paul Apfel, Kriminalpolizei München. Ich glaube, es ist besser, wenn wir nach draußen gehen.«

Stuck nickte dankbar. Im Kabinengang atmeten die beiden Männer tief durch.

»Sie haben den Toten gefunden?«

Stuck nickte bestätigend und mühte sich um sein bestes Hochdeutsch.

»Ich bin Platzwart des Stadions und habe ihn bei einem Rundgang gefunden …« Er zögerte. »Den Mann, den Toten.«

»Sie sind Fußballfan?«, erkundigte sich Apfel.

Das Gesicht des Greenkeepers hellte sich auf, und er vergaß das mühselige Hochdeutsch. »Au ja, ein saugroßer sogar.«

Die nächste Frage des Kommissars überraschte Stuck. »Kennen Sie den Mann? Ist, oder besser, war er Fußballer? Ich kenne mich da nicht aus.«

»Fußballer? Glaub i it.«

»Bitte?«, fragte der Kommissar, der nichts verstanden hatte.

»'tschuldigung, Herr Wachtmeischter. Glaube ich nicht. Nie gesehen, das Gesicht. Höchstens Zweite Liga, da kenn ich nicht alle. Ich kann Ihnen mein Bundesliga-Sonderheft vom Kicker-Fußballmagazin überlassen, da sind alle Bilder drin.«

Apfel würde nicht in einer Fußballzeitung nach dem Namen des Mannes suchen, garantiert nicht, das war ihm zu blöd. Diese Aufgabe sollte, wenn überhaupt, Carl übernehmen.

»Was haben Sie als Platzwart eigentlich hier in der Kabine zu suchen?«, fragte er.

Stuck seufzte, und der Kommissar ahnte, dass er einen wunden Punkt berührt hatte.

Wahrscheinlich zweigte sich der gute Mann im Stadion Baumaterial für sein Ferienhäusle im Schwäbischen ab. Ganze Siedlungen, meist allerdings in Osteuropa, waren in den letzten Monaten bereits als Miniaturausgaben der Allianz-Arena entstanden. Apfel kannte öffentliche Bauten, die man mit dem angeschafften Baumaterial zwei- bis dreimal hätte errichten können.

»Herr Wachtmeischter«, begann Julius Stuck, »des isch so gwäse …«

Apfel kaufte dem Platzwart seine VfB-Geschichte ab, die zu albern war, um erfunden zu sein. Und er beschloss, die Aufkleber an ihrem Platz zu belassen. Wenn Klinsis wackere Jungs den WM-Titel gewännen, würde er den wahren Grund kennen, nur er, der Fußball-Analphabet, und natürlich der Greenkeeper der Allianz-Arena. Er schickte den hierfür äußerst dankbaren Stuck nach Hause.

Kurz nach Mitternacht wurde die Leiche in die Gerichtsmedizin geschafft, und es gab für Paul Apfel in der Arena zunächst nichts mehr zu tun. Die Spurensicherer würden ihre Detailarbeit noch bis weit in den Morgen fortsetzen und schnellstmöglich einen ersten Bericht liefern. Der Kommissar hatte gesehen, was es für ihn zu sehen gab. Außerdem verhielt es sich ohnehin so, dass er die Qualität seiner Arbeit für deutlich wichtiger hielt als deren Quantität.

Es war ein Uhr fünfzehn, als er zurück zu Hause in Niederbayern war, und es dauerte zwei Flaschen Weißbier, bis er zur Ruhe fand. Erst kurz vor drei lag der Kommissar neben seiner schlafenden Ehefrau Miriam im Bett. Er hatte immer noch den Gestank des Toten in der Nase und das dazugehörige Gesicht im Gedächtnis. Doch Paul Apfel war gut im Verdrängen, und der Alkohol tat das seine dazu. Binnen Minuten war der Kommissar eingeschlafen.

Mittlerweile war der 13. April 2006 angebrochen, und es waren noch siebenundfünfzig Tage bis zum Beginn der Fußball-Weltmeisterschaft 2006.

4

Der erste Fahndungserfolg kam schnell, viel schneller, als Apfel zu hoffen gewagt hatte. Er hatte das Haus auf seinem rostigen Fahrrad kurz nach sieben noch im Halbschlaf verlassen und eine Ecke weiter das Fingernagelstudio »Smiling Nail's« passiert, eines von fünf in der näheren Umgebung.

Der falsche Apostroph auf dem Firmenschild ging ihm bei jedem Vorbeifahren auf die Nerven. Dass sich Menschen, die nicht unfallfrei Deutsch beherrschten, ersatzweise bevorzugt auf die englische Sprache verlegten – dieses Phänomen war in Landshut und um Landshut herum ganz besonders ausgeprägt zu beobachten.

Kurz danach fuhr Apfel am von »Bettina's Haarstudio« neuerdings in »Cut and Colour« umgetauften Frisörladen sowie an der Bäckerei Huber vorbei, mit deren baldigem »Relaunch« als »Brez'n Paradise« oder zumindest als »Landshuter Back-Shop« er täglich rechnete.

So wird es wohl kommen, dachte der Kommissar grimmig. Der Huber-Bäcker wird gerelauncht, beim Opening verteilt die Crew als Giveaways Vouchers für »Cut and Colour«, und im Rahmen einer Vintage-Package gibt es einen Adventure Walk über einen Schweinebauernhof im benachbarten Essenbach zu gewinnen. Am besten einen Nordic Walk, denn ohne zwei lange Stöcke in den Händen bewegte sich hier kaum mehr ein Spaziergänger fort.

Apfel nahm sich vor, sich demnächst bei ein paar polyglotten Landshutern zu erkundigen, was sie sich wohl unter »Cut and Colour« vorstellten. Bei der Gelegenheit würde er auch recherchieren, warum es bei ihm in der Nähe fünf Nagelstudios gab, aber bloß noch einen Metzger, und ob eine zuverlässige Versorgung mit bunten Plastikfingernägeln für seinen Wahlheimatort mittlerweile tatsächlich größere strategische Bedeutung hatte als die mit Leberkässemmeln und frischem Krautsalat mit Speck. Und zu guter

Letzt würde er dem einsam in seiner Nähe verbliebenen Metzger mit dem Gesundheitsamt drohen, sollte der auch nur ansatzweise darüber nachdenken, seinen Betrieb in »Hendl's Heaven« umzubenennen. Egal ob mit oder ohne Apostroph.

Apfel mochte seine Landshuter durchaus. Er hatte sie schnell ins Herz geschlossen, nachdem es ihn vor fast zehn Jahren aus München hierher verschlagen hatte, weil er dank verwandtschaftlicher Kontakte ein Grundstück zum günstigen Eingeborenentarif erwerben konnte. Ganz besonders mochte er ihren Humor – zum Beispiel den des Schreinermeisters mit dem Künstlernamen »Brettl-Bruno« ganz in seiner Nähe, der an seine Werkstatt ein riesiges Reklameschild mit der Aufschrift »Hobelpreis-Träger 2005« genagelt hatte.

Die Landshuter waren sogar so humorvoll, dass sie den Chef der örtlichen McDonald's-Hamburgerbuden zum Oberbürgermeister wählten und überhaupt kein Problem damit hatten, wenn der Mann der niederbayerischen Jugend in seinen Reden trotzdem viel Bewegung und vor allem gesunde Ernährung ans Herz legte. Und das Allerlustigste war, wie Paul Apfel fand: Der Mann war nicht einmal von der niederbayerischen Einheitspartei CSU, sondern hatte auf eigene Rechnung kandidiert, als ihn die Einheitspartei nicht als OB-Kandidaten aufstellen wollte. So dickköpfig und selbstbewusst waren die Landshuter, dass ihnen die Parteizugehörigkeit im Zweifel völlig wurscht war.

Ja, der Kommissar mochte seine Landshuter – aber er machte sich auch nur zu gern lustig über sie, weil ihn ihre Bemühungen, das Dörfliche möglichst entschlossen hinter sich zu lassen und Landshut zu jeder Gelegenheit als urbane Niederbayern-Metropole oder auch, gemäß ihres Autokennzeichens, als »LA« (sprich: »El Ai«) zu »featuren«, als gebürtigen Großstadt-Münchener doch sehr amüsierten.

Als er um halb acht im Zug saß, dachte Apfel immer noch nicht über seine neue Leiche nach, sondern über »Smiling Nail's« und gerelaunchte Backshops. Der Kommissar kam aber nicht weiter mit dem Denken, weil sich Reutemann kurz vor Moosburg am Handy meldete.

Paul hatte das Mobiltelefon diesmal ordnungsgemäß eingeschaltet. Er war offenbar doch fähig, sich zu bessern, auch wenn Äpfelchen nur zu gern das Gegenteil behauptete.

Reutemann machte es kurz. »Paul, wir haben ihn.«

»Wen, den Mörder? Ihr seid's riesig, Carl. Ich steig in Moosburg aus, nehm den nächsten Zug nach Landshut und leg mich wieder ins Bett.«

»Blödsinn, das Opfer. Wir wissen jetzt, wer er ist. War. Der Mann war gar kein Fußballer, sondern Journalist. Michael Albers, achtundzwanzig, freiberuflicher Wirtschaftsjournalist, vor allem für den ›Moneymaker‹.«

»Wie heißt die Zeitung?« Der Empfang war katastrophal zwischen Landshut und Moosburg. Sogar die Mobilfunkstrahlen machten einen Bogen um die Gegend, hatte Apfel einmal augenzwinkernd bemerkt.

»Moneymaker – wie Sie mehr aus Ihrem Geld machen«, erklärte Reutemann, »oder so ähnlich.«

»Besorg mir bitte die letzte Ausgabe. Wie seid ihr auf den Mann gekommen?«

»Seine Freundin hat ihn heute Nacht telefonisch vermisst gemeldet. Er war eine Woche auf Dienstreise und wollte spätestens um acht nach Hause kommen. Um elf ist sie nervös geworden, um drei hat sie uns angerufen. Quester wollte sie abwimmeln. Journalisten kommen und gehen doch, wie sie wollen. Die Frau hat aber nicht locker gelassen. Sie hat ihren Freund beschrieben, und dann hat es bei Quester geklingelt. Vor einer halben Stunde hat sie ihn identifiziert.«

»Wo ist sie jetzt?«, fragte der Kommissar.

»Sitzt hier im Präsidium, und es geht ihr ziemlich schlecht. Nina kümmert sich um sie.«

»Kann die Frau was mit der Sache zu tun haben?«

»Glaube ich nicht. Außer sie ist Schauspielerin. Wann schlägst du hier auf?«

»Ich schlage nicht auf, Carl, außer beim Tennis. Ich komm einfach nur ins Büro. Ich hoffe, das ist dir auch recht. Halb neun.«

Am Münchner Hauptbahnhof, den der Regionalexpress RE 26055 aus Passau über Vilshofen, Plattling, Landau (Isar), Dingolfing und Landshut, um nur einige Stationen zu nennen, um 8 Uhr 18 leicht verspätet erreichte – an diesem Münchner Hauptbahnhof waren derzeit mehr Werbeplakate für die WM 2006 zu sehen als Züge.

Dass die Erde eine Scheibe war, würde derzeit niemand behaupten in und um München. Allerdings war sie auch keine Kugel momentan, sondern unzweifelhaft ein Fußball. Radio, Fernsehen, Zeitungen, Internet, Diskussionen mit Kollegen – alles außer der Weltmeisterschaft geriet zunehmend zur Nebensache, was der Kommissar entnervt registrierte. Letztens hatte er sogar ein WM-2006-Parfum im Douglas in der Landshuter Altstadt entdeckt. Duftrichtung Männerschweiß, vermutete Apfel.

Nur aus einem einzigen Grund freute auch er als Nicht-Fußballfan sich über das »Event«: Der langjährige Dauerstau rund um die Allianz-Arena, in dem er viele Stunden, Tage und vielleicht sogar Wochen verbracht hatte, wenn er mit dem Auto nach München fuhr, war längst Vergangenheit und der achtspurige Ausbau der A9 endlich abgeschlossen. Apfel wunderte sich nur, dass keine neunte und zehnte Spur angelegt worden war, exklusiv für den Welt-Fußballverband und für den Kaiser und sein Gefolge.

Kurz nach halb neun betrat er sein Büro im Polizeipräsidium der bayerischen Landeshauptstadt in der Münchner Ettstraße, einem ehemaligen Kloster. Das Präsidium beeindruckte seine Besucher durch einen herrlich altmodischen Paternoster, einen Gewölbegang und einen historischen Bittgang, durch den einige der Delinquenten geführt wurden.

Der Kommissar saß noch keine ganze Minute an seinem Schreibtisch, als Carl Reutemann ins Büro kam.

»Morgen, Paul. Hab ich vorher ganz vergessen zu sagen, sorry. Wann willst du die Frau sehen?«

»Eigentlich erst in zwei, drei Tassen Kaffee. Uneigentlich jetzt gleich«, erwiderte der Kommissar.

Sina Berger war, unter glücklicheren Umständen, unzweifelhaft eine äußerst attraktive junge Frau. Paul schätzte sie auf fünfundzwanzig und stellte später fest, dass er ihr nur um ein Jahr geschmeichelt hatte. An diesem Morgen sah sie mitleiderregend aus. Sie trug noch ihr Make-up vom Vorabend, besser gesagt, die Reste davon. Und sie war sich mit den Händen so oft durch die langen rotbraunen Haare gefahren, dass sie sich in wilden Strähnen in alle Richtungen verteilten. Es gab Frauen, besonders im Privatfernsehen, die sich ihr Haar mühsam genau so stylten. Sina Berger gehörte, jedenfalls an diesem Morgen, wohl nicht zu ihnen.

Diese Frau, das war zumindest der erste Eindruck von Kommissar Paul Apfel, taugte wohl ebenso wenig zur Mörderin wie Äpfelchen zur typischen niederbayerischen Glucke.

»Es tut mir Leid, was passiert ist«, begann Apfel vorsichtig.

Sina Berger nickte, nicht empfänglich für Trost oder Mitgefühl.

»Können Sie mir ein paar Fragen beantworten?«, fuhr der Kommissar fort. »Ich weiß, dass das schwer für Sie ist. Aber jede Minute kann wichtig sein, um herauszufinden, was Ihrem Freund zugestoßen ist.«

Doch die Frau blickte an ihm vorbei in Richtung Fenster. Hörte sie ihm überhaupt zu?

Apfel glaubte zu ahnen, was Sina Berger durch den Kopf ging. Und er konnte es ihr nicht verübeln. Die Frau wusste schließlich, was ihrem Freund zugestoßen war. Er war tot, Herrgott. Was gab es da noch herauszufinden?

Der Kommissar sprach rund vierzig Minuten mit Sina Berger. Dabei erfuhr er viel über ihre Verzweiflung und ihre Trauer und nur wenig über mögliche Hintergründe der Tat. Sina Berger berichtete ihm, dass Michael Albers auf einer Dienstreise in der Schweiz war und dass sich ihr Freund offenbar ebenso wenig für Fußball interessiert hatte wie er selbst. Sie erklärte ihm, dass sich ihr Lebensgefährte niemals freiwillig ein Fußballtrikot übergezogen hätte und dass er, soweit sie wusste, derzeit an einer Geschichte über manipulierte Fernseh-Einschaltquoten arbeitete. Nachdem der Kommissar diese wenigen Happen von Informationen mühsam aus der völlig aus der Bahn geworfenen Frau herausbekommen hatte, brach er die Befragung ab. Es war genug fürs Erste.

Er bat seine Kollegin Nina Bellof, ein Taxi zu rufen, gemeinsam mit der Berger nach Hause zu fahren und dann vorsichtshalber noch einige Stunden bei ihr zu bleiben. Sina Berger war aufrichtig dafür dankbar, jetzt in Ruhe gelassen zu werden.

Nachdem die beiden Frauen das Zimmer verlassen hatten, beschlossen Apfel und Reutemann, einen Kaffee zu trinken, sich neu zu sammeln und dann die Redaktion des »Moneymaker« aufzusuchen.

Nicht zum ersten Mal hatte Paul Apfel die Konfrontation mit den Angehörigen eines Opfers weit mehr bedrückt als die Begegnung mit der Leiche selbst. Für den Toten war alles vorüber. Für Partner, Kinder, Freunde des Opfers dauerte das Leid oft ein Leben lang.

Der Kommissar hatte das Gefühl, dass heute kein Tag für Schlager war.

5

Dass der »Moneymaker« seine Redaktion trotz nie vollständig überwundenem New-Economy-Crash in einem teuren Apartmentbau im noblen Münchner Stadtteil Bogenhausen hatte, war Apfel egal. Dass Carl und er nur rund fünfundzwanzig Minuten über den Altstadtring und den Mittleren Ring fahren mussten, um hoffentlich mehr über den Mord an Michael Albers zu erfahren, traf sich allerdings gut.

Die hübsche junge Blondine am Empfang mit dem Namensschild »Vivi Petersson« lispelte leicht und war überaus zuvorkommend. Vielleicht Dänin oder Schwedin, dachte der Kommissar.

»Unser Chefredakteur, Herr Stommelen, ist in der Redaktionskonferenz«, erklärte sie den beiden Polizisten. »Das wird vielleicht noch zehn Minuten dauern. Können Sie so lange warten?«

Paul Apfel und Carl Reutemann konnten so lange warten. Auch wenn aus den zehn Minuten am Ende gut dreißig wurden.

Max Stommelen war ein Kotzbrocken, fand Apfel. Vielleicht vierzig oder fünfundvierzig, schwarzer Anzug. Der Kommissar fragte sich, ob die in den Haaren des Journalisten steckende Sonnenbrille mit dem darin ebenfalls reichlich vorhandenen Haargel irgendwann eine Verbindung eingehen und von diesem vielleicht sogar in einer chemischen Reaktion zum Rosten gebracht werden würde. An irgendwen erinnerte ihn dieser Max Stommelen, aber er kam nicht auf den Namen.

Immerhin – der Mann war zunächst freundlicher, als Apfel es nach dem ersten Blick erwartet hätte. Trotzdem Kotzbrocken. Der Kommissar hatte schon vor Jahren bemerkt, dass gesunde Vorurteile für die Stabilität seiner Psyche von größter Wichtigkeit waren.

Stommelen dirigierte Apfel und Reutemann in den nunmehr verlassenen Konferenzraum. Der Kommissar blickte sich um. Viel Holz, viel Glas, viel Technik. An den Wänden Firmenlogos von VW bis Karstadt, dazu jede Menge Tabellen und Kurven, die erst neuerdings wieder nach oben tendierten. Dass die Auflage des

Blattes wohl schon bessere Zeiten gesehen hatte, verrieten allenfalls ein paar veraltete iMacs in Form einer Nachttischlampe. In besseren Zeiten, dachte Apfel, der die Macintosh-Rechner sehr schätzte, wären sie wohl längst gegen die eleganteren modernen Modelle mit eingebauter Kamera ausgetauscht worden, die auf den ersten Blick nur noch aus einem Monitor bestanden. New-Economy-Trödel, dachte der Kommissar, herübergerettet ins 21. Jahrhundert.

Er fühlte sich in dieser Umgebung nicht wohl genug, um den Aufenthalt mit überflüssigem Vorgeplänkel in die Länge zu ziehen. »Herr Stommelen, Michael Albers war freier Mitarbeiter Ihrer Zeitschrift?«

»Er war nicht, er ist. Ein äußerst begabter junger Mann, sehr hartnäckig in seinen Recherchen. Aber bitte – was kann ich für Sie tun? Oder wollen Sie Albers vielleicht für die Pressearbeit der Polizei gewinnen? Ich glaube ehrlich gesagt nicht, dass Sie ihn bezahlen könnten.« Stommelen knipste ein synthetisches Lächeln an und schnippte ungeduldig ein Stück Besprechungskeks von der glänzenden schwarzen Tischplatte.

»Sie würden sich wundern, wenn Sie wüssten, wie viel die Polizei heute hervorragenden Mitarbeitern bezahlt«, gab Paul Apfel zurück. »Und ob Ihr Mitarbeiter vielleicht sogar zu hartnäckig in seinen Recherchen war, müssen wir jetzt herausfinden. Michael Albers ist tot.«

Es war ein Schock für Max Stommelen. Der Chefredakteur hielt sich die Hand vor den Mund, murmelte ein kaum verständliches »Um Gottes willen« und musste aufstehen. Der Kommissar beobachtete ihn genau. Nichts mehr war geblieben von der demonstrativen Lässigkeit.

Der Journalist wanderte einige Male vor Apfel und Reutemann auf und ab, bis er wieder Worte fand. »Weiß Sina Bescheid? Sie sind von der Kripo, was ist denn passiert? Sind Sie sicher, dass es Michael ist?«

Diesmal antwortete Reutemann: »Sina Berger hat die Leiche zweifelsfrei identifiziert. Michael Albers wurde gestern Abend erschossen in der Allianz-Arena aufgefunden.«

Max Stommelen lachte auf, laut und theatralisch. »Im Fußballstadion? Das muss ein Witz sein. Michael hat nun wirklich nichts mit Fußball am Hut. Er ist Wirtschaftsjournalist.«

»Fußball ist doch heutzutage vor allem ein Wirtschaftsthema«, sagte Apfel. Und ohne eine Reaktion von Stommelen abzuwarten, fuhr er fort: »Dass ihr Freund kein Fußballfan war, hat uns Frau Berger schon gesagt. Deshalb wundert es uns auch, dass Albers ein Trikot der deutschen Nationalmannschaft trug, als er aufgefunden wurde – in der Kabine des FC Bayern.«

»Michael im Fußballtrikot?« Wieder lachte Stommelen auf, noch lauter und theatralischer. »Das muss ein Joke sein, entschuldigen Sie.« Er schaute Paul Apfel an wie einen verhaltensauffälligen Beamten, der schleunigst weggesperrt werden müsste. Dann ließ er sich wieder auf seinen Stuhl sinken.

»Können Sie uns sagen, mit welchem Thema sich Albers zuletzt beschäftigt hat?«, fragte Apfel.

Stommelen atmete tief durch. »Michael ist fest-freier Mitarbeiter bei uns. Er recherchiert Geschichten, manchmal über Monate. Wenn er einen Stoff rund hat, bietet er ihn zuerst uns an. Wir können das dann drucken – oder auch nicht. Bisher haben wir aber noch alles genommen, was er geliefert hat.«

Paul fand, dass das nicht gut klang. »Das heißt im Klartext, Sie wissen überhaupt nicht, an welchem Thema Albers zuletzt gearbeitet hat?«

»Das heißt es nicht«, gab Stommelen zurück. »Es war ganz normal, dass wir uns abgesprochen haben, wenn er in einer Sackgasse steckte oder Support aus der Redaktion brauchte. Ich wollte damit nur sagen, dass wir hier keine Festplatte voller Daten haben, falls Sie danach suchen. Er liefert seine Ergebnisse per Mail ab, das war's.«

Apfel hatte kein Interesse an einem Vortrag über die EDV-optimierte Arbeitsweise in der Medienbranche des Jahres 2006. »Herr Stommelen, bitteschön – an welchem Thema hat Michael Albers zuletzt gearbeitet?«

Wenn es Max Stommelen irritierte, dass er an dem Konferenztisch, über dem er für gewöhnlich die Lufthoheit hatte, von einem ungeduldigen Polizisten angegangen wurde, ließ er es sich zumindest nicht anmerken. Er bestätigte, was die Polizei bereits von Sina Berger erfahren hatte.

»Albers arbeitete an einem Stück über Manipulationen an den Fernseh-Einschaltquoten. Für die Hersteller von Produkten, für Werbeagenturen, für Medienagenturen und für die Sender, für diese ganze riesige Branche, entscheiden diese Quoten über Sein oder Nichtsein. Zwei Prozent rauf – und du bist der liebe Gott. Zwei Prozent runter – und du bist tot. Wenn sich herausstellt, dass hier getrickst wird, kann das ganze System zusammenbrechen.«

»Und«, fragte Apfel, »wird getrickst?«

»Ich weiß es nicht«, beteuerte Stommelen. »Aber Albers hat einen Tipp bekommen und klemmte sich hinter die Geschichte. Ich kann Ihnen aber nicht sagen, wie weit er gekommen ist. Und ich weiß auch nicht, gegen wen sich der Verdacht gerichtet hat.«

»Kann an der Sache etwas dran gewesen sein?«, hakte der Kommissar nach.

»Sicher, sonst hätte Michael nicht recherchiert. Wenn Sie sich überlegen, dass hier Milliarden an Werbegeldern bewegt werden und dass ganze Konzerne von diesen Quoten abhängen, die in lächerlichen dreitausend deutschen Haushalten erhoben werden – dann lohnt es sich sicherlich, einem Tipp nachzugehen.«

Für die nächste Frage hätte Apfel statt des Sachverstands eines Chefredakteurs ganz einfach seinen gesunden Menschenverstand einsetzen können. Er stellte sie trotzdem. »Ihre Meinung, Herr Stommelen. Gibt das ein Mordmotiv her?«

Der Journalist hatte sich nun wieder im Griff. Seine Antwort klang arrogant und herablassend. »In dieser Branche gibt es Menschen, die würden für ein Prozent Einschaltquote ihrer Großmutter von den Amis in Guantanamo bedenkenlos die Zehennägel ziehen lassen. Natürlich gibt das ein Mordmotiv her.«

»Zwei Fragen noch«, erwiderte Apfel. »Können Sie sich ein Motiv aus dem privaten Bereich von Albers vorstellen? Und wie viel haben Sie ihm für seine Geschichten bezahlt?«

Als Max Stommelen antwortete, war er bereits im Aufstehen begriffen, ohne dass ihn die Polizisten hierzu aufgefordert hätten. »Sina Berger ist eine wunderbare Frau. Sie hat früher hier als Redaktionsassistentin gearbeitet. Soweit ich das beurteilen kann, waren sie glücklich. Und zum Thema Geld kann ich Ihnen versichern, dass wir für eine Knaller-Story wie das Thema Einschaltquoten-

Tricksereien notfalls auch mal ein sechsstelliges Honorar bezahlen. Da können sicherlich auch Ihre gut bezahlten Spitzenkräfte nicht mithalten.«

Stommelens Streben Richtung Konferenzraumtür war eindeutig, sein Gehabe troff jetzt vor Überheblichkeit und Selbstgefälligkeit. Von der dänischen Schwedin war nichts mehr zu sehen. Der Chefredakteur begleitete Apfel und Reutemann persönlich zum Ausgang – ganz so, als wolle er sicher gehen, dass sie der »Moneymaker«-Redaktion auch tatsächlich den Rücken kehrten.

»Und«, fragte Apfel, »was hältst du von deinem Sonnenbrillen-Kollegen?«

»Kotzbrocken«, bekundete auch Reutemann. Dennoch nicht unzufrieden mit ihrem Besuch beim »Moneymaker«, stiegen die Polizisten in den zivilen BMW der 3er-Reihe und machten sich auf den Rückweg ins Präsidium.

Sechsstellige Honorare für eine Geschichte, manipulierte Milliardenumsätze mit Fernsehwerbung – daher also der Name »Moneymaker« dachte Apfel auf dem Beifahrersitz und pfiff leise »Money, Money, Money« vor sich hin. ABBA, 1975.

6

Money, Money, Money. Plötzlich erschien es Paul Apfel unsinnig, sich im Polizeipräsidium hinter seinem Schreibtisch zu verschanzen.

»Carl – nicht abbiegen«, brüllte er und griff seinem Kollegen ins Lenkrad, gerade als der am Lenbachplatz links abbiegen wollte.

»Hey, spinnst du?«, entfuhr es Reutemann.

»'tschuldige, aber ich will doch nicht ins Präsidium. Wir fahren direkt zu Albers und Sina Berger nach Hause. Ich will wissen, was wir dort zu dieser Einschaltquotengeschichte finden. Das muss in Pasing sein.«

Wenige Sekunden später bogen sie kurz vor dem Stachus rechts ab in die Elisenstraße und ließen danach den betongrauen Kaufhauskomplex Elisenhof und den Hauptbahnhof links liegen. Apfel besorgte sich telefonisch bei Quester die genaue Adresse, und keine zwanzig Minuten danach erreichten er und Reutemann eine unauffällige Ansammlung von Reihenhäusern in der Nähe des Platzes an der Grenze der westlichen Münchner Stadtteile Laim und Pasing, der den schönen Namen »Am Knie« trug. Wenn er für seinen geschundenen Körper je einen Orthopäden benötigen sollte, das hatte Apfel schon vor Jahren beschlossen, dann würde er sich hier zuallererst umsehen.

Das Reihenhaus, an dessen Klingelschild »Albers/Berger« stand, war sicherlich gut dreißig oder vierzig Jahre alt und konnte einen neuen Anstrich gut vertragen. Es verriet aber bereits an der Eingangstür mit einem als großem, gierigem Mund getarnten Briefschlitz sowie dem Schild »We're Poolside« den offensichtlichen Humor seiner Bewohner, von denen nun nur mehr Sina Berger übrig war.

Paul Apfel verzichtete darauf, zu klingeln, und klopfte stattdessen. Nina Bellof öffnete sofort und legte den Finger auf ihre Lippen. »Sie schläft. Endlich«, erklärte die Polizistin.

Das Haus war schmal, verwinkelt und mit Liebe zum Detail

eingerichtet – aber frei vom protzigen Reichtum junger Leute, die zu schnell und zu einfach zu viel Geld verdient hatten.

Es waren nun gut zwei Stunden vergangen, seit Sina Berger nach Hause gebracht worden war. Nina Bellof berichtete, was passiert war. Oder besser gesagt, nicht passiert war. Nachdem die Freundin des toten Michael Albers eine kleine Ewigkeit im Wohnzimmer in einem roten Ledersessel gekauert hatte, stumm, die Knie ans Kinn gezogen, ohne Tränen, hatte sie sich auf die Couch gelegt. Schließlich war sie eingeschlafen – ohne Unterstützung eines Arztes, gegen dessen Zuhilfenahme sie sich ganz entschieden gewehrt hatte.

Apfel beschloss, Sina Berger vorerst nicht aufzuwecken. Seine Fragen hatten Zeit, zumindest so viel Zeit. Nina Bellof wusste bereits, wo das Büro von Michael Albers zu finden war. Das war jetzt wichtiger. Die beiden Polizisten und ihre Kollegin stiegen die Treppe hoch in den ersten Stock. Apfel schaute sich im Büro um. Glas, Stahl und ein fast leerer Schreibtisch mit zwei kleinen rotmetallisch glänzenden Lautsprecherboxen, die aussahen wie Miniaturhelme aus einem »Krieg der Sterne«-Film.

Darüber hinaus fanden sie vor: sieben Aktenordner, einige unbeschriftete CDs, zwei Computerkabel. Außerdem eine Schreibtischunterlage in Form eines großen Tischkalenders, deren erste Seite außer der handschriftlichen Notiz »JJ/MR« unbeschrieben war, ebenso wie die darunter liegenden Seiten.

»JJ/MR«. Paul Apfel nahm sich vor, dass er auf keinen Fall vergessen durfte, Sina Berger nach »JJ/MR« zu fragen.

Kein PC, kein Laptop. Kein Nichts. Nicht hier im Büro, und laut Nina Bellof auch nirgendwo sonst im Haus. Apfel und Reutemann sahen sich an, enttäuscht. Die Aktenordner enthielten, zumindest auf den ersten Blick, nichts von Belang. Verwaltungskram, Belege, Rechnungen, TAN-Bögen fürs Online-Banking, Kontoauszüge der HypoVereinsbank München, Formulare für die Steuer.

Apfel war verärgert, fast beleidigt. Ein Laptop, am besten ohne Passwortschutz, mit aussagekräftigen, stichhaltigen Informationen zum Einschaltquotenbetrug – Herrgott, das konnte man doch erwarten für sein mageres Beamtengehalt.

»Wir können die Ordner jetzt gleich hier durchgehen, während die Berger schläft«, schlug Reutemann vor. Apfel nickte.

Ordner Nummer eins enthielt Belegexemplare, eine umfangreiche Sammlung von Artikeln, die Albers geschrieben hatte. Die meisten aus dem »Moneymaker«, einige auch aus dem »Wallstreet Boom«, dem »Cash Pilot« und dem »Euro Guide«. Es war Apfel nicht ganz klar, wieso man heutzutage ein Fremdwortlexikon brauchte, um sein Geld anzulegen.

Albers hatte über Insiderhandel, Anlagestrategien, fingierte Firmenpleiten, Kriegshandlungen in AG-Vorständen und Börsenpsychologie geschrieben. Er hatte Firmenporträts und Reportagen von exotischen Börsenplätzen geliefert. Eine Geschichte der Sprengkraft einer angeblichen Quoten-Manipulation fanden Apfel und Reutemann allerdings nicht – ganz offensichtlich wäre die Story eine enorme Möglichkeit für den jungen Albers gewesen, sich als Enthüllungsjournalist zu profilieren.

Im zweiten Ordner fanden sich Kontoauszüge. Albers hatte ordentlich verdient, sogar sehr ordentlich für sein Alter, aber sicher keine sechsstelligen Summen pro Artikel. Mehr als zwölftausend Euro für einen Auftrag schien er noch nie bekommen zu haben. Paul Apfel schätzte, dass sich sein monatliches Einkommen, das stark schwankte, zwischen viertausend und fünfzehntausend Euro im Monat bewegte.

Auf der Ausgabenseite fand sich über Monate hinweg nichts Außergewöhnliches. Das Reihenhaus war offenbar gemietet, die Miete wurde per Dauerauftrag jeweils zum Monatsersten überwiesen. Zuletzt 1.480,50 Euro im Monat, Münchner Preise eben. Es hatte schon seinen Grund, dachte Apfel grimmig, warum er sich nach Landshut abgesetzt hatte.

Seine Finger glitten zügig und routiniert durch die Auszüge – bis sie plötzlich stockten. Der letzte Kontoauszug passte nicht zu den anderen. Das Paar Albers/Berger schien gut gelebt zu haben, es gab die eine oder andere Überweisung an ein Reisebüro, jeweils über dreitausend bis fünftausend Euro, die letzte noch in diesem Februar. Es gab auch ansehnliche Kreditkartenabrechnungen, deren Verwendungszweck den Kontoauszügen nicht zu entnehmen war, oft zweitausend oder dreitausend Euro.

Doch Zahlungen über diese Größenordnung hinaus erschienen nie auf den Auszügen. Bis Michael Albers am 5. April 2006 exakt dreißigtausend Euro an einen Empfänger namens »MMBR Services« überwies, Verwendungszweck »Vermögensanlage«.

»Was meinst du, Carl?«, sinnierte der Kommissar. »Dreißigtausend Euro und keine zwei Wochen mehr zu leben. Wofür hat Albers so viel Geld ausgegeben? Und hast du schon mal was von MMBR gehört?«

»Nein, du?«

»Auch nicht. Wahrscheinlich einer von diesen Vermögensoptimierern.« Paul Apfel dachte an die Olympischen Spiele 2004 in Athen, nach denen solch eine merkwürdige Gesellschaft in einer ganzseitigen Anzeige den wenigen deutschen Goldmedaillengewinnern als »Offizieller Vermögensoptimierer der deutschen Olympia-Mannschaft« gratuliert hatte.

Er hatte sich an offizielle Autos gewöhnt, an offizielle Mobiltelefone und sogar an offizielles Weißbier. Aber offizielle Vermögensoptimierer, das war neu und, wie er fand, eigenartig. Was aber möglicherweise auch nur an seinem Ärger lag, dass es bei ihm diesbezüglich nicht viel Optimierbares gab.

Die weiteren fünf Ordner breiteten zwar das Leben des jungen Mannes und seiner Freundin vor den beiden Polizisten aus, gaben das Geheimnis aber nicht preis. Nachdem Apfel und Reutemann sie durchgesehen hatten, kannten sie das T-Online-Passwort von Michael Albers, die bemerkenswert kleine Körbchengröße seiner Freundin (anhand diverser Wäschebestellungen), die Höhe seiner Lebensversicherung (nichts Aufregendes), den Namen des Patenkindes von Albers und Berger in Botswana (Tabeko M'pooh) und noch einiges mehr. Von einer Vermögensanlage mit einer Einzahlung über dreißigtausend Euro fand sich keine Spur.

Kurz danach stand Sina Berger in der Bürotür. Apfel und Reutemann bemerkten die Frau erst, als sie leise »Hallo« sagte. Sie hatte offenbar geduscht und trug einen orangefarbenen Morgenmantel. Nass erschienen ihre schulterlangen Haare fast schwarz.

Die Polizisten begleiteten Sina Berger nach unten ins Wohnzimmer. Sie setzte sich auf den roten Ledersessel und wirkte immer noch müde, aber einigermaßen gefasst. Ein kaum wahrnehmbares

Nicken sollte Apfel und Reutemann signalisieren, dass sie bereit war für ihre Fragen.

Nein, Sina Berger hatte keine Idee, wer Interesse am Tod ihres Freundes gehabt haben könnte. Und sie hatte keine Ahnung, wer oder was hinter JJ/MR stecken könnte. Und, nein, ihr waren auch keine Details eingefallen zu der Sache mit den Einschaltquoten.

Carl Reutemann fand das zumindest erstaunlich. »Ihr Freund hätte mit dieser Geschichte sehr viel Geld verdient, wesentlich mehr als für ihn üblich. Und darüber haben sie nicht miteinander gesprochen?«

»Darüber schon«, sagte Sina Berger leise. »Dass das Thema eine Riesenchance für ihn war und dass er damit genau das Geld verdienen könnte, das wir gebraucht hätten, um das Haus hier endlich zu kaufen, darüber haben wir geredet.«

»Und über was haben sie nicht geredet?«, hakte Reutemann nach.

»Über die Geschichte an sich. Wer ihn informiert hat, wen er im Verdacht hatte.«

Das, so viel musste Sina Berger zugeben, war nicht unbedingt das übliche Verhalten ihres Lebensgefährten gewesen. »Normalerweise hat er schon mal das eine oder andere über seine Geschichten erzählt. Diesmal wollte er nicht. Er hat es mir nicht erklärt, ich habe ihn nicht gedrängt. Wir haben auch genug andere Themen. Hatten genug andere Themen.« Das klang, zum ersten Mal, fast wie verärgert.

»Kann es sein«, fragte Apfel, »dass er Sie schützen wollte? Dass er Angst hatte, Sie könnten in Gefahr geraten, wenn Sie zu viel wissen?«

Sina Berger nahm sich viel Zeit für ihre Antwort, eine Minute vielleicht. »Darüber habe ich mir keine Gedanken gemacht«, sagte sie. Wieder eine Pause. Sie nutzte die Zeit, um den Nagel des Mittelfingers ihrer rechten Hand, auf dem ohnehin kaum noch brauner Lack übrig war, mit den Schneidezähnen zu malträtieren.

Dann ein Nicken, fast widerwillig. »Nach dem, was passiert ist – ja vielleicht. Es würde zumindest zu ihm passen. Er war immer sehr besorgt um mich und verantwortungsbewusst.« Sie sprach jetzt so leise, dass die Polizisten Mühe hatten, sie zu verstehen.

Erst noch die einfachen Fragen, beschloss Apfel, dann ein Frontalangriff. Er ließ Sina Berger erzählen, dass sie Albers vor fünf Jahren beim »Moneymaker« kennen gelernt hatte, wo er während seines Jurastudiums aushalf und sie als Redaktionsassistentin jobbte. Er hörte ihr zu, als sie, immer wieder von Pausen unterbrochen, berichtete, dass sie seit einem Jahr als Fotochefin beim Frauenmagazin »Sophie« tätig war.

Dann ging der Kommissar in die Offensive und fragte Sina Berger, ob sie MMBR kannte. Sie dachte kurz nach und schüttelte schließlich den Kopf. »MMBR? Was soll das sein? Sagt mir nichts.«

»Sollte es aber«, beharrte Paul Apfel, »Ihr Freund hat Geld an MMBR bezahlt, viel Geld.«

Sina Berger schien erstmals wirklich interessiert an dem, was die Polizisten zu sagen hatten. »Viel Geld? Was meinen Sie mit viel Geld?«

»Dreißigtausend Euro«, antwortete Apfel. »Michael Albers hat am 5. April, also Mittwoch vor einer Woche, dreißigtausend Euro an einen Empfänger namens MMBR überwiesen, mit dem Verwendungszweck Vermögensanlage. Das geht aus den Kontoauszügen hervor, die wir in seinem Büro –«

»Sechzigtausend Mark?« Sina Berger wiederholte die Summe in der Währung, in der sich auch noch 2006 große Summen weitaus dramatischer anhörten als in Euro. »Davon hatte ich keine Ahnung. Viel mehr hatten wir ja gar nicht flüssig. Warum hat er das gemacht?«

»Das wüssten wir gerne von Ihnen.«

Sina Berger widmete sich nun dem rechten Zeigefinger, schüttelte den Kopf und begann zu weinen.

»Verdammte Geschichte ... Geld im Kopf ... Unglück«, mehr konnten die Polizisten nicht mehr verstehen. Apfel suchte in seiner Jackentasche vergeblich nach einem frischen Papiertaschentuch.

Sie verließen das Wohnzimmer und baten Nina Bellof, sich um die weinende Frau zu kümmern. Reutemann schlug vor, sich ins Büro von Michael Albers zurückzuziehen, um ihr weiteres Vorgehen zu besprechen.

Apfel war still, Carl Reutemann entnervt. »Hacke. Die Berger sagt, sie weiß nicht, wer oder was MMBR ist und wer hinter JJ/MR steckt. Die Berger sagt, sie hat keine Ahnung von den dreißigtausend Euro. Morgen wird sie uns wahrscheinlich sagen, dass sie sich nicht einmal mehr an ihren Scheiß-Geburtstag und an ihre Tittengröße erinnern kann.«

»Hör auf, Carl«, sagte Apfel, »erstens bringt uns das nicht weiter, und zweitens glaube ich nicht, dass sie uns einen Bären aufbindet. Dafür ist sie zu fertig und zu verzweifelt.«

Der Kommissar ging wieder nach unten, um Sina Berger nach dem Computer von Michael Albers zu fragen.

»Sein Laptop ist nicht da. Er hatte es dabei in der Schweiz«, erklärte sie. »Er nimmt es immer mit, wenn er unterwegs ist.«

»Gibt es eine Datensicherung, eine externe Festplatte oder so was?«, fragte Apfel. »Er wird seine Geschichten ja nicht nur ein einziges Mal auf seinem Laptop gespeichert haben.«

Sina Berger nickte. »Auf dem Speicher, hinter der Dachverkleidung, hat er eine Festplatte versteckt. Er hatte Angst, dass jemand einbricht und ihm alle Daten klaut. Soll ich sie holen?«

»Das wäre nett«, bat Paul Apfel. Nun erschien auch der Inspektor wieder im Wohnzimmer.

»Fehlt nur noch, dass das Teil auch weg ist, Kreuzteufel«, fluchte Reutemann, als Sina Berger auf sich warten ließ – eine Minute, zwei, drei Minuten.

Als sie zurückkam, hielt sie ein schmucklos-hässliches silberfarbenes Stück Computer-Hardware in der Hand. »Sie war ziemlich eingeklemmt und gut versteckt. Ich kann mir nicht vorstellen, dass ein Einbrecher die Festplatte gefunden hätte.«

Die wichtigste Frage hätte Apfel fast vergessen. »Wissen Sie, wie oft Ihr Freund seine aktuellen Daten auf die Festplatte kopiert hat?«

»Ich weiß es nicht«, musste Sina Berger zugeben, die jetzt nur noch flüsterte, »aber ich glaube, er hat sich die Festplatte einmal die Woche vom Speicher geholt.«

Einmal die Woche. Das kann vor drei, vier Tagen gewesen sein, überlegte Apfel, als sie das Pasinger Reihenhaus verließen. Oder auch vor fast zwei Wochen. Sie würden Glück brauchen, einfach nur sehr viel Glück.

Kurz nach drei steuerte Carl Reutemann den BMW der 3er-Reihe auf den Hof des Präsidiums. Apfel war froh, dass die Mittagszeit bereits beendet war. Apfel mochte sie gar nicht, die Mittagsstunden im Polizeipräsidium mit all den Kollegen, die ihm zwischen elf und halb zwei zackig ihr rituelles »Mahlzeit!« entgegenschleuderten. »Mahlzeit, Sepp!«, »Mahlzeit, Schorsch!«, manchmal auch ein besonders originelles »Maaaahlzeit und Hawedieehre«.

Grauenvolle Beamten-Angewohnheit, fand Apfel. Eine Angewohnheit, die ihn irgendwie an den merkwürdigen Brauch der Norddeutschen erinnerte, sich in regelmäßigen Abständen »Moin« zuzurufen – angeblich nur, um nicht im Nebel zusammenzustoßen.

Aus purer Bosheit begrüßte er die Kollegen auch mit »Mahlzeit!« Aber nie mittags, sondern ausschließlich VOR elf und NACH halb zwei. Am allerliebsten ganz früh am Morgen oder ganz spät am Abend.

Was Paul Apfel auch nicht mochte, Leiche hin, Leiche her, war, wenn Kollegen beim Eintreffen im Büro über ihn herfielen, noch bevor er seine Jacke ausgezogen und überprüft hatte, ob jemand über Nacht seinen Stuhl verstellt oder, noch schlimmer, ausgetauscht hatte. Wenn Neigung und Höhe von Sitzfläche und Lehne nicht haargenau seinem vertrauten Sitzgefühl entsprachen, dann konnte ihm das ganze Arbeitstage verderben. Ja, da war er pedantisch und anstrengend, und da war er grantiger Münchner, Herrgott noch mal.

Der Stuhl war immerhin in Ordnung, als er wenige Minuten später in sein Büro im dritten Stock des Präsidiums zurückkehrte, dessen braun-grüne Spanplatten-Regale aus den siebziger Jahren des letzten Jahrhunderts stammten. Dafür verfügte es über einen bemerkenswert aktuellen Computer mit Flachbildschirm, auf dem das Linux-Betriebssystem installiert war. Ein Apple Macintosh, Nomen est omen, wäre Apfel zwar noch deutlich sympathischer gewesen, aber man kann nicht alles haben als Beamter.

Carl Reutemann und Marco Quester schleppten die Unterlagen aus dem Haus von Michael Albers in Paul Apfels Büro. Reutemann übernahm die Untersuchung der CDs, der Kollege Dieter Ludwig sollte sich um die Festplatte kümmern.

Apfel ging »Google-Stoßen«, wie er es nannte, und gab »MMBR« in die Suchmaschine ein. Google lieferte 30.700 Treffer, darunter die mikrobiologische Fachzeitschrift MMBR (Microbiology and Molecular Biology Reviews) sowie eine Organisation zur Rettung herrenloser Boxer-Hunde in Mid Michigan/USA (Mid Michigan Boxer Rescue). Der Kommissar zweifelte sehr daran, dass es sich dabei um die entscheidenden Spuren handelte.

Er ging nochmals alle Ordner sorgfältig durch, fand nichts Neues und war mit dem letzten so gut wie fertig, als Reutemann die Tür aufriss.

»Nichts«, grunzte Carl, blickte wie angewidert und wedelte mit den CDs. »Gar nichts außer Urlaubsbildern, einer kopierten Textverarbeitung, einer ebenfalls geklauten Bildbearbeitungssoftware, Druckertreibern und so weiter und so gar nix. Nicht einmal Musik für dich. Scheiße, oder? Hast du in den Ordnern noch was gefunden?« Apfel schüttelte den Kopf.

Für die größte Enttäuschung zeichnete indes Dieter Ludwig verantwortlich. Die Festplatte enthielt nicht das Backup von vor vier Tagen, die Festplatte enthielt nicht das Backup von vor zwei Wochen, vor einem Monat oder vor einem Jahr. Die Festplatte enthielt – NICHTS. Nada. Niente.

»Unsere Daten-Irren«, erklärte Ludwig, »sagen, dass die Platte feinsäuberlichst gelöscht wurde. Und zwar nicht nur einfach so gelöscht, sondern fachmännisch formatiert, jeder Sektor dutzendfach überschrieben. Das geht nur mit spezieller Software und zumindest ein bisschen PC-Erfahrung.«

»Nichts zu finden?«, fragte Apfel.

»Nichts zu finden«, echote Ludwig. »Wenn die Festplatte normal mit Format C gelöscht worden wäre, könnte man noch etwas auslesen. Aber das ist sehr professionell verhindert worden.«

Apfel glaubte es nicht. Die ominöse Festplatte von diesem missratenen Strauß-Sohn war wenigstens gleich komplett verschwunden. Da wusste man zumindest, woran man war. Er rekapitulierte. »Das heißt, dass diese Festplatte weniger Daten enthält als das Kleinhirn eines RTL-2-Zuschauers, dass auf den CDs nur Dreck ist und dass die Ordner außer einer heißen Spur ins amerikanische Tierschützer-Milieu auch nicht viel hergeben. ›Gute Nacht, Freunde, es wird Zeit für mich zu gehen‹.« Waren das eigentlich Nina und Mike gewesen? Oder Reinhard Mey? Er würde das vielleicht heute Abend klären.

Gestern nichts Anständiges zu essen, abends eine Leiche im Fußballstadion und jetzt das. Paul Apfel fand, dass sich die schlechten Tage beunruhigend zu häufen begannen in seinem Leben.

7

Es war Apfel dem Grunde nach lieber, mit dem Auto nach Hause zu kommen. Wenn er mit dem Zug fuhr, wusste seine Familie ziemlich genau, wann sie mit ihm zu rechnen hatte. Ankunft in Landshut Hbf meist um 18 Uhr 55 oder spätestens 19 Uhr 23. Dann schnell vorbeigeeilt am »Service Store« der Deutsche Bahn AG, deren alberner Hang zur englischen Sprache Apfel mal ärgerte und mal amüsierte und die er meist verächtlich »Bodenhansa« nannte, dann gut fünfzehn Minuten mit dem Rad nach Hause.

Äpfelchen und die Kinder konnten dann wunderbar kalkulieren, wann sie aufhören mussten zu streiten. Wann die Kinder die Verblödungsmaschinerie des Privatfernsehens, die er so sehr verachtete, abzustellen hatten und bis wann etwaig vorhandene Leckereien wie Himbeermilchreis oder Toffifee rest- und vor allem rückstandslos vernichtet sein mussten, um sie vor seinem gierigen Zugriff zu bewahren.

Das klappte nicht immer, siehe gestern Abend, war aber in der Regel doch ein eingespieltes und zuverlässig funktionierendes System. Er konnte sich gut vorstellen, wie sich Tatjana und Taschi kichernd mit einem Fünfzehner-Pack Toffifee auf der Couch bei einem Boulevardmagazin amüsierten, kurz nach sieben auf die Uhr schauten und feixten, noch fünf Minuten und fünf Toffifee bis Papa, hohoho.

Mit dem Auto dagegen war es Paul Apfel, der die Situation im Griff hatte. Er tauchte unerwartet zu Hause auf wie der Wolf zwischen den Schafen, mal um halb sieben, mal um drei viertel acht, meistens irgendwann dazwischen. Manchmal war er gnädig und parkte unten vor dem Haus. Dann schlug Stoiber an, der nicht übertrieben mit Intelligenz gesegnete Familienhund der Apfels, und seine Frauen hatten eine gute Minute Zeit, alle notwendigen Schritte zu unternehmen, was manchmal gelang und manchmal auch nicht.

Ab und an war er gemein und parkte oben am Gartentor. Dann

blieb nicht mehr genug Zeit, und er bekam einen Milchreis ab oder das Ende eines Streits zwischen Tatjana und Taschi oder die letzte Sensation auf ProSieben, »Mann will Jennifer Lopez werden« oder »Todesfalle Kartoffelsalat«.

Nicht dass sich Apfel besonders viel machte aus Toffifee und Himbeermilchreis. Im Zweifel besorgte er sich sein Toffifee, wenn auch unverschämt teuer, bei den Wucherern in der Aral-Tankstelle an der Münchner Leopoldstraße, kurz vor der Autobahn, und futterte beim Heimfahren alle fünfzehn Stück allein auf. Meist war schon nach ein paar Kilometern beim Vorbeifahren an der Allianz-Arena alles erledigt.

Nein, es ging in Wahrheit nicht um Milchreis, Toffifee oder ProSieben, sondern ums Gewinnen. Es herrschte ein gewisser Sportsgeist bei Apfels, und Verlieren, ganz egal in welcher Disziplin, war bei ALLEN Familienmitgliedern in etwa so populär wie Punkrock im Musikantenstadl oder der ehemalige ZDF-Sportchef Wolf-Dieter Poschmann, genannt Poschi, bei der Fernsehnation. Seine Kinder, das wusste Paul Apfel, würden in Sachen »Competitiveness« bestens gerüstet sein für das Überleben im komplizierten 21. Jahrhundert.

An diesem Abend gab es keine Probleme. Kein ProSieben, kein Milchreis. Allerdings auch keine Kinder. Die Prinzessinnen waren ausgeflogen, Tanzschule, Kickboxen, Freund, was auch immer. Jonathan, der Juniorchef, hatte sich zum Chatten hinter den Computer verkrochen. Äpfelchen war fröhlich, trotzdem oder vielleicht auch gerade deswegen.

Auf dem Speiseplan standen somit eine heitere Miriam, außerdem Pennete mit Lachs, ein argentinischer Cabernet Sauvignon und Flan mit Karamellsoße. Apfel bewunderte in den Romanen über seinen fiktiven venezianischen Berufskollegen Guido Brunetti immer zutiefst, wie die zauberhafte Paola Brunetti täglich mehrgängige Speisefolgen feinster italienischer Leckereien auf den Tisch der Familie zauberte und an einem ordinären Dienstag in der Küche mehr Aufwand betrieb als Äpfelchen an Heiligabend.

Manchmal beneidete er Brunetti um seine Stadt, die Lagune, die wohlerzogenen Kinder und um seine übersichtlichen Fälle, die er, Hauptkommissar Paul Apfel, meist schon auf Seite einhundert durchschaut hatte. Vor allem aber beneidete er ihn um sein Saltimbocca, sein Pesto und seine Pasta. Heute aber hatte der Kommissar keinen Grund zur Klage, zumindest nicht in Sachen Verpflegung.

Dieser Abend schien dem gestrigen in vieler Hinsicht überlegen zu sein, nicht nur kulinarisch. Apfel beschloss, sich zu entspannen und Miriams Theorien zu seiner Leiche gelassen, ja fast genüsslich zuzuhören.

Miriam hatte immer Theorien zu seinen Fällen. Manchmal waren sie wüst und sensationslüstern, manchmal einfühlsam und kreativ. Vor allem wenn es um Frauen ging, musste er sich ab und zu eingestehen, dass ihre Menschenkenntnis der seinen in vielen Fällen überlegen war.

Apfel war davon überzeugt, dass Äpfelchen davon überzeugt war, dass sie im Zweifel seinen Job mindestens genauso gut erledigen könnte wie er selbst. Jedenfalls machte sie kein Hehl aus ihrer Einschätzung, dass Pauls typisch männliche Ignoranz und Dickfelligkeit einer zügigen Lösung seiner Fälle oft genug im Weg stand.

Es war kurz vor dem Flan, als ihm seine hauseigene Japanologin ihre erste These servierte. »Paul, ihr solltet euch intensiv mit diesem Stommelmann beschäftigen.«

Stommelmann? Ach so, Max Stommelen, der »Moneymaker«-Chef. Zu viel Haargel, zu viel Porsche, zu viel New Economy, einfach alles zu viel, befand Miriam. Wenn der Mann nicht schon getötet hatte, würde er es definitiv in ganz naher Zukunft tun. Man müsse ihn daher dringend im Auge behalten – Äpfelchen duldete diesbezüglich keine Zweifel. Wer so aussieht, der tötet. Apfel brummte indifferent, die Stimmung war zu harmonisch für ohnehin sinnlosen Widerspruch.

Im Übrigen wusste der Kommissar nun, an wen ihn Stommelen erinnerte. Flavio Briatore, der gockelhaft-schmierige italienische Formel-1-Manager mit den Model-Freundinnen. Nur dass Stommelen zehn bis zwanzig Jahre jünger war (Wie alt war eigentlich Briatore? Fünfundsechzig?) und dass die Sonnenbrille bei ihm ihren Stammplatz in den Haaren statt wie bei Flavio auf der Nase gefunden hatte.

Bei These zwei war man sich schon eher einig im Hause Apfel.

Wer die realistische Aussicht hat, für eine Geschichte hunderttausend Euro oder noch mehr einzustreichen – der könnte durchaus auch bereit sein, vorab dreißigtausend Euro als Informationshonorar zu investieren. Einhundert minus dreißig macht siebzig, immer noch ein prächtiges Geschäft, auch wenn die Investition voraussichtlich nicht von der Steuer abzusetzen sein dürfte. Selbst Stoiber wedelte zustimmend mit dem Schwanz, als sie diese Möglichkeit diskutierten.

Aber Stoiber zählte nicht. Stoiber konnte froh sein, dass er überhaupt noch Stoiber heißen durfte. Als sein Namenspatron, der schneidige bayerische Ministerpräsident aus Wolfratshausen, Ende letzten Jahres fast als Bundessuperminister nach Berlin gewechselt wäre und beinahe dem anstrengenden Franken Beckstein Platz gemacht hätte, hatte Apfel lange darüber nachgedacht, ob er Stoiber nun konsequenterweise in Beckstein umtaufen musste. Schließlich war der Hund ja nach dem Ministerpräsidenten benannt, und der würde nun eben nicht mehr Stoiber heißen.

Äpfelchen hatte ihn schließlich von dieser fixen Idee abgebracht. »Die Leute schauen auf der Straße ja schon blöd genug, wenn ich den Hund Stoiber rufe. Aber Beckstein? Beckstein komm, Beckstein sitz, Beckstein Platz! Das geht einfach nicht, Paul. Huber wäre gegangen, da wäre keinem aufgefallen, um wen es geht. Beckstein geht nicht.« Aber Huber war ja nicht Ministerpräsident geworden, durchaus zum Verdruss übrigens seiner niederbayerischen Landsleute in Landshut, und am Ende auch Beckstein nicht. Und so durfte Stoiber endgültig Stoiber bleiben.

Apfel hatte das Gefühl, dass seine Gedanken abschweiften. Er konzentrierte sich wieder auf Äpfelchen und die dreißigtausend Euro. Dreißigtausend Euro für MMBR, als Gegenleistung für Informationen darüber, dass sich deutlich weniger Zuschauer vom Privatfernsehen verblöden lassen, als weithin vermutet? Die Idee gefiel Paul Apfel sehr. Morgen würden sie mehr wissen. Aber: Wieso der Mord? Das Fußballtrikot? Die Kabine des FC Bayern? Die grausige Szenerie in der Allianz-Arena? Apfel ahnte, dass er sich auf eine einfache und übersichtliche Lösung des Falls eher keine Hoffnungen zu machen brauchte.

Apfel ahnte auch, dass sich zumindest die Thronfolgerin in den nächsten Minuten zu Hause einfinden müsste. Es war kurz nach neun, nur noch ganz wenige Minuten bis zum Beginn der x-ten Wiederholung von Tatjanas »Ich krieg fürchterliche Kopfschmerzen, wenn ich auch nur eine Folge verpasse«-Lieblingssendung »Sex and the City«.

Wenn auf etwas Verlass ist bei sechzehnjährigen Elftklässlerinnen (zumindest bei der in seinem Haus lebenden sechzehnjährigen Elftklässlerin) – dann auf das pünktliche Erscheinen zu »SatC«.

Man sagt SatC, das hatte Apfel mittlerweile gelernt, und zwar nicht einfach so auf Deutsch, ES-A-TE-CE, sondern auf Englisch beziehungsweise Amerikanisch, ES-AI-TI-SI. Fast so wie EL-AI statt Landshut. Und man sieht dem Ringelreihen in New York nicht einfach nur zu, sondern lernt daraus, bildet sich weiter und erhält bereits vorab einen realistischen Einblick in seinen nach dem Schulabschluss bevorstehenden Lifestyle.

Wenn Tatjana bisweilen offenbar dachte, dass Apfel sein Geld auf dem Kartoffelacker direkt hinter ihrem Haus in unerschöpflichen Mengen anbaute – dann musste sie das von dieser Carrie Bradshaw haben, von wem sonst? Immerhin, Paul Apfel kannte den Namen der Geschäftsführerin von SatC oder was immer die Position war, die sie bei der Veranstaltung bekleidete.

Um 21 Uhr 12 flog die Tür auf. Tatjana schenkte ihm ein Lächeln. Sie sah bezaubernder aus denn je, wie Apfel besorgt feststellte.

Gegen zehn beschloss er, sich zum Abschluss des Tages in aller Seelenruhe im Bett eines seiner Lieblingsalben auf dem iPod anzuhören – »Revolver« von den Beatles. Er kam bis Titel drei.

»I'm only sleeping.«

Gegen zwei Uhr nachts wachte der Kommissar auf, die blütenweißen Kopfhörer seiner längst verstummten Musikmaschine noch in den Ohren. Er schlief schnell wieder ein, als hätte er geahnt, dass er Kraft sammeln musste für die nächsten Tage und Wochen.

Bis zum zweiten Toten blieben Paul Apfel kaum mehr als drei Stunden Schlaf.

8

Leiche Nummer zwei beendete Apfels Nachtruhe um zehn nach fünf am nächsten Morgen, eine gute Stunde früher als üblich. Er schreckte beim ersten Klingeln des Telefons hoch. Der Apparat auf seinem Nachttisch hatte die Angewohnheit, bei einem Anruf zunächst das Display hell aufleuchten zu lassen und erst dann mit ein, zwei Sekunden Verzögerung zu klingeln. Meist wachte der Kommissar schon beim Aufleuchten des Displays im dunklen Schlafzimmer auf. So leicht war sein Schlaf.

Wie jeder vernünftige Mensch wusste er, dass ein Anruf um diese Zeit kaum gute Nachrichten bringen würde. Andere Menschen werden allerdings nur in Ausnahmefällen darüber benachrichtigt, dass in einem Fußballstadion ein Toter aufgefunden wurde und dass der Tote so übel zugerichtet ist, dass eine Identifizierung bestenfalls Glückssache sein würde.

Apfel kannte den Dienst habenden Inspektor, der am Telefon ohne wahrnehmbare Denk- und Atempausen auf ihn einredete, nur dem Namen nach, ein Inspektor Danner. Ein Bauarbeiter der Frühschicht, so viel konnte der schlaftrunkene Kommissar verstehen, hatte vor rund zwanzig Minuten einen Notruf abgesetzt, er habe in der Allianz-Arena einen Toten gefunden, mitten auf der Ehrentribüne. Nein, der Mann glaube nicht, dass ein Arzt noch helfen könnte, bestimmt nicht, der Anblick sei fürchterlich.

Natürlich sei dennoch ein Ärzteteam in Marsch gesetzt worden, fügte Danner eilig hinzu. Auch Reutemann und der Rest der Truppe wären bereits benachrichtigt, und er, Paul Apfel, müsse ebenfalls kommen, sofort. Apfel dachte »Scheiße«, murmelte »Danke«, verwünschte den überdrehten Kollegen und gönnte sich noch eine Minute Aufwachzeit unter der warmen Bettdecke. Das Opfer würde ihm nicht mehr davonlaufen. Und eine Minute Vorsprung des Täters mehr oder weniger würde jetzt auch keinen entscheidenden strategischen Vorteil mehr bedeuten.

Die dürftige Morgentoilette dauerte drei Minuten. Für Miriam hinterließ er einen Notizzettel: »Musste weg. Stommelmann hat wieder zugeschlagen.« Stoiber stellte er mit einem Schweineohr ruhig, und der Weg zur Allianz-Arena dauerte bei freier A92 und Musik der schottischen Band Franz Ferdinand zum Aufwachen auf dem ans Autoradio angeschlossenen iPod ziemlich genau zwanzig Minuten. Paul Apfel hörte nicht nur Schlager, weiß Gott nicht.

Der Kommissar hatte sich aus Amerika eines dieser kleinen Teile besorgt, das man auf den iPod stecken konnte und das die Musik direkt, wie ein kleiner Radiosender, drahtlos auf das Radio übertrug. Wer im Umkreis von vielleicht zwanzig Metern neben ihm fuhr und zufällig die gleiche Frequenz eingestellt hatte, konnte Apfels Musik ebenfalls in seinem Radio hören. Er wusste, dass das für viele Bekannte, die seinen Musikgeschmack kannten, ein schrecklicher Gedanke war. Allerdings war dieses Mini-Radio verboten in Deutschland, Fernmeldegesetz. Paul hatte aber beschlossen, dass er sich für jahrelange treue Dienste am deutschen Staat eine Ausnahmegenehmigung verdient hatte.

Kurz nach sechs war er da, es war noch dunkel, und er war immer noch müde, trotz Franz Ferdinand.

Diesmal waren es Quester und Stuppacher, die am südlichen Ende der Arena auf ihn warteten.

»Beim nächsten Mal kriegst du eine Dauerkarte«, erklärte Marco Quester. Apfel beschloss, den Spruch zu ignorieren. Der Weg zur Ehrentribüne war kurz, kaum zwei Minuten. VIPs bewegten sich nun mal ungern unnötig.

Wie schon bei seinem ersten unfreiwilligen Besuch in der Arena vorgestern Abend faszinierte Apfel die auch nach einem Jahr noch feststellbare Jungfräulichkeit des Bauwerks, die sauberen Treppen, die frisch gestrichenen Geländer, der Geruch nach Farbe, nach Putzmittel, einfach nach »Neu«. Er suchte noch nach anderen Assoziationen, als sie im VIP-Bereich des Stadions ankamen, in dem am 9. Juni 2006 das Eröffnungsspiel der Fußball-Weltmeisterschaft stattfinden sollte.

Auf einem der schalenförmigen grauen und möglicherweise beheizbaren Sessel für die Fußballprominenz saß Carl Reutemann, mit starrem Blick aufs Spielfeld, aber ganz offenbar blind für die gewaltige Kulisse.

Apfel ließ sich in den Sitz zu Carls Linken fallen.

»Morgen-Grauen«, murmelte Reutemann, ohne ihn anzusehen. Von seiner unpassenden Gelassenheit vor gut zweiunddreißig Stunden am Fundort des ersten Toten war nun nichts mehr übrig.

»Bring's hinter dich«, sagte Carl und wies mit einer Kopfbewegung nach links, dorthin, wo das Polizeivolk ohne viele Worte seiner Arbeit nachkam. Die Beamten hatten ein khakigrünes Laken der Länge nach auf dem Boden vor den VIP-Sesseln ausgebreitet. Dass darunter das lag, was noch vor wenigen Tagen, vielleicht auch noch vor wenigen Stunden, ein Mensch gewesen war, erkannte Apfel nicht nur an der Silhouette, die sich unter dem Laken abzeichnete, sondern auch an einem Schuh, der am Ende des Lakens herausschaute.

Genauer gesagt, so viel wusste auch der Fußball-Laie Apfel, handelte es sich um einen Fußballschuh, schwarz und weiß, ein Schweizer Kreuz als Markenzeichen an der Seite, mit abschraubbaren Stollen, die unbenutzt aussahen. Paul kannte das Fabrikat. Es war ein Schuh von »LaCroix«, der weltbekannten Schweizer Topmarke.

Hubert Schneider, der Gerichtsmediziner mit der weißen Plastikhülle über der Kleidung, den er als tüchtig und gewissenhaft kannte, kam Apfel entgegen und zwang sich zu einem müden Lächeln.

»Kein guter Morgen«, sagte er leise, »für uns nicht – und für den da schon gar nicht. Willst du ihn sehen?«

»Wollen wäre übertrieben«, entgegnete Apfel. Er hatte nicht gefrühstückt, das würde die Angelegenheit hoffentlich erleichtern. Schneider zog den oberen Teil der Decke weg.

Sie würden die weiteren Ermittlungen zunächst ohne ein Bild vom Gesicht des Opfers machen müssen, das war Paul Apfel sofort klar.

Der Kommissar wollte nicht darüber nachdenken, an was ihn das erinnerte, das auf dem Hals des Opfers saß. Am allerwenigsten sicherlich an ein menschliches Gesicht. Eher an Gesichtsgulasch, dachte Apfel. Er drehte sich unwillkürlich weg.

»Zähne?«, fragte er Schneider. Der Mediziner schüttelte den Kopf. Kein Gesicht mehr, und auch keine Zähne. Fingerabdrücke?

Nein, auch keine Fingerabdrücke. Stattdessen Stummel von zehn Fingerkuppen, gekappt möglicherweise mit einem Zigarrenabschneider. Rund um den Fundort war allerdings kein Blut zu sehen.

Apfel drehte sich weg und bat Schneider, den Körper wieder abzudecken. Den Rest konnte er sich ebenso gut auf den hoch aufgelösten Digitalfotos des Polizeifotografen ansehen. Er schaffte das nicht, schon gar nicht ohne Kaffee und zu dieser Zeit. Dann, kein Frühstück hin oder her, übergab sich Apfel. Der Kommissar kotzte mitten auf die Ehrentribüne der Allianz-Arena, möglicherweise sogar direkt vor den Platz von Franz Beckenbauer oder Karl-Heinz Rummenigge. Danach ging es ihm etwas besser, und er bat die mit der Sicherung des Fundortes ohnehin beschäftigten Kollegen, sich freundlicherweise auch um diese Bescherung zu kümmern.

Apfel ließ sich wieder in den grauen Sitz neben Reutemann plumpsen. Er bat Carl um einen Kaugummi, um den Tote-Maus-Geschmack aus seinem Mund zu vertreiben. Dann schwiegen beide, eine Minute, zwei Minuten. Paul Apfel sah durch die Öffnung im Dach der Arena langsam die Sonne aufgehen. Es würde ein herrlicher Frühlingstag werden, zumindest für den Teil der Menschheit, für den er nicht mit einer Leiche im Fußballstadion begonnen hatte.

»Ein Wahnsinniger?«, fragte Apfel schließlich.

»Quatsch«, erwiderte Reutemann und schüttelte langsam den Kopf. »Das schaut mir aber auch nicht nach Ritualmord oder Folter aus. Gesicht, Zähne, Finger, sonst keine weiteren Misshandlungen oder Verstümmelungen. Wer für das hier verantwortlich ist, hat lediglich gezielt alles beseitigt, was uns eine Identifizierung des Opfers ermöglichen könnte.«

»Der …« – Apfel wies nach links – »… hast du ihn dir genauer angesehen?«

»Natürlich.« Reutemann nickte.

»Fußballtrikot?«, fragte Apfel.

Reutemann nickte wieder. »Vollausstattung, Fleisch gewordener Traum eines Marketingheinzen. Trikot, Hose, Stutzen, Schuhe. Sogar Schienbeinschoner.«

»Trikotnummer?«, fragte Apfel, der die Antwort bereits kannte.

Carl Reutemann hob Daumen und Zeigefinger der rechten Hand. »Und wenn du jetzt noch erfährst, wie die Leiche gefunden wurde, dann kommst du aus dem Kotzen überhaupt nicht mehr raus.«

Reutemann winkte den Mann heran, der einige Meter weiter gerade noch mit dem Gerichtsmediziner Schneider gesprochen hatte. Josef Wurz war Bauarbeiter, genauer gesagt, Polier. Es hatte Qualitätsprobleme mit verschiedenen Treppenverschalungen gegeben, daher musste er mit einigen Kollegen die letzten Tage Gewährleistungsarbeiten in der Arena durchführen. Es dauerte alles viel zu lange, eigentlich wäre sein letzter Arbeitstag bereits vorgestern gewesen. Auf einer Kraftwerksbaustelle im Süden Frankreichs wartete man bereits mit Sehnsucht auf ihn.

Apfel rutschte einen Sessel nach links, um zwischen sich und Reutemann Platz zu machen für den Zeugen. Der Mann wirkte schockiert, machte auf Apfel aber einen offenen und aufgeweckten Eindruck, selbst um diese Tageszeit. Er hatte um 4 Uhr 15 mit der Arbeit begonnen, war aber bereits gute zehn Minuten später von seinem Kollegen Jacek unterbrochen worden. »Warum Anzeigetafel an?«, hatte ihn der Pole gefragt.

Das war in der Tat merkwürdig. Josef Wurz hatte die Videotafeln über den beiden Kurven der Arena noch nie in Betrieb gesehen. Doch plötzlich hatten sie angefangen zu flackern, erst gelb, dann rot, dann blau, dann wieder rot. »Fast noch mitten in der Nacht«, berichtete der Bauarbeiter den Polizisten, »schon irgendwie komisch. Nach ein paar Mal Flackern gingen die Tafeln wieder aus, und ich wollte wieder arbeiten gehen.«

»Erzählen Sie genau«, forderte ihn Reutemann auf. »Was ist dann passiert?«

»Jacek hat wieder gerufen«, erinnerte sich Wurz, »›Jetzt Wort‹, hat er gesagt, ›Jetzt ganzes Wort. Schreibt Überraschung‹. Und da stand tatsächlich ÜBERRASCHUNG auf beiden Tafeln. Und dann tauchten immer neue Buchstaben auf. ÜBERRASCHUNG A-U-F D-E-R E-H-R-E-N-T-R-I-B-Ü-N-E.«

»Und dann«, fragte Apfel, »was war dann?«

»Ich dachte immer noch, dass das ein Funktionstest ist oder so was«, sagte Josef Wurz, »vielleicht für ein Preisausschreiben beim

Eröffnungsspiel. Aber Jacek war neugierig und meinte, du musst nachsehen, komm, schnell, geh hin. Also bin ich hin. Dann hab ich ihn gefunden. Sie haben ihn auf einen Sessel gesetzt, genau so, wie ich jetzt hier sitze. Ich habe mal in einer Großmetzgerei in der Ukraine einen Anbau hochgezogen. Seitdem habe ich so etwas nicht mehr gesehen. Den Rest kennen Sie.«

Allerdings kannte Paul Apfel den Rest. Er forderte Wurz auf, jetzt nach Hause zu gehen, sich am Telefon für Nachfragen bereitzuhalten und vorerst nicht nach Frankreich abzureisen. Der Kommissar spürte, dass er das Fußballstadion jetzt dringend verlassen musste, um keine weitere Sauerei anzurichten. Mit Reutemann vereinbarte er, dass sie sich in spätestens neunzig Minuten im Präsidium treffen würden.

Er war müde, und ihm war zum Kotzen. Vor dem Stadion musste sich Paul Apfel ein weiteres Mal übergeben.

9

Als Apfel in seinem Büro eintraf, konnte er seinen eigenen säuerlichen Mundgeruch wenn schon nicht riechen, dann doch zumindest schmecken. Und er sah erst jetzt, dass er einen Teil der zweifachen Bescherung aus der Allianz-Arena auf seinem schwarzen Lederschuh, es war der linke, ins Präsidium mitgebracht hatte. Dann roch er es auch. Ihm wurde wieder übel.

Der Kommissar kramte Zahncreme und Zahnbürste tief unten aus seiner Schreibtischschublade, schlurfte einige Türen weiter auf die Toilette und war froh, dass ihm unterwegs niemand begegnete. Er zerrte Unmengen von Handtuchpapier aus dem Spender, hielt einen Teil davon unter den Wasserhahn und brachte zunächst seine Schuhe halbwegs wieder in Ordnung. Danach putzte er sich die Zähne, wusch sich Gesicht und Hände erst mit warmem, dann mit kaltem Wasser, scherte sich nicht um die entstandene Überschwemmung und kehrte zurück in sein Büro. Er beschloss, den Pressespiegel, der sich mittlerweile auf seinem Schreibtisch eingefunden hatte, zunächst zu ignorieren.

Die ersten Schlagzeilen zum Leichenfund in der Kabine (»MORD IN DER ALLIANZ-ARENA«, »ARENA: TOD IN DER BAYERN-KABINE«) brüllten ihn trotzdem an. Er warf den Stapel auf den Boden, nicht ohne zuvor festzustellen, dass ein eifriger Journalist der »Abendzeitung« sogar recherchiert hatte, auf wessen Platz in der Bayern-Kabine sich das Mordopfer breit gemacht hatte – es war der von Mehmet Scholl, Deutschlands sentimentalem Lieblingsfußballer, wie sogar Paul Apfel wusste.

Reutemann war noch nicht eingetroffen. Apfel versuchte, seine Gedanken zu sortieren. Emma Keßler, ihre Sekretärin, die eigentlich erst am Montag aus dem Urlaub zurückkehren sollte, unterbrach ihn dabei, als sie ihren Kopf durch die Tür steckte. Zwei Kollegen vom Landeskriminalamt und zwei vom Bundeskriminalamt hatten ihre Ankunft für elf Uhr angekündigt. Die Show, so schien es, konnte beginnen. Emma verdrehte die Augen und lächelte. Es war das erste Lächeln, das Apfel an diesem Morgen sah, immerhin.

»Warum bist du schon hier?«, fragte der Kommissar leise.

»Zeitung gelesen«, antwortete sie, »klang nach Arbeit.«

Paul freute sich, Emma wieder um sich zu haben, und begann erneut mit dem Nachdenken. Zwei Morde, ein Mörder. Oder? Oder doch nicht? Der Zusammenhang zwischen den beiden Taten war offensichtlich. Die Unterschiede hinsichtlich der Brutalität des Vorgehens aber ebenso. Zwei Morde, zwei Mörder, ein Auftraggeber? Konnte ebenso gut sein. Konnte alles sein, musste aber nicht.

Er wartete auf Carl, er wartete auf Informationen zu »MMBR Services«, er wartete auf eine Eingebung. Vielleicht wartete er auch nur darauf, die verbleibenden Stunden bis zum Wochenende zu überleben.

Das Telefon klingelte um kurz nach neun. Es war MMBR. Beziehungsweise Tessa Höttinger von der HypoVereinsbank München mit Informationen zu MMBR, endlich. Ja, die Überweisung der dreißigtausend Euro war von Michael Albers am 5. April 2006 höchstpersönlich in der Pasinger Filiale der HypoVereinsbank in der Landsberger Straße in Auftrag gegeben worden. Die dazugehörige handschriftliche Auftragsbestätigung hatte die Kollegin vorschriftsgemäß abgelegt. Und beim angegebenen Empfänger MMBR handelte es sich um keine Firma, sondern um einen gewissen Markus Rosberg aus Kreuzlingen, am Schweizer Ufer des Bodensees. Die spärlichen weiteren Angaben, die die Schweizer Kollegen von der UBS-Bank zu machen bereit waren, könne sie ihm gerne per Fax zukommen lassen. Apfel bat sie darum, dies schnellstmöglich zu erledigen, und gab ihr die Nummer.

Reutemann war mittlerweile aus der Arena zurückgekehrt und hatte sich während des Gesprächs mit der Bankfrau auf einen Stuhl in Apfels Zimmer gesetzt. »Die Bank«, hatte ihm Apfel zugeraunt, »MMBR.« Paul bat den Inspektor, noch ein paar Augenblicke zu warten, und ließ Emma vor dem Faxgerät in Position gehen. Keine Minute später kam sie ins Zimmer und winkte mit einem Blatt Papier. Der Kommissar stellte fest, dass sie im Urlaub drei oder vier Kilo abgenommen haben musste, dass der burgunderrote Ton ihrer schulterlangen Haare neu war und dass Emma Keßler mindestens fünf Jahre jünger aussah als ihre siebenunddreißig.

»Fünf Pfund«, lächelte Emma, die manchmal Pauls Gedanken lesen konnte, »nicht mehr. Und zum Idealgewicht fehlen immer noch fünfzehn. Entweder ich schaffe das bis vierzig oder nie mehr.« Sie ging, schaute sich kurz um und fügte hinzu: »Also wahrscheinlich nie mehr.«

Das Fax der UBS zum Vorgang war kurz und knapp. Markus Michael Bernd Rosberg, geboren 14. Juni 1967, deutscher Staatsbürger, Kaufmann, Lindauer Platz 12 in CH-8280 Kreuzlingen. Eingang der dreißigtausend Euro am Freitag, 7. April 2006, Barabhebung in Form von sechsundvierzigtausendfünfhundert Schweizer Franken am Montag, 10. April 2006. Zu weiteren Informationen sehe man sich erst nach ausdrücklicher Aufforderung entsprechend autorisierter Stellen in der Lage, hochachtungsvoll, S. Pfefferli.

Apfel beschloss, dass er nicht genügend Geduld hatte, die Aufforderung entsprechend autorisierter Stellen abzuwarten, und bat Emma, einen Kollegen der Kantonspolizei in Kreuzlingen aufzuscheuchen und ans Telefon zu holen. Carl Reutemann hatte noch keinen Ton gesagt und sich auch noch keinen Zentimeter von seinem Stuhl bewegt, seit er aus der Fußball-Arena zurückgekehrt war.

»Und«, fragte er Apfel nun, »kümmerst du dich jetzt um den einen und ich mich um den anderen – oder machen wir's andersrum?«

Apfel verstand zuerst nicht, dass Carl mit dem einen und dem anderen die beiden Mordopfer meinte, bis Carls nachgeschobenes »Und wer übernimmt morgen Nummer drei?« für Klarheit sorgte. Apfel überlegte ernsthaft, ob er heute Abend in der herrlichen Landshuter Martinskirche eine Kerze dafür stiften sollte, dass es keine Nummer drei geben würde, kam aber diesbezüglich zu keinem abschließenden Ergebnis.

Emma Keßler beendete seine ungewohnten religiösen Anwandlungen endgültig. Sie hatte einen Leo Welti von der Kantonspolizei Kreuzlingen in der Leitung. Welti war willig und unkompliziert, sprach aber mit einer so enormen Lautstärke, dass auch Reutemann dem Gespräch mühelos folgen konnte.

»Ich habe schon von eurem Problem gehört«, brüllte Welti, als ob er die paar hundert Kilometer zwischen München und dem Bodensee ganz ohne die Hilfe moderner Kommunikationstechnik überwinden wollte, »ihr habt einen Toten im Fußballstadion liegen. Geht es darum?«

Ungewollt sprach auch Paul Apfel deutlich lauter als sonst üblich. Die Leitung war tatsächlich so schlecht, als säße Welti nicht am Boden-, sondern irgendwo weit hinter dem Baikalsee. »Grundsätzlich ja. Aber es geht nicht um einen Toten im Fußballstadion, sondern seit heute Morgen um zwei Tote. Wir haben einen zweiten Mord aufzuklären.«

Leo Welti pfiff noch lauter, als er sprach, und sein erstaunter Pfiff fuhr Apfel durch den ganzen Körper. »Zwei schon? Dann macht ihr ja richtig Fortschritte.« Welti machte eine kurze Pause und schrie: »War nicht bös gemeint, Kollege, nix für ungut. Aber jetzt bin ich gespannt, womit wir euch helfen können.«

»Sagt euch in Kreuzlingen MMBR etwas?«, rief Apfel in den Hörer.

»MMBR, MMBR, MMBR.« Leo Welti war sogar beim Nachdenken lauter als andere Menschen. »Ich glaube nicht. Wer oder was soll das sein?«

»Markus Rosberg«, sagte Paul, »genauer gesagt, Markus Michael Bernd Rosberg. Kurz MMBR. Kennt ihr den?«

Leo Welti hob die Stimme nochmals an. »Rosberg? Da klingelt irgendwas in meinem Hinterstübchen. Lassen Sie mich überlegen ...« Nach einer kurzen Denkpause schien der Schweizer den richtigen Datensatz in seinem Hirn aufgestöbert zu haben. »Das kann eigentlich nur der Import-Export-Rosberg sein. Ich wusste gar nicht, dass der so viele Namen hat. Bei uns lief er nur als Markus Rosberg.«

»Wieso Import-Export-Rosberg?«, fragte Apfel zurück. »Wer ist der Mensch?«

Jetzt schien Welti den Namen und die dazugehörige Geschichte wieder vollständig präsent zu haben. »Er macht, sagen wir mal, Geschäfte – bestimmt nicht alle legal, aber auch nie so illegal, dass man ihm etwas nachweisen kann. Hat er etwas mit der Sache zu tun?«

»Könnte sein«, erwiderte Apfel knapp. »Habt ihr was im AFIS über ihn?« AFIS – das war das Automatische Fingerabdruck-Identifizierungssystem, das mittlerweile weltweit vernetzt war und das binnen Minuten Informationen ausspucken konnte.

Welti verschwand vom Telefon und meldete sich eine gute Minute später zurück. »Treffer. Wir haben tatsächlich Fingerabdrücke.«

Apfel registrierte die Information befriedigt, war mit seinen Gedanken aber schon einen Schritt weiter: »Was für Geschäfte sind das?«

»Wie gesagt«, rief der Schweizer, »Import-Export. Ich habe die Datei jetzt auf dem Schirm. Import vor allem von Elektronik aus Asien, Export vor allem von Schokolade aus der Schweiz, was sonst? Wussten Sie nicht, dass Chinesen verrückt sind nach unserer Schoggi?«

Paul Apfel war geplättet. »Schokolade? Im Ernst?«

»Das ist zumindest die offizielle Version«, rief Welti zurück, »und dass in seinen Toblerone-Dreiecken etwas anderes steckt als beste Schweizer Vollmilchschokolade mit Honig und Mandeln konnten wir ihm nie nachweisen. Und ganz ehrlich: Wir haben viel zu wenig Personal, um es ernsthaft zu probieren. Außerdem sind unsere letzten Informationen auch schon zwei, drei Jahre alt.«

Der Münchner Kommissar war fast heiser mittlerweile. Wahrscheinlich standen schon Kollegen an der Tür und rätselten, wen Apfel in seinem Büro wohl anbrüllte. Eine Frage hatte er aber noch. »Herr Welti, hat Rosberg etwas mit Medien zu tun? Oder mit Vermögensanlage?«

Leo Welti lachte laut auf. »Das wäre mir völlig neu. Wieso fragen Sie?«

»Nur so eine Idee«, erwiderte Apfel. Er bat Welti, Rosberg ausfindig zu machen und ihn auf die Polizeiwache in Kreuzlingen zu bestellen. Es läge nichts gegen ihn vor, aber die deutsche Polizei würde gerne mit ihm sprechen, am besten noch heute. Welti versprach, sich zu bemühen, brüllte ein freundliches »Uf Widerluegen« und verstummte. Jetzt hatte Apfel auch noch Kopfschmerzen.

Zum zweiten Mal an diesem Tag saßen er und Carl Reutemann

minutenlang stumm da und wussten nicht, was sie denken oder sagen sollten. Reutemann war der Erste, der wieder zu Worten fand.

»Wir haben eine Leiche, deren Identität wir kennen und bei der sich die Einschaltquotentheorie vielleicht gerade in Luft aufgelöst hat. Und wir haben noch eine Leiche, von der wir gar nichts wissen. Die Kollegen vom LKA und vom BKA werden hingerissen sein.«

»Ansprache beendet?«, fragte Apfel gereizt. »Weißt du, wie viel Arbeit wir haben? Wir müssen klären, wie es im Stadion zu dem Hinweis auf der Anzeigetafel gekommen ist. Wir müssen herausfinden, ob Sina Berger einen Markus Rosberg kennt. Wir müssen sehen, ob der zweite Tote sich aufgrund irgendwelcher körperlicher Merkmale vielleicht doch identifizieren lässt. Wir müssen die Pressestelle mit Informationen füttern. Wir müssen ...«

Paul Apfel mochte gar nicht mehr darüber nachdenken, was sie noch alles mussten. Er blickte sich um in dem Raum, den er sein Büro nannte und der eher einem Saustall oder einem Verlies glich. Schränke, die überquollen vor Akten an allen vier Wänden, dazwischen nur ein kleines verstaubtes Fenster an der einen Wand und die Tür auf der Seite gegenüber.

Außerdem gehörten zum Inventar: ein beiger Plastikfußboden, den Carl gerne als pissgelb bezeichnete, ein Schreibtisch aus Spanplatten in einer ganz ähnlichen Farbe, dessen einzige Zierde vier bunte Formel-1-Modellautos aus den Siebzigern waren, darunter ein sechsrädriger Tyrrell P34 und der Ferrari 312 T2, mit dem Niki Lauda 1976 auf dem Nürburgring verunglückt war. Irgendwie im Raum verteilt befanden sich vier billige Drehstühle mit scheußlich-braunem Cordüberzug. Und an einer Wand hingen Paul Apfels Starschnitte – so hatte Carl Reutemann die ausgebleichten Fahndungsplakate getauft.

Wie schaffte er es seit Jahren, in dieser Umgebung, die für Miriams Feng-Shui-Gurus der Vorhof zur Hölle sein musste, vernünftig zu denken? Schaffte er es überhaupt?

Carl und er und zwei, drei Kollegen aus dem Kommissariat würden nicht mehr ausreichen, um diesen Fall vernünftig zu bearbeiten, das wusste der Kommissar jetzt. Sie brauchten Verstärkung und Kollegen, die ihnen zuarbeiteten. Eine »Soko Stadion« müsste jetzt auch formell etabliert werden. Noch fünfundvierzig Minuten bis zum Termin mit den Kollegen von LKA und BKA. Es wurde Zeit.

Paul Apfel stellte sich ans Fenster und dachte an einen alten Schlager der Knef, vielleicht 1968. Von nun an ging's bergab.

10

Landshut und seine rituellen Geplänkel mit Miriam, Tatjana, Taschi und Jonathan waren endlos weit weg an diesem Freitagvormittag. Viel weiter jedenfalls als die gut achtzig Kilometer, die Apfel gerade tatsächlich von seiner Wahlheimat trennten, die er ab und an auch als Qualheimat bezeichnete.

Sein Amüsement über die Neueröffnung von »Conny's Geschenkestüb'l«, dem höchstwahrscheinlich weltweit einzigen Laden mit mehr falschen Apostrophen im Namen als Kunden am Tag – war das wirklich erst zwei Tage her?

Die Kollegen vom Landeskriminalamt und vom Bundeskriminalamt waren überpünktlich und drückten sich bereits um fünf Minuten vor elf in sein Zimmer. Mit Carl waren sie sechs, eigentlich war es zu eng, aber Apfel verkraftete die steife Atmosphäre in Konferenzräumen mit ihren Overheadprojektoren, Magnettafeln und surrenden Leuchtstoffröhren nur schlecht. Es war die erste reguläre Sitzung der »Soko Stadion«.

Mit den Kollegen vom LKA, Gerd Oberndorfer und Karl Stryceck, hatte Apfel bereits einmal zu tun gehabt. Er konnte sich aber kaum mehr erinnern, ob die Zusammenarbeit erfreulich verlaufen war oder nicht. Daher dürfte alles in Ordnung gewesen sein. Die anderen beiden, eine blassblonde Mona Maierhofer und einen Steffen Bartels vom BKA, kannte er nicht.

Die Stimmung war angespannt. Sie verbesserte sich, als Emma ihre selbst gestrichenen Butterbrezen, die die klar geregelte Standardverpflegung bei Kommissariatsbesprechungen an Qualität und Menge weitaus übertrafen, auf Apfels Schreibtisch stellte. Und sie verschlechterte sich wieder, als Carl Reutemann den Stand der Dinge darlegte, der sich seit der Besprechung mit Paul Apfel kurz zuvor nicht weiterentwickelt hatte.

Das Duo vom LKA war in Ordnung, fand der Kommissar, ebenso Mona Maierhofer. Der andere BKAler ging Apfel schon nach wenigen Minuten auf die Nerven, nachdem er die Maßnahmen, die

Carl und er für die nächsten Stunden ohnehin eingeplant hatten, als Geistesblitze verkaufte, auf die die Münchner ohne seine Unterstützung niemals verfallen wären.

»Wir müssen gegebenenfalls einen Kollegen in die Schweiz schicken«, verkündete Bartels mit unangenehm hoher und singender Stimme, »und wir sollten Wachpersonal an diesem Fußballstadion postieren, das die Augen offen hält.« Ein Fußballstadion, das die Augen offen hält? Apfel amüsierte sich wenigstens innerlich.

Bartels sang noch einige weitere Vorschläge, die Paul und Carl abwechselnd mit »Absolut«, »Unbedingt« oder auch mit »Auf jeden Fall« kommentierten. Nach gut fünfundvierzig Minuten hatte Bartels ausgesungen, und man kam überein, dass Mona Maierhofer und Karl Strycek das Münchner Ermittlungsteam ab sofort verstärken sollten und dass am Montag zwei weitere Kollegen des BKA dazustoßen würden. Dann hatten sie ein Kernteam von acht bis zehn Mann, je nach Personaleinsatz des Münchner Präsidiums; mehr – das meinte auch BKA-Bartels in seinem Abschiedsständchen – wäre für eine effiziente Ermittlungsarbeit derzeit ohnehin nicht zu empfehlen. Die Leitung der Soko sollte bei Apfel verbleiben.

Bei Bedarf, darauf einigte sich die Runde zum Abschluss, könnte das Team natürlich weiter verstärkt werden. Apfel graute es vor dem »Bedarf« – dies würde aller Voraussicht nach weitere Leichen bedeuten.

Kurz vor zwölf schob der Kommissar die vier Besucher aus seinem Zimmer und registrierte erfreut, dass zwei von Emmas Butterbrezen auf seinem Schreibtisch übrig geblieben waren.

»Polizeilich beschlagnahmt«, brummte er und konnte sich erstmals an diesem Tag zumindest ein klein wenig entspannen. Eine Stunde später hatte Reutemann veranlasst, dass sich zwölf Beamte in Zivil im Drei-Schicht-Betrieb zunächst für eine Woche rund um die Allianz-Arena und im Stadion selbst positionierten und die Augen offen hielten.

Emma Keßler legte dem Kommissar eine Vorab-Zusammenfassung des kriminaltechnischen Berichts zum ersten Mord auf den Tisch. Apfel registrierte beim diagonalen Lesen die wichtigsten Ergebnisse: keine Rauch- oder Schmauchspuren sowie auch nur kleinste Blutspritzer in der Kabine des FC Bayern – der Fundort der Leiche von Michael Albers war keinesfalls auch der Tatort. Die Leiche war nachträglich dorthin gebracht und auch nachträglich umgezogen worden. Als der Journalist aufgefunden wurde, war er bereits rund sechzig Stunden tot. Todesursache war ein einziger Schuss in die linke Schläfe, abgefeuert aus maximal einem Meter Entfernung mit einer Walther PP, Kaliber 6,35 Millimeter. Auf einem gelben Post-it-Notizzettel hatten die Kollegen eine weitere Information hinzugefügt: »Bisher keine Erkenntnisse über frühere Verwendung der Tatwaffe in einem Kriminalfall.«

Eine weitere halbe Stunde später erfuhr Paul Apfel von Quester, der direkt aus der Arena anrief, dass die Tür zum Steuerraum für die Videotafeln aufgebrochen worden war und die Spurensicherung einmal mehr auf dem Weg ins Stadion war, um nach Fingerabdrücken oder sonstigen Hinterlassenschaften zu suchen. Paul bat Quester dringend nachzuforschen, wie kompliziert die Anlage zu bedienen war und ob es vorstellbar wäre, dass ein Laie ohne Kenntnis des Systems in der Lage sein könnte, Texte auf dem Würfel ablaufen zu lassen.

Vielleicht, überlegte Apfel allen Ernstes, sollten sie in einem der Büros des Stadions, das die offizielle Adresse Werner-Heisenberg-Allee 25 trug, ihr Hauptquartier aufschlagen und sich damit den Weg zwischen der Stadtmitte und der Arena ersparen. Dann wäre er auch abends schneller zu Hause. Er wusste, dass es sogar einen Knast gab, tief unten im Bauch der Arena, also wäre auch das kein Problem, sollte der Mörder wieder vorbeischauen.

Er überlegte immer noch, als die Tür zu seinem Büro aufflog und Hannes Glemser sich schwitzend und keuchend vor seinem Schreibtisch aufbaute.

»Grad war dein Soundtrack im Radio, Paul«, sagte Glemser und grinste, »Falco. ›Drah di net um, der Kommissar geht um‹.« Hannes Glemser litt nicht an Übergewicht, sondern an Untergröße, wie der Österreicher stets beteuerte. Und vor allem zeichnete er als Pressesprecher des Präsidiums für eine standesgemäße Verkaufe ihrer Triumphe und notfalls auch für eine verständniserweckende Darstellung ihrer Niederlagen verantwortlich.

Heute ging es eher um Zweiteres. Und Glemser ließ keinen

Zweifel daran, dass er nicht bereit war, sich alleine mit der Meute auseinander zu setzen, die ihm seit heute Vormittag auf den Fersen war.

»Paul, mein Freund«, sagte der Pressesprecher, und es klang in seinem Wiener Singsang deutlich charmanter, als es gemeint war, »heute um drei. Wir beide. Pressekonferenz. Vierzig Zeitungen, sechs Agenturen, sieben Fernsehsender, acht Radiostationen. Vielleicht kommen auch noch der amerikanische Präsident, Mao Tsetung und Bruno Kreisky. Die freuen sich alle ganz furchtbar auf dich. Wir könnten notfalls auch den Marienplatz anmieten, damit es sich mit dem Platz für alle ausgeht.«

Pressekonferenz. Apfels Alptraum. Er stöhnte auf. »Ich muss arbeiten, Hannes. Ich weiß überhaupt nicht, wo ich anfangen soll.«

»Das IST Arbeit«, erwiderte Glemser, »vielleicht die wichtigste überhaupt heutzutage. Oder was glaubst, was ich den ganzen Tag treib? Servas.« Der Luftzug der knallenden Tür fegte einige Blätter von Pauls Schreibtisch.

Er schaute auf die Uhr. Noch eine gute Stunde bis zur Pressekonferenz. Auf die Rolle als Star in den Boulevardmagazinen von Tatjana und Taschi konnte er sehr gut verzichten. Er hoffte inständig, dass die Mädchen sich heute fernsehfrei nahmen und ihm damit auch die unvermeidliche Stil- und Outfit-Kritik erspart bleiben würde.

Apfel beschloss, wegen der ohnehin knappen Zeit auf einen weiteren Besuch bei Sina Berger zu verzichten und die Freundin des ersten Mordopfers stattdessen anzurufen. Sie war sofort am Telefon. Ihre Stimme klang kräftiger als am Tag zuvor. Es ging ihr etwas besser, erklärte sie. Außerdem wollte sie ab morgen für einige Tage ihre Eltern im Rheinland besuchen, um zur Ruhe zu kommen. Der Kommissar hatte nichts dagegen. Er bat sie allerdings, ihr Handy angeschaltet zu lassen und immer erreichbar zu sein. Außerdem sollte sie der Kollegin Bellof ein Duplikat des Schlüssels zum Reihenhaus überlassen, falls die Polizei ins Haus muss.

Es war ein Schock für Sina Berger, als ihr Apfel eröffnete, dass man heute Morgen ein zweites Mordopfer in der Allianz-Arena gefunden hatte. Ihr Freund nur das erste Opfer einer Mordserie? Die junge Frau begann erneut zu weinen und war nicht zu beruhigen. Apfel verwünschte sich für seine Bequemlichkeit, sie nicht persönlich aufgesucht zu haben.

»Tut mir Leid«, nuschelte er ins Telefon, »tut mir wirklich Leid.«

Er versprach ihr, sofort Nina Bellof vorbeizuschicken, die sich um sie kümmern und dann ins Präsidium bringen würde. Er müsse trotz allem nochmals mit ihr sprechen. Dann legte er auf und schämte sich dafür, dass er zu feige gewesen war, Sina Berger auf das vorzubereiten, um das er sie heute noch bitten musste.

Hatte er sie eigentlich gefragt, ob sie einen Markus Rosberg kannte? Hatte er nicht. Er gestand sich ein, dass er in den letzten zehn Minuten so gut wie alles falsch gemacht hatte, was ein Polizeibeamter in seiner Ermittlungsarbeit nur falsch machen kann. Der Fall begann ihm zuzusetzen.

Es war kurz vor drei, als Paul Apfel sein Zimmer verließ, um sich in den Konferenzraum der Pressestelle zu bemühen. Kurz vor dem Ziel blieb er stehen, straffte sich, schob sich einen zuckerfreien Kaugummi in den Mund, bemühte sich um einen neutralen Gesichtsausdruck und trat ein.

Die Veranstaltung dauerte fünfunddreißig Minuten. Hannes Glemser schirmte ihn nach Kräften ab. Apfel fühlte sich dennoch grauenvoll. Blitzlichter, grellrote Lampen an Kameras, bunte Mikrofone mit Senderlogos und Diktiergeräte, die sich ihm ins Gesicht bohrten, schreiende und drängelnde Journalisten, die sich im Kampf um die besten Plätze die Köpfe einschlugen, ein stechender Geruch nach Schweiß, die Hitze der Scheinwerfer, eine immer weiter zunehmende Hitze, Lärm, viel Lärm, sehr viel Lärm. In einem Wort: Hysterie.

Apfel fasste in knapp fünf Minuten die Fakten zusammen. Er verhaspelte sich, verlor den Faden, fand ihn wieder und beantwortete im Anschluss vier oder fünf Fragen. Sie drehten sich um den Zustand der zweiten Leiche (er hatte Details bewusst ausgespart), um die Reaktionen der Münchner Fußballvereine (die ihm momentan völlig egal waren), um die Sicherheitslage für das WM-Eröffnungsspiel (zu der er nichts sagen konnte) und um die Aussichten auf eine größere Mordserie (auf die er dem Reporter derzeit keine konkrete Hoffnung machen konnte).

Dann hatte Apfel genug, ließ Anfragen für Einzelinterviews

von Hannes Glemser kategorisch abwimmeln und floh entnervt in sein Büro. Er würde Äpfelchen anrufen und seinen Kindern das Einschalten des Fernsehers für den Rest des Tages und am besten auch noch das ganze Wochenende und die darauf folgenden sieben Wochen kategorisch verbieten lassen.

Glemser schaute zehn Minuten später bei ihm vorbei. »Bravo, Paul«, sagte der Dicke freundlich, »hast dich tapfer gehalten. Die meisten dieser Journalisten sind für sich allein ganz reizende Leute. Auf einem Haufen sind sie mörderisch.«

Es war kurz vor vier Uhr nachmittags an diesem Freitag, dem 14. April 2006. Und es war noch nicht zu Ende. Er rief bei Carl an. Ja, Sina Berger war schon seit zwanzig Minuten da. Paul bat Reutemann, mit der Besucherin in sein Zimmer zu kommen.

Ihre Augen waren immer noch rot. Apfel entschuldigte sich dafür, dass er sie am Telefon mit der Nachricht vom zweiten Mord so ungeschickt überfallen hatte. Sie nickte und flüsterte etwas wie »Schon gut«.

Paul Apfel drückte sich immer noch.

Nein, erklärte Sina Berger auf seine Frage, der Name Markus Rosberg sage ihr überhaupt nichts. Nein, sie wisse auch nicht, wen ihr Freund in der Schweiz treffen wollte. Er habe nur erklärt, weiter für seine Quotengeschichte zu recherchieren. Und, fragte Apfel, hatte sie möglicherweise eine Idee, was Michael Albers mit Import-Export, asiatischer Elektronik und Schweizer Schokolade zu tun gehabt haben könnte?

Sie schüttelte verzweifelt den Kopf. »Keine Ahnung, Herr Apfel. Ich kenne diese Welt nicht, das sind lauter Sachen, die ich nicht in Zusammenhang mit Michael bringe. Ich habe langsam das Gefühl, dass ich ihn gar nicht richtig gekannt habe. Und das ist das Furchtbarste momentan.« Sina Berger litt sichtlich.

Und sie würde noch mehr leiden müssen an diesem Nachmittag. »Frau Berger, ich muss Sie um Ihre Mithilfe bitten, auch wenn es für Sie schwer ist«, begann Apfel vorsichtig. Die junge Frau schaute ihn erschrocken an. Nicht noch mehr.

»Ihr Freund«, fuhr Apfel fort, »ist einem Mord zum Opfer gefallen, der vielleicht nur der erste einer Serie war. Wir wissen nicht, in welchem Zusammenhang Ihr Freund mit dem zweiten Opfer stand. Aber wir können nicht ausschließen, dass Sie auch das zweite Opfer kennen und dass es sich um einen Freund oder einen Kollegen von Michael handelt. Ich muss Sie bitten, sich die Leiche anzusehen. Sein Gesicht ist nicht mehr zu erkennen. Aber vielleicht gibt es Merkmale, anhand derer Sie den Mann identifizieren können, die Hände, die Arme, die Figur, eine Narbe, was auch immer. Es tut mir Leid, dass wir Ihnen das zumuten müssen.«

Sina Berger nickte kaum wahrnehmbar und presste die Lippen zusammen. »Verstehe«, murmelte sie dann. »Auf Fotos oder in echt?«

»In echt«, erwiderte Apfel, »jedes Detail kann wichtig sein. Wir würden Ihnen das gerne ersparen. Der Kollege Reutemann, Nina Bellof und ein Arzt werden Sie begleiten.«

Carl hatte sich schon zuvor bereit erklärt, mit Sina Berger in die Gerichtsmedizin zu fahren. Paul war dankbar. Es tat ihm gut, sich nicht all den Schrecken, den dieser Fall offenbar mit sich brachte, alleine aufladen zu müssen.

Die nächsten neunzig Minuten tat Paul Apfel nichts – nichts, außer die Wand anzustarren, sich intensiv darauf zu konzentrieren, an nichts zu denken und sich darüber zu ärgern, dass sich der Schweizer Kollege Welti nicht wie erbeten meldete.

Dann war Carl zurück und schüttelte den Kopf.

»Nichts. Kennt ihn nicht, hat ihn nie gesehen. Da bist du überrascht, gell.« Sina Berger hatte den Anblick nur mit Hilfe einer Beruhigungsspritze überstanden und war anschließend von Nina Bellof wieder nach Hause gebracht worden.

Wieder eine Hoffnung weniger.

Apfel und Reutemann mussten sich eingestehen, dass an ein ordentliches Wochenende nicht mehr zu denken war. Sie vereinbarten, sich Samstag früh um neun wieder im Kommissariat zu treffen.

»On My Way To L.A.«, dachte Apfel, als er in den feuerwehrroten Seat stieg. Den dazugehörigen Sänger hatte er allerdings nicht auf seiner eingebauten Festplatte abgespeichert.

Am frühen Abend verbrachte er eineinhalb Stunden auf dem Laufband und an den Geräten seines Fitness-Studios in Ergolding. Er musste sich bewegen, um den Müll dieses Tages aus seinem

Körper zu schwitzen, und er musste dabei Musik auf seinem iPod hören, die ihn auf andere Gedanken brachte.

Er entschied sich für die vielleicht blödesten vierzehn Stücke, die seine Musikmaschine beherbergte. James Last plays ABBA. Dancing Queen und Waterloo im Happy Sound vom guten alten Hansi aus Bremen. Er rackerte, genoss jede Note und hoffte vor allem, dass der Kopfhörer leise genug eingestellt war, um keinen der anderen Hobby-Sportler seine eklatante Geschmacksverirrung bemerken zu lassen.

Immerhin, Paul Apfel fühlte sich, für seine Verhältnisse, anständig in Form an diesem Abend. Er trainierte, wie meistens, auf diesem amerikanischen Laufband mit den lustigen Warnhinweisen. »Bei Schwache, Schwindel, Schmerzen oder Atemnot horen Sie sofort auf Training«, stand da zu lesen. Aber da er das Laufen ohnehin meist schon in diesem angegriffenen Zustand begann, ignorierte er die Warnung.

11

Samstag gab es keinen Pressespiegel im Münchner Polizeikommissariat. Das war sehr angenehm. Apfel hatte schon von den Schlagzeilen genug, die ihn aus dem Zeitschriftenregal seiner Landshuter Tankstelle anbrüllten. Ob es »Bild« war oder auch vorgeblich seriöse Blätter wie die »Süddeutsche« oder der »Münchner Merkur« – sie hatten alle anderen Themen dieser Welt beerdigt und konzentrierten sich weitgehend auf die beiden Morde in der Fußball-Arena.

»PLATZT DIE WM?«, »GRAUEN IN DER ARENA«, »DOPPELMORD SCHOCKT FUSSBALLWELT« und »WAS VERSCHWEIGT DER KOMMISSAR?« – die ganze Palette war im Angebot. Er konnte es sich nicht verkneifen, die altehrwürdige »Abendzeitung« mit ihrem »Was verschweigt der Kommissar?«-Bericht aus dem Regal zu kramen und durchzublättern.

Es ging darin vor allem um Apfels Weigerung, am Ende der Pressekonferenz einzelne Stellungnahmen abzugeben, um seine vagen Angaben über die Umstände des zweiten Leichenfundes und um seine offensichtliche Nervosität. Dies alles vermengte der Polizeireporter der »Abendzeitung«, den alle Münchner Polizisten als »Kadaver-Karli« kannten, zu wüsten Spekulationen über die Hintergründe der Morde. Angeblich wisse die Polizei weit mehr, als sie gegenüber der Öffentlichkeit zugebe. Wäre es nicht so traurig gewesen, man hätte fast darüber lachen können.

Und das gut dreißig Zentimeter hohe Farbfoto, das ihn aus ungünstigstem Winkel genau in dem Moment zeigte, als er sich verhaspelt hatte, war an Peinlichkeit nicht zu überbieten. Der überforderten Bürokratengestalt, die hier vorgeführt wurde, würde er auch kein Wort glauben. Apfel stopfte das Blatt zurück ins Regal.

Als er gegen 8 Uhr 45 im ansonsten fast leeren Präsidium eintraf und kurz darauf sein Büro im dritten Stock betrat, fand er, dass es darin muffig roch wie nie. In der Luft lag ein Geruch nach liegen gebliebener Arbeit und nach einen Tag alten säuerlichen Ausdünstungen ratlos schwitzender Kriminalbeamter. Apfel riss das Fenster so weit auf wie nur möglich. Carl Reutemann war schon da und offenbar besserer Laune als er selbst. Der Inspektor streckte ihm einige Blätter Papier entgegen. »Die ersten Ergebnisse der Obduktion des zweiten Toten.«

»So so«, brummte der Kommissar. »Was steht drin?«

»Er wurde erstickt, vielleicht mit einem Kissen. Der Fundort war auch diesmal nicht der Tatort, und alle Entstellungen passierten erst, als er schon tot war. Also nix mit Folter oder Ähnlichem. Er war ungefähr fünfzig bis fünfundfünfzig, und sein Körper war in gar keinem guten Zustand.«

»Das heißt?«, fragte Apfel.

»Das heißt«, erklärte Reutemann, »schlechte Ernährung. Wenig Vitamine, wenig Mineralien, Trichterbrust, Rachitis, schlechte Knochendichte – so wie der Körper eines Fünfzigjährigen eben aussieht, der jahrelang zu wenig Obst und Gemüse und zu viel Fertigfraß von deinem Landshuter Oberbürgermeister gefressen hat.«

Trichterbrust, Rachitis. Paul Apfel dachte, dass sich das genau wie einer der vorwurfsvollen Vorträge von Äpfelchen über seinen höchstwahrscheinlichen Zustand in zehn Jahren anhörte, nachdem er wieder einmal auf einen Big Mac beim »McOB« eingefallen war, wie er die Hamburger-Kette nannte.

»Und auch ansonsten«, fügte Reutemann hinzu, »hat der Mann einen insgesamt ungepflegten Eindruck gemacht.«

Apfel dachte laut nach. »Also keine Edel-Leiche mit schöner Freundin und hohem Einkommen wie Albers. Warum ist der eine jung und gut in Form und der andere ein schlecht ernährter Tatterich mit zermatschtem Gesicht? Herrgott, wie passt das zusammen?«

Sein Kollege schüttelte den Kopf. »Das passt nicht zusammen. Vielleicht ist das gerade das Interessante daran. Wir müssen nicht nach den Gemeinsamkeiten der beiden Opfer suchen, sondern nach den Unterschieden.«

Der Kommissar nickte, dachte nach und wechselte unvermittelt das Thema. »Ist heute eigentlich ein Spiel in der Arena?«, fragte er Carl Reutemann.

»Nein«, erwiderte der Inspektor, »Bayern hat das Spiel gegen Bielefeld verschoben, wegen unserer Toten.«

Dann schwieg Paul Apfel wieder, starrte die gegenüberliegende Wand an und murmelte dreimal das Wort »Unterschiede«.

Und dann kam plötzlich Bewegung in den Kommissar. Er griff sich seine Jacke und lief aus dem Büro. Reutemann konnte gerade noch hören, wie Apfel rief: »Komm, Carlos, wir machen einen Betriebsausflug.«

Keine Minute später hatte das Duo das Präsidium verlassen, bog nach links ab in die Ettstraße und hastete von dort nach rechts durch die Fußgängerzone Richtung Stachus, dem zentralen Münchner Platz in der Nähe des Hauptbahnhofs.

Normalerweise ärgerte sich Apfel fast täglich über den Zustand der Münchner Fußgängerzone. Emsiges Relaunchen und Mergen hatten dafür gesorgt, dass man, wäre da nicht der alles überragende Dom, zwischen H&M, McDonald's, O2, Esprit, Pimkie's und New Yorker meinen könnte, sich nicht in der bayerischen Landeshauptstadt, sondern in einer x-beliebigen Fußgängerzone irgendwo zwischen Düsseldorf und Delhi zu befinden. Heute hatte er dafür keinen Blick.

»Ich hab das Gefühl, dass der Tote ein Obdachloser war«, schnaufte Apfel und lief weiter.

»Warum«, fragte Reutemann und hechelte hinter dem Kommissar her, »bringt jemand einen Obdachlosen um? Kapier ich nicht.«

»Ich auch nicht«, erwiderte Apfel, »aber wir sind immer am besten, wenn wir ein Problem nach dem anderen erledigen.«

Mittlerweile waren sie am Stachus angekommen, an dem es schon am frühen Samstagmorgen hektisch und quirlig zuging. Apfel und Reutemann erholten sich ein paar Sekunden vom Jogging-Tempo, in dem sie die wenigen hundert Meter vom Präsidium zurückgelegt hatten.

Paul blickte sich um. Da sah er ihn stehen. Direkt an der Rolltreppe, die neben dem großen Bücher-Kaufhaus Hugendubel herunterführte ins Stachus-Untergeschoss. Bananen-Bernd, ungekröntes Oberhaupt der Münchner Obdachlosen. Vielleicht erst fünfzig, vielleicht auch schon weit über sechzig. So genau konnte man das nicht erkennen unter dem wallenden grauweißen Vollbart, der nur an den Backen wenige Quadratzentimeter wettergegerbter Lederhaut erkennen ließ, die selbst jetzt, zu Beginn des Frühlings, tiefbraun getönt war. Darüber verdeckte ein roter Lederhut die Stirn. Eines konnte der wilde Aufzug allerdings nicht verbergen: Die blauen Augen von Bananen-Bernd blitzten hellwach.

Er schien sich sogar über den Besuch des Polizisten zu freuen, mit dem er in den letzten Jahren zweimal zu tun gehabt hatte, als er Augenzeuge unerfreulicher, aber gottlob nicht tödlich endender Gewalttaten geworden war.

»Ah, der Herr Apfel«, grüßte der Obdachlose, »wollen'S vielleicht meinen Verkäuferausweis sehen?« Er zeigte auf den Zettel, den er an den Gürtel seiner langen braunen speckigen Lederhose geheftet hatte. Es war die Hose, die er, soweit sich der Kommissar erinnerte, seit Jahren tagaus, tagein trug.

Der Verkäuferausweis berechtigte Bananen-Bernd zum Verkauf des Obdachlosen-Magazins, das er seit Jahren am Stachus unters Volk brachte. Angeblich hatte er die Einnahmen nicht einmal nötig. In München munkelte man, dass Bananen-Bernd nach dem Tod seines Bruders eine Erbschaft angetreten hatte, die ihm problemlos die Anmietung einer Wohnung ermöglicht hätte. Nur – er wollte nicht.

Lieber, so war zu hören und in den Münchner Zeitungen zu lesen, spendete er regelmäßig nicht unbeträchtliche Summen für soziale Projekte in Mexiko. Dort hatte er als junger Mann einige Zeit gelebt, an dieses Land hatte er wohl sein Herz verloren.

Für die Theorie sprach, dass Bananen-Bernd, wenn er redete oder lachte, ein durchaus ordentliches Gebiss freilegte, das nach regelmäßigen Zahnarztbesuchen aussah. Für die Theorie sprach auch, dass sich Bananen-Bernd alle paar Wochen mit dem Taxi auf den Weg zur Münchner Großmarkthalle machte. Dort erstand er kistenweise Bananen, Orangen oder Äpfel. Danach brauste er, ebenfalls per Taxi, quer durch München, um das Obst unter seine obdachlosen Kollegen zu bringen. »Wissen'S«, hatte er Apfel bei ihrem ersten Zusammentreffen erklärt, »gesunde Ernährung und Vitamine sind so wichtig, grad wenn man so viel im Freien ist wie in unserem Beruf.«

Er hatte wirklich Beruf gesagt, erinnerte sich Apfel.

»Nein«, sagte der Kommissar, »Ihr Verkaufsausweis interessiert mich überhaupt nicht, den kenn ich ja schon. Aber ich möchte Sie um einen Gefallen bitten.«

»So«, erwiderte Bananen-Bernd, »und zwar?«

»Wir haben den Verdacht, dass in München ein Obdachloser ermordet wurde, können ihn aber nicht identifizieren. Die Leiche ist furchtbar zugerichtet.«

»Ja, um Gottes willen!« Bananen-Bernd schlug die Hände über dem Kopf zusammen. »Wer macht denn so was?«

Diese Frage konnte Paul Apfel nicht beantworten und zuckte ratlos mit den Schultern.

»Wissen Sie«, fragte Carl Reutemann stattdessen, »ob unter den Obdachlosen jemand vermisst wird? Sie kommen doch viel rum und kennen fast jeden.«

Bananen-Bernd dachte kurz nach, nahm seinen Hut ab und kratzte sich die filzigen grauen Haare. »Nicht dass ich wüsste. Der Freisinger Ferdl ist letzte Woche wieder aufgetaucht, der Ziegen-Jackie hat Urlaub, der Würmtaler liegt mit einer gebrochenen Kniescheibe im Krankenhaus, und der Bräu-Christian ist wieder mal auf Entzug. Eigentlich samma komplett.«

Apfel fand es überraschend, dass man als Obdachloser »Urlaub« haben konnte. Er entschied sich aber aus Zeitgründen dafür, das Thema nicht weiter zu vertiefen.

»Ich muss Sie bitten, mich in die Gerichtsmedizin zu begleiten, Herr …«

»Bernd langt völlig«, lächelte der Zeitungsverkäufer, »natürlich komme ich mit. Aber es wär schon recht freundlich, wenn Sie mir dafür zehn Hefte abnehmen würden. Schließlich habe ich dann einen beträchtlichen Einnahmeausfall, und die Bananen werden ja auch nicht billiger. Das macht dann fünfzehn Euro.«

Paul drückte ihm einen Zwanzig-Euro-Schein in die Hand, nahm aber nur ein Heft. Bananen-Bernds Augen strahlten. »Gemma. Und hoffen wir, dass Sie sich täuschen mit dem toten Kollegen.«

Das Institut für Rechtsmedizin der Universität München in der Frauenlobstraße war vom Stachus aus zu Fuß in kaum mehr als zehn Minuten zu erreichen.

Weitere zehn Minuten später hatte einer der Dienst habenden Pathologen Apfel, Reutemann und Bananen-Bernd in einen Raum gebracht, der von Kälte, grellem Licht und dem Geruch nach Desinfektionsmitteln dominiert wurde. Er war kahl, abgesehen von sechs Edelstahlseziertischen mit einer Batterie von Lampen darüber und einer ganzen Wand mit metallenen Schubfächern.

Sie trugen jetzt hellgrüne Papiermasken über Mund und Nase, außerdem Plastikumhänge in der gleichen Farbe. Der Pathologe suchte in einer Liste nach der Nummer des Kühlfaches und entschied sich für ein Fach ganz unten in der rechten Reihe. Er öffnete es etwa so unbekümmert wie Paul Apfel seine Schreibtischschublade im Kommissariat.

Die drei Besucher hielten noch ein paar Meter Abstand. »Mir ist schlecht«, flüsterte Bananen-Bernd unter der Maske, und die Polizisten konnten an dem, was von seiner sonst so kräftigen Gesichtsfarbe zu sehen war, erkennen, dass der Mann die Wahrheit sagte. Der Pathologe winkte sie heran und zog das weiße Tuch von der Leiche, die bis auf eine Art Lendenschurz unbekleidet war.

Das Gesicht, das keines mehr war, sah jetzt aus wie ein kahles Blumenbeet nach einer eisigen Winternacht, wie dunkle Erde, überzogen mit Raureif. Reutemann wandte sich ab. Apfel sprang zunächst die Obduktionsnaht ins Auge. Sie war grob mit einem schwarzen Material vernäht worden, das mehr an einen Strick als an einen Faden erinnerte. Die Naht verlief von beiden Schlüsselbeinen zum Brustbein. Danach breitete sie sich senkrecht über den Bauch bis hinunter zum Schambein aus, unter Umgehung des Nabels.

Dennoch war die eingesunkene Trichterbrust des Toten noch zu erkennen, ebenso wie ungepflegte Zehen- und Fingernägel, unter denen sich die blutigen Überreste der gekappten Fingerkuppen befanden. Außerdem bemerkte Apfel mehrere Furunkel an den Beinen und auffällige gelbe Verhornungen an den Ellbogen.

Der Kommissar hatte nur wenige Sekunden Zeit für diese Beobachtungen. Dann sank neben ihm Bananen-Bernd mit einem leisen »Oh Meiomei« zusammen. Er kauerte sich auf den Boden und weinte.

Apfel bedeutete dem Pathologen, das Fach wieder zu schließen. Es dauerte Minuten, bis das Weinen und Klagen von Bananen-

Bernd in ein leises Schluchzen und danach in immer kürzere Seufzer überging. Der Obdachlose kniete immer noch auf dem kalten Fliesenboden der Gerichtsmedizin. Apfel hockte sich neben ihn. Der Mann tat ihm Leid.

»Karl Grünaug«, sagte Bananen-Bernd schließlich, »der Grünaug-Kare ... an die dreiundfünfzig, glaub ich ... Ehemaliger Bundesbahner ...«

Er brauchte lange, um die paar Worte herauszubringen. Er schniefte nach jedem zweiten Wort und wischte sich mit der rechten Hand Tränen und Rotz ab, die er wiederum an seiner Hose abwischte. Und er schüttelte immer wieder den Kopf. »Am Ende war er zu kaputt, um noch zu arbeiten ... Ein Freund seit zwanzig Jahren ... Wer macht so was? ... Herrschaftszeiten, wer macht so was?« Jetzt brüllte er verzweifelt. »Herrgott, wer macht so was?«

»Ich weiß es nicht«, sagte Apfel. »Es tut mir sehr Leid. Woran haben Sie ihn erkannt, Bernd?«

»An allem«, flüsterte Bananen-Bernd, »an allem halt. Die Narbe an der linken Hand, das Muttermal am Hals, das Gestell, einfach alles. Wer macht so was?«

»Wieso haben Sie ihn nicht vermisst?«, fragte Reutemann.

»Der Kare«, schluchzte Bananen-Bernd, »ist aus Garmisch, von Haus aus. Und von Dezember bis April ist er normalerweise auch dort, wegen der Wintertouristen, da gehen die Geschäfte besser. Wenn er Anfang Mai nicht aufgetaucht wäre, hätt ich ihn schon vermisst.«

Wortlos verließen die beiden Polizisten und ihr Begleiter die Gerichtsmedizin. Bananen-Bernd, das Münchner Original, schluchzte immer noch, als sie wieder seinen Stammplatz am Stachus erreichten.

Nach ihrer Rückkehr ins Präsidium rief Paul Apfel bei der Schwester von Karl Grünaug in Garmisch an, deren Namen ihm Bananen-Bernd genannt hatte. Er schilderte ihr umständlich, was passiert war, vermied es, zu kondolieren, solange der Mann nicht eindeutig identifiziert war, und bat die Frau, hierfür schnellstmöglich nach München zu kommen.

Gundula Brauchitsch war betroffen, aber gefasst. Sie habe wenig Kontakt zu ihrem Bruder gehabt und zuletzt schon mehrere

Wochen nichts von ihm gehört. Lediglich in den Wintermonaten, wenn er in Garmisch war, sei er ab und an bei ihr aufgetaucht, um ein wenig Geld zu erbitten. Manchmal habe sie ihm den Gefallen getan, manchmal auch nicht. Auch sie habe nicht viel Geld, erklärte die Frau.

Immerhin ein kleines Rätsel konnte sie lösen. Karl Grünaug hatte Anfang April Ärger mit dem Garmisch-Partenkirchener Ordnungsamt bekommen. Offenbar war er deshalb früher als üblich nach München zurückgekehrt.

Anschließend tippte Apfel seinen Bericht über die mögliche Identität des zweiten Mordopfers ins Computersystem des Präsidiums.

Gegen zwölf kamen Mona Maierhofer und Karl Strycek in Paul Apfels Büro und lehnten sich neben der Tür an die Wand. Der Kommissar bat Quester und Stuppacher telefonisch dazu. Ihm war nach Besprechung, nach dem Austausch ihrer Ideen und Ansichten.

Sie kamen keine zwei Minuten weit.

Apfels Telefon klingelte. Reutemann hob ab und sagte kaum etwas. Als er auflegte, sprach sein enttäuschtes Gesicht Bände.

»Das war der Schweizer Kollege«, erklärte der Inspektor. »Unser Freund Rosberg ist ausgebüchst. Perdu, wie Welti gesagt hat. Seine Kontaktleute haben Welti gesteckt, dass Rosberg schon seit einer Woche nicht mehr in Kreuzlingen gesehen worden ist.«

Apfel hämmerte mit der flachen rechten Hand so fest auf die Schreibtischplatte, dass die Kugelschreiber in der Stiftebox hochsprangen. Dann schleuderte er seine drahtlose Computermaus gegen den Aktenschrank zu seiner Rechten.

»Scheiße«, fluchte er, »erst zwei Tote, und jetzt geht uns auch noch dieses Schweizer Arschloch stiften. Es kotzt mich an.« Er saß einige Sekunden da, atmete tief durch, niemand sagte ein Wort, und dann ging es Paul Apfel schon wieder besser.

Carl kannte diese plötzlichen Anfälle. Sie kamen nur zwei-, dreimal im Jahr, sie waren schnell vorüber, aber sie waren heftig. Nach dem letzten Mal hatte Paul von der Beschaffung nur mehr eine Maus mit Kabel zugewiesen bekommen. Niemand wusste, wo er die flugfähige Bluetooth-Maus aufgetrieben hatte, die jetzt in drei einzelnen Teilen auf dem pissgelben Boden auf der rechten Seite des Büros von Apfel lag.

Carl Reutemann bemühte sich, wie meist, um eine positive Sicht der Dinge. »Dass Rosberg verschwunden ist, spricht immerhin dafür, dass wir auf der richtigen Spur sind. Vielleicht ist er unser Mann, der die Herren mit den Fußballtrikots im Stadion abliefert.«

Außer Apfel nickten alle vier Kollegen zustimmend. Nach zehn Minuten ebenso ergebnisloser wie ermüdender Diskussion hatte Apfel nun doch keine Lust mehr auf Besprechung. Es hatte keinen Sinn heute. Er verteilte Aufgaben.

Marco Quester, der zur Albernheit neigende sechsundvierzigjährige Kollege aus Sterzing in Südtirol mit dem sonnigen Gemüt eines echten Italieners, sollte einen Bericht zu den Manipulationen an den Videotafeln erstellen.

Stefan Stuppacher sollte Gundula Brauchitsch zur Identifizierung ihres Bruders begleiten.

Mona Maierhofer, die so motiviert wirkte, wie man es von einer vielleicht dreißigjährigen jungen Polizistin erwarten durfte, sollte nachforschen, wo man im Raum München Fußballtrikots des deutschen Nationalteams mit beliebigen Nummern (also auch mit der 1) beflocken lassen konnte.

Und Karl Strycek – Paul Apfel hatte keine Ahnung, was sein etwa fünfzigjähriger Kollege vom LKA tun konnte, dessen Dialekt sächsisch klang. Ob er wohl Verwandtschaft in Landshut hatte?

»Ich könnte mich darum kümmern, ob wir ein kleines Büro in der Allianz-Arena haben können«, schlug Strycek vor, als er Apfels ratlosen Blick bemerkt hatte, »und ich könnte Ihnen aus einem der Nebenzimmer eine Maus besorgen.«

»Gleich zwei gute Ideen auf einmal«, befand Apfel, bevor sich die Gruppe auflöste.

Dann war er wieder alleine mit Carl Reutemann und erklärte: »So, und jetzt denken wir darüber nach, warum jemand einen armen Penner umbringt und dann auch noch ein Gesichtsgulasch anrichtet.«

Er holte zwei Pfirsiche aus seiner Schreibtischschublade und warf Carl einen zu. »Iss«, sagte der Kommissar und lächelte wieder, »das macht schlau und schön.«

Gut zehn wortlose Minuten später feuerte der Kommissar den Pfirsichkern, an dem er bis dahin genagt hatte, in den Papierkorb. »So«, sagte er, »jetzt bin ich jedenfalls schlauer. Ob ich auch schöner bin, musst du beurteilen.«

»Ich seh nix, im Gegenteil«, sagte Reutemann, »und, was ist dir eingefallen?«

»Eigentlich nichts Neues«, erwiderte Apfel, »ich hab mir nur noch einmal klargemacht, dass wir wegen dem toten Grünaug nicht nach einem Motiv für den zweiten Mord suchen müssen, das tatsächlich mit Grünaug zu tun hat. Verstehst du? Der Grünaug war ein rein zufälliges Opfer, es hätte jeden anderen auch treffen können. Grünaug war Material, nicht mehr.«

»Du meinst«, fuhr Carl Reutemann fort, »es musste einfach irgendeine zweite Leiche geben, die man in der Arena abliefern konnte, scheißegal, wer es war?«

»Genau das meine ich. Mit den Entstellungen wollte man ihn interessanter machen, als er war. Wenn man einen Obdachlosen ermordet, kann man davon ausgehen, dass er vielleicht irgendwann mal von der Polizei aufgegriffen und registriert worden ist. Also sorgt man dafür, dass er nicht zu identifizieren ist. Und die Folge ist?«

Weil Reutemann nachdenklich schwieg, beantwortete Apfel seine Frage selbst: »Die Folge ist ganz einfach, dass der Mann plötzlich nicht mehr wie ein Zufallsopfer erscheint, sondern wie ganz gezielt ausgewählt. Als hätte es ein Motiv gegeben, genau ihn ums Eck zu bringen und keinen anderen. Dabei gab es dieses Motiv vielleicht gar nicht.«

»Kann das heißen«, überlegte Reutemann, »dass auch Michael Albers nur ein zufälliges Opfer war? Das kann ich mir nicht vorstellen.«

»Glaube ich auch nicht«, erklärte Paul Apfel, »ist aber auch nicht auszuschließen. Aber wenn ich mir überlege – das Verschwinden von Rosberg, die dreißigtausend Euro, die gelöschte Festplatte. Nein, Albers war kein Zufallsopfer.«

Der Kommissar schüttelte jetzt entschieden den Kopf. »Ich denke eher, Albers war das gezielt ausgewählte Opfer – und Grünaug wurde quasi als Zugabe ermordet, um eine falsche Spur zu legen. Oder …« – er machte eine Pause, bevor er fortfuhr – »… oder um uns die obskure Theorie einer irrsinnigen Mordserie in der Allianz-Arena aufzutischen, die es überhaupt nicht gibt und die auch nie geplant war. Oder meinst du, jemand metzelt bis zur Nummer 11 eine ganze Fußballmannschaft nieder? Plus Auswechselspieler?«

»So oder so«, sagte Reutemann, »wenn wir Pech haben, bekommen wir irgendwann das Trikot mit der Nummer 3 angeliefert, samt Inhalt. Und vielleicht bringt uns erst ein dritter Mord die Informationen, die wir brauchen, um die ersten beiden Fälle aufzuklären.«

Apfel schaute aus dem Fenster in die Frühlingssonne. »Nummer drei – was ist das eigentlich für eine Position im Fußball?«

»Normalerweise linker Verteidiger«, antwortete Carl Reutemann.

»Dann«, überlegte Paul Apfel, »sollten wir Personenschutz für alle prominenten Gewerkschaftsfunktionäre, SPD-Linken, für Lafontaine und für Gysi vorschlagen. Vielleicht hat der Mörder ja wenigstens Humor.«

12

In der Nacht auf Montag träumte Paul Apfel schwer.

Er träumte von neuen fetten Zeitungsschlagzeilen. Er sah die »Bild« des nächsten Morgens vor sich. Auf der linken Hälfte der Titelseite die Leiche von Michael Albers. Darüber die Schlagzeile »DIE EDEL-LEICHE«. Auf der rechten Hälfte die Leiche von Karl Grünaug. Darüber die Schlagzeile »DIE EKEL-LEICHE«. Daneben ein Bild von ihm selbst, der darauf kaum besser aussah als die beiden Mordopfer. »Kommissar Fallobst – heute endlich letzter Arbeitstag?« Besonders »Bild« hatte sich auf »Kommissar Fallobst« eingeschossen und traktierte ihn nun ständig mit dieser Bezeichnung.

Um sechs wachte er auf, schweißgebadet. Apfel duschte, stopfte zwei Scheiben Orangenmarmeladentoast im Stehen in sich hinein und hörte die Radionachrichten auf B5 aktuell. Gottlob, es ging weder um ihn noch um seine Leichen. Stattdessen ließ sich sein Hundetaufpate und heimgekehrter Ministerpräsident für den ausgeglichenen bayerischen Staatshaushalt feiern, dem Tatjana, Jo und Taschi das organisatorische Dauer-Chaos auf ihrem Landshuter Gymnasium zu verdanken hatten.

Auf dem Weg nach München hielt er, wie fast immer, beim freundlichen Herrn von seiner Tankstelle und warf zuerst einen Blick auf die Titelseite der »Bild«. Die Schlagzeile drehte sich tatsächlich um seinen Fall. Statt der scheußlichen Leichenbilder und der Meldung von seiner bevorstehenden Hartz-IV-Karriere hatte heute allerdings der Fußball-Weltverband WAFA die Titelgeschichte gewonnen.

WAFA, so viel hatte Paul Apfel mittlerweile gelernt, stand für World Association of Football Athletes, mit Sitz in Bern. Die WAFA verkaufte ihre WM offiziell immer als »WAFA WM 2006«. Sogar in allen WM-Werbespots mussten die Leute sagen, »Ui, Schatz, wie toll, schau mal, ich hab zwei Karten für die WAFA WM 2006 gewonnen«, was in Wahrheit natürlich kein Mensch sagte und was Apfel sehr lustig fand. Aber so waren sie eben, die eidgenössischen Fußballbürokraten.

Auch wenn er nicht viel verstand von Fußball – für Verbandsvertreter vom Schlage WAFA oder IOC hatte der Kommissar nur finstere Verachtung übrig. Wenn es nach ihm ging, musste dringend eine zweite Ausgabe von »Asterix bei den Schweizern« her. Darin müsste dann Obelix unter Zuhilfenahme seines eingebauten Zaubertranks und des römischen Legionärs Schlagdraufundschlus ins WAFA-Hauptquartier in Bern einfallen und dafür sorgen, dass den geldgierigen WAFA-Chefs endlich der Himmel auf den Kopf fällt. Um das Ganze ein wenig comicmäßiger zu gestalten, dürften die Herren zur Tarnung auch gerne einen der hübschen Namen aus den Asterix-Heften tragen: Lügfix, Amnesix, Heuchlerix oder auch Moralelastix.

Bloß die Höchststrafe für Geldgier und Verlogenheit müsste bitte unbedingt die gleiche sein wie im ersten Schweizer Abenteuer von Asterix: In den See, in den See, mit Gewichten an den Füßen!

Jedenfalls gab es bei der WAFA mittlerweile offenbar Stimmen, die die Sicherheit der WM 2006 anzweifelten. Oder, in schlagzeilengerechtem »Bild«-Deutsch: »KILLER-WM! FUSSBALL-BOSSE SCHLAGEN ALARM!« Wieder eine Entwicklung, die ihm die Arbeit nicht leichter machen würde.

Er war kaum im Büro angekommen, als Emma Keßler ihren an diesem Morgen irgendwie besonders hübschen Kopf zur Tür hereinsteckte. »Paul, Besuch.«

Der Besuch drängte sich so unaufgefordert wie energisch an Emma vorbei und hielt einen gewaltigen Obstkorb mit Ananas, Äpfeln, Kiwis, Bananen und anderen Früchten in der Hand.

»Nach dem furchtbaren Samstag«, sagte Bananen-Bernd und lächelte, »tun Ihnen beiden ein paar Vitamine bestimmt auch recht gut. Sie schauen ja so blass aus, alle zwei.« Dann hievte er den Korb mitten auf Paul Apfels Schreibtisch.

»Bernd, das war aber wirklich nicht nötig. Trotzdem vielen Dank«, sagte Paul.

Bananen-Bernd sah keinen Deut anders aus als vorgestern. Auch seine Augen waren mindestens genauso gerötet wie am Samstagvormittag, als sie sich am Stachus von ihm verabschiedet hatten. Paul bat ihn, sich zu setzen.

»Haben Sie Ihren Freund Karl eigentlich nicht mit Obst versorgt?«, fragte er den Besucher. »Der hätte die Vitamine ja wirklich nötig gehabt.«

»Oh mei«, antwortete Bananen-Bernd, »der Karl und Obst, das hat halt nicht zusammengepasst. Ich hab auf ihn eingeredet wie auf einen toten Gaul. Aber er hat Obst halt net leiden können – außer in gebrannter Form.« Er deutete mit der linken Hand ein Glas an, das er sich an den Mund hielt.

»Geht es Ihnen heute besser?«, fragte Carl.

»Passt schon. Der erste Schock ist überstanden«, sagte Bananen-Bernd, »aber die Trauer ist natürlich immer noch da. Heute werd ich durch München fahren und mit ein paar Kollegen darüber reden – dann wird alles noch mal sehr schwer für mich.«

»Fahren Sie wieder mit dem Taxi?«, erkundigte sich Paul.

»Natürlich«, sagte Bernd, »Führerschein hab ich ja keinen, und zehn Kisten Obst auf dem Radl geht schlecht. Und außerdem kriegt man da viel mit. Ich hör mich natürlich um, ob jemand was mitbekommen hat, wegen dem Karl. Wenn mir was zu Ohren kommt, sag ich Ihnen gleich Bescheid.«

»Das ist nett«, antwortete Apfel. Wenige Minuten später war Bananen-Bernd schon wieder zur Tür hinausgeschlüpft.

Der Kommissar musste grinsen. »Eins sag ich dir, Carl. Wenn alle unseren Kollegen so helle und fleißig wären wie der Bananen-Bernd, dann hätten wir ein paar Probleme weniger.«

»Engagier ihn doch«, erwiderte der Inspektor.

»Geht nicht«, sagte Apfel. »Einstellungsstopp. Und außerdem weiß ich nicht, ob er sich finanziell verschlechtern will.«

Damit war der heiter-harmonische Teil des Tages auch schon gelaufen.

Am Vormittag meldete sich Welti, der laute Schweizer Kollege, am Telefon. Markus Rosberg war so spurlos verschwunden wie, so Welti wörtlich, »der letzte Schnee am Bodensee in der Frühlingssonne«. Mehrere Bilder von Rosberg, versicherte Welti, lagen mittlerweile beim BKA vor, die aus Deutschland erbetene Fahndung via Interpol laufe – bisher aber erfolglos.

»Nett«, ärgerte sich Paul Apfel, »dass beim BKA Fotos von Rosberg vorliegen. Ich habe noch keine zu sehen bekommen.«

»Auweh«, antwortete Welti und brüllte mindestens so laut wie bei ihrem letzten Gespräch, »das tut mir Leid. Ich maile Ihnen sofort ein paar zu.«

»Danke«, sagte Apfel, »bitte an meine private Mailadresse, postamt@paulapfel.de. Wenn Sie meine Dienstadresse nehmen, lässt die Firewall unserer Datenhysteriker die Bilder nicht durch.« Welti rief sein freundliches »Uf Widerluege« und war verschwunden. Spurlos wie Markus Rosberg und der Schnee am Bodensee.

Die Bilder, die Paul Apfel gut zehn Minuten später auf seinem Bildschirm anklickte, zeigten einen blassen Mann mit schmalem Gesicht, den er eher auf dreißig als auf knapp vierzig schätzen würde. Die blonden Haare waren kurz geschnitten. Das Oberlippenbärtchen wirkte so hell und dünn, dass es auf den ersten Blick kaum auffiel. Herr Unauffällig pur, dachte Paul. Keiner, vor dem man Angst hätte, wenn man ihm auf der Straße begegnete. Aber was hatte das schon zu bedeuten. Irgendwie erinnerte ihn der Mann an diesen ehemaligen kleinen ostgotischen Skispringer, dessen Name ihm gerade entfallen war.

Apfel dachte über das Medienspektakel nach, zu dem die beiden Morde geführt hatten. In diesen Tagen ergötzte sich der Teil der Öffentlichkeit, der nicht unmittelbar mit der WM zu tun hatte, an immer grelleren Zeitungsschlagzeilen, an wüsten Spekulationen in Internetforen und an den Vorortberichten der Privatsender.

Vor dem Münchner Stadion sah es jetzt bisweilen aus wie in Cape Canaveral vor dem Abschuss des ersten bemannten Raumschiffes zum Mars. Ein Reporter nach dem anderen lieferte mit buntem Mikrofon knapp vor der Nase seinen Aufsager für Abendnachrichten und Magazine ab.

Dabei sagten sie Sätze wie: »Die Angst vor einem weiteren Mord ist hier überall mit Händen zu greifen.« – »Am Ort des Schreckens herrscht eine gespenstische Atmosphäre.« – »Können unsere Kinder in diesem Stadion des Todes je wieder unbeschwert über Fußballtore jubeln?«

Als ihm der Pressemann Glemser die Berichte vorführte, wusste Apfel nicht, ob er Verachtung oder Mitleid für die Privatfernseh-

Menschen empfinden sollte. Er wusste nur, dass ihnen der dramatische Gesichtsausdruck offenbar beim letzten Facelift dauerhaft eingemeißelt worden war.

Und der Teil der Öffentlichkeit, der direkt mit der Fußball-WM zu tun hatte, bemühte sich tapfer um Niedrighängen, um Ballflach-Halten, um Beschwichtigen, Verharmlosen und Vertuschen, ähnlich wie dies schon beim großen deutschen Schiedsrichterskandal im letzten Jahr geschehen war. Es ging schließlich um ein von der Nation angeblich mit wöchentlich steigender Hysterie herbeigesehntes Ereignis, um Deutschlands wichtigstes »Event« des Jahrzehnts. Die Veranstaltung, die dazu taugen sollte, auf einen Schlag Arbeitslosigkeit, Sozialversicherungskrise und Vergreisung der Gesellschaft zu beseitigen, durfte um keinen Preis »beschädigt« werden, wie es in der Politik so schön hieß.

Daher war sich die Bundeskanzlerin (»Schreckliche Ereignisse, die einen Schatten werfen auf ein Fußballfest, das wir uns aber von gewissenlosen Kriminellen nicht kaputtmachen lassen«) ebenso wenig für einen Kommentar zu schade wie der Innenminischter (»Sinnlose Morde von gewissenlosen Verbrechern, die aber in keinem Zusammenhang stehen mit der Fußball-Weltmeisterschaft«).

Apfel fragte sich, ob es auch Morde gab, die Sinn machten, verübt von Mördern mit Skrupeln, und woher der Minister die Erkenntnis wohl haben mochte, dass es keinen Zusammenhang gab mit der Weltmeisterschaft.

Natürlich musste auch Franz Beckenbauer seinen Beitrag leisten. »Ja gut, äh«, ließ er im Rahmen einer Pressekonferenz wissen, »ob Mord oder nicht, wenn man stirbt, so plötzlich, ist das immer ganz furchtbar. Ich denke an die Opfer, an die Angehörigen, an die Freundäh, was die jetzt mitmachen müssen. Trotzdem dürfen wir jetzt natürlich nicht vergessen, dass in sechs Wochen die Fußball-Weltmeisterschaft anfängt …«

Solcher Verbal-Unfug konnte aber nichts daran ändern, dass Beckenbauer Deutschlands unbestrittene Lichtgestalt war. Der Kaiser war ein Mann, der, wo immer er auftauchte, nicht einfach erschien, sondern der sich regelrecht ereignete. Und wenn der Kaiser an einem Dienstag beschloss, dass vorzeitig Freitag war, und dies öffentlich verkündete – dann würde die Republik am nächsten Morgen geschlossen ins Wochenende aufbrechen. Das war Franz Beckenbauer, wie auch Paul Apfel mit gewissem Respekt anerkennen musste.

Was ihn tatsächlich ärgerte: Die Kaisers dieser Welt machten ihm das Leben innenpolitisch nicht gerade leichter. Mittlerweile waren die neuen BKA-Kollegen Johannes Gartner und Detlef Friesacher zum Team gestoßen. Sie erwiesen sich als zackige Beamte, beide um die vierzig. Bei der knappen Begrüßung am Montagvormittag sagte das Duo zwar nicht, dass man nun endlich loslegen müsse, nachdem in München tagelang nichts vorangegangen war – offensichtlich dachten sie aber genau dies.

Was das bedeutete, verstand Apfel bereits kurz nach der ersten gemeinsamen Sitzung. Er ging gerade mit Emma Keßler den Einsatzplan für die Wachen an der Arena durch, als ihr Telefon läutete. Emma hob ab – und verzog das Gesicht.

»Moment, er steht gerade neben mir. Ich gebe Sie rüber.« Sie hielt den Hörer zu und raunte: »Dein Chef.«

Polizeipräsident Harald Heger rief vielleicht fünfeinhalbmal im Jahr bei ihm an, und das war immer ein schlechtes Zeichen. Er war auch einer der Menschen, die sich ereigneten – oder das zumindest glaubten. Apfel hielt ihn für einen unerträglichen, eitlen und selbstverliebten Fatzke. Ein Beamten-Briatore. Ein Kripo-Kaiser.

»Apfel«, sagte Heger, »ist Ihnen klar, dass die Fußballsache politisch hochbrisant ist?«

Paul überlegte kurz, für wie blöd ihn sein Chef wohl hielt, und entgegnete: »Sie meinen wahrscheinlich die beiden Toten im Stadion, oder? Nachdem sich die Frau Bundeskanzler und der Innenminischter dazu geäußert haben, habe ich mir so etwas in der Richtung schon gedacht.«

Der Polizeipräsident hielt Apfel spätestens seit dem Tag für nicht mehr ganz normal, an dem ihm jemand zugetragen hatte, dass der Kommissar seinen Hund Stoiber genannt hatte. Dennoch ignorierte er den spitzen Unterton in Apfels Antwort und fuhr fort: »Ich wünsche, dass ich bis auf weiteres täglich um 16 Uhr 30 Rapport über den Sachstand erhalte. Ich werde dies dann an die entsprechenden politischen Stellen in München und Berlin weitergeben. Gartner oder Friesacher werden mich jeweils persönlich in meinem Büro informieren.«

Jetzt war es raus. Jetzt war er raus. Formell leitete er die Ermittlungen zwar noch – aber ganz offensichtlich war den Oberen von Polizei und Politik der Fall zu heiß und zu brisant, um ihn federführend einem Münchner Kriminalkommissar zu überlassen. Paul Apfel ahnte, dass es nicht bei der Übernahme der Berichterstattung »nach oben« durch die beiden BKA-Karrieristen bleiben würde. Er ging zurück in sein Büro, setzte sich auf seinen Stuhl und beschloss, sich zu ärgern.

Als er sich nach zehn Minuten fertig geärgert hatte, musste er sich eingestehen, dass er auch ein wenig erleichtert war. Er würde weiter an diesem Fall arbeiten, aber er würde nicht mehr die ganze Last und den ganzen Druck alleine tragen müssen.

Er rief bei Carl an und bat ihn in sein Büro. Reutemann sah ihm an, dass etwas nicht in Ordnung war.

»Irgendwas faul, Paul?« Apfel überhörte den müden Reim und erläuterte dem Inspektor den Stand der Dinge: »Carlito, die Arschgeigen übernehmen das Kommando.«

Reutemann strahlte. »Das ist doch das Beste, was uns passieren kann. Wir können in Ruhe arbeiten – und das BKA kann die Pressekonferenzen, die Leitung der Soko, den ganzen Tingeltangel und vor allem den Affenzirkus bei Heger übernehmen. Sei doch froh.«

»Bin ich auch«, sagte Apfel, »eigentlich. Ich hoffe nur, dass sie uns wirklich in Ruhe arbeiten lassen.«

Beim nächsten Treffen der Sonderkommission versuchten Gartner und Friesacher bereits, den Takt vorzugeben. Paul bemerkte erst jetzt, dass beide offenbar den gleichen Frisör beschäftigten, der ihr Haar auf die militärische Länge von etwa drei Millimetern brachte, die wohl auch optisch die besten Aufstiegschancen im BKA-Apparat versprach. Gut, dass keiner von beiden einen Schnauzbart trug – Paul hätte seinen Brechreiz ebenso wenig unterdrücken können wie vor einigen Tagen auf der Ehrentribüne der Allianz-Arena.

»Es wird Zeit, dass wir den Riemen auf die Orgel werfen«, sagte Detlef Friesacher, und Johannes Gartner nickte eifrig dazu. Paul entschloss sich zu kämpfen.

»Ich denke, wir haben schon ziemlich georgelt, liebe Kollegen«, sagte er und ließ »seine« Truppe die letzten Ergebnisse rapportieren.

Marco Quester berichtete, dass die Videotafeln der Arena über eine spezielle PC-Software »gefahren« wurden. Allerdings erinnerte das Programm an die Bildbearbeitungs- und Animationsprogramme, wie sie auch in Zeitungsredaktionen oder Internet-Agenturen verwendet wurden. Der Hersteller empfahl für die Bedienung neben profunden Computer- und Grafikvorkenntnissen den Besuch eines einwöchigen speziellen Lehrgangs.

»Und wenn man damit nicht professionell arbeiten will«, fragte Paul Apfel, »sondern wie unser Freund aus dem Stadion einfach nur eine kurze Botschaft abspielen will? Was muss man dann können?«

Apfel war zufrieden, dass Quester auch auf diese Frage eine kompetente Antwort hatte. Er wollte den BKA-Fritzen zeigen, dass sie hier in München ihren Job verstanden.

»Ich habe mit dem Produktmanager des Herstellers gesprochen. Wer sich in Word gut auskennt und am PC fit ist, kann die paar Worte, die im Stadion zu sehen waren, locker auf die Tafeln bringen.«

Mona Maierhofer ließ sich nicht anmerken, auf welche Seite sie sich möglicherweise schlagen würde – auf die ihrer eifrigen Kollegen vom BKA oder auf die der Münchner Truppe. Sie berichtete, dass es gut drei Dutzend Händler in und um München gab, die Trikots der Nationalmannschaft führten und auf Wunsch mit speziellen Nummern und Namen beflockten.

»Emma und ich telefonieren mit den Läden. Bisher haben wir aber niemanden gefunden, der in letzter Zeit ein Feldspielertrikot mit der 1 beflockt hat. Das ist so ungewöhnlich, dass es in jedem Fall aufgefallen wäre. Aber wir bleiben dran.«

Hier mischte sich Gartner ein. »Geben Sie Gas, Monika, wir brauchen Ergebnisse.«

»Mona, ohne ik«, entgegnete Mona Maierhofer kühl, »und Ergebnisse sind für uns alle genauso wichtig wie für Sie.«

Apfel lächelte in sich hinein. Zumindest kuschte die junge Frau nicht vor Gartner.

Danach lieferte Stefan Stuppacher seinen Bericht ab. Gundula Brauchitsch war trotz der Entstellungen absolut sicher, dass es sich beim zweiten Toten um ihren Bruder Karl Grünaug handelte. Apfel hatte sie gebeten, Hemden, Socken, Schuhe und eine Zahnbürste mitzubringen, die ihr Bruder bei ihr gelagert hatte. Mit dem darauf vorhandenen DNA-Material könnten die Kriminaltechniker in den nächsten Tagen die Identität der Leiche hoffentlich endgültig bestätigen.

Als schließlich noch Karl Strycek bestätigte, dass die Polizei selbstverständlich jederzeit ein Büro im Verwaltungstrakt der Allianz-Arena zur Verfügung gestellt bekomme, war Paul Apfel endgültig zufrieden. Alle Hausaufgaben erledigt – sie hatten tatsächlich ordentlich georgelt.

Er fasste die Ergebnisse zusammen: »Der Mörder muss also nicht unbedingt Insiderkenntnisse von der Bedienung des Videowürfels gehabt haben. Innerhalb der nächsten Stunden wissen wir hoffentlich, was es mit dem Trikot auf sich hat – und es gibt praktisch keinen Zweifel mehr, dass unser zweiter Toter ein Obdachloser war.«

»Nicht viel«, sagte Johannes Gartner, der sich als Wortführer des BKA-Duos herauskristallisierte, »aber immerhin. Ich hatte schon befürchtet, mit ganz leeren Händen zu Ihrem Präsidenten zu müssen. Ich denke, wir können Schluss machen. Herr Heger wartet wohl schon.«

Am Ende der Besprechung beschloss die »Soko Stadion« ihre eigene Erweiterung um vier Zweierteams spezialisierter Ermittler, die vor Ort arbeiten sollten, zunächst in der Arena, bei Bedarf auch an neuen Brennpunkten des Falls.

Als die Truppe Pauls Büro verließ, blieb nur Carl Reutemann sitzen, wie fast immer. »Herr Heger wartet wohl schon«, äffte er Gartner nach. »Dumme Sau. Ich gönne ihm von Herzen, dass er jetzt jeden Tag um halb fünf antraben muss.«

»Dafür ist die Mona Maierhofer eine Nette«, antwortete der Kommissar.

»Merkt man das auch noch in deinem Alter?«, erwiderte der Inspektor.

13

Am Abend versuchte Paul Apfel, abzuschalten. Miriam hatte zu tun. Allerdings hatte auch sie sich ihre Arbeit anders vorgestellt. Da ging es seiner Frau ganz ähnlich wie ihm selbst.

Bereits seit drei Wochen hatte einer ihrer Auftraggeber, ein großer Verlag aus Hamburg, das Manuskript des neuen Romans von Norifumi Nagoya angekündigt, dem großen Star der japanischen Unterhaltungsliteratur. Bisher wusste Äpfelchen nur, dass es in »Samurai Showdown« um mehrere politische Morde am Kaiserpalast im Japan des 16. Jahrhunderts gehen sollte. Sie wusste auch, dass sie mit der Übersetzungsarbeit von rund tausend Seiten mehrere Monate beschäftigt sein würde – und dass Großmeister Nagoya es sich im Gegensatz zu ihr offenbar leisten konnte, nicht pünktlich zu Potte zu kommen.

Die Wartezeit überbrückte Miriam mit Aufträgen wie der Übersetzung einer Gebrauchsanweisung für den neuen DVD-Recorder eines japanischen Elektronikkonzerns. Als Paul das Wohnzimmer betrat, blickte sie nicht einmal hoch von ihrem kleinen weißen Apple iBook.

Dass sie sein Kommen durchaus bemerkt hatte, konnte er nur ihrer gemurmelten Bemerkung entnehmen: »Hast du gewusst, dass du beim DVR-3100 die Disc nicht finalisieren kannst, wenn das Fernseh-Zeilensystem der Disc nicht mit der momentanen Einstellung des Zeilensystems für den Recorder übereinstimmt?«

»Nein«, sagte Paul Apfel und küsste Äpfelchen auf den Hals, »das habe ich nicht gewusst. Aber wenn du das sagst, nehme ich es als Liebeserklärung.«

Neben dem iBook lag ein Ausdruck des Originals der Gebrauchsanweisung mit unendlich vielen japanischen Schriftzeichen. Auf dem Bildschirm konnte er Miriams Übersetzung erkennen. Paul wusste, dass man japanische Schriftzeichen von oben nach unten lesen musste. Verständlicher wurden sie für ihn damit aber auch nicht.

»Warum übersetzt du das eigentlich?«, fragte er freundlich. »Man kapiert nach der Übersetzung doch genauso wenig wie vorher.«

Erst jetzt blickte Miriam auf und lächelte. »Die Lohr vom Verlag ist heute extra ins Büro und hat nach Japan telefoniert. Nagoya braucht noch mindestens drei Wochen. Meine Morde dauern also noch. Und deine?«

Paul hatte das Gefühl, dass derzeit ungewöhnlich viel vom gewaltsamen Sterben die Rede war in seinem Haus. Er dachte kurz darüber nach, ob die Kinder in diesem Klima der Gewalt möglicherweise Schaden nehmen könnten. Dann verwarf er den Gedanken und erwiderte: »Ich soll dich von Stommelmann grüßen. Er würde dich gerne kennen lernen. Ihm ist so nach Töten und nach Blut.«

»Sehr witzig«, entgegnete Miriam und ließ den DVR-3100 endgültig links liegen. »Was war los?«

»Nicht viel. Unser Schweizer Freund Rosberg, an den Albers vielleicht die dreißigtausend gezahlt hat, ist uns tatsächlich spurlos abhanden gekommen.« Paul brachte Äpfelchen auf den aktuellen Stand.

Danach schnappte er sich Stoiber und machte sich auf den immer gleichen Gassi-geh-Weg, fünfundvierzig Minuten über den Feldweg, durch den Wald und wieder zurück. Beim Gehen hatte er immer die besten Ideen. Seit er festgestellt hatte, dass er die meisten auf dem Weg vom Wald nach Hause umgehend wieder vergaß, hatte er immer ein Diktiergerät in der Tasche.

Heute fiel ihm nichts ein, außer Unsinn. Langweilte sich Stoiber eigentlich, wenn er zweimal täglich den gleichen Weg abgraste? Durfte ein anständiger bayerischer Beamter seinen Hund, der weder besonders klug war noch einer ordnungsgemäßen Rasse angehörte, eigentlich Stoiber nennen?

Als Paul Apfel am nächsten Morgen um kurz nach halb neun sein Büro betrat, dauerte es keine Dreiviertelstunde bis zum ersten Knalleffekt. Mona Maierhofer stürmte mit einem Zettel in der einen und mit Emma Keßler an der anderen Hand in sein Büro.

»Wir haben das Trikot«, japste die Kollegin vom BKA, »ein

Sportgeschäft am Waldfriedhof hat vor zwei Wochen ein Feldspielertrikot mit der 1 verkauft – und sie erinnern sich an den Käufer.«

Apfels Herz begann schneller zu klopfen. »Prima, Mona, dann nix wie hin.«

Knapp dreißig Minuten später standen sie im Verkaufsraum des Sporthauses Burke in der Fürstenriederstraße im Münchner Süden. Die Verkäuferin Deborah Destri war äußerst hilfsbereit.

»Wir waren auch überrascht, dass der Herr ausgerechnet ein Trikot mit der 1 wollte. Aber es war natürlich kein Problem, das Dress mit der 1 für ein Torwarttrikot zu beflocken. Das war genau heute vor zwei Wochen, am 4. April. Zwei Tage später hat der Kunde das Trikot abgeholt.«

Nein, Namen hatte er keinen genannt. Und für die Abholung genügte die Vorlage des Kassenzettels.

Apfel bat sie um eine Beschreibung – gut fünfunddreißig Jahre alt, ein Meter achtzig, kurze blonde Haare, gepflegtes Auftreten. Nein, ein Schweizer Dialekt sei ihr nicht aufgefallen, erklärte die Verkäuferin. Das, dachte Apfel, musste nichts zu bedeuten haben – Kreuzlingen liegt direkt an der deutschen Grenze. Er war sich nicht einmal sicher, ob die Leute dort Schweizer Dialekt sprachen und ob sich Rosberg als gebürtiger Deutscher überhaupt anhörte wie ein Schweizer.

Der Kommissar hatte eine Hoffnung. Wenn der Mann mit EC-Karte oder Kreditkarte bezahlt hatte – dann wäre er einfach zu identifizieren. Nur: So blöd würde wiederum kein anständiger Mörder sein.

Der Mann hatte mit Kreditkarte bezahlt. Zwei Minuten, nachdem Paul Apfel gefragt hatte, hatte Deborah Destri die Unterlagen aus einem der Ordner im Büro des Geschäftes herausgefischt. Eine Visa-Karte der Kreissparkasse München, ausgestellt auf den Namen Harry Stein.

Apfel und seine Kollegin bedankten sich für die Hilfe und verließen das Sporthaus Burke. Der Kommissar setzte sich auf den Beifahrersitz. Es dauerte zehn Minuten, drei Gespräche am Mobiltelefon und ein parallel dazu aus dem Präsidium an die Bank abgeschicktes Fax, um die Adresse von Harry Stein herauszufinden. Dazu kam ein Gespräch mit Frau Stein, um die Geschäftsnummer ihres Mannes zu erfragen. Apfel hatte sich darin als ehemaliger Schulfreund von Stein ausgegeben, reine Vorsichtsmaßnahme.

Dann dauerte es weitere drei Minuten, um Apfels Hoffnungen auf einen entscheidenden Durchbruch praktisch zunichte zu machen. Stein war Grafiker in einem kleinen Verlag im Münchner Südosten, und sein Chef war, obwohl nicht mehr ganz jung, nach wie vor begeisterter Hobbyfußballer. Vergangene Woche war der gute Mann fünfzig geworden – und weil er eben die Nummer 1 seiner Abteilung war, fanden alle Kollegen die Idee mit der Nummer 1 auf dem Trikot ganz phantastisch.

»Und«, fragte Paul Apfel, »hat sich Ihr Chef über das Trikot gefreut?« Die Enttäuschung war seiner Stimme anzuhören.

»Wie Bolle«, antwortete Harry Stein. »Er fand's so klasse, dass er es gar nicht zum Kicken anziehen will und es stattdessen in seinem Büro an die Wand genagelt hat. Sie können es gerne anschauen. Aber bitte: Wieso interessiert sich die Polizei dafür? Hab ich mit Falschgeld bezahlt? Ich dachte, das war mit Kreditkarte. Oder ist das Trikot Schmuggelware?«

»Nichts, nein, gar nichts. War nur so eine Idee. Entschuldigen Sie die Störung«, antwortete der entmutigte Kommissar und legte auf. Er bemerkte erst jetzt, dass sie bereits im Hof des Präsidiums angekommen waren und Mona Maierhofer mit dem Aussteigen auf ihn gewartet hatte. Er bat sie, gemeinsam mit Emma auch noch die letzten Sportgeschäfte abzutelefonieren, und schlich in sein Büro. Unterwegs begegnete er nur einem Kollegen, der sich vielleicht wunderte, warum Apfel ihn nicht grüßte und stattdessen mit gesenktem Haupt zweimal leise »Scheiße« murmelte.

»Willst du nicht doch bei Stein vorbeischauen?«, fragte Carl, nachdem ihm Paul von seinem Flop berichtet hatte.

»Vergiss es, Carl«, entgegnete der Kommissar, »ich hab mich schon am Telefon zum Affen gemacht. Der Stein ist sauber.« Er hatte den Satz kaum ausgesprochen, als Johannes Gartner in sein Büro kam.

»Ich habe von Fräulein Maierhofer schon gehört, dass die Sache mit dem Fußballtrikot sehr unerfreulich verlaufen ist«, dozierte der Mensch vom Bundeskriminalamt, »und ich bin im Gegensatz zu Ihnen unbedingt der Meinung, dass Sie diesen ominösen Herrn Stein aufsuchen sollten.«

Das war zu viel für Paul Apfel, entschieden zu viel.

Er war entnervt, aber er schaffte es immerhin, leise zu bleiben. »Ich WEISS, Herr Gartner, dass Steins Trikot bei seinem Chef an der Wand hängt und nicht blutbefleckt in einem Plastikbeutel bei uns in der Asservatenkammer liegt. Wenn SIE es nicht glauben, dann fahren SIE hin und schauen nach. ICH werde es bestimmt nicht tun. Und warum ein Mann, der ein Fußballtrikot mit der Nummer 1 geschenkt bekommt, ominös sein soll, erklären Sie mir hoffentlich auch noch irgendwann.«

Gartner sagte kein Wort, drehte sich auf dem Absatz um, verließ das Büro und ließ die Tür fliegen. »Zum Idioten können Sie sich ja nicht mehr machen. Dafür ist es längst zu spät«, rief ihm Apfel hinterher, gerade so laut, dass ihn der BKA-Mensch nicht mehr hören konnte. Hoffentlich. Und wenn doch – auch egal.

Am nächsten Vormittag erfuhr Apfel, dass Gartner doch tatsächlich Marco Quester in Marsch gesetzt hatte. Der Kollege aus Südtirol war in dem kleinen Verlag freundlich, wenn auch ratlos empfangen worden. Dann hatte man ihn zur Besichtigung des Trikots geführt, das blütenweiß und unschuldig an eine Bürowand genagelt worden war.

Quester hatte sich verpflichtet gefühlt, das Rätsel zumindest annähernd aufzuklären, und war von der fidelen Truppe mit einer Flasche Sekt verabschiedet worden, die man ihm mit auf den Heimweg gab – sie war vom Fünfzigsten des Chefs übrig geblieben.

»Das war ziemlich peinlich«, erklärte Quester später. »Aber das ist den Hanswursten ja egal.«

»Weißt du, was das Schärfste ist«, ergänzte Carl Reutemann, als er kurz darauf in Apfels Büro kam, »ich hab gerade gehört, dass die Klamotten beider Mordopfer gefälscht sind. Vom Trikot bis zu den Schuhen – alles Imitationen aus Asien, aber in bemerkenswert guter Qualität. Hier bei uns kriegst du solche illegale Ware jedenfalls in keinem Sportgeschäft, da musst du schon nach Tschechien fahren.« Der Kommissar schüttelte nur den Kopf.

Der unerfreulichste Programmpunkt des Tages war das Treffen der Soko um 15 Uhr. Es waren noch zwei neue Beamte des BKA dazugekommen, deren Namen Paul Apfel praktischerweise gleich wieder entfielen. Gartner schlug Rad und blies sich auf, erteilte einen Befehl hier und eine Anweisung da. Er nannte den Polizeipräsidenten zum allgemeinen Erstaunen »Harald«, wagte es aber nicht, Apfel oder Reutemann einen konkreten Arbeitsauftrag zu erteilen.

Nach zwanzig Minuten war die Aufführung vorbei, die sich fortan täglich wiederholen sollte und die es im Präsidium unter dem Namen »Bundesgartnerschau« binnen Tagen zu Kultstatus brachte.

Am Ende fing Johannes Gartner plötzlich an zu lachen. Laut, ausdauernd, meckernd. »Ich kann immer noch nicht glauben, dass die einen Penner massakriert haben. Wer macht sich denn die Mühe? Die verrecken doch von selber, wenn es im Winter kalt wird.«

Da spürte ihn Apfel wieder, diesen Brechreiz, stärker denn je sogar. Was passierte dienstrechtlich eigentlich, wenn man einem Kollegen die Fresse polierte? Er sagte kein Wort, packte Reutemann am Arm und verließ sein Büro gemeinsam mit dem Inspektor. Jetzt war es er, der die Tür fliegen ließ, sodass man den Wind durch die Türdichtung pfeifen hörte.

»Arschloch«, sagte Carl Reutemann.

»Und das«, fügte der Kommissar hinzu, »ist noch geschmeichelt.«

Paul Apfel wusste, dass es Krach geben würde morgen, wenn er Gartner dazu aufforderte, in Gegenwart von Bananen-Bernd seine Aussage zu wiederholen.

14

Diesen Abend hatte Miriam keine Meinung zu seinen Mordtheorien.

Miriam war gar nicht zu Hause. Tupperparty. Paul Apfel fand den Gedanken durchaus erstaunlich, dass Frau Staatlich-überprüfte-Diplomübersetzerin für japanische Sprache, für die Fensterputzen, Bügeln und Staubwischen die letzte Vorstufe zum Fegefeuer waren, Spaß daran fand, mit den Nord-Landshuter Hausfrauen die Vorzüge runder amerikanischer Plastikfrischhaltedosen im Vergleich zu eckigen Modellen zu diskutieren.

Hatte sie aber, wie sie ihm mehr als einmal versichert hatte. Wahrscheinlich war sie geistig einfach nur flexibler als er selbst.

Auch recht, dachte sich der Kommissar – und nahm sich vor, sich die in seinen Augen ultimative Entspannung zu gönnen. Ein fast siedend heißes Vollbad.

Tatjana saß im Keller im Büro vor dem Computer und ruinierte die globale Plattenindustrie, indem sie Musik aus dem Internet stahl. Seit 2003, also nur wenige Jahre nach dem Rest der Welt, waren die Segnungen von DSL auch ins Haus der Apfels vorgedrungen. Zunächst hatte sich die Post (für Apfel blieb der undurchschaubare Laden mit den vielen komischen T-Namen, der sich allen Ernstes sogar die Internet-Adresse www.t-beutel.de gesichert hatte, der Einfachheit halber immer die Post) – zunächst also hatte sich die Post einige Jahre geweigert, ihre Hochgeschwindigkeitsstrippen bis an die Landshuter Peripherie zu verlängern. Irgendwann erkannte sie dann aber doch die großartigen Geschäftschancen der multimedialen Aufrüstung von Paul Apfels Wahlheimat.

Tatjana also »zog« Musik (unter achtzehn nennt man illegale Downloads »ziehen«). Taschi und Jo hatten sich ohne Abmeldung entfernt. Seine Entspannung war also ungefährdet, ein entnervt an die Badezimmertür hämmernder Teenager stand nicht zu befürchten.

Er schnappte sich die Mai-Ausgabe des Musikexpress, seiner

Leib-und-Magen-Postille, die er als Abonnent erfreulicherweise schon heute, am Mittwoch, im Briefkasten liegen hatte. Er hörte schließlich, wie gesagt, nicht nur Schlager. Auf seinem iPod fand sich auch Modernes, von Klee und 2raumwohnung über Belle & Sebastian bis hin zu Franz Ferdinand. Franz Ferdinand – so nannten die jungen Leute heute nun mal ihre Kapellen.

Der Musikexpress hatte David Bowie auf der Titelseite. Paul Apfel ließ sich langsam in das heiße Wasser gleiten. Die Hitze war kaum auszuhalten. Fünf Grad mehr, und er würde sich verbrühen wie ein Suppenhuhn aus einem ostdeutschen Mastbetrieb. Nach zwei Minuten hatte er es geschafft. Es war einfach perfekt, außer der Tatsache, dass er Bowie vor lauter Dampf kaum erkennen konnte. Er beschloss, erst einmal nicht zu lesen, bis sich der Dampf einigermaßen verzogen hatte, und pfefferte den alten David über den Badewannenrand.

Aaaaah. Herrlich.

Wenn er bald in Rente war, dachte Apfel, dann würde er den ganzen Tag nur mehr in der Badewanne liegen und eine feuerrothaarige Dreiundzwanzigjährige mit langen schwarzen Wimpern dafür bezahlen, die Temperatur mit einer Art überdimensionalem Tauchsieder immer bei konstanten 48 Grad zu halten.

Hach, war das herrlich. Apfel atmete tief durch und spürte, wie sich aller Ärger ganz langsam in seinem heißen Badewasser mit dem »Pine Tree«-Aroma auflöste. Wenn er fertig war, konnte er sie dann ganz einfach durch den Abfluss der Wanne in die Landshuter Kanalisation entsorgen.

Es klingelte.

An der Haustür der Apfels klingelte es. Paul Apfel empfand dies als Störung seiner Entspannungsbemühungen, wenn auch als vernachlässigbare Störung, da Tatjana dem Eindringling schnell öffnen würde und ihn gegebenenfalls mit ihrer bestimmten Art fast genauso schnell wieder vom Apfel'schen Hof vertreiben würde.

Es klingelte ein zweites Mal.

Und es klingelte ein drittes und ein viertes und ein fünftes Mal, und die Abstände zwischen dem Klingeln wurden immer kürzer und das Klingeln immer lauter.

»T-A-T-J-A-N-A!«, bellte der badende Kommissar. Doch er wusste, dass ihn im Keller niemand hören würde.

Es klingelte schon wieder, und auch der eiserne Türklopfer wurde jetzt kräftig betätigt.

Es half nichts.

Paul Apfel fluchte »Scheiße«, wuchtete sich aus der Wanne, überflutete dabei das Badezimmer und wand sich ein Handtuch um die Hüften. Er war sooo wütend. Wenn es die beiden Zeugen Jehovas waren, die bei ihnen durch die Gegend streunten und sie regelmäßig heimsuchten, dann würde er sie töten, und er würde wegen mildernder Umstände höchstens fünf Jahre ins Zuchthaus wandern. Vielleicht würde er sogar Notwehr attestiert bekommen.

Mein Gott, war er sauer! Apfel stürzte aus dem Badezimmer, ihm war jetzt schon kalt. Dann rannte er die terracottageflieste Treppe hinunter und dachte überhaupt nicht daran, dass er nasse Füße hatte.

Und dann fiel Paul Apfel seine Treppe hinunter.

Er merkte gerade noch, wie es ihm die Füße wegzog. Doch da war es bereits zu spät. Der Kommissar prallte mit der rechten Hüfte hart auf einem Treppenabsatz auf, verlor sein Handtuch und rutschte auf seinem nassen nackten Hintern weitere fünf, sechs, sieben oder acht Stufen hinunter.

Als er knapp vor dem Ende der Treppe endlich zum Stillstand kam, war Apfel weder tot noch schwerstverletzt. Das war am wimmernden Ruf »Verdammt, warum macht denn keiner diese beschissene Tür auf?« zu erkennen, den er ausstieß. Ja, der Kommissar war am Leben, noch, doch er spürte Schmerzen, enorme Schmerzen und vor allem auch Hass in sich aufsteigen.

Apfel erhob sich mühsam, fingerte nach dem Handtuch, das fünf Stufen weiter oben lag, und öffnete die Tür. Es war Miriam, die ihm einen himmelblauen Tupperware-Tortenheber mit stufenlos ausschiebbarer Multitool-Dynamik-Schaufel unter die Nase hielt. Erst dann bemerkte sie seinen flackernden Blick und die Überschwemmung, die Paul bis ins Erdgeschoss gefolgt war.

»Äh – bitte, was ist das hier?«, fragte Äpfelchen vorsichtig. »Weinst du, Paul?«

»Ich – habe – gebadet, Miriam, und ich bin die Treppe heruntergefallen, und ich bin froh, dass ich noch lebe, das ist los«, erwiderte ein zitternder Paul Apfel erstaunlich ruhig. »Warum ist diese blöde Kuh eigentlich nicht in der Lage, die Tür aufzumachen?«

Die angesprochene Tatjana streckte zum passenden Moment den Kopf durch die Tür im Keller und flötete nach oben. »Hat's geläutet, Papa? Ach so, nur Mama. Ich hab Musik gehört und gar nix mitbekommen, sorry. Die Terrassentür unten war übrigens auf. Das habe ich dir doch gesagt, als du gegangen bist, Mama. Alles in Ordnung bei euch?«

Apfel warf seiner Gattin, die offenbar wie so oft ihren Schlüssel verlegt hatte, einen schlimmen Blick zu, der ihr Angst machen sollte, und watete durch die Pfützen auf der Treppe wieder zurück ins Badezimmer. Er bewegte sich jetzt ganz langsam, einerseits aus Vorsicht, andererseits vor Schmerz. Sich wieder ins heiße Wasser gleiten zu lassen, war allerdings wunderbar. Jetzt hielt er auch die Temperatur leicht aus.

Danach hatte der Kommissar zwei Wochen lang Schmerzen. Seine rechte Körperhälfte rund um Hüfte, Becken und Hintern hatte schon am nächsten Morgen eine grünlich schimmernde Blauschwarz-Färbung mit orange-gelb-bräunlichem Rand angenommen. In den nächsten Tagen sollte sie immer neue Farbnuancen ausbilden, die er in einer solchen Vielfalt noch nirgendwo gesehen hatte.

Als er wieder in der Wanne lag, war er einerseits dankbar. Andere Menschen brachen sich bei solchen Gelegenheiten, wenn sie Glück hatten, Arme und Beine, und wenn sie weniger Glück hatten, den Hals. Ihm passierte nie etwas. Er stolperte zwar durchs Leben und mit schöner Regelmäßigkeit über seine eigenen Füße, doch er verletzte sich einfach nie. Keine Brüche, keine Risse, keine Zerrungen, kein nichts.

Er glaubte nicht mehr daran, dass das Zufall war. Irgendjemand, vielleicht sogar der Kaiser, schien die Hand über ihn zu halten. Paul Apfel wollte nicht wissen, wer es war, doch er war ihm (oder ihr?) dankbar.

Bevor er sich nach dem Baden hinkend ins Esszimmer quälte, übte er im Badezimmerspiegel ein schmerzverzerrtes Gesicht ein.

Ja, das sah überzeugend genug aus, um Äpfelchen von der Erfordernis zu überzeugen, ausnahmsweise ein schlechtes Gewissen zu haben.

Miriam, die im Esszimmer wieder an ihrem japanischen DVD-betriebenen Technikmysterium saß, war die Sache tatsächlich sichtlich unangenehm. Statt ihres normalen, tendenziell eher mitleidlosen »Wer krank ist, ist selber schuld«-Blickes flötete sie, und es klang fast wie Mitgefühl, »Zeig mal her«. Seine rechte Seite wies bereits erste Farbspuren auf, und mit dem Finger konnte er die großformatigen Blutergüsse unter der Haut regelrecht ertasten. Das hatte er noch nie gehabt. Was passiert eigentlich, wenn sich einer dieser riesigen Blutklumpen löst und Richtung Herz oder Gehirn wandert? Er hatte Angst vor der Antwort und fragte Äpfelchen vorsichtshalber gar nicht erst.

»Tut mir Leid, Paul«, sagte Miriam Apfel, »ich hab wirklich völlig vergessen, dass die Terrassentür für mich offen ist. Ich hätte nur ein paar Meter ums Haus gehen müssen und, schwups, schon wär ich drin gewesen. Ist das nicht komisch? Hahaha.« Äpfelchen lächelte ihn an, was ausnahmsweise leicht dümmlich aussah, und er lächelte selbstverständlich nicht zurück.

Paul beschloss, ihr zu verzeihen. Aber noch nicht heute. Morgen vielleicht, oder übermorgen, je nachdem, was es zu essen gab.

»Schwups«, grunzte er, »und ich wäre tot gewesen oder querschnittsgelähmt, oder ich wäre auf den Kopf gefallen und verblödet.«

»Ach Paul«, antwortete Miriam gelassen, »dir passiert doch eh nie was. Du bist doch mein Unzerstörbarer.«

»Danke, dass du ausnahmsweise nicht gesagt hast, dass das mit dem Verblöden schon zu spät ist«, raunzte der Kommissar. »Und jetzt geh ich ins Bett.«

Am nächsten Morgen tat ihm der ganze Körper weh, nicht nur auf der rechten Seite, einfach nur überall. Paul hatte das Gefühl, als hätte ihn einer der monströsen Sumo-Ringer aus Miriams Japan-Reiseführern an der Hüfte gepackt, zwei Meter hoch in die Luft gehoben und von dort ungebremst in den Betonboden gerammt, zwei Meter tief unter die Erdoberfläche. Es tat ihm weh, als er sich ins Auto setzte. Es tat ihm weh, als er aus dem Auto stieg. Es tat ihm weh, als er sich an seinen Schreibtisch setzte. Und vor allem tat es ihm weh, dass sich die Kollegen, außer der ehrlich besorgten Emma Keßler, über seinen Badewannen-Absturz auch noch lustig machten.

»Du bist so ernst«, griente Carl Reutemann, als Paul seine Geschichte fertig erzählt hatte, ergänzt um das eine oder andere fiktive dramatische Detail, das er für erforderlich hielt, um den Zuhörern die ganze Dimension seines Leidens zu verdeutlichen. »Du bist so ernst«, blubberte Reutemann noch einmal und schüttete sich aus vor Lachen, »du solltest unbedingt eine Scherztablette nehmen. Bruhaha.«

»Schmerzkeks«, gab Paul zurück.

Und dann stürzte Paul Apfel gleich noch mal. Diesmal allerdings nicht körperlich, sondern beruflich.

Die Dienstnotiz, die nach dem Mittagessen auf seinem Schreibtisch lag, stammte von Polizeipräsident Heger. Ihr Inhalt konnte Paul nicht mehr überraschen, auch wenn er erst zwei oder drei Tage später damit gerechnet hatte.

Er überflog sie mehr, als dass er sie las. »... teile ich Ihnen offiziell mit ... Leitung der Ermittlungen der ›Soko Stadion‹ durch das BKA übernommen ... außerordentliche Brisanz und Bedeutung des Falls ... weitere Kräfte des BKA hinzuziehen ... Johannes Gartner zentrale Koordination ... begrüße außerordentlich Ihre weitere engagierte Mitarbeit bei den Ermittlungen vor Ort ... Ihre Erfahrung unverzichtbar ... Danke für Ihr Verständnis ... Bla bla bla bla ...«

Apfel war nicht schockiert. Vielleicht ein wenig gekränkt, das ja. Aber er hatte gewusst, dass das kommen würde, irgendwann. Er setzte sich erst jetzt. Sein Stuhl war perfekt eingestellt. Immerhin etwas.

Es war typisch für dieses Haus, dachte Apfel, dass einem solche Entscheidungen auf einer halben Seite DIN-A-4-Papier schriftlich mitgeteilt wurden. Und es war auch typisch für dieses Haus, dass er offenbar der Letzte war, der es erfahren hatte. Carl Reutemann jedenfalls wusste schon Bescheid, als er mit demonstrativ finsterem Gesicht in sein Büro kam.

»Und, Paul«, tastete er sich vorsichtig an das Problem heran, »hast du es schon gehört?«

»Was – es?«, fragte Paul Apfel zurück. »Dass ES jetzt hier der große Mann ist? Das habe ich gerade gelesen. Aber anscheinend haben es alle anderen eh vor mir erfahren.«

»Unsinn, Paul«, beruhigte ihn Reutemann, »außer mir weiß es wahrscheinlich noch keiner. Aber ich bin gerade beim Pissen neben Gartner gestanden, und er musste es mir natürlich gleich aufs Auge drücken, dass er jetzt die Leitung hat.«

»Beim Pissen?« Apfel war trotz seiner körperlichen und seelischen Schmerzen sogar ein wenig amüsiert. »Hat er dafür zwei Hände gebraucht, weil er seine Beförderung so geil fand?«

»Hab nicht so genau hingeschaut«, gab der Inspektor zurück, »kann aber gut sein. Aber ich hab's dir ja schon mal gesagt: Wenn wir in Ruhe arbeiten können und die Freaks vom BKA sich um den ganzen Pillepalle kümmern, kann uns das nur recht sein. Im Endeffekt geht's ja nicht um dich und deine Arbeit – der Fall ist einfach zu heikel, um ihn der Münchner Polizei zu überlassen. Das ist doch das Thema.«

Paul wusste, dass Carl Recht hatte. Er hatte jetzt auch keine große Lust, weiter darüber nachzudenken. Er stöhnte nur noch demonstrativ auf: »Ach Carl, lass mich alten Mann doch einfach in Ruhe sterben. Und sorg dafür, dass sie bei der Beerdigung ›So schön kann doch kein Mann sein‹ von Gitte spielen. Das wäre fein.«

»Versprochen, Paul«, erwiderte Carl Reutemann und verdrehte die Augen.

Der Kommissar schaute auf seine Uhr, nicht wegen der Zeit, sondern wegen des Datums: 20. April 2006. Acht Tage waren vergangen, seit der Platzwart Julius Stuck den toten Journalisten Michael Albers in den Katakomben der Allianz-Arena gefunden hatte. Noch exakt fünfzig Tage bis zum Eröffnungsspiel, doch Paul Apfel war nicht in Jubiläumsstimmung. Große Fortschritte, da waren sich alle Fraktionen der Ermittler einig, hatten sie nicht gemacht bisher.

Das Blöde war: Nicht nur, dass sie bis zum 20. April keine großen Fortschritte gemacht hatten. Das Gleiche ließ sich auch vom

21. April behaupten, vom Wochenende des 22. und 23. April und, wenig überraschend, auch von den beiden folgenden Tagen. Johannes Gartner gockelte, die Kollegen von LKA und BKA ermittelten heftig, Carl Reutemann und Mona Maierhofer turtelten bisweilen, man befragte einen Zeugen hier und verfolgte eine Spur da und kam keinen Schritt voran. »Auf der Stelle zu treten ist eine rasend schnelle Vorwärtsbewegung im Vergleich zu dem, was wir hier treiben«, klagte Apfel irgendwann.

Die beiden Profiler, die sie eingesetzt hatten, um ein möglichst exaktes Persönlichkeitsprofil des Täters zu erstellen, lieferten Angaben, die so widersprüchlich waren, dass mit den Ergebnissen praktisch nichts anzufangen war.

Die Berichterstattung in den Medien nahm von Tag zu Tag ab. Die Öffentlichkeit schien das Interesse an dem Fall langsam wieder zu verlieren, wenigstens etwas. Funktionäre und Politiker atmeten in ihren routinierten Stellungnahmen auf und beurteilten die Sicherheitslage rund um die Weltmeisterschaft zunehmend wieder als »stabil«.

Die klitzekleine Kleinigkeit, dass man den oder die Mörder noch nicht eingefangen hatte, schien die organisierten Verharmloser mit jedem Tag, um den sich die nationale Herausforderung Fußball-WM 2006 näherte, weniger zu stören. Jedenfalls hatte Paul Apfel dieses Gefühl. Hätte jemand seinen Arbeitsalltag der letzten Tage verfilmt, wäre bestenfalls ein Kurzfilm daraus geworden, im bleischweren Stil deutscher Autorenfilme der siebziger Jahre, Margarethe von Trotta oder so, mit lähmender Routine, quälendem Warten und ermüdenden Auseinandersetzungen.

Als belebendes Element hätte allenfalls sein offensiv nach außen getragenes Leiden dienen können. Ja, er hatte Schmerzen, ja, er quälte sich. Und er fand, dass der Rest der Welt ein Recht auf Kenntnis seines angegriffenen Zustandes hatte.

Es war längst klar, dass sie in ihren Ermittlungen nicht mehr agierten, sondern allenfalls reagierten. Sogar Miriam hatte die Inspiration verlassen. »Entweder Rosberg taucht auf – oder es gibt einen dritten Toten. Vorher tut sich nichts. Glaub's mir«, befand sie an irgendeinem Abend.

Am Mittwoch, dem 26. April 2006, war es so weit. Exakt zwei

Wochen nach dem Auffinden der ersten Leiche. Äpfelchen hatte wieder einmal Recht behalten.

Dabei hatte der Tag nicht wesentlich besser begonnen als all die Tage zuvor. Eigentlich im Gegenteil. Apfel war gegen 8 Uhr 30 im Präsidium eingetroffen. Er erwartete zwei Besucher an diesem Vormittag. Öde Routine, wieder einmal. Ein Computer-Guru, der ab und an freiberuflich für sie arbeitete, sollte in seinem Bericht darlegen, mit welchen Werkzeugen die Festplatte von Michael Albers' Notebook gelöscht worden war und wie viel Fachkenntnis man hierfür benötigte.

Paul war dies derzeit reichlich egal. Der schriftliche Bericht, am besten handlich in möglichst großer Schrift auf einer DIN-A-4-Seite zusammengefasst, hätte ihm allemal genügt. Gartner hatte ihm den Termin aufs Auge gedrückt. Gartner war es gerade in diesen ereignislosen Tagen wichtig, möglichst viel Aktivität und Betriebsamkeit zu simulieren, um umfangreiche Arbeitsnachweise nach oben liefern zu können.

Im zweiten Termin sollte es, nicht zum ersten Mal, aber erstmals wirklich ausführlich, um die Auswertung von Albers' Handy-Gesprächsdaten des letzten Jahres gehen. Schon interessanter, aber auch nicht wirklich, dachte Paul Apfel.

Der erste Termin war allerdings erst für zehn Uhr angesetzt. Apfel machte es sich bequem. Die Schmerzen hatten zum ersten Mal etwas nachgelassen, was er allerdings sowohl zu Hause in Landshut als auch hier im Präsidium zunächst für sich behalten wollte. Er zog die Schuhe aus, legte die Füße auf den Schreibtisch und dachte nach, als Reutemann in sein Büro kam.

Der Inspektor hatte als inoffizieller Humorbeauftragter des Präsidiums immerhin zur Verbesserung der Stimmung beigetragen, als er am Computer kleine Aufkleber erstellt hatte, die einen Pfeife rauchenden Kommissar à la Sherlock Holmes zeigten, der in einer Sprechblase seine Meinung zur Aufklärung ihres Falles kundtat: »Kombiniere: Der Mörder ist immer der Gartner!« Carl hatte einige der Aufkleber konspirativ im Präsidium in Umlauf gebracht. Ob sie Johannes Gartner bereits erreicht hatten, war bislang nicht bekannt.

»Oh, Stress?«, bemerkte Carl, als er den vollständig entspannten Kommissar sah.

»Und wie«, erwiderte Paul Apfel. »Ich bin gerade intensiv damit beschäftigt, nichts zu tun. Also stör mich bitte nicht. Ich muss das heute unbedingt noch fertig kriegen, sonst kann ich nämlich morgen wieder von vorne anfangen.«

»Wirst du wohl müssen«, antwortete der Inspektor. »Doktor Gartner bittet um neun zur außerplanmäßigen Sprechstunde. Bundesgartnerschau. Irgendwas ist im Busch.«

»Vorsprung durch Hektik«, befand Apfel, nahm die Füße vom Tisch und beförderte sich unter fein austariertem Stöhnen, nicht zu laut, aber auch nicht zu leise, wieder in die Vertikale. Dann zog er seine Schuhe wieder an. Es war die dritte außerplanmäßige Audienz in den letzten Tagen.

Diesmal blies sich Gartner keine zwei Minuten auf, dann platzte er fast vor Stolz und kam zur Sache. »Liebe Kollegen, wir haben offenbar heute Morgen einen entscheidenden Schritt zur Lösung unserer Mordfälle geschafft. Markus Rosberg wurde um 6 Uhr 50 in Lindau am Bodensee aufgegriffen und wird noch im Laufe dieses Vormittags hier in München erwartet.«

Dann war es plötzlich ganz ruhig. Nur ein paar »Uhs« und »Ahs« und »Ohs« waren zu hören, als Johannes Gartner seinen Triumph auskostete und vor ihnen stand wie ein siegreicher Feldherr vor seinen überlebenden Soldaten. Apfel rechnete fest damit, dass Gartner seine Arme hochreißen und dann die Hände über dem Kopf verschränkt schwenken würde wie der hormonell verwirrte vormalige Bundeskanzler nach seiner Wahlniederlage im September 2005.

Paul Apfel war überrascht, neugierig, vor allem aber erleichtert. Seit zwei Wochen waren sie einem Phantom nachgejagt. Seit Tagen hatten sie keine Fortschritte mehr verzeichnet. Vielleicht hatten sie jetzt eine reelle Chance, die Sache zügig über die Bühne zu kriegen, die Gartners dieser Welt schnellstmöglich wieder zurück nach Wiesbaden zu befördern und zu einem vernünftigen Polizeialltag zurückzukehren. Apfel sehnte sich nach Ruhe, nach möglichst schmerzfreier Ruhe.

Seine Hoffnungen schienen sich zu erfüllen, als er gegen 15 Uhr an diesem 26. April 2006 erfuhr, dass Markus Rosberg bereits in einer ersten Vernehmung ein umfassendes Geständnis abgelegt und beide Morde eingestanden hatte.

Es waren noch vierundvierzig Tage bis zum Beginn der Fußball-Weltmeisterschaft 2006.

Und die Jagd nach dem Doppelmörder von München war nach zwei Wochen beendet.

15

Aus einer dürren Dienstnotiz, die Gartner kurze Zeit später unters Volk bringen ließ, ging hervor, dass ein Sondereinsatzkommando des Bayerischen Landeskriminalamts Markus Rosberg an diesem Morgen um 6 Uhr 48 in der Wohnung eines vorbestraften Autoschiebers in Lindau am Bodensee schlafend angetroffen hatte, dass dieser unbewaffnet war und sich widerstandslos festnehmen ließ. Nach den erkennungsdienstlichen Routinearbeiten, die man vor Ort in Lindau vorgenommen hatte, wurde Rosberg auf die Reise nach München geschickt, wo eine erste Vernehmung durch Beamte des Bundeskriminalamts und des Landeskriminalamts stattfinden sollte. Gezeichnet, Gartner, Bundeskriminalamt, Heger, Polizeipräsident München.

Was nicht aus der Dienstnotiz hervorging, waren die Umstände, die zur Verhaftung geführt hatten. Paul Apfel ging nicht zwingend davon aus, dass das LKA routinemäßig Lindauer Autoschieber in ihren Wohnungen überfiel, einen schönen guten Morgen wünschte, sich nach dem werten Befinden erkundigte und dabei über einen schlafenden Doppelmörder stolperte.

Ein Anruf beim lärmenden Schweizer Kollegen Welti brachte den Kommissar nicht weiter. Welti zeigte sich deutlich weniger hilfsbereit und umgänglich als bisher und ließ durchblicken, dass man ihm quasi einen Maulkorb verpasst hatte. Informationen nur mehr gegenüber dem BKA. Nicht mehr gegenüber den untergeordneten Münchner Kollegen. Apfel legte auf, fluchte und bekämpfte seine Neugierde mit einem üppigen Mittags-Döner. Ohne Erfolg.

Bei der 15-Uhr-Besprechung der Soko musste man deutlich den Eindruck haben, dass Johannes Gartner und Detlef Friesacher den Doppelmord praktisch im Alleingang gelöst hatten. Das BKA-Gespann referierte über die Ergebnisse des ersten Verhörs, und außer den Vokabeln »ich« und »wir« kamen auch noch ein paar andere Wörter vor, aber nur wenige.

Apfel fasste einen Entschluss. Er würde unmittelbar nach der Besprechung Polizeipräsident Heger aufsuchen und darum bitten, Markus Rosberg selbst vernehmen zu dürfen. Dieses Recht glaubte er zu haben – er als der Kommissar der Münchner Kriminalpolizei, der die ersten entscheidenden Ermittlungen geleitet und die Spur zu Markus Rosberg erst aufgezeigt hatte. Jetzt, dachte er bei sich, rede ich auch schon pausenlos von »ich«, wie Gartner und Friesacher.

Fakt war, dass Markus Rosberg offenbar beide Morde eingeräumt hatte. Albers hatte er im Rahmen eines »geschäftlichen« Treffens im Münchner Stadtteil Blumenau getötet. Es war zu einer Auseinandersetzung gekommen, Rosberg schoss, mehr im Affekt als aus Mordabsicht, und berief sich auf Notwehr. Warum auch der Obdachlose Grünaug sterben musste, konnte bisher offenbar noch nicht zufriedenstellend geklärt werden.

»Mehr«, beschied Gartner die Kollegen in arrogantem Ton, »können wir leider noch nicht sagen. Die Vernehmungen werden selbstverständlich kontinuierlich fortgesetzt. Vielen Dank für Ihre Unterstützung und bis morgen.«

Paul Apfel war wütend, stürmte zornig aus dem Besprechungsraum und feuerte seine Bürotür hinter sich zu. Carl Reutemann konnte gerade noch ausweichen und hielt die Tür auf, bevor sie ins Schloss flog.

»Ui«, sagte der Inspektor, »du bist ja geladen.«

»Wundert dich das?«, blaffte der Kommissar zurück. »Gartner feuert uns fünf Brocken hin, die mehr Rätsel stellen, als sie lösen, und lässt uns dann wie dumme Kinder stehen. Verdammter Wichser. Ich gehe jetzt zu Heger, ich will selbst mit Rosberg sprechen, und wenn es das Letzte ist, was ich in diesem Scheißladen tue.«

Der Polizeipräsident, in dessen Büro er wenige Minuten später auflief, ohne sich groß um die üblichen Anmeldeprozeduren zu scheren, war zumindest irritiert über Pauls Ansinnen.

»Haben Sie kein Vertrauen in die Arbeit der Kollegen vom BKA und vom LKA, Herr Apfel?«

»Wollen Sie eine ehrliche Antwort?«, fragte Apfel zurück.

»Nein«, erwiderte Heger und dachte nach. Dann stand er auf und stolzierte durch sein Büro. »Ihnen ist klar, dass ich es nicht dulden kann, dass hier jeder Polizeibeamte seine Privatverhöre führt.«

Apfel hatte kein Interesse an einer Predigt in Sachen Polizeiorganisation. »Ist das jetzt ein Ja oder ein Nein?«

Heger atmete tief durch. »Ein Ja. Aber nicht, weil ich den Kollegen kein Vertrauen entgegenbringe. Nur, weil ich durchaus der Meinung bin, dass Ihre, äh, wie soll ich sagen, Degradierung seit Beginn des Falles nicht in Zusammenhang mit Ihren tüchtigen Leistungen steht. Aber ich will um Gottes willen nicht, dass mein Entgegenkommen im Präsidium groß die Runde macht.«

Das mit den tüchtigen Leistungen überraschte Paul nun tatsächlich. War der Typ irre geworden? Schaut tatenlos zu, wie man ihn absägt, ist zu feige, ihm das persönlich mitzuteilen, gründet mit Gartner eine Interessengemeinschaft der Ignoranten und Dilettanten und süßelt ihn plötzlich zu. Lieber als Penner von Bananen-Bernd mit Vitamin C versorgt werden, als irgendwann in diesem moralisch verwahrlosten Zustand oben auf der Karriereleiter ankommen, beschloss Paul Apfel.

Zwanzig Minuten später betrat er mit Carl Reutemann einen kahlen Verhörraum, dessen wichtigste Ausstattung ein moderner, wenn auch nicht schöner hellbrauner quadratischer Tisch aus Holzimitat war, auf dem ein schwarzes Mikrofon stand. Um den Tisch standen sieben oder acht zweckmäßige graue Plastikstühle. Eine Seite des Raumes war fast komplett verspiegelt.

Aus einem Nebenraum konnte man hören und sehen, was im Verhörraum vor sich ging, war aber selbst nicht zu sehen. Wand, Boden, Tür, Atmosphäre – es war alles trist und grau in diesem Raum. Apfel und Reutemann setzten sich, und wenige Augenblicke später führte ein Beamter den Mann, der Markus Rosberg sein musste und der Handschellen trug, in den Verhörraum.

Der Beamte nahm Rosberg die Handschellen ab und legte sie ihm stattdessen um die Knöchel. Anschließend postierte er sich in einer Ecke des Raumes. Rosberg setzte sich. Genau in diesem Moment fiel Apfel wieder ein, wie der Ostzonen-Skispringer hieß, an den ihn Rosberg erinnerte. Jens Weißflog. Auch Rosberg war ein dünner kleiner uninteressant aussehender Blonder mit Schnauzbart, dem man jederzeit zutrauen würde, am Wochenende entweder an der Grafikkarte seines Aldi-Computers oder am Fahrwerk seines 94er Opel Calibra zu schrauben. Aber zwei Morde? Niemals. Zumindest sah der Mann nicht so aus. Und Sächsisch würde er hoffentlich auch nicht sprechen.

»Sie haben uns ja ziemlich auf Trab gehalten die letzten Wochen«, begann Paul Apfel bewusst freundlich. Rosberg reagierte nicht, er wirkte müde. Hatte er ihm überhaupt zugehört? Es dauerte zehn oder zwanzig Sekunden, bis Rosberg sprach.

»Geht das jetzt noch mal von vorne los?«, fragte er leise. »Will jeder von euch meine Geschichte einzeln hören? Wollt ihr's schriftlich?«

Paul fiel auf, dass der kleine Mann eine bemerkenswert dunkle Stimme hatte und dass sein Dialekt eher ein wenig fränkisch klang statt sächsisch, wie angenehm.

»Es wird sich ermittlungstechnisch nie ganz vermeiden lassen, dass Sie die eine oder andere Frage mehrmals beantworten müssen«, antwortete Apfel. »Also – Sie haben den Journalisten Michael Albers und den Obdachlosen Karl Grünaug ermordet?«

»Das habe ich doch schon gestanden. Ja, verdammt noch mal«, antwortete Markus Rosberg mit fast unnatürlich gelassener und ruhiger Stimme. Sie klang so, als würde er eingestehen, dass ihm gestern beim Abwaschen ein Teller zu Bruch gegangen war.

Paul Apfel hatte das Gefühl, dass er selten einen Menschen getroffen hatte, von dem weniger Wärme ausging. Rosberg erschien ihm wie ein Apparatschik der Stasi, wie ein berechnender Technokrat – aber nicht wie ein impulsiver Mörder. Aber man konnte sich täuschen in einem Menschen.

»Lassen Sie uns einfach vorne anfangen. Sie haben ja jetzt Zeit, ein paar Jahre. Also – wie haben Sie Michael Albers kennen gelernt?«, fragte Carl Reutemann.

Offenbar hatte sich Rosberg nun mit dem Gedanken abgefunden, die Ereignisse noch einmal erzählen zu müssen. Jedenfalls antwortete er ohne zu zögern, wenn auch demonstrativ desinteressiert. »Albers stocherte in Asien herum und war hinter einem Skandal mit Millionen gefälschter Fußballklamotten her. München, Madrid, Barcelona, Manchester, Turin – achtzig Prozent der Trikots dieser Klubs, die Sie in irgendwelchen Geschäften vor allem außerhalb von Westeuropa kaufen können, sind Plagiate, Kopien, Fälschungen. Albers wollte wissen, wer die Kohle kassiert und wie das Geschäft läuft. Ein Kumpel hat mich auf ihn aufmerksam gemacht.«

»Und dann?«, fragte Reutemann. »Was ist dann passiert? Mit allen Einzelheiten, bitte.«

»Die Asiaten sind manchmal nicht begeistert, wenn man zu neugierig ist. Einer meiner Geschäftspartner ist erfolgreich im Fußballgeschäft, wenn Sie verstehen. Er wollte, dass ich ihm den Mann vom Hals schaffe.«

»Und ihn umbringen?«, fragte der Inspektor, während Apfel nachdachte.

»Nein«, erklärte Rosberg, »natürlich nicht. Erregt zu viel Aufsehen und weckt schlafende Hunde. Nein, mit einer fingierten anderen Information, die seine ganze Aufmerksamkeit beanspruchte und bei der er das dicke Geschäft für sich witterte.«

»Mit der TV-Quotengeschichte?«, hakte Paul Apfel ein, der plötzlich wieder aufgewacht zu sein schien.

»Richtig«, erwiderte Rosberg, »ein Geschäftspartner meines Bekannten aus Hongkong will nächstes Jahr groß ins deutsche Fernsehen einsteigen. Er hat deswegen schon massenweise deutsche Fernseh-Menschen in Hongkong hocken. Dort haben sie die Geschichte ausgebrütet und vorbereitet. Ich musste mit Albers nur noch Kontakt aufnehmen – und patsch!«

»Wie patsch?«, fragte Carl Reutemann. »Geht's auch genauer? Und was war Ihre Motivation?«

Markus Rosberg war geduldig, das musste man ihm zugestehen. Er ließ sich nicht irritieren und erzählte gelassen weiter. »Ich will ja weiter mit den gelben Jungs Geschäfte machen. Und da hilft es, wenn man sich nicht weigert, ihnen einen Gefallen zu tun. Zwanzigtausend Dollar sollte es obendrauf noch geben. Kann ich rauchen?«

Paul dachte, dass es auch seinem Geschäft mit Markus Rosberg helfen würde, wenn er seinem Gegenüber gelegentlich einen Gefallen tat. Er bat den Beamten an der Tür, Zigaretten, Feuer und einen Aschenbecher aufzutreiben.

Kurz darauf saugte Markus Rosberg gierig an einer HB und atmete den Rauch tief ein, bevor er ihn durch die Nasenlöcher wieder in Richtung der Polizisten entließ. Pfui Deibel, dachte Apfel, der seit Jahren nicht mehr rauchte.

Danach begann Rosberg ohne Aufforderung weiterzusprechen. »Als Albers wieder in Deutschland war, habe ich ihn angerufen und angefixt, genau wie ein Drogendealer das mit seinen Kunden macht. Erst mal anonym. Ich hätte eine Information für ihn, aus der er vielleicht eine Riesenstory machen könnte. Erst war er cool und desinteressiert. Als ich ihm angedeutet habe, um was es geht, war er wie elektrisiert. Und als ich ihm das erste Fitzelchen Unterlagen vorgesetzt habe, war er nicht mehr zu halten.«

Apfel ließ Rosberg einfach reden. Der Mann war zumindest klug genug, um zu wissen, dass Kooperation seine Lage jetzt nur noch verbessern konnte.

»Meine Bedingung war: Es muss schnell gehen. Zackzack, in sechs Wochen musste der Deal gelaufen sein. Bis dahin hätten die Chinesen alle Spuren, hinter denen Albers her war, wieder verwischt. Ich musste ihn also nur mit Informationshäppchen füttern, Zeit schinden, bei Laune halten, bis in China wieder alles sauber war. Am Ende, patsch, sollte die Fernsehgeschichte leider platzen, und Herr Albers hätte eben Pech gehabt.«

»Und warum ging die Geschichte so furchtbar schief?«, fragte Carl Reutemann.

»Erst lief alles super. Albers zahlte die dreißigtausend für die erste Hälfte der Unterlagen, die letzten zwanzigtausend hätte er am Schluss zahlen müssen. Alles war bingo, bis er auf einmal völlig durchgetickt ist. Er ruft mich an, schreit Betrug, will mich treffen. Ich nach München, verabrede mich mit ihm in einem stillen Park in München-Blumenau, wo ich mal gewohnt habe, und er war immer noch außer sich. Völlig hysterisch und durchgeknallt.«

»Was war passiert?«, wollte Paul Apfel wissen.

Rosberg blies einen Rauchkringel in die Luft. Er berichtete sachlich, nüchtern und unbeteiligt, als würde er den Inhalt eines Buches nacherzählen, das er irgendwann gelesen hatte. »Weil sich die Chinesen Idioten eingekauft haben. Die Fernsehsender haben vor einigen Jahren eine geheime Studie erstellen lassen, ob und wie das Einschaltquotensystem manipuliert werden könnte und was die

Folgen wären. Reine Vorsichtsmaßnahme. Aus diesen Unterlagen haben die Schwachköpfe in Hongkong anscheinend ausführlichst zitiert, statt selber was zu erfinden. Als Albers bei seiner Arbeit auf diese Studie gestoßen ist ...«

»Patsch«, ergänzte Carl Reutemann, »war es passiert.«

»Er war total durch den Wind. Er wollte seine dreißigtausend zurück, er wollte sogar zum Anwalt. Ich hab ihn nur ausgelacht und einen armen Irren genannt. Plötzlich hatte er ein Messer in der Hand und ging auf mich los. Ich total panisch, was sollte ich tun, Mann? Er war einen halben Kopf größer als ich. Ich konnte gerade noch meine Walther aus der Manteltasche ziehen und abdrücken. Der Typ war sofort tot.« Nicht einmal diese Erinnerung schien Rosberg besonders zu belasten.

Paul trieb Rosberg an. »Und dann? Weiter, weiter, weiter.«

Rosberg schwieg. Apfel befürchtete schon, dass er zu viel verlangt hatte. Doch dann erzählte der Mann bereitwillig weiter. »Ich war am Ende, völlig panisch. Ich schleppte Albers in ein Gebüsch, nahm seine Tasche mit und bin in mein Hotel. Irgendwann hab ich die Chinesen angerufen, was ich jetzt tun soll. Sie haben mich acht Stunden lang zappeln lassen, die Schweine. Ich stand kurz vor dem Selbstmord. Dann riefen sie zurück. Sie hatten in der Zwischenzeit einen genauen Plan ausgetüftelt: Wo es in der Nähe von München ein geheimes Lager mit ihrem Fußballkram gab, was ich nehmen und wie ich die Leiche ausstaffieren sollte. Am Ende hatten sie noch eine Überraschung für mich.«

»Wie aufmerksam«, stellte Carl Reutemann fest, »und was war das für eine Überraschung?«

»Dass sie noch eine zweite Leiche brauchten, um die Aufmerksamkeit von Albers und den China-Deals abzulenken. Und die sollte ich besorgen. Ich habe die Jungs gefragt, ob sie noch ganz dicht sind, aber sie haben nur gelacht und mir Anweisungen erteilt. Mann, wenn diese Leute mit mir keine Geschäfte mehr machen, bin ich mausetot, noch toter als Albers und der Penner. Verstehen Sie das? Können Sie das verstehen, Mann? Was sollte ich denn tun?«

»Also sind Sie ...?«

»Erst mal war Albers zu entsorgen. Ich habe ihm das Fußballzeug angezogen, auch wenn ich nicht kapiert habe, wofür genau, und ihn ins Stadion geschafft. Am Parkplatz hat ein Typ auf mich gewartet, den ich an einer grünen Baseballmütze erkennen sollte, und nahm mir Albers ab.«

»Chinese?«, fragte Paul Apfel.

»Sicher nicht. Österreicher, denke ich, vielleicht auch Südtirol. Klang für mich zumindest so. Dann bin ich ins Hotel, hab mich mit einer Flasche Whisky besoffen und bin am nächsten Morgen um fünf noch halb blau in den Englischen Garten gefahren. Der Penner lag schlafend auf einer Bank, und ich habe ihm einen dicken Pullover aufs Gesicht gedrückt, bis er nicht mehr geatmet hat. Im Gebüsch hab ich ihn umgezogen, mein Auto geholt und ihn in den Kofferraum gelegt. Am Abend habe ich den Penner in einer Straße am Rand der Starnberger Autobahn an den Typen mit der grünen Mütze übergeben. Ich weiß nicht, warum sie den Penner nicht selbst gekillt haben. Wahrscheinlich wollten sie mich bestrafen, weil das mit Albers schiefgelaufen war.«

Es war die vierte Zigarette binnen weniger Minuten, die Rosberg mittlerweile inhalierte. Der Rauch konnte aus dem Raum kaum abziehen. Apfels Augen begannen zu tränen.

Danach erklärte Markus Rosberg noch, dass er nach der Übergabe der zweiten Leiche sofort nach Lindau geflohen war und das Haus seines Kumpels seither aus Angst vor Entdeckung nicht mehr verlassen hatte.

Apfel hatte das Gefühl, dass er für eine erste Vernehmung genug erfahren hatte. Rosberg hatte relativ bereitwillig mit ihnen gesprochen, man würde sich wohl wieder sehen. Apfel bedeutete dem Polizeibeamten an der Tür, dass er Rosberg wieder abführen könne. Der außer Dienst gestellte Import-Export-Spezialist griff nach der Schachtel mit den restlichen Zigaretten und schaute Apfel fragend an. Der Polizist nickte und blieb mit Reutemann noch einige Minuten sitzen.

Zwei Minuten sprachen sie kein Wort, dann verlor Reutemann die Nerven. »Sag doch was, Paul, was meinst du?«

»Rätsel gelöst«, erwiderte Paul Apfel, »aber nicht komplett. Wer ist der Typ mit der grünen Kappe? Was haben die Chinesen in den Stunden ausgebrütet, in denen sie Rosberg zappeln ließen? Oder führt uns Rosberg auf den Leim? Es gibt weiterhin verdammt viele offene Fragen, Carl.«

Auch auf eine weitere Frage hatte der Kommissar keine befriedigende Antwort parat. Sie hatten den Mörder gefasst, nach dem sie zwei Wochen lang gesucht hatten. Aber warum wartete Paul Apfel vergeblich darauf, dass sich wenigstens ein Hauch von Ruhe und Zufriedenheit in seinem Inneren einstellte?

16

Gut eineinhalb Stunden Heimfahrt nach Landshut und einige Songs von Klee reichten normalerweise mit fast endgültiger Sicherheit aus, um Apfel auf andere Gedanken zu bringen und ihn weitgehend entspannt zu Hause in Niederbayern ankommen zu lassen.

Doch derzeit war alles anders. Er hörte kaum mehr Musik, und er hatte weder Zeit noch Nerven für Schabernack mit seinen Landshutern. Seine Reflexe, Instinkte und Aversionen funktionierten allerdings unverändert. Es fiel ihm nach wie vor furchtbar auf die Nerven, wenn er bei der Ankunft am Hauptbahnhof von Landshut (Niederbayern) von einer weiblichen sächsischen Lautsprecherstimme mit den Worten »Härzlisch willgommn in Landsüt Niederbayern. Sie hobn Anschlüss noch Bassau, Filzhöfn ünd ...« begrüßt wurde. Er hatte keine Vorurteile, überhaupt nicht, seine Töchter könnten auch einen Indianer oder einen Tschetschenen oder eine Freundin als ersten Freund nach Hause bringen – alles kein Problem. Aber dieses Sächsisch ertrug er einfach nicht.

Irgendwann einmal, das hatte er sich vorgenommen, würde er mit dem Zug nach Leipzig fahren und persönlich überprüfen, ob er dort von einer bayerischen Lautsprecherstimme mit den Worten »Servus beinand in Leipzig. Wenn's woit's, liaba Leit, nachad kennt's um fünf nach zehne am Gleis dreiazwanzg nach Dresden ummefahren ...« begrüßt wurde. Wenn ja, war alles gerecht und in Ordnung. Wenn nein, würde er sich bei der Bundesbahn beschweren.

Und so kam er auch an diesem Abend eher nervös und angespannt daheim in Landshut an. Als er durch den Garten zur Haustür hastete, kam ihm Taschi entgegen, mit Stoiber an der Leine. Stoiber ließ den Schwanz vor Freude kreisen wie den Rotor eines Hubschraubers. Doch Paul beachtete weder seine Tochter noch seinen Hund und ging mit einem knappen »Hi« an ihnen vorbei. Er konnte gerade noch hören, wie Taschi den Hund fragte: »Was spinnt er denn heute wieder?« Doch auch Stoiber wusste keine Antwort.

Miriam saß im Esszimmer, das als ihr inoffizielles Büro fungierte, vor einem gewaltigen Stapel Papier. Paul war sich plötzlich nicht mehr sicher, ob er ihr den Badewannen-Mordanschlag schon verziehen hatte. Aber auch wenn es nicht nach Essen aussah oder roch, entschied er sich dafür und lächelte Äpfelchen müde an.

»Da haben aber viele Bäume sterben müssen«, sagte er mit Blick auf den Papierberg.

»Und wenn ich mit dieser Arbeit fertig bin, bin ich wahrscheinlich auch hinüber«, entgegnete Miriam. Norifumi Nagoya, der Fernost-Simmel, war endlich zu Potte gekommen mit seiner japanischen Originalversion von »Samurai Showdown«. Aus den avisierten 1.100 Seiten waren allerdings 1.237 geworden. Mitsamt Anmerkungen des Verlages, Literaturhinweisen und sonstigen Papieren musste sich Äpfelchen nunmehr durch gut 1.800 Seiten pflügen.

»Kann der Mann nicht das Wasser halten?«, bemerkte der Kommissar. »Wer liest denn über zwölfhundert Seiten?«

Äpfelchen seufzte. »Und wer übersetzt sie vorher?«

»Jedenfalls«, ergänzte Paul und platzierte sich ihr gegenüber an den vor Papier überquellenden Esszimmertisch, »wünsche ich dir, dass du mit der Übersetzung nie fertig wirst.«

»Spinnst du jetzt komplett?«, gab Miriam empört zurück.

»Diese Frage höre ich in dieser Familie heute schon zum zweiten Mal«, erwiderte Paul Apfel, »vielen Dank dafür. Weißt du, warum ich dir wünsche, dass du nie fertig wirst? Weil es ein Scheißgefühl ist, wenn du Ewigkeiten auf irgendwas hinarbeitest – und wenn du fertig bist, ist da nur noch ein riesengroßes Loch, das dich angähnt. Kennst du so was?«

Äpfelchen überlegte. »Ist ja bekannt, dass es nur eines gibt, das schlimmer ist, als wenn sich keiner deiner Wünsche erfüllt – wenn sich alle deine Wünsche erfüllen. Meinst du das?«

Paul überlegte auch. »Hm. Dass sich alle meine Wünsche im Präsidium erfüllen, wäre vielleicht ein bisschen übertrieben, da wüsste ich noch ein paar. Aber einer hat sich heute immerhin erfüllt: Wir haben den Mörder von Albers und dem Obdachlosen.«

Miriam war elektrisiert. »Das sagst du mir jetzt? Der Schweizer, oder was?« Sie wischte einen Papierstapel zur Seite. Nagoya-san hatte so lange gebraucht. Jetzt konnte er gut noch ein paar weitere Minuten warten.

Paul nickte. »Ist aber kein Schweizer, sondern ein Deutscher, der in der Schweiz lebt. Genau der. Heute früh in Lindau verhaftet und sofort nach München überstellt. Ich habe ihn verhört, er hat gestanden. Beide Morde.«

»Boah, nicht schlecht.« Miriam war perplex. Und wollte alles wissen. Hierfür hatte sie ihren Standardsatz. »Erzähl mir alles ganz genau, von Anfang an. Du bist also heute früh ins Präsidium gekommen …«

»Dann«, ergänzte Paul, »habe ich mir erst einmal einen Kaffee geholt. Ich habe achtzig Cent aus meinem Geldbeutel genommen. Es waren vier Zwanzig-Cent-Stücke, eines davon aus Frankreich, wenn ich mich richtig erinnere, und eines aus Italien. Dann bin ich zum Kaffeeautomaten …«

»So genau auch wieder nicht, Paul. Du ärgerst mich«, schimpfte Miriam Apfel und zog einen Flunsch. Es war immer das gleiche Ritual zwischen ihnen beiden. Zwanzig Minuten später hatte er die wichtigsten Ereignisse rekapituliert, und Äpfelchen schwieg.

»Und?«, fragte Paul.

»Was und?«, antwortete Miriam. »Glückwunsch. Trotz allem. Und warum bist du jetzt unzufrieden, du schäbiger alter Miesmacher?«

»Kannst du's mir sagen?«, fragte der Kommissar zurück.

Äpfelchens Antwort kam blitzschnell. »Aber sicher. Es gibt exakt drei Gründe. Erstens: Alle werden jetzt superglücklich sein. Die BKA-Menschen werden gepampert und getätschelt und bekommen eine Belobigung an den Hintern getackert. In Sachen WM ist ab sofort alles Friede, Freude, Eierkuchen, und man wird sich tunlichst hüten, die Fragen zu klären, die noch offen sind. Diese Orgie der Selbstzufriedenheit ekelt dich an.«

Paul musste nicht lange nachdenken. »Da ist wahrscheinlich was dran. Nummer zwei?«

»Nicht wahrscheinlich, Paul, ganz sicher. Nummer zwei: Du bist nicht der große Held, dem sich die Frauen zu Füßen werfen und ›Lobet den Herrn‹ singen. Das verkraftet dein Apfel-Ego nicht.«

Apfel wusste, dass Miriam Recht hatte. »Völliger Blödsinn, ich brauch das nicht für mein Ego«, antwortete er. »Und was kommt jetzt noch?«

»Und ob du das brauchst! Aber egal. Nummer drei: Dir gefällt die Geschichte einfach nicht. Zu viele Chinesen, zu viel Kung Fu und Peking-Ente. Dafür fehlt dir die Phantasie, das ist dir zu albern und zu wenig bodenständig. Stimmt's oder hab ich Recht?«

Dritter Treffer, dachte Paul. »Schlaues Mädchen«, sagte er.

Das Gespräch mit Miriam tat ihm gut. »Aber weißt du, was wirklich schön ist? Gartner verschwindet aus meinem Leben, ich hab den größten Teil der Arbeit hinter mir – und du hast noch nicht einmal angefangen.«

»Nicht ganz«, protestierte Äpfelchen demonstrativ und lautstark, »ich glaube, ich habe den ersten Satz schon fertig: ›Als die Hofdame hörte, wie hinter ihr das Katana-Schwert die Luft zerschnitt, hatte sie keine Sekunde mehr zu leben‹.«

»Paah – wie brutal und blutrünstig«, empörte sich Paul, »das würde ich anders formulieren. Femininer, einfühlsamer.«

»Rede ich dir in deine Arbeit rein?«, erwiderte Äpfelchen.

»Nein«, lachte Paul und küsste seine Frau auf die Stirn, »natürlich nicht. Das würdest du niemals tun.«

»Wusstest du übrigens«, sagte Miriam und lächelte, »dass viele Worte im Japanischen deutsche Wurzeln haben? Arbeit heißt Arubaito, Edelweiß Ederuwaisu und Wanderung Wanderungu. Faszinierend, oder?«

»Unbedingt«, lächelte Paul Apfel zurück, »ich weiß zwar nicht, was du mir damit sagen willst – aber ich wünsch dir noch viel Spaß mit deiner Arubaito.«

Einiges von dem, das Miriam Apfel prophezeit hatte, traf bereits am nächsten Tag, es war der 27. April 2006, ein. Einiges ließ noch auf sich warten. Und einiges kam noch deutlich schlimmer, als Paul Apfels Frau es vorhergesehen hatte.

Zunächst einmal Johannes Gartner. Gartner war wütend, sehr wütend sogar. Wie wütend, erfuhr Apfel, als er morgens noch keine zwei Minuten an seinem Schreibtisch saß. Der BKA-Mensch hatte ihn offenbar abgepasst. Er stampfte in sein Zimmer und baute sich breitbeinig wie ein texanischer Viehhüter vor Pauls Schreibtisch auf.

»Was hat Sie geritten«, fragte er, erstaunlich leise allerdings, »mit Rosberg Ihr Privatverhör zu führen?«

Paul Apfel nahm sich Zeit für seine Antwort, und sie kam noch leiser als Gartners Frage. Gartner musste sich sichtlich anstrengen, den Kommissar zu verstehen.

»Weil Sie uns mit Ihrem Scheiß-Egotrip hier am langen Arm verhungern lassen. Und weil ich Gott sei Dank in einer Position bin, in der ich mir das nicht gefallen lassen muss. Ich kann genauso Spielchen spielen wie Sie. Und jetzt bin ich genauso schlau wie Sie. Wahrscheinlich sogar schlauer. Stört Sie das vielleicht?«

Statt zu antworten, drehte sich Gartner um und stampfte aus Pauls Büro. Wortlos. »Arschloch«, rief ihm der Kommissar hinterher, als der BKA-Mensch die Tür zugeworfen hatte. Diesmal hätte es ihn allerdings auch nicht weiter gestört, wenn Gartner die Beleidigung noch gehört hätte.

Es herrschte reger Betrieb an diesem Morgen im Büro des Kommissars. Kaum hatte sich Johannes Gartner von der Front zurückgezogen, öffnete sich die Tür erneut, und Paul bekam deutlich angenehmeren Besuch.

»Küss die Hand, Herr Kerkermeister«, sagte der wuchtige österreichische Pressesprecher des Polizeipräsidiums.

»Servas, Herr Medieningenieur«, imitierte Paul Glemsers Wiener Dialekt, »womit kann ich dienen?«

»Indem du ein dummes unwissendes Stück Mensch, das über das zweite Gewicht, aber nicht über das zweite Gesicht verfügt, auf den neuesten Stand der Menschheitsgeschichte bringst«, antwortete Hannes Glemser. »Dass der Rosberg gefasst ist, weiß das halbe Präsidium. Ich weiß offiziell nichts, die Medien wissen offiziell auch nichts. Und aus Hegers Büro ist mir gesagt worden, dass es auch heute mindestens bis 15 Uhr keine Informationen an die Medien gibt. Herrschaft, Paul – was spielt sich da ab? Hamma Diktatur, ist K & K oder mischt der Herr Haider im Hintergrund mit? Wos is los, Freunderl?«

»Da fragst du den Richtigen«, erwiderte Apfel, »alle spielen ihre Spielchen. Heger spielt Spielchen, Gartner spielt Spielchen, sogar ich spiele ausnahmsweise Spielchen. Und eines sag ich dir: Wer im Hintergrund das ganz große Spiel spielt, davon haben wir alle keine Ahnung. Das heißt im Kurzformat: Ich weiß nix, Hannes, sorry.«

»Leiwand«, grunzte der Wiener, was auf gut Deutsch so viel bedeutet wie »super« oder »spitze«. »Wirklich leiwand«, fuhr er fort. »Da probierst pausenlos, dass dir die Presse vertraut und man zu einer kommoden Zusammenarbeit kommt. Und die Arschlöcher machen dir alles kaputt, und es heißt wieder, der Glemser mauert eh bloß, die fette Sau.«

Tür zu, Abgang Hannes Glemser. Tür auf, Auftritt Carl Reutemann. Es war fast wie auf der Bühne des Komödienstadls, nur nicht ganz so zünftig. Obwohl – Carl war wie fast immer bestens gelaunt.

»Hey, du hast mördergeil performt gestern mit Rosberg«, alberte er im Stil der Casting-TV-Shows, von denen er wusste, dass Paul sie hasste wie die Pest. »Und wie geht es jetzt weiter in der Vorstellung?«

»Gute Frage«, gab der Kommissar zurück. »Ich schätze mal, man wird versuchen, die China-Connection von unserem Freund Rosberg aufzudecken. Man wird ihn nach Namen fragen, und ich kann mir beim besten Willen nicht vorstellen, dass das zu irgendwas führt. Und dann wird man ihm viele Bilder aus unserer Schönheitengalerie unter die Nase halten, um den Mann mit der grünen Mütze zu identifizieren. Und wenn wir Pech haben, wird sich da auch nichts finden.«

»Leute mit grünen Mützen«, grinste Reutemann, »da habe ich schon zwei gesehen heute früh im Präsidium. Bei denen waren sogar die ganzen Klamotten grün.«

Kurz vor zwölf tauchte Hannes Glemser zum zweiten Mal an diesem Tag im Büro von Paul Apfel auf. In der Hand hatte er ein DIN-A-4-Blatt, über das quer mit blassroter Farbe das Wort »ENTWURF« gedruckt war.

»Mahlzeit«, brummte Glemser und hielt Paul das Papier hin,

»ich hab den Entwurf für die Pressemitteilung zum Rosberg da. Magst bittschön mal drüberlesen, ob sich das so ausgeht? Die soll um 14 Uhr raus.«

Apfel überflog den Entwurf und fand überraschenderweise nichts, was ihn störte. Aus ermittlungstaktischen Gründen war der Fall natürlich stark vereinfacht dargestellt. Details zu den Geschäften zwischen Rosberg und Albers fehlten vollständig, auf das Thema »TV-Quoten« wurde überhaupt nicht eingegangen. Die Hinweise auf die mögliche Beteiligung chinesischer Geschäftsleute und das Tatmotiv Produktpiraterie waren allerdings enthalten. Dass der Mord am Obdachlosen Grünaug offenbar nur dazu dienen sollte, Spuren zu verwischen, wurde ebenso korrekt erwähnt.

»Ist in Ordnung, Hannes«, urteilte der Kommissar und gab dem Pressemann das Blatt zurück, »Termin für die Pressekonferenz um 19 Uhr ist allerdings ziemlich ungünstig für den Redaktionsschluss, aber das weißt du ja selber.«

»Ich hab gekniet vor dem Heger«, entgegnete Glemser, »und ihm gesagt, dass 19 Uhr für so einen brisanten Fall ein No-No ist. Keine Chance. Am liebsten würde er die PK erst morgen machen. Die drehen schon wieder völlig durch da oben.« Der Österreicher warf einen verzweifelten Blick in Richtung Bürodecke.

Und wie sie durchdrehten. In den nächsten Stunden brach die Hölle los im Polizeipräsidium der bayerischen Landeshauptstadt. Und Hannes Glemser und Paul Apfel hatten einen Fensterplatz mit bester Aussicht aufs Fegefeuer gebucht.

Um 13 Uhr rief Glemser bei Apfel an. »Sie haben die Pressemitteilung gekillt. Ohne Erklärung. Veröffentlichung gestoppt. Weitere Anweisungen folgen. Was sagst jetzt?«

Paul Apfel sagte erst mal gar nichts.

Um 13 Uhr 50 rief Glemser schon wieder bei Apfel an. »Neues von der Westfront, Paule. Um halb drei gibt's einen neuen Entwurf für eine Pressemitteilung. Und die Pressekonferenz steigt jetzt entweder schon um vier oder heut gar nicht mehr. Sagst jetzt immer noch nix?«

Paul Apfel sagte immer noch nichts.

Um 14 Uhr 25 stampfte Hannes Glemser zum dritten Mal an diesem Tag ins Büro des Kommissars, diesmal ohne Zettel in der

Hand. »Ich geh in Pension, Paul, Servas und auf Wiederschaun. Vielleicht mach ich ein Heurigenlokal in Grinzing auf, beleg einen Schrammel-Kurs und werd Stammkunde bei mir selber. Alles besser als dieser Blödsinn. Jetzt gibt's den Entwurf um drei und die PK vielleicht um sechs. Aber höchstwahrscheinlich passiert heut gar nix mehr.«

Das alles hatte nur ganz wenig zu tun mit der allumfassenden Harmonie und Glückseligkeit, die Miriam nach der Verhaftung Rosbergs prophezeit hatte.

»Ganz ruhig, Hannes«, beruhigte Apfel den vor Aufregung dampfenden Glemser, »ein bisserl Aufregung erhöht den Energieumsatz, das ist gut für deine Figur. Aber zu viel ist ungesund.«

»Richtig«, schimpfte der Österreicher und schnaufte schwer, »bis mich ein Herzinfarkt dahinrafft.«

Wenigstens Carl Reutemann gab sich unbeeindruckt vom Hickhack um die öffentliche Darstellung des Falls.

»Völlig normal«, konstatierte er, »da reden drei Millionen Menschen mit, was wir nach außen geben. LKA, BKA, KGB, DGB und was weiß ich, wer noch alles. Wenn du mich fragst, Paul – heute wird das garantiert nix mehr.«

»Ziemlich blöde Taktik«, ergänzte Apfel, »die mauern so lange, bis es draußen jemand spitzkriegt – und dann haben wir überhaupt keinen Einfluss mehr auf das, was öffentlich verbreitet wird.«

»Auch völlig normal«, erwiderte der Inspektor, »aber denen ist es lieber, es kommt Blödsinn auf den Markt, für den keiner verantwortlich gemacht werden kann – als sinnvolle Informationen, für die am Ende irgendwer geschlachtet wird.« Treffender hätte Carl Reutemann die Funktionsweise der Öffentlichkeitsarbeit in vielen großen Organisationen, egal ob Behörden oder Unternehmen, nicht beschreiben können.

Kurz nach drei war nichts mehr völlig normal. Hannes Glemser kam erneut in Pauls Büro. Diesmal schlich er mehr, als er stampfte, und zur Abwechslung hatte er wieder ein Blatt Papier mit der blassroten Aufschrift »ENTWURF« in der Hand.

»Ich erschieß mich«, japste er, »so einen Blödsinn hab ich noch nie gelesen, geschweige denn verantwortet. Ich schäm mich. Wenn das meine Haberer hören.« Haberer, auch das hatte Apfel längst gelernt, stand auf Wienerisch für Freunderl, Spezln. Kraftlos ließ sich der Österreicher auf einen Besucherstuhl plumpsen.

Paul nahm ihm das Blatt aus der Hand und begann laut zu lesen. Carl Reutemann hatte sich neben ihn gesetzt. Die Überschrift war schon einmal durchaus erstaunlich. »TÖTUNGSDELIKTE ALLIANZ-ARENA – VERDÄCHTIGER GEFASST – MOTIV OFFENBAR IM PRIVATEN BEREICH – KEIN ZUSAMMENHANG MIT BEVORSTEHENDER FUSSBALL-WELTMEISTERSCHAFT«. Carl Reutemann zog überrascht die Augenbrauen hoch.

Paul Apfel las weiter. »Die beiden Tötungsdelikte im Zusammenhang mit dem Münchner Fußballstadion ›Allianz-Arena‹ stehen vor der Aufklärung. Das Bayerische Landeskriminalamt fasste am Morgen des 26. April 2006 in einer Wohnung in Lindau am Bodensee aufgrund eines Hinweises aus der Bevölkerung den dringend der Tat verdächtigen Arbeitslosen Markus Rosberg. Der in Kreuzlingen (Schweiz) wohnhafte deutsche Staatsbürger hat die beiden Tötungsdelikte an dem Journalisten Michael Albers und dem Wohnsitzlosen Karl Grünaug in einer ersten Vernehmung eingeräumt. Die Ermittlungen dauern an. Nach Einlassung des Tatverdächtigen stellte offenbar ein Motiv aus dem privaten Bereich den Hintergrund für die Tötung von Michael Albers dar. Rosberg gab an, dass er bei Albers stark verschuldet gewesen sei. Bei einem Treffen im Münchner Stadtteil Blumenau kam es offenbar zu einer Auseinandersetzung, bei der Rosberg laut eigenen Angaben Albers in Notwehr mit einer Handfeuerwaffe erschoss.«

Apfel ließ einen erstaunten Pfiff hören. Reutemann und Glemser schwiegen fassungslos. Der Kommissar las weiter. »Nach Angaben des Tatverdächtigen Rosberg befand sich der Wohnsitzlose Karl Grünaug zufällig am Tatort und beobachtete das Tötungsdelikt als Zeuge. Der Verdächtige Rosberg gab an, nachdem er diesen Sachverhalt festgestellt hatte, anschließend auch Grünaug als unerwünschten Tatzeugen getötet zu haben. Der Transport der beiden Leichen in die Allianz-Arena und deren Bekleidung mit Fußballartikeln sollte offenbar ausschließlich zur Vertuschung des Mordmotivs dienen. Der Verdächtige gab an, sich erhofft zu haben, durch das große öffentliche Interesse an der bevorstehenden Fußball-Weltmeisterschaft von seinem privaten Motiv ablenken zu können.

Ein Zusammenhang mit der Fußball-WM bestand laut des Tatverdächtigen nicht. Weitere Einzelheiten geben wir heute um 18 Uhr 15 im Rahmen einer Pressekonferenz bekannt, zu der wir Sie hiermit herzlich einladen. Gezeichnet Heger, Polizeipräsident.«

Nun waren sie alle still, Apfel, Reutemann und Glemser. Der Erste, der wieder zu Worten kam, war Reutemann. »Die Chinesen haben sich dünne gemacht. Keine Fußball-WM mehr. Nur noch ein privater Streit mit einem unglücklichen Augenzeugen. Gratuliere, Herr Oberförster.«

Apfel hatte etwas in dieser Richtung tatsächlich schon erwartet. Doch er wollte wissen, wie der Polizeipräsident seine Nachrichtenfälschung begründete. »Ich geh zu Heger«, erklärte er unvermittelt und verschwand.

Diesmal meldete sich der Kommissar im Empfangszimmer ordnungsgemäß an und wurde, für ihn ein wenig überraschend, auch sofort zu Heger vorgelassen. Der Polizeipräsident saß über einem Stapel Papier und blickte nicht einmal auf, als Apfel das ausladende Büro betrat. Er hatte den Besucher aber durchaus bemerkt und nuschelte ein leises: »Apfel? Was kann ich für Sie tun?«

Der Kommissar warf den Entwurf der Presseerklärung auf Hegers Tisch. »Sie können mir erklären, was das darstellt.«

Jetzt erst hob Heger den Kopf, schaute Apfel an und fragte ruhig und gelassen: »Ist irgendwas nicht in Ordnung mit der Pressemitteilung?«

»Ist irgendwas in Ordnung damit?«, gab Apfel aufgebracht zurück. »Keine Chinesen mehr, Schulden als Motiv, der Penner als Augenzeuge – seit wann verarschen wir die Öffentlichkeit?«

»Langsam, Apfel, gaanz langsam«, antwortete Harald Heger, als wollte er ein bockiges Pferd zum Stehen bringen. Es fehlte nur noch ein »Brrrr«. »Rosberg hatte Schulden bei Albers, das werden Sie ja nicht bestreiten. Dreißigtausend Euro, genauer gesagt, die er ihm für nutzlose Informationen abgenommen hatte. Ich nenne das Schulden. Und Sie?«

»Das sind doch keine Schulden, das wissen Sie genau«, zischte Paul Apfel zurück.

»Das können Sie nennen, wie Sie wollen«, sagte der Polizeipräsident, »wir nennen es Schulden. Und der Obdachlose? Gartner gegenüber hat Rosberg genau diese Situation geschildert, mit Grünaug als zufälligem Augenzeugen. Hat er Ihnen gegenüber etwas anderes gesagt? Dann hat er sich ganz bestimmt geirrt.«

Apfel war fassungslos und fand keine Worte mehr. Er schüttelte den Kopf.

Nun redete der Polizeipräsident wieder auf ihn ein wie auf ein verstocktes Kleinkind. »Verdammt, Apfel, Sie wissen doch auch, um was es geht. In sechs Wochen fängt die Fußball-Weltmeisterschaft an. Das ist die größte gesellschaftliche Aufgabe in Deutschland in diesem Jahrzehnt. Müssen wir das mit hässlichen Geschichten von Trikotfälschern und Fernseh-Mafia kaputtmachen? Davon wird doch auch keiner mehr lebendig. Lassen Sie die Menschen in Deutschland doch erst einmal die WM genießen, und danach sehen wir weiter.«

»Und die Chinesen dürfen wir natürlich auf keinen Fall vor den Kopf stoßen. Das ist der wichtigste Markt der Welt, und in zwei Jahren findet dort Olympia statt«, fügte Apfel hinzu.

»Auch das, Apfel, auch das«, bestätigte der Polizeipräsident. »Man hat mich ausdrücklich gebeten, etwaige Verbindungen nach China nur nach sorgfältigster Prüfung der Fakten an die Öffentlichkeit zu tragen. Ich denke, wir beide sind uns doch einig, dass es noch längst nicht so weit ist, Apfel.« Heger zwinkerte ihm komplizenhaft zu.

Paul Apfel hatte die Tür zum Vorzimmer bereits geöffnet, als er sich noch mal zu Heger umdrehte: »Ich denke nicht, dass die Fakten zu Rosbergs China-Kontakten bis zum Ende der Weltmeisterschaft ausreichend geprüft werden können, um eine Veröffentlichung zu rechtfertigen. Das ist doch eine ganze Menge Arbeit, oder?«

Heger blickte nicht mehr von seinen Papieren auf. Seine Antwort war aber dennoch klar und deutlich zu verstehen. »Wir bemühen uns, Apfel, wir bemühen uns sehr. Es könnte allerdings tatsächlich eng werden.«

Die beiden Damen in Hegers Vorzimmer sahen geschafft aus. Mit Irmgard Prüller, einer verhärmten alten Jungfer, zumindest schätzte Apfel sie so ein, hatte er in seinem Leben noch keine fünf Sätze gewechselt. Julia Baier, ihre bedeutend jüngere Kollegin, dagegen war sympathisch und offen. Und vor allem hatte sie die erotischste Stimme, die er kannte. Rauchig, sexy, bayerisch, aber nicht zu bayerisch – Apfel zog sie gerne damit auf, dass sie in einer anderen Branche deutlich mehr Geld verdienen könnte als im Vorzimmer des Polizeipräsidenten.

Julia Baier blies sich demonstrativ den Pony nach oben und lächelte Paul Apfel an: »Telefon-Terror. Du glaubst ja gar nicht, wer heute schon alles angerufen hat. Der …«

Paul unterbrach sie freundlich: »Sag's mir bloß nicht – ich würde petzen.«

17

Die Süddeutsche Zeitung, die der Kommissar am nächsten Morgen besonders neugierig aus seinem Briefkasten fingerte, war regendurchtränkt. Apfel konnte es nicht verstehen, warum der Zeitungsausträger nicht in der Lage war, die Zeitung ganz in den dafür vorgesehenen Zeitungsbriefkasten zu stecken. Der Briefkasten war lang genug für die Süddeutsche, das hatte Paul bereits getestet. Wenn es nicht regnete, schauten immer mindestens zwanzig Prozent heraus, und bei Regen mindestens ein Drittel.

Es gehörte zu einem der großen Landshuter Mysterien, die er wohl nie ergründen würde.

Aber egal, zumindest an diesem Morgen. Der Doppelmord hatte es nicht mehr auf die Titelseite der Süddeutschen geschafft, was Paul nur recht war. Er belegte dafür aber einen großen Teil der ersten Seite des München-Teils. Den Kommentar am linken Rand konnte der Kommissar nicht lesen. Zu nass.

Die Hauptgeschichte trug die Überschrift »MÜNCHEN ATMET AUF – STADION-MORDE VOR DER AUFKLÄRUNG«. Untertitel: »Tatverdächtiger verhaftet – private Schulden als Motiv für erste Tat«.

Der Text war eine ausführlichere und detailliertere Version der letzten Pressemitteilung des Vortages. Ganz offensichtlich hatte die merkwürdige Pressekonferenz keine weiteren Erkenntnisse zur Aufhellung der Vorgänge gebracht. Und ebenfalls ganz offensichtlich hatten Heger und Gartner wenigstens darauf verzichtet, den Journalisten weitere Bären aufzubinden.

Dieser Eindruck verfestigte sich, als Apfel an seiner Tankstelle die anderen Blätter überflog. Dort feierten die »Stadion-Morde« (diese Floskel hatte sich mittlerweile so eingebürgert wie »Hartz IV«) allerdings ihr Comeback auf den Titelseiten, mit deutlich reißerischeren Überschriften als in der Süddeutschen. Das Spektrum reichte von »FUSSBALL-BESTIE GEFASST – WM GERETTET« bis hin zu »STADION-KILLER – DAS BRUTALE GESTÄNDNIS«.

Inhaltlich boten aber auch »Bild« & Co. nichts Neues – bis auf einen Aspekt: Die versammelte Prominenz aus Politik, Wirtschaft und Sport hatte sich noch gestern Abend wahlweise erleichtert, erfreut, glücklich, zufrieden, beruhigt, befreit oder auch zuversichtlich gezeigt.

Vom Innenminischter (»Nie eine ernsthafte Gefahr für die Sicherheit der WM gesehen; dennoch erleichtert«) über den Vertreter eines der großen WM-Sponsoren (»Endlich kein Schatten mehr über einem großen Fußballfest«) bis hin zum WM-Erfinder, dem Kaiser (»Furchtbar, was passiert ist. Aber jetzt müssen wir alle die Schaase nutzen, wieder nach vorn zu schauen«) hatten sie sich alle geäußert.

Auch vom Weltverband WAFA war noch rechtzeitig vor Redaktionsschluss eine Stellungnahme eingelaufen. Aufgrund der Erkrankung von Generaldirektor Fritz Rindt war sein Stellvertreter Patrick Cevert an die Öffentlichkeit getreten, den alle Welt nur »PC« nannte. Dies stand einerseits für seine Initialen, andererseits für die Kälte und die maschinenhaft glatte Perfektion, die er bisweilen ausstrahlte. Doch wenigstens seine Stellungnahme erschien Apfel dem Ernst der Ereignisse der letzten Wochen angemessen.

»Unsere Gedanken bleiben bei den Toten und ihren Angehörigen. Wir sind uns darüber im Klaren, dass die Ereignisse der letzten Wochen das Vertrauen in die Fähigkeiten des Weltverbands und der WM-Organisatoren, eine sichere Weltmeisterschaft durchzuführen, geschwächt haben. Wir müssen alles tun und werden hart dafür arbeiten, um dieses Vertrauen nun wieder zurückzugewinnen.«

Auf der Fahrt ins Präsidium dachte Paul an Sina Berger, die Freundin des ersten Mordopfers Michael Albers. Sie würde sich schwer wundern, wenn sie heute in der Zeitung lesen würde, warum und unter welchen Umständen ihr Lebensgefährte ermordet worden war. Oder, besser gesagt, ermordet worden sein soll, dachte Paul Apfel. Er nahm sich vor, sie gleich nach seinem Eintreffen im Büro anzurufen.

Er erreichte sie sofort, und ihre Stimme hörte sich kein bisschen frischer und entspannter an als kurz nach dem Tod ihres Freundes vor gut zwei Wochen.

»Geht es Ihnen noch nicht besser?«, begann der Kommissar und fand die Frage im gleichen Moment ziemlich dämlich.

»Es ging mir besser«, antwortete sie knapp und wenig freundlich, »bis mich gestern Ihr Kollege angerufen hat.«

Sie wusste also bereits Bescheid, schloss Apfel daraus.

»Wollen Sie mir jetzt auch noch einmal erklären, warum dieser Unsinn verbreitet wird, dass Ganoven Schulden bei Michael hatten«, fragte Sina Berger. »Und wollen Sie mir auch drohen?«

Paul war irritiert. »Wer droht Ihnen, Frau Berger?«

»Ihr Kollege, der mich gestern Nachmittag angerufen hat.«

Jetzt war der Kommissar alarmiert. »Was hat man Ihnen gesagt?«

Sina Berger zögerte mit ihrer Antwort. Als sie schließlich berichtete, klang die Antwort verzweifelt. »Ich soll mir im Klaren darüber sein, dass ich zu niemandem auch nur ein Wort über Michael und seine Todesumstände sagen darf. Ansonsten kann es passieren, dass plötzlich sehr hässliche Dinge über Michael in der Zeitung stehen. Wollen Sie diese Drohung wiederholen?«

Apfel war entsetzt. Und er hatte mehr denn je das Gefühl, dass die Dinge außer Kontrolle gerieten. Er wiederholte seine Frage. »Wer droht Ihnen, Frau Berger? Wie hieß der Mann? Bitte, Sina, es ist wichtig, dass Sie mir den Namen sagen«, beharrte Paul.

»Bergmann«, schluchzte Sina Berger, »er hat sich als Kommissar Bergmann vorgestellt und gedroht, mir die Hölle heiß zu machen. Und er kannte die ganzen Details, die heute in der Zeitung stehen. Ich kann nicht mehr, Herr Apfel. Ich kann nicht mehr.«

»Bitte beruhigen Sie sich. Ich weiß nicht, wer Sie angerufen hat. Aber hier gibt es keinen Kommissar Bergmann, und Sie haben nichts zu befürchten. Das ist alles ein Irrtum. Bitte rufen Sie mich sofort an, wenn sich dieser Mann wieder bei Ihnen meldet. Das ist wichtig, verstehen Sie das?« Er hörte ein leises Ja am anderen Ende der Leitung, entschuldigte sich wortreich für alles und legte auf.

Kommissar Bergmann. Benutzte Gartner jetzt Künstlernamen? Oder wer in aller Welt sonst drohte Sina Berger damit, ihr die Hölle heiß zu machen?

Carl Reutemann schwor Stein und Bein, dass nicht Gartner hinter Kommissar Bergmann steckte. »Gartner ist ein mieser Charakter, er ist karrieregeil und nimmt auf nichts und niemanden Rücksicht«, dachte der Inspektor laut nach. »Aber das ist alles polizeiintern, verstehst du, Paul? Er boxt sich nach oben durch, sichert sich aber garantiert bei jeder seiner Aktionen ab. Genau genommen ist er feige. Und ich glaube, dass ihm so ein krummes Ding nach außen viel zu riskant wäre. Das passt nicht.«

Zunächst fand der Kommissar, dass Carls Gedanken plausibel klangen. Dann kam ihm ein anderer Gedanke, der ihm alles andere als angenehm erschien.

»Und wer sagt uns, dass er sich nicht auch in dieser Angelegenheit abgesichert und ein offizielles Okay bekommen hat?«

Carl schüttelte entschieden den Kopf. »Jetzt wird's aber heftig. Nein, Paul, das ist Blödsinn, du siehst Gespenster. Ich glaube, dass gestern einfach zu viele Leute mitbekommen haben, was mit dem Rosberg-Fall passiert. Es sind zu viele Infos nach außen durchgesickert, und jemand von außerhalb hat die Scheiße mit der Berger durchgezogen.«

»Jemand?« Plötzlich brüllte Paul Apfel, doch der kurze Ausbruch wuchs sich zu keinem seiner Wutanfälle aus. Er schüttelte nur den Kopf und begann anschließend einen Rundgang um seinen Schreibtisch.

Nach sieben, acht Umrundungen ließ er sich wieder auf seinen Drehstuhl sacken und hielt ganz ruhig eine improvisierte Ansprache.

»Wer ist jemand, Carl? Wer soll jemand sein? Die Chinesen? Ein WM-Sponsor? Ein machtgeiler Fußballfunktionär? Ein korrupter Politiker? Oder vielleicht sogar der Kaiser? Verdammt, Carl, die halbe Welt ist geil darauf, dass diese gottverfluchte WM eine ungestörte Familienfeier wird. Das ist keine Weltmeisterschaft, das ist eine Geldmeisterschaft. Wer versucht, den Frieden zu stören, in dieses Wespennest zu stechen oder rauszufinden, was genau hinter den Morden steckt, der hat wenig Freunde derzeit auf der Welt, das kann ich dir aber sagen. Der Fall kotzt mich an, Carl. Ich sehne mich nach einem zünftigen Raubmord.«

Carl Reutemann wusste nicht recht, wie er reagieren sollte. »Gibt's überhaupt noch einen Fall?«, fragte er schließlich. »Es gibt einen Tatverdächtigen und ein Geständnis. Klappe zu, Affe tot, oder?«

»Für mich«, antwortete Paul entschlossen, »gibt es nach wie vor einen Fall. Es gibt Hintermänner, es gibt angeblich zwei verschiedene Aussagen von Rosberg zum zweiten Mord. Und was ist, wenn Rosberg sein Geständnis widerruft? Was haben wir dann in der Hand gegen ihn?«

Zumindest die letzte Befürchtung des Kommissars relativierte sich noch am gleichen Vormittag. Es war der 28. April 2006 und ein Freitag. Von Julia Baier aus Hegers Vorzimmer bekam Apfel per interner E-Mail eine erste Auswertung der von Rosberg genommenen DNA-Proben. Wie aus dem Verteiler ersichtlich war, erhielt Apfel die Informationen parallel mit Gartner und dessen BKA-Helfershelfer Friesacher. Womit Paul Apfel diese nunmehr wieder privilegierte Behandlung verdient hatte, darüber wollte er gar nicht mehr nachdenken. Es war ihm zu kompliziert.

Der Inhalt der Auswertung war jedenfalls eindeutiger als die taktischen Hintergründe ihrer Verteilung. Rosbergs DNA-Proben stimmten zu 99,85 Prozent mit Material überein, das bei beiden Toten gefunden worden war. Es waren vor allem Haare sowie Kopf- und Hautschuppen, die mit fast absoluter Sicherheit Markus Rosberg zugeordnet werden konnten. Sie würden der Polizei auch bei einer eventuellen Rücknahme des Geständnisses entscheidende Indizien gegen den Mordverdächtigen liefern.

Allerdings dachte Markus Rosberg offenbar gar nicht daran, sein Geständnis zu widerrufen. Markus Rosberg sagte vielmehr – überhaupt nichts mehr.

»Er schweigt, gestern schon und heute auch«, flüsterte Emma Keßler dem Kommissar irgendwann an diesem Vormittag zu und gab als Grundlage dieser Information »gesicherte Quellen« an.

Apfel hatte daher keinerlei Zweifel an der Korrektheit dieser Information. Wenn Emma Keßler, die im Präsidium über all die Jahre ihren eigenen kleinen Bundesnachrichtendienst etabliert hatte, »gesicherte Quellen« zitierte, dann hatte diese Information die Zuverlässigkeit eines der unendlich vielen klugen Zitate des Geheimrats Goethe.

Ärger und Frust waren Johannes Gartner bei der »Bundesgartnerschau«, der Teambesprechung um 15 Uhr, denn auch deutlich anzumerken. Paul Apfel hätte sich darin suhlen können wie ein Landshuter Ferkel in der Jauchegrube – wobei die großindustriell hergestellten Mastschweine seiner niederbayerischen Wahlheimat solche Vergnügungen wohl nicht einmal vom Hörensagen kannten.

Er konnte einfach nicht anders, er musste fragen. »Kollege Gartner, wie gehen denn die Verhöre von Rosberg voran? Gibt es hier neue Erkenntnisse?«, erkundigte er sich scheinheilig, aber mit äußerst ernster Miene und war sich dennoch sicher, dass Gartner wusste, dass Apfel wusste, was er nicht wissen sollte.

»Die Vernehmungen werden kontinuierlich fortgesetzt, Kollege Apfel, und sie gehen sehr gut voran. Sie werden aber alle Verständnis dafür haben, dass wir die Ergebnisse erst aus- und bewerten müssen, bevor wir sie entsprechend informieren.«

»Natürlich haben wir das, natürlich«, antwortete Paul Apfel und nickte diensteifrig mit dem Kopf.

»Be- und auswerten«, dachte Carl Reutemann laut nach, als sie nach der Vorstellung wieder zu zweit in Pauls Büro saßen, »das kann ja höchst interessant werden, wenn Herr Gartner das Nichts auswertet. Wie würde der Kaiser sagen: ›Schau ma mal, zu welchen Ergebnissen er dabei kommt.‹«

Es gab noch eine gute und eine schlechte Nachricht an diesem Freitagnachmittag. Die schlechte: Mit Wirkung von Samstag, dem 29. April, wurden alle mit den beiden Morden zusammenhängenden Sicherheitsmaßnahmen rund um die Allianz-Arena ersatzlos aufgehoben. Paul hatte sich entschieden dagegen ausgesprochen und dafür plädiert, die Maßnahmen aufrechtzuerhalten, bis auch die Hintergründe der Morde geklärt waren. Doch er war diesbezüglich gegen eine Wand gelaufen.

»Wir brauchen wieder absolute Normalität rund um die Weltmeisterschaft, kein übertriebenes und sichtbares Sicherheits-Brimborium. Die Besucher sollen die Morde möglichst schnell vergessen«, hatte Gartner erklärt.

Und die gute Nachricht? Es war langes Wochenende. Montag, der 1. Mai 2006, war ein Feiertag, und es hatte sich bis 16 Uhr 45 an diesem Freitagnachmittag nichts ereignet, was Paul Apfels erstes wirklich ruhiges und ungestörtes Wochenende seit Ewigkeiten in Frage gestellt hätte.

Es ereignete sich auch nichts mehr von Bedeutung an diesem

Tag. Carl Reutemann warf kurz nach fünf einen letzten Blick in Pauls Büro, wünschte »Schönen Urlaub, fährst du weg?« und verschwand, ohne eine Antwort abzuwarten.

Apfel verbreitete noch ein wenig gute Laune und setzte sich wenige Minuten später ebenfalls unauffällig ab. Wie sagte der Kaiser in der Telefonreklame so schön? »Home, Sweet Home Zone«.

Und so machte sich der Kommissar auf den Weg in seine eigene Home Zone nach Landshut.

18

Den nächsten Morgen verbrachte Paul Apfel überwiegend damit, nichts zu tun. Das heißt, er tat durchaus etwas, aber es war doch sehr nahe am Nichtstun.

Der Kommissar wurde vierzig in wenigen Wochen, was für ihn ein grässlicher Gedanke war. Durfte er mit vierzig noch in ein Konzert der 2raumwohnung gehen, ohne peinlich zu wirken? Taschi war entschieden der Meinung, dass Nein, und ließ sich auch nicht von Pauls Argument überzeugen, dass die von ihm sehr geschätzte 2raumwohnung-Sängerin Inga Humpe ja bereits über fünfzig war und trotzdem immer noch rockte.

»Umso schlimmer«, befand Taschi, die ihre frühere Lieblingsmusikantin Britney Spears mit nunmehr vierundzwanzig längst für deutlich zu alt fürs Popgeschäft hielt. Gut, dass Natascha Apfel noch gar nichts ahnte von der Existenz solcher Rock-'n'-Roll-Greise wie Mick Jagger, Keith Richards oder Charlie Watts. Für eine Zwölfjährige des Jahres 2006 waren die Rolling Stones so fremd und unvorstellbar alt wie für ihn die Comedian Harmonists, Buster Keaton oder Karl der Große.

Wie auch immer – Paul Apfel stand also vor seinem vierzigsten Geburtstag samt größerer Feier. Und Feiern hieß für ihn immer: Musik! Musik, so eigenartig wie nur möglich.

Daher saß er an diesem Morgen vor seinem silbernen Powerbook und »lieh« sich Musik aus. Darauf legte der Kommissar größten Wert. Er »lieh« sich die Songs nur aus, um sie auf einer Fete oder sonst wo zum allgemeinen Entzücken (oder auch Entsetzen) zum Vortrag zu bringen und sie danach wieder von der Festplatte zu löschen. Wenn er es nicht vergaß, aus Versehen.

Also suchte er hier und kramte dort und stöberte da. Es war faszinierend, was vor allem dieser leicht illegale russische Internet-Musikladen zu bieten hatte, den Carl ihm empfohlen hatte. Die ersten zwanzig Titel, die vor allem seine Bekannte Sabine Pointner, die in München-Pasing in Kachelöfen machte, ganz bestimmt göttlich finden würde, hatte er schnell zusammen. Das Spektrum reichte von Amanda Lear (»Queen Of Chinatown«), Barry Manilow (»Copacabana«), Penny McLean (»Lady Bump«) über Showaddywaddy (»Under The Moon Of Love«) bis hin zu Wolfgang (»Trödler Abraham«).

Paul Apfel liebte diesen alten Kram, und er fühlte sich in solchen Momenten wie der alte Schliemann beim Ausheben von Troja. Wer kannte heute noch den Trödler Abraham? Und wer konnte, wie er, aus dem Stegreif und völlig ohne Mühe drei Hits von Bata Illic aufzählen? An »Michaela« erinnerten sich die meisten, an »Ich möcht' der Knopf an deiner Bluse sein« schon deutlich weniger. Und bei »Mit meiner Balalalalaika bin ich der König von Jamaika« musste ein ganz überwiegender Teil der Menschheit endgültig passen.

Da fiel ihm ein, dass ihm Sabine Pointner erzählt hatte, dass sie Bata Illic ab und an im Supermarkt traf, wo der jugoslawische Barde mit einem uralten rostigen Mercedes Diesel vorfuhr. Paul überlegte, dass er, wenn Bata ihm einmal begegnen würde, unbedingt nach einem Autogramm fragen müsste. »Für Miriam, meinen größten Fan. In Liebe, Bata« – ja, das müsste Bata Illic dann schreiben. Äpfelchen würde ihn für völlig wahnsinnig erklären, und dieser Gedanke amüsierte ihn sehr.

»Du bist einer der letzten fünf Menschen auf diesem Planeten, die sich an Bata Illic und Chris Roberts erinnern«, hatte Äpfelchen zu diesem für Paul sehr sensiblen Thema einmal bemerkt, »und ausgerechnet dich habe ich geheiratet«. Banausin. Dabei sang sie am lautesten mit, wenn er nachts um drei »Im Wagen vor mir« von Henry Valentino und Uschi spielte. Rata, Rata, Ratatatata.

Es war ihm nicht vergönnt, mehr als eine Stunde zu suchen, zu stöbern und zu kramen. Tatjana brachte ihm das Telefon ins Büro, formte die Lippen zu einem annähernd lautlosen »Carl« und senkte den Daumen nach unten. Ende des Fast-Nichts-Tuns offenbar.

»Carl? Was ist los? Ich hab Urlaub, das ganze Wochenende lang.«

»Sorry, Paul, du musst ins Präsidium. Ich bin auch fast schon unterwegs. Rosberg.«

Apfel wurde es mulmig zumute. Bloß nicht. »Was ist mit Rosberg? Lass mich raten: Er hat sich umgebracht oder er ist abgehaut. Das würde perfekt ins Bild passen.«

»Zweiteres, Paul«, antwortete der Inspektor ruhig. »Vergangene Nacht wurde die Wand zu seinem Zellentrakt mit einer schweren Rohrbombe aufgesprengt, und er ist weg. Spurlos verschwunden. Die Großfahndung läuft bereits, halb München ist abgesperrt, und überall fliegen die Suchhubschrauber rum. Hörst du kein Radio?«

Apfel schwieg und konnte nicht glauben, was er gerade erfahren hatte. Er hasste Rosberg, er hasste Fußball, er hasste Carl Reutemann und den Kaiser, er hasste diesen Fall und manchmal hasste er seinen Beruf und sein ganzes Leben und den ganzen Rest dazu.

Es war zu viel, einfach zu viel.

»Lass dich doch nicht von mir ärgern, Paul«, fügte Reutemann nach einer Pause hinzu, und Paul konnte sein fieses Grinsen durch das Telefon erahnen. »Rosberg hockt ganz brav in seiner Zelle. Die gute Nachricht: Er will wieder reden. Die schlechte Nachricht: Es muss sofort sein, und er will nur mit dir und mit mir reden. Offenbar hat er einen Narren an uns gefressen.«

»Idioten. Und damit meine ich dich UND Rosberg«, brummte Paul Apfel und versprach, sich schnellstmöglich ins Präsidium zu bemühen. Zehn Minuten später fuhr er los, nicht ohne vorher noch abgewartet zu haben, bis der Download von »Mexico« von den Les Humphries Singers abgeschlossen war. So viel Zeit musste sein.

Unterwegs besorgte er an seiner Tankstelle zwei Schachteln HB und ein Feuerzeug, sicher war sicher. An einem Samstagmittag konnte man kaum von einer funktionierenden Infrastruktur im Münchner Polizeipräsidium ausgehen. Warum hatte man Rosberg eigentlich immer noch nicht nach Stadelheim überstellt, dem Gefängnis im Osten der Stadt, das die Münchner gerne »St. Adelheim« nannten?

Zwei Stunden später saßen Apfel und Reutemann zum zweiten Mal im gewohnten Verhörraum im Untergeschoss des Präsidiums. Diesmal war es eine junge Beamtin mit wippendem blondem Pferdeschwanz, die den erneut mit Handschellen gefesselten Rosberg in den Raum führte. Paul staunte immer wieder, wie viele hübsche Polizistinnen es gab.

Rosberg erschien geistesabwesend und müde. Der zweifache Mörder setzte sich ihnen gegenüber an den hellbraunen Tisch. Apfel bat die Beamtin darum, die Handschellen zu lösen. Dann schob er Rosberg die beiden Packungen HB und das Feuerzeug zu. Rosberg nickte dankbar, steckte sich eine Zigarette an und begann zu schweigen.

»Ihnen ist klar«, fing Apfel schließlich an, »dass Sie sich die Beamten, die Sie verhören, nicht nach Ihrem persönlichen Geschmack oder danach aussuchen können, ob Sie hier rauchen dürfen oder nicht.«

Markus Rosberg atmete den Rauch tief ein. Dann sagte er seinen ersten Satz. »Ich lasse mich nicht bedrohen, beschimpfen und beleidigen. Oder gibt man mit der Einlieferung in dieses Drecksloch auch sein letztes Stück Menschenwürde ab?«

Das war nicht das, was Paul Apfel hören wollte. »Erzählen Sie Albers und Grünaug etwas von Menschenwürde, Mann! Kein Mensch bedroht, beschimpft und beleidigt Sie hier«, antwortete er. Dabei versuchte er, sich nicht anmerken zu lassen, dass er vom Wahrheitsgehalt dieser Aussage nicht endgültig überzeugt war.

»Sagen Sie das Ihren hohlköpfigen Kollegen«, bellte Rosberg zurück.

Apfel hatte keine Lust, die Diskussion zu vertiefen. Er konnte sich in etwa vorstellen, wie Gartner und Genossen ihre Verhöre führten, das genügte. Er schaute Rosberg an. »Okay, wir sind hier. Was haben Sie anzubieten, als Ausgleich für unser versautes Wochenende?«

»Namen«, antwortete Rosberg und war nun wieder so kalt und gelassen wie bei Apfels erstem Verhör. »Namen, Daten, Adressen. Für die Chinesen bin ich ohnehin erledigt. Also muss ich keine Rücksicht mehr nehmen. Kann mir doch nur noch helfen, oder?«

»Das wird gegebenenfalls das Gericht entscheiden«, entgegnete Paul Apfel und bat Reutemann, ihre Schönheitengalerie zu holen – Bilder der, im wahrsten Sinne des Wortes, einschlägig vorbestraften Totschläger, unter denen sich vielleicht der Mann mit der grünen Kappe befinden konnte. Rosberg hatte die Bilder schon einmal gesehen, aber vielleicht war der zweite Versuch ergiebiger.

»Dass Ihre DNA-Proben exakt mit dem Material übereinstimmen, das wir bei den beiden Toten gefunden haben, hat man Ihnen bereits gesagt?«, erkundigte sich der Kommissar.

Markus Rosberg verlor die Kontrolle. Zum ersten Mal, nur ganz kurz, und von einem weniger routinierten Beobachter, als Apfel es war, kaum zu bemerken. Seine Augen weiteten sich, mehr passierte eigentlich nicht. Er hörte zwei Sekunden auf zu atmen, als würde er jetzt erst die Katastrophe begreifen, die auch über sein Leben hereingebrochen war. Nach ein paar Augenblicken war alles wieder vorbei. Nun blickte Rosberg ihn erneut so unbeteiligt an wie zuvor.

»Klar«, sagte er, »das habe ich bereits gehört.« Paul Apfel wusste in diesem Moment, dass Rosberg log. Der Mann war ein Gewohnheitslügner und ein recht ordentlicher Schauspieler, nicht brillant, aber durchaus ordentlich. Trotzdem glaubte Apfel danach zu spüren, dass Rosberg nervöser geworden war, fahriger, unsicherer. Er schien nun mehr Mühe als zuvor zu haben, die Rolle des Gelassenen zu spielen.

War ihm lediglich klar geworden, dass ihm durch die Übereinstimmung der DNA keine Rückzugsmöglichkeit mehr blieb? Oder steckte mehr dahinter? Paul Apfel war ratlos und bedauerte, dass Carl Reutemann diese Szene, diesen ganz kurzen und erstaunlichen Moment des Erschreckens, nicht ebenfalls hatte verfolgen können.

Der Kommissar beschloss, auf den Vorfall nicht näher einzugehen. Stattdessen forderte er den Mann auf zu erzählen.

Rosberg begann und sah Apfel dabei genau an. »Die wichtigste Firma in dieser ganzen Sache ist die Shanghai Asian Fashion Company, die SAFC. Sie steckt hinter sechzig Prozent der Fälschungen und kontrolliert über Tochterunternehmen fast den ganzen chinesischen Markt. Trotzdem gehen zwei Drittel des Stoffs ins Ausland.« Paul Apfel dachte, dass die im Drogengeschäft übliche Bezeichnung »Stoff« hier tatsächlich angebracht war.

Rosberg berichtete weiter. »Die beiden Firmen, die ich außerdem kenne, sind die China Leisure Wear und die Dress Asian. Sie kümmern sich um den Vertrieb und die Vermarktung.«

»Wer hat Sie«, fragte Apfel, »dazu aufgefordert, Albers auf eine falsche Fährte zu locken, und mit dem zweiten Mord und der Entsorgung der Leichen beauftragt?«

Rosberg zögerte keine Sekunde. »Mein Ansprechpartner war Wang Liangzuo, Generaldirektor der SAFC. Er ist der Schlüssel.« Rosberg nannte Adresse und Telefonnummer.

»Und die Fernsehmenschen«, legte Paul Apfel nach, »wer waren die?«

Markus Rosberg zuckte mit den Schultern. »Hatte ich keinen direkten Kontakt. Alles ist über diesen Wang gelaufen.«

Etwas irritierte den Kommissar. »Woher wissen Sie das alles auswendig? Die Firmen, die Namen, sogar Telefonnummern?«

Rosberg lächelte ein müdes Lächeln. »Man merkt, dass Sie noch nie Import-Export-Geschäfte mit China gemacht haben. Belastende Unterlagen sind tabu, wenn Sie verstehen, was ich meine. Die haben mich bei jedem Besuch gefilzt – gnade mir Gott, wenn Wang Liangzuo oder irgendwer sonst in irgendwelchen Adressbüchern aufgetaucht wäre. Man hätte mich feinsäuberlich zerteilt und zu Nasigoreng verarbeitet.«

Apfel glaubte zu verstehen. »Das heißt – alles was Sie zu wissen hatten, mussten Sie im Kopf haben?«

»Natürlich«, erwiderte Rosberg, »und wenn mich jemand hops nimmt, gibt es bei mir keinen Wang Liangzuo zu finden, und ich hab die Arschkarte gezogen.«

Mittlerweile war Reutemann mit einem Karton unter dem Arm zurückgekommen. Paul Apfel dachte weiter nach. Wenn es stimmte, was Rosberg sagte, und wenigstens dieses Mal hatte er daran keinen Zweifel, dann waren ihre Aussichten, über die China-Schiene an weitere Informationen zu kommen, denkbar gering.

»Sind Sie überhaupt sicher«, fragte er Rosberg, dessen ausgewaschenes schwarzes T-Shirt nun über und über mit Ascheresten bedeckt war, »dass der Mann Wang Liangzuo heißt?«

»Natürlich bin ich mir nicht sicher«, erwiderte Rosberg, »aber ich habe mich natürlich auch erkundigt, bin ja nicht blöd. Der Generaldirektor von SAFC heißt tatsächlich Wang Liangzuo. Den finden Sie in jeder Internet-Suchmaschine. Und jeder Chinese, dem ich von Wang Liangzuo erzählt habe, hat stramm gestanden wie früher bei Mao. Ein Phantom ist der Mann jedenfalls nicht. Aber ob es wirklich der echte Wang war, mit dem ich Kontakt hatte?« Rosberg ließ einen blauen Kreis in die Luft steigen, bevor er fortfuhr: »Ich weiß es nicht.« In Ermangelung eines Aschenbechers warf er seine Kippe auf den grauen Linoleumboden. Es hatten sich bereits acht oder neun gelbbraune Filterstücke direkt neben seinem rechten Fuß angesammelt. Paul begann, sein Kopfweh mit jeder Kippe deutlicher zu spüren.

Schließlich forderte er Rosberg auf, Carls Schönheitengalerie durchzusehen. Es waren gruselige Gestalten darunter. Im Angebot befanden sich schiefe Visagen, eingeschlagene Nasen und einäugige Ganoven ebenso wie blumenkohlohrige Gangster. Es gab aber auch unauffällige Männer (und exakt eine Frau!), die in keiner anständigen deutschen Bürostube negativ aufgefallen wären.

Nur der Mann mit der grünen Mütze – der war nicht dabei. Rosberg blätterte und blätterte, guckte hier und schaute dort genauer hin. Vielleicht erkannte er ab und an einen alten Bekannten. So wie sich unsereins beim Durchschauen des Familienalbums fragt, wie es Onkel Ingolf in Rosenheim wohl gehen mag, der dort angeblich als Arzt praktiziert, dachte Apfel. Doch am Ende schüttelte Rosberg entschieden den Kopf und sagte: »Nichts.«

Paul hatte ihn genau beobachtet. Er hatte nicht das Gefühl gehabt, dass es bei einem der Bilder bei Rosberg wirklich geklingelt hatte und er sie leimen wollte.

»Schade«, sagte Carl Reutemann, »sehr schade, Rosberg. Wir schicken Ihnen am Dienstag einen Phantomzeichner vorbei. Überlegen Sie sich schon mal, wie Sie den Mann beschreiben wollen. Vielleicht hilft uns das weiter.«

Ende der Vorstellung. Apfel ließ Rosberg zurück in seine Zelle schaffen. Es war jetzt kurz nach 15 Uhr an diesem letzten Samstagnachmittag im April, und der Kommissar bat Reutemann, ihm noch ein paar Minuten in seinem Büro Gesellschaft zu leisten.

Paul legte seine Füße auf den Schreibtisch, Carl blieb am Fenster stehen. Zunächst sprachen beide zwei, drei Minuten gar nichts.

Doch es war, wie so oft, ein kreatives Schweigen. Plötzlich wollten beide gleichzeitig beginnen.

»Ich weiß nicht …«, setzte Paul Apfel an.

»Wir müssen unbedingt …«, begann Carl Reutemann.

Beide lachten und entspannten sich langsam wieder. »Was müssen wir unbedingt?«, fragte Apfel.

»Stommelen anzapfen«, sagte Reutemann, »wegen dem Chinesen. Der Mann ist Wirtschaftsjournalist. Vielleicht sagt ihm der Name Wang Liangzuo oder wenigstens die Firma etwas. Und was weißt du nicht, Paul?«

»Gute Idee, Stommelen hat uns bestimmt schon vermisst«, sagte Apfel. »Ach so, was ich nicht weiß? Ich weiß nicht, was mich an Rosberg stört, Carl, außer natürlich, dass er zwei Leute umgebracht hat. Wie geht's dir, wenn du ihn reden hörst?«

Carl Reutemann dachte nach. »Hm, wie geht's mir dabei? Er ist kalt, abgebrüht, keine Emotionen. Er macht mir Angst, irgendwie.«

»Mir auch«, erwiderte Apfel.

Bevor er nach Hause ging, suchte Paul Apfel noch im Internet nach Wang Liangzuo und seiner SAFC. Die Ergebnisse waren unerfreulich. Wang Liangzuo dirigierte ein Textil-Imperium mit 285.000 Mitarbeitern in siebenunddreißig Ländern. Darunter waren außer China die USA, Brasilien, Argentinien, Australien, die Niederlande und die Slowakei. Es hätte Apfel nicht gewundert, wenn auch das Hemd, das er heute trug, in einer der Fabriken von Wang Liangzuo entstanden wäre.

Die Bildersuche von Google zeigte einen vielleicht fünfundvierzigjährigen fülligen Chinesen mit chinesischen Ministern, mit europäischen Wirtschaftsführern und, bei einem Besuch in Den Haag, mit dem niederländischen Wirtschaftsminister.

»Schau dir das an, Carl«, staunte Paul Apfel, »Wang Liangzuo und ganz viele ganz hohe Tiere. Wenn wir beide in seinem Schanghaier Wolkenkratzer einmarschieren und ihn fragen, ob er einen Mord an einem Münchner Obdachlosen angezettelt hat, wird er sich arg vor uns fürchten.«

Verärgert fuhr der Kommissar danach den Rechner herunter. »Die lachen sich doch kaputt über uns«, schimpfte er.

»Wer«, fragte Reutemann, »die Chinesen oder die Kollegen hier in München, die schon damit zufrieden sind, dass die Hälfte des Falls gelöst ist?«

»Such's dir aus«, gab Apfel gequält zurück, »wahrscheinlich beide. Ich muss morgen und am Montag mal nachdenken, wie wir weiterkommen. Momentan stecken wir fest.«

Eineinhalb Stunden später parkte der Hauptkommissar der Münchner Kriminalpolizei den Seat vor der Garage seines Hauses. Er hatte einfach keine Lust zurzeit, mit dem Zug zu fahren. Ein schöner Frühlingstag ging langsam zu Ende, und Paul Apfel hoffte, nun wenigstens noch zwei ruhige Tage vor sich zu haben.

Es wurde einer, immerhin.

Bei einem Sonntagnachmittagsspaziergang mit Miriam und Stoiber am nächsten Tag an der herrlichen Landshuter Flutmulde fand Paul Apfel wieder zur Ruhe. Die drei wanderten an der geschlängelten Pfettrach vorbei, die in den neunziger Jahren von schlauen niederbayerischen Stadtplanern aus ihrem Betonkorsett befreit worden war und seitdem wieder so vogelwild fließen darf, wie sie gerade Lust hat.

Eine andere Familie, bestehend aus einem guten Dutzend Wildenten, ließ sich von den Apfels nicht stören. Und die Apfels ihrerseits ließen sich von den ersten wild gewordenen Rollerbladern des Frühlings nicht irritieren, die oft nur mit Zentimeterabstand an ihnen vorbeibretterten. »Fass, Stoiber«, flüsterte Apfel dann doch irgendwann – aber auch der Hund war viel zu friedlich gestimmt. Außerdem kannte er den Befehl »Fass« ja überhaupt nicht. Nach einer halben Stunde, Arm in Arm mit Äpfelchen, brach dann aber langsam wieder der kleine Anarchist in Paul Apfel durch.

»Herrschaft, Spatzl«, bemerkte er mit einem spöttischen Lächeln und blinzelte in die Sonne, »so eine Überdosis Ruhe und Harmonie verkrafte ich nervlich nicht lange, gell.« Miriam Apfel nahm die Bemerkung kaum wahr. Nach über fünfzehn Jahren Ehe hatte sie ein gut ausgeprägtes selektives Hörvermögen ausgebildet.

Die Frühlingssonne tauchte die Landshuter Flutmulde, die »grüne Lunge« der Stadt, in ein mildes Licht. Es hatte bestimmt über zwanzig Grad, und am Uferrand übte ein Golfer im viel zu hohen Gras Abschläge. Paul Apfel konzentrierte sich aber lieber auf die vielen hübschen jungen Frauen, die ihnen entgegenkamen, und auf deren Röcke, die, wie er bemerkt zu haben glaubte, nun wieder jede Woche kürzer wurden.

»Brauchst nicht so zu schauen«, lachte Äpfelchen irgendwann – aber es war nun mal Tatsache, da hatte der Kommissar gar keinen Zweifel, dass Landshut offenbar deutlich mehr hübsche Mädchen und Frauen beherbergte als München.

Den restlichen Weg sagte er nichts mehr. Der Kommissar streckte Stoiber ein Hundeleckerli hin. Der Hund war glücklich, und Apfel war es fast, was schon eine ganze Menge war für seine Verhältnisse.

Am Abend war der Kaiser im Fernsehen. Der Kaiser war jetzt, so kurz vor der Weltmeisterschaft, öfter im Fernsehen als die Bundeskanzlerin und sogar öfter als Günther Jauch. Überhaupt waren eigentlich nur noch Fußballspieler im Fernsehen. Aktuelle Fußballspieler, frühere Fußballspieler, künftige Fußballspieler, Hauptsache Fußballspieler.

Fußballspieler analysierten in Talkshows die nach wie vor verfahrene Situation im Irak, die amerikanische Außenpolitik und die letzten Ausläufer der Vogelgrippe. Fußballspieler kochten mit Biolek und bei Kerner. Fußballspieler machten Werbung für Mobiltelefone, quadratische Schokolade und Geschirrspülmaschinen.

Und Fußballspieler wetteten bei Thomas Gottschalk in »Wetten, dass …?«, ob ein Mann ein Fahrrad mit den Zähnen hochheben und gleichzeitig fünfmal hintereinander die Offizielle Hymne der WAFA Fußball-Weltmeisterschaft 2006 singen konnte, natürlich mit für die Zuschauer klar verständlichem Text. Der Mann konnte. Gottschalk sagte im Übrigen auch »WAFA Fußball-Weltmeisterschaft 2006«, fiel Paul Apfel auf. Offenbar wurde der alterslose Showmaster bezahlt dafür.

Bundestrainer Jürgen Klinsmann wiederum sagte im Fernsehen Sachen wie: »Ich begrüße Sie hier aus dem Offiziellen WAFA WM 2006 Shop in Leipzig. Hier bezahlt man am besten mit der Offiziellen WAFA WM 2006 Mastercard, die der Offizielle WAFA WM-Pokal ziert.«

Paul Apfel fühlte sich ab und an ziemlich einsam als offenbar letztes Mitglied der Offiziellen deutschen Bevölkerung der WAFA WM 2006, das sich nicht für Fußball interessierte. Allerdings: Er kannte einige Dissidenten, die hinter vorgehaltener Hand ebenfalls bereit waren zuzugeben, dass sie die Worte Fußball, WM und WAFA schon vor dem Eröffnungsspiel nicht mehr hören konnten.

19

Am nächsten Tag fiel ihnen der Himmel auf den Kopf.

Für Zeitungsjournalisten war der 1. Mai 2006 kein Feiertag. Sie waren daran gewöhnt, an Sonntagen und auch an Feiertagen arbeiten zu müssen, um die Zeitung für den darauf folgenden Arbeitstag zu produzieren. Zum Ausgleich hatten sie an den Tagen vor einem Feiertag frei.

Der Tag der Arbeit bedeutete für den Lokaljournalisten Daniel Klien von der »tz« also tatsächlich Arbeit. Wenn auch zunächst Arbeit der hoffentlich einigermaßen angenehmen Sorte. Das WM-Organisationskomitee hatte die Münchner Presse zu einem Ortstermin in die Allianz-Arena eingeladen, um die vielen Änderungen vorzustellen, die nötig waren, wenn das Fußballbundesliga-Stadion in mehrwöchiger Arbeit in ein Fußball-WM-Stadion umgerüstet werden musste. Das begann bereits beim Namen. Während der WM durfte die Allianz-Arena nicht Allianz-Arena heißen, da der Namensgeber keinen Vertrag mit dem WM-Besitzer, der WAFA, abgeschlossen hatte.

Martin Schurti vom Organisationskomitee, kurz OK, bat Klien und seine rund drei Dutzend Kollegen von Zeitungen, Zeitschriften, Radio, Fernsehen und Internet, die man in einen der Konferenzräume der Arena verfrachtet hatte, händeringend darum, diese Sprachregelung bei ihrer Berichterstattung zu beachten.

Es war eine schrecklich langatmige Powerpoint-Präsentation, die Schurti, ein einschläfernder Fußballbürokrat, per Beamer an eine Leinwand warf. Im Halbdunkel des Raumes pulte ein Radiomitarbeiter, dessen Namen Klien partout nicht einfallen wollte, überschüssiges Fruchtfleisch aus seinem Orangensaft und schnippte es auf den Boden. Eine Fernsehdame schrieb SMS. Eine weitere Kollegin zog sich in aller Seelenruhe und ohne Spiegel die Lippen in schrillem Rot nach, das in der Dunkelheit leuchtete.

»Die Bezeichnung Allianz-Arena ist während der WAFA Fußball-Weltmeisterschaft 2006 nicht gestattet«, dozierte Schurti und ließ Pressemappen verteilen. Sie enthielten das Logo »WAFA WM-Stadion München« in vielen Varianten in gedruckter Form auf Papier und in digitaler Form auf dem USB-Speicherstick eines WM-Sponsors.

Daniel Klien hatte auf interessanten Reportagestoff aus der sonnendurchfluteten Allianz-Arena gehofft. Doch nun hockten sie schon knapp fünfundvierzig Minuten in der Finsternis. Vielleicht war es doch keine so gute Idee vom OK, dachte Klien, ausgerechnet am »Tag der Arbeit« die »Tage der Arbeit« vorzustellen, die in Kürze in der Arena anstanden. Unter diesem Motto war die Veranstaltung angekündigt worden.

Der Mann vom Radio hatte die Aufräumarbeiten in seinem Orangensaft nun abgeschlossen und sich ans besonders finstere Ende des Raumes verdrückt. Dort warteten die branchenüblichen Häppchen auf die Journalisten. Vorerst waren sie allerdings noch sorgfältig mit Papiertischdecken abgedeckt, die das Logo »WAFA Fußball-Weltmeisterschaft Deutschland 2006« trugen.

Gerade als sich Daniel Klien nach ihm umsah, blickte sich auch der Radiomann vorsichtig um, fühlte sich offenbar unbeobachtet und ließ eine Hand unter die Tischdecke schnappen. Dann brachte er sie, nun mitsamt einem dick belegten Schnittchen, wieder zum Vorschein und steckte sich das Teil in den Mund.

Er wiederholte den Vorgang noch einmal und dann gleich noch einmal. Nach drei Kanapees hatte er genug. Er schob sich mit der routinierten Unauffälligkeit eines erfahrenen Pressekonferenzen-Besuchers wieder unter die gelangweilten Kollegen und setzte ein sehr interessiertes Gesicht auf.

Dann war Schurti endlich fertig. Beziehungsweise er kalauerte: »Ich habe fertig, meine Damen und Herren!« Der Witz war nun auch nicht mehr wirklich neu, dachte Klien.

»Der Vortrag war ja wohl ziemlich Flasche leer«, bemerkte die Kollegin Rebecca Rothengatter von der »Bild« abfällig.

Es war jetzt kurz vor zwölf. Auch der Rest der Kompanie durfte damit über die Kanapees herfallen. Nun musste Daniel Klien tatsächlich bewundern, wie sich der – im Übrigen durchaus schlanke – Kollege vom Radio als Erster bediente und der hinter ihm wartenden Kollegin Susann Alzen von Bayern 3 versicherte: »Ich fall fast vom Fleisch, Susi, ich hab heute noch keinen Bissen gegessen.« Jetzt fiel ihm der Name wieder ein. Es war Quirin Wimmer von Radio Gong.

Daniel Klien begnügte sich mit drei Leberkäse-Kanapees und einem alkoholfreien Bier des amerikanischen WM-Sponsors. Diese Wahl bereute er allerdings umgehend. Das US-Bier, dessen Ausschank bei allen WM-Veranstaltungen obligatorisch vorgeschrieben war, war in alkoholhaltiger Form kein Hochgenuss. Ohne Alkohol war es eine ungenießbare Plörre. Wäre er so frech wie Wimmer gewesen, dann hätte er das Bier unauffällig in einem der zahlreichen Hydrokultur-Blumenkübel entsorgt. So kämpfte er sich bis zum letzten Tropfen durch.

Immerhin, das Warten schien sich zu lohnen. Es war ein wirklich herrlicher Frühlingstag, und Schurti bat sie zu einem Rundgang durch den Innenraum der Allianz-Arena. Sie trugen jetzt fast alle Sonnenbrillen. Schurti bat die Stadiontechnik per Funkgerät darum, auf den beiden Anzeigetafeln vorzuführen, wie eine Werbeeinspielung bei einem Spiel des FC Bayern in der Fußball-Bundesliga im Vergleich zu einem WM-Spiel aussah, und legte den Journalisten das entsprechende Bildmaterial in der Pressemappe ans Herz. Klien bemerkte keinen großen Unterschied.

Dann wies der Mann vom OK auf die veränderte Beschilderung der Arena hin. Anschließend ließ er von zwei sehr blonden und sehr farbenfrohen Models mit himmelblau getuschten Wimpern die unterschiedliche Bekleidung der WM-Hostessen vorführen und dozierte, dass sich »die Gesamtzahl der baulichen Veränderungen am WAFA WM-Stadion München im Vergleich zur Bundesliga auf rund zweitausend beläuft«.

»Dann verunstalten hoffentlich auch keine besoffenen Fans mehr den Innenraum«, rief Quirin Wimmer gallig, der sich, womöglich erneut auf der Suche nach Nahrung, wieder ein Stück vom Rest der Truppe abgesetzt hatte. Er wies mit einer Kopfbewegung an den Rand des Spielfelds.

Nun sahen es alle. Angelehnt an eine Werbebande des Schweizer Sportartikel-Giganten »LaCroix« döste tatsächlich ein Fußballfan in der Frühlingssonne der Allianz-Arena, wie übrig geblieben vom letzten Spiel des FC Bayern. Der Mann, der halblange blonde Haare hatte und groß und hager wirkte, trug ein blütenweißes Trikot der deutschen Fußball-Nationalmannschaft und eine dazu passende kurze schwarze Hose. Um den Hals hatte er einen gestrickten Schal in Schwarz-Rot-Gold geschlungen. Etwa in Höhe seines Herzens zeigte das Trikot die Nummer 3.

Das war gegen 12 Uhr 45. Und das war der Moment, als ihnen der Himmel auf den Kopf fiel.

Quirin Wimmer, der Mann mit dem schönen altmodischen bayerischen Vornamen, war der Erste, der sich näherte. Der Rest der Gruppe, darunter auch Martin Schurti und Daniel Klien, waren gut fünfzehn Meter entfernt. Klien sah, wie Wimmer den Mann anstupste. Keine Reaktion. Dann schubste er fester. Der Mann fiel nicht um, er plumpste regelrecht. Nun lag er, immer noch in einer Art Hock-Position, neben der Werbebande von LaCroix.

Wimmer war auch der Erste, der es begriff.

»Scheiße!«, brüllte er, »Scheiße, der ist tot.« Dann stolperte er, vor Schreck, vor Entsetzen und vor Angst, drei, vier Schritte zurück und stürzte über seine eigenen Füße auf den Rasen der Arena.

Das Entsetzen lähmte die Gruppe um Daniel Klien nur ein paar Schrecksekunden lang. Dann explodierte der Trupp der Journalisten regelrecht. Drei Fotografen, also beileibe nicht alle, stoben nach vorne, um den Mann im weißen Trikot zu fotografieren. Klien hörte die Verschlüsse ihrer Kameras im Dauerbetrieb knattern. Andere, es waren vor allem Frauen, schlugen die Hände vors Gesicht und wandten sich ab. Schurti, der Mann vom OK, der direkt neben Klien gestanden war, hatte sich zunächst bekreuzigt und leise »Oh mein Gott« geraunt. Dann riss er sein Funkgerät aus der Gürteltasche und bellte hinein: »Stefan, wir brauchen einen Arzt, schnell, unten am Spielerausgang. Da liegt einer.« Dann rannte er zu dem Toten.

Das alles war binnen weniger Sekunden geschehen. Klien hatte sich der Leiche, wie einige andere Kollegen auch, langsam genähert. Er sah, wie ein Fotograf den Schal des Toten lockerte und zur Seite schob. Dann begann er, ebenso wie seine beiden Kollegen, mit einer neuen Fotoserie.

Sie mussten die Fotografen auseinander schieben, um den Mann sehen zu können. Sie würden keinen Arzt mehr brauchen, das erkannte Daniel Klien auf den ersten Blick. Und das erkannte auch Harry Vasser von der Süddeutschen, der neben ihm stand, den Kopf schüttelte und sich abwandte.

Es war nicht das Gesicht des Toten, aufgedunsen und weiß, die Augen hervorgetreten, blutunterlaufen und gelb, der Mund offen, wie bereit für einen letzten panischen Schrei, mit weiß eingetrocknetem Schaum auf den blauen Lippen. Es war nicht das Gesicht, das Entsetzen unter denen verbreitete, die es sahen. Es war vor allem der Hals.

Daniel Klien war Hobbykoch, und ihm fiel nur ein Wort ein, als er den Hals des Toten sah. Wild. Rohes dunkelrotes Wild, vielleicht Hirsch.

Man musste keine medizinische Vorbildung besitzen, um zu erkennen, dass der Mann stranguliert worden war – im Polizeijargon, das wusste der Lokalreporter, hieß das kühl »Gewalt am Hals«. Der Hals war dunkelrot, einige Stellen waren blaurot verfärbt, einige wenige andere wiesen einen eitrig gelben Farbton auf. Er war wund, er war verschwollen. Der Schal wies keine Spuren auf, doch Klien hatte das Gefühl, dass der Mann genau mit jenem Schal erdrosselt worden war, der nun wie weggeworfen neben ihm lag.

Fünf oder sechs Fotografen hatten sich dem Mann nicht weiter genähert und fotografierten die Szene aus der Distanz. Darunter war auch Michael Mass, sein Fotograf von der »tz«.

Die Redaktionen hatten überwiegend Sportfotografen für den heutigen Termin eingesetzt. Die hatten zwar keinerlei Hemmungen, einem vor der Entlassung stehenden weinenden Fußballtrainer nach einem desaströsen 1:6 unter Verletzung jeglicher Intimsphäre bis auf wenige Zentimeter auf die Pelle zu rücken. Doch Tote gehörten nicht zu ihrem Beritt. Daher wohl die Zurückhaltung.

Klien wusste, dass auch sein Blatt eine Nahaufnahme der Leiche benötigen würde, so war das Geschäft nun mal. Das musste Mass aber nicht selbst besorgen. Die Agenturen würden zuverlässig liefern, und die drei Fotografen, die keine Scheu vor den Nahaufnahmen hatten, würden heute viel Geld verdienen. Oder sogar sehr viel, wenn sie sich untereinander über die Preise einig wurden, die sie verlangen wollten.

Zwei Männer liefen auf die Menschentraube zu, die sich mittlerweile um den Toten gebildet hatte. Ein Mann in Weiß, ein Rot-Kreuz-Abzeichen auf dem Ärmel seines Kittels, offenbar der Arzt, rannte voraus. Ihm folgte ein zweiter, in Zivil, eine einfache Trage unter dem Arm. Sie beugten sich über den Toten. Dann schloss sich der Kreis hinter ihnen wieder.

Der Lokaljournalist Klien hatte mit der Berichterstattung über die ersten beiden Toten nichts zu tun gehabt – aber er konnte sich ausmalen, was nun passieren würde. Es ging bereits los. Die ersten Kollegen verteilten sich auf dem Rasen der Arena, um aufgeregt in ihre Mobiltelefone zu brüllen. Jeder verteidigte handwedelnd eine Bannmeile von zehn oder fünfzehn Metern um seinen Standort, um ein Mithören zu verhindern.

Auf andere Journalisten redete Schurti ein, der Mann vom Organisationskomitee, der sich schließlich auch zu ihm herunterbückte. »Bitte keinen vorschnellen Schlüsse. Bitte warten Sie um Himmels willen für Ihre Berichte die offiziellen Stellungnahmen des OK und der WAFA ab.« Ohne mit einer Antwort zu rechnen, hetzte er panisch zum nächsten Pressevertreter und von dort aus zum übernächsten.

Nun rief auch Klien in seiner Redaktion an. Lokalchef Peter Stohr war in einer Konferenz, offiziell zumindest. Als Klien die Sekretärin aufforderte, Stohr mitzuteilen, dass er die für morgen geplante Schlagzeile einstampfen könnte, war der Alte blitzschnell am Telefon.

»Daniel, alter Parteigenosse, was ist so wichtig?«

»Der dritte Tote in der Allianz-Arena.« Mehr sagte Klien nicht, mehr war auch nicht nötig.

Stohr, ein erfahrener Lokaljournalist, der mehr Berufsjahre auf dem Buckel hatte als Klien Lebensjahre, schwieg zunächst. Dann sagte auch er: »Oh mein Gott!« Offenbar, dachte Klien, entdeckten an diesem Tag viele Menschen ihre religiösen Wurzeln wieder.

Stohr war Tageszeitungsmensch genug, um schnell wieder die Fassung zu gewinnen. Dann ließ er die Maschinerie anlaufen. Er stellte einige Fragen, wies Klien an, in der Arena zu bleiben, und kündigte die Ankunft von vier bis fünf weiteren Kollegen in den nächsten fünfundvierzig Minuten an.

Daniel Klien sprach seine Eindrücke vom Fundort in sein Diktiergerät. Die Traube um die Leiche war weiter angeschwollen, Klien schätzte die Menge nun auf gut einhundert Menschen. Wenn ihn sein Zeitgefühl nicht arg täuschte, waren es immer noch keine zehn Minuten seit Wimmers Entdeckung. Drei uniformierte Polizisten, die Ersten, die er heute sah, eilten über den Rasen und drängten sich durch die Menge. Klien war froh, dass er die morgige Titelgeschichte nicht schreiben musste. Dies würde der Kollege Holger Haupt übernehmen, der die Berichterstattung über die Arena-Morde bisher schon federführend betreut hatte.

Klien dachte nach. Die Morde – weitgehend aufgeklärt. Der Mörder – verhaftet. Der Schatten über der Fußball-WM – mit Müh und Not und Unmengen von PR-Arbeit einigermaßen beseitigt. Das war der Stand vor gut zehn oder fünfzehn Minuten gewesen. Jetzt war das alles hinfällig und das Desaster wahrscheinlich verheerender denn je.

Er beneidete niemanden um seinen Job. Weder Holger Haupt noch die Polizei. Und schon gar nicht die Organisatoren der WAFA Fußball-Weltmeisterschaft 2006.

Der Innenraum der Arena wurde mit jeder Minute voller. Sanitäter, Polizisten, Fernsehteams. Und vor allem viele Menschen in Zivil, von denen Klien nicht sagen konnte, was sie mit der dritten Leiche zu tun hatten, die innerhalb von nicht einmal drei Wochen in der Allianz-Arena aufgefunden worden war.

Und noch eines konnte Daniel Klien nicht sagen: um wen es sich bei dem Toten handelte. Zumindest einer der vielen Menschen, die sich nun um den Fundort drängelten, hatte ihm gegenüber in dieser Hinsicht einen ganz entscheidenden Informationsvorsprung.

Martin Schurti vom Organisationskomitee der WAFA Fußball-Weltmeisterschaft Deutschland 2006 wusste sehr genau, wer der Mann war, der hier in der Allianz-Arena als Leiche Nummer 3 gefunden worden war.

20

Apfel hatte Rollerblades an den Füßen, als er erfuhr, was passiert war.

Er war zum ersten Mal in diesem Jahr mit Taschi Inline-Skaten gewesen. Sie fuhren dafür meist in ein ruhiges Dorf ein paar Kilometer entfernt von Landshut, das herrliche, ziemlich frisch asphaltierte Straßen und Radwege zu bieten hatte.

Kurz nach 14 Uhr ließ sich der Kommissar bei geöffneter Tür quer auf den Fahrersitz des Seat Altea fallen, um sich erst kurz zu erholen und dann die Blades von den Füßen zu ziehen. Er schaltete das Radio ein und hörte noch genau die letzten beiden Sätze einer atemlosen Reporterin.

»... der dritte Mord in der Arena mit den beiden ersten Fällen zu tun hat und in welchem Zusammenhang er mit dem angeblich bereits gefassten Doppelmörder steht, ist derzeit völlig offen. Susann Alzen für Bayern 3 aus der Allianz-Arena.«

Paul Apfel hoffte noch für einen Moment, sich verhört zu haben. Dass er irgendetwas falsch verstanden hatte. Dass es nicht wahr war. Dass nicht passiert war, was nicht passieren durfte.

Taschi, die die Radiomeldung nicht gehört hatte, setzte sich auf den Beifahrersitz. Der Kommissar zwang sich, ruhig zu bleiben, zog die Rollerblades aus und legte sie mit den Knieschützern und den Protektoren für die Hände in den Kofferraum.

Natürlich wusste Apfel, dass er sich nicht verhört hatte. Er setzte sich hinters Steuer und starrte in den Wald, der vor ihnen lag. Er wusste, dass bisher alles viel zu einfach gewesen war. Markus Rosberg, die China-Verbindung, die Sportklamotten-Mafia. Fall gelöst, WM gerettet. So einfach war das Leben nur selten.

»Was ist los, Papa?«, fragte Natascha Apfel, als er den Motor nach einer halben Minute immer noch nicht angelassen hatte.

»Nichts, Taschi«, sagte Paul, lächelte seine Tochter an und fuhr los, »gar nichts.« Er wollte nicht, dass Taschi sich Sorgen machte.

Zehn Minuten später, als sie zu Hause angekommen waren, ließ sich nicht mehr verbergen, was passiert war. Äpfelchen stand vor der Garage und winkte mit dem tragbaren Telefon, das sie ihm durch das heruntergelassene Fenster ins Auto reichte.

»Mensch, Paul, wo bleibt ihr denn? München ist dran.«

»Ich hab schon gehört«, sagte Paul.

Es war, wieder einmal, Carl Reutemann. »Paul?«

»Ja. Ich weiß Bescheid.«

»Schöne Scheiße.«

»Und ob«, sagte der Kommissar und atmete tief aus. »Sehen wir uns im Stadion oder im Präsidium?«

»Präsidium wäre besser«, antwortete der Inspektor knapp. »Im Stadion sind mehr Polizisten als Zuschauer bei einem Zweitligaspiel von Sechzig. Im Büro haben wir mehr zu tun.«

»Rosberg.«

»Rosberg«, bestätigte Carl Reutemann.

»Ich geh mich duschen und umziehen. Eineinviertel Stunden«, verabschiedete sich der Kommissar. Es war Feiertag, da würde er gut durchkommen nach München. Es sei denn, die Schaulustigen stauten sich schon an der Arena.

Paul Apfel stieg erst jetzt aus dem Seat und reichte Miriam das Telefon zurück. Seine Frau schaute betreten. Tatjana, die dazugekommen war, schaute ebenfalls betreten. Er zwang sich dazu, als Einziger nicht betreten zu schauen.

»Kinder«, meinte Paul, »auch das werden wir irgendwie hinkriegen.«

»Was ist denn los?«, fragte Taschi.

»Nix für kleine Kinder, Kampfzwerg«, blaffte Tatjana sie an.

Auf Gezicke hatte Paul jetzt allerdings überhaupt keine Lust. »Wieder ein Toter im Stadion, Taschi«, sagte er, »das heißt: viel Arbeit und noch mehr Ärger. Aber du musst dir keine Sorgen machen. Ich pass auf mich auf.«

Kurz vor halb vier saß der Kommissar in seinem Büro im Polizeipräsidium in der Münchner Ettstraße. Der Betrieb lief bereits auf vollen Touren. Die Pressestelle war annähernd voll besetzt.

Paul rief nur kurz bei Hannes Glemser an.

»Krematorium Ost«, meldete sich der Österreicher, wie fast immer bei internen Gesprächen.

»Lebt's ihr noch?«

»Endstadium, Paul, Endstadium. Ich hab die ›Jerusalem Post‹ auf der einen Leitung und ›Radio Freies Niederbayern‹ auf der anderen. Hölle. Aber wir legen die Ohren fest an und bleiben fröhlich.«

Paul Apfel überflog die erste Pressemitteilung, die auf 14 Uhr 35 datiert worden war und ganze zwei Absätze aufwies. Erneuter Fund einer Leiche in der Allianz-Arena. Identität und Hintergründe ungeklärt. Strangulation als mögliche Todesursache. Zusammenhang mit den ersten beiden Morden völlig offen. Tatverdächtiger der ersten beiden Morde wird zum neuen Sachstand befragt. Weitere Informationen folgen.

Mehr stand da nicht. Mehr konnte da auch noch gar nicht stehen.

Und mehr war auch beim Meeting um 16 Uhr nicht bekannt, zu dem sich praktisch das gesamte Team wieder zusammenfand, das schon die ersten beiden Morde bearbeitet hatte. Gartner gab sich merkwürdig aufgedreht und angriffslustig.

Er erinnerte Paul an George W. Bush, als der den Terroristen in Afghanistan im Western-Slang damit gedroht hatte, sie aus ihren Löchern zu räuchern. *»We're gonna smoke them outta their holes.«* So ähnlich kam ihm nun auch Johannes Gartner vor. Keinerlei Anzeichen von menschlicher Intelligenz festzustellen. Beim besten Willen nicht.

Hinweise auf die Identität des Toten gab es bisher keine. Gartner gockelte. Sonst passierte nichts.

»Ich glaube, der kokst«, befand Carl, als sie wieder in Paul Apfels Büro waren. »Hast du den irren Blick gesehen? Wie der Daum.«

»Der kokst nicht«, entgegnete der Kommissar, »der ist auch ohne Drogen so. Es wäre aber interessant zu sehen, was passiert, wenn er dazu auch noch koksen würde.«

Dass Rosberg in einer ersten Vernehmung beharrlich geschwiegen hatte, ließ erwarten, dass sich seine beiden bevorzugten Polizeibeamten demnächst zu ihm bemühen müssten. Aber noch war es offenbar nicht so weit. Sie konnten warten.

Sie warteten, und sie schwiegen.

»Und jetzt?«, fragte Carl Reutemann irgendwann.

»Was? Und jetzt?«

»Was denkst du, was jetzt passieren wird, Paul? Mit der WM, mit Rosberg, mit allem, mit dem Kaiser und überhaupt?«

Paul dachte nach. »Frag mich nicht so komplizierte Sachen. Alles wird durchdrehen. Total durchdrehen. Der Kaiser und die ganzen Fußballer und die Politiker und die Unternehmer, alle werden sie schauen, dass sie alles schönreden und ihre WM retten können. Du kannst nur hoffen, dass es irgendein armer unbedeutender Teufel war, den sie da gefunden haben, und kein Herr Superwichtig.«

»Wenn wir Pech haben, stehen wir bei null Komma null«, spann Reutemann den Faden weiter. »Rosberg und seine Morde an Albers und am Penner, die Chinesen – vielleicht sind das alles reine Hirngespinste, und der Typ tickt auch nicht mehr richtig.«

Das Telefon des Kommissars klingelte. Apfel sah an der Nummer, dass es Hannes Glemser war, und meldete sich: »Landshut Nordfriedhof.«

»Sitzt du anständig, Paul?«, fragte der Pressesprecher. »Ich krieg gerade eine Agenturmeldung rein, in der steht, wer der Tote ist.« Apfel drückte auf den Lautsprecherknopf, um Reutemann mithören zu lassen.

»Ich sitze und bin durch nichts und niemanden zu erschüttern, gnä Frau.«

»JJJ«, sagte Hannes Glemser und sprach die drei Buchstaben Englisch aus, wenn auch mit Wiener Dialekt. Jay-Jay-Jay.

»Wer soll das sein? Sagt mir nix.«

»Man merkt, dass du in der Zeitung nur die Plattenkritiken liest und nicht die Wirtschaft, Paul«, sagte Hannes Glemser. »JJJ ist oder besser war Jean-Jacques Jabouille, der Gründer und Vorstandschef von LaCroix, der Schweizer Sportartikelfirma.«

»LaCroix? Ach du meine Scheiße«, rief Paul Apfel aus.

Die Firma, die ein Schweizer Kreuz als Markenzeichen auf Turnschuhe, Hemden, Hosen, Tennisschläger und alle nur denkbaren anderen Sportartikel druckte, war eines der bekanntesten Unternehmen der Welt und stand als Marke in einer Reihe mit Giganten wie Coca-Cola, McDonald's oder Microsoft.

Paul dachte an die Bilder vom Fundort der Leiche, die ihnen

Gartner während des Meetings vorgeführt hatte. Die Leiche vor der Bande mit der LaCroix-Werbung.

»Hannes, das heißt, die haben den Mann vor seiner eigenen Werbebande abgestellt?« Paul lief es kalt den Rücken herunter.

»Vor seiner eigenen Werbebande. Und das in Klamotten der deutschen Konkurrenz aus Herzogenaurach. Gö, do schaust«, bemerkte Glemser unbeeindruckt.

»Und woher will die Agentur das wissen?«

»Ein Mitarbeiter des WM-Organisationskomitees, der anscheinend beim Auffinden der Leiche dabei war, will ihn sofort erkannt haben. Drei Stunden später hat er sein Wissen einem ihm bekannten Journalisten gesteckt. Die Agentur hat die Fotos verglichen – bingo! Gibt praktisch keinen Zweifel, auch wenn das Bild schon recht alt war, weil Jabouille kaum in der Öffentlichkeit aufgetreten ist.«

»Und wieso hat das Rindvieh drei Stunden gewartet?«, fragte der Kommissar ungehalten. »Und warum ist er nicht zur Polizei?«

»Bin ich Jesus?«, erwiderte Glemser. »Das ist jetzt wieder euer Job. Ruf mich an, wenn ihr den Mörder gefangen habt. Ich schreib dann eine Pressemitteilung, dass ihr fesche und schlaue Burschen seid.«

»Du wolltest keinen Herrn Superwichtig«, sagte Carl Reutemann, als Apfel den Hörer aufgelegt hatte. »Jetzt hast du einen Mister Mega-Wichtig. Shit – jetzt brennt's wirklich lichterloh!«

Apfel fuhr sich durch die ohnehin schon zerzausten Haare, verschränkte die Hände hinter dem Kopf und stellte seine Augen auf unendliche Fernsicht. Er nahm jetzt alles nur noch verschwommen wahr und dachte nach. Ein Mega-Promi aus der Sportindustrie als dritter Toter in der Arena. Das war zu viel. Das war einfach zu viel. Das würde die WM nicht überleben, das würde er nicht überleben. Das war der GAU.

Er konnte sich nicht vorstellen, dass jetzt noch eine vernünftige Ermittlungsarbeit möglich war. Wahrscheinlich würden sich jetzt auch noch EU und CIA in die Polizeiarbeit einschalten wollen. Und natürlich die UNO. Er wartete auf ein Statement des US-Präsidenten, ob man darüber nachdenke, jetzt auch noch in die Arena einzumarschieren. Er hatte plötzlich alle möglichen merkwürdigen Gedanken.

»Mensch, Carl, es war vorher schon alles total am Anschlag und surreal. Was kommt jetzt?«, dachte er laut nach.

»Ich weiß es nicht, Paul«, antwortete der Inspektor, »aber ich glaube, wir sind spätestens jetzt bloß noch ganz winzig kleine Rädchen in einer Riesenmaschinerie.«

Paul Apfel nickte und fokussierte seine Augen wieder auf den ihm schräg gegenüber sitzenden Carl Reutemann.

»Außer«, lächelte der Kommissar, »unser Freund Rosberg hat uns immer noch ganz fest lieb. Dann bleiben wir im Spiel. Wobei ich ehrlich gesagt gar nicht weiß, ob ich überhaupt noch im Spiel bleiben will.«

Markus Rosberg hatte sie offenbar nicht mehr lieb.

Gegen 17 Uhr 30 steckte Kollege Quester kurz den Kopf in Pauls Büro und senkte den rechten Daumen nach unten. »Hab gerade gehört, dass der Rosberg auch in der zweiten Vernehmung nichts gesagt hat. Sitzt einfach da und glotzt blöd.«

»Und«, wollte Apfel wissen, »hat er nach Carl und mir gefragt? Hat er uns noch lieb? Will er wenigstens mit uns reden?«

Quester schüttelte den Kopf. »Nix. Hast du das letzte Mal die falschen Zigaretten dabei gehabt?«

Der Kommissar antwortete nicht. Er dachte, dass dies ein guter Moment wäre, selbst wieder mit dem Rauchen anzufangen. Apfel rauchte seit vier Jahren nicht mehr, sehr zur Erleichterung seiner Umwelt. Sie hatte den dicken blauen stinkenden Rauch seiner französischen Gitanes Filter jahrelang nur unter ausdauernden Protestkundgebungen ertragen.

Er blies probehalber schon mal einen rauchlosen Rauchkringel in die Luft. Es war eine entspannende Tätigkeit, aus der ihn das Klingeln seines Telefons riss.

Der Polizeipräsident.

»Wir stecken im Dreck«, begann Heger.

»Nicht gerade Ihr Satz mit dem höchsten Neuigkeitswert«, gab Paul zurück.

»Ich weiß, Apfel. In der Schweiz gibt die WAFA gerade eine Pressekonferenz. Keine Ahnung, was da passiert.« Pause. »Möchten Sie mit Rosberg reden?«

»Natürlich will ich. Aber will er mit mir reden?«

Der Polizeipräsident schwieg. Wahrscheinlich dachte er nach. »Verlangt hat er nicht nach Ihnen. Aber Sie können es probieren. Bringen Sie ihm drei Stangen Zigaretten auf Kosten des Hauses mit.«

Paul Apfel war nicht wirklich überrascht, wie schnell sich seine Verhörmethoden herumsprachen. Die Mitarbeiter des Polizeipräsidiums waren noch weit weniger als klatschhafte Landshuter Friseusen in der Lage, Geheimnisse für sich zu behalten. Zumindest soweit es um den eher zwischenmenschlichen Bereich ging.

Der Kommissar wusste schon, warum er ein halbes Dutzend Schachteln HB im Schreibtisch seines Büros eingelagert hatte. Er ließ Carl kommen und schnappte sich zwei Packungen. Die mussten reichen, vorerst. Mehr würden SEINE Lungen nicht vertragen.

Im Verhörraum, in dem sie nun binnen weniger Tage zum dritten Mal saßen, mussten sie auf Rosberg warten – taktisch nicht wirklich geschickt. An sich sollte es der Verdächtige sein, der auf die Beamten zu warten hatte, fand Paul Apfel. Aber das war nun eben nicht mehr zu ändern.

Sie warteten fünf Minuten, sie warteten zehn Minuten. Paul Apfel begann schon wieder, imaginäre Rauchzeichen in die Luft zu blasen.

»Machst du einen Kussmund, Paul?« Carl Reutemann hatte ihn beobachtet. »Ich lass mich nicht von dir anschwulen, okay?«

»Unfug, Carlito. Ich rauche. Oder ich tu zumindest so. Ich glaub, ich fang wieder an. War ‘ne schöne Zeit mit den Gitanes, und ich war fünf Kilo leichter.«

»Bah. Pfui Spinne. Deine Franzosenbomben?« Carl ekelte es beim Gedanken an das in schweren bläulich-gelben Rauch getauchte Büro des Kommissars.

Endlich tat sich etwas. Zwei Beamte brachten Markus Rosberg in den Verhörraum. Rosberg wehrte sich nicht, doch er ließ sich mehr ziehen und schleppen und schleifen, als dass er aus eigener Kraft ging.

»Der Kerl wollte partout nicht«, erklärte einer der beiden Polizisten die Verspätung.

Die Beamten ließen Rosberg auf den für ihn vorgesehenen Stuhl fallen. Der mutmaßliche Doppelmörder blickte starr an die gegenüberliegende Wand, vorbei an Paul Apfel und Carl Reutemann. Er ignorierte sie, fast wie ein bockiges Kind, das etwas ausgefressen hatte, seine Lehrerin in der zweiten Klasse Grundschule mit Missachtung strafte.

»Sie wissen, was passiert ist?« Es war mehr eine Feststellung als eine Frage, mit der Apfel begann.

Markus Rosberg schwieg. Markus Rosberg starrte.

»Wollen Sie einen Anwalt dabei haben?« Rosberg war vor jedem Verhör gefragt worden, ob er einen Anwalt dabei haben wollte. Er hatte immer abgelehnt.

Diesmal lehnte er nicht ab. Rosberg schwieg einfach nur.

Paul Apfel schob ihm eine Packung HB über den Tisch, wartete aber gar nicht auf die Reaktion des Mannes. Er nickte Carl Reutemann zu. Guter Bulle, böser Bulle.

Reutemann war böser Bulle. »Verdammt, Rosberg, du reitest dich immer tiefer in die Scheiße rein!«, brüllte er unvermittelt, ohne Ankündigung eines derartigen Ausbruchs. Dann sprang er auf und begann, Kreise um den Tisch zu drehen, an dem Paul Apfel und Markus Rosberg saßen.

Reutemann schrie weiter. Es war verboten, Untersuchungshäftlinge und Verdächtige zu bedrohen, zu quälen, zu foltern. Aber es stand nirgendwo geschrieben, dass man sie nicht anbrüllen darf, bis sich ihr Trommelfell nach innen wölbt und schmerzhaft gegen das Gehirn drückt. »Wir haben heute in diesem gottverdammten Stadion …«

Reutemann kotzte jetzt jedes Wort einzeln aus und sprach so abgehackt wie früher Captain Kirk auf der Brücke der Enterprise. »Wir! Haben! Heute! In! Diesem! Gottverdammten! Stadion …!«

»… die dritte Leiche gefunden. Geht das in deine Kleinkriminellenrübe rein, Rosberg? Die dritte Leiche. Und die ist dort nach dem gleichen bekackten Muster abgelegt worden wie deine beiden Freunde. Fußballtrikot, laufende Nummer 3. Und wenn du dein Maul nicht endlich aufkriegst, liegen dort morgen die Nummer 4 und übermorgen die Nummer 5, und du hockst für immer in irgendeinem verpissten und verschissenen DRECKLOCH. WASISDALOS, ROSBERG? WAS? WEISST? DU?«

Apfel bedeutete ihm mit einer Handbewegung, sich nicht mehr aufzuregen und sich wieder zu setzen. Reutemann schnaufte vor Anstrengung und wischte sich mit dem Handrücken den Speichel von den Lippen. Dann ließ er sich wieder auf seinen Stuhl fallen, nicht ohne ein letztes »SCHEISSE, MANN!« ausgestoßen zu haben.

Auch solche Ausbrüche übten sie, wenn sie Verhörmethoden trainierten und studierten. Carl Reutemann war in Sachen künstlicher Erregung eine ihrer führenden Kräfte. Paul Apfel fand, dass er seine Sache ausgezeichnet gemacht hatte, und viele kleine und große Kriminelle zeigten sich von solch einer Vorstellung auch durchaus beeindruckt.

Rosberg nicht.

Rosberg starrte. Rosberg schwieg.

Rosberg tat, als hätte Carl Reutemann nicht einmal stattgefunden.

Auftritt guter Bulle.

»Mensch, Rosberg«, sagte Apfel, »wie soll's denn jetzt weitergehen? Sie gestehen die ersten beiden Morde, landen hier im Bau. Und draußen geht das Umbringen weiter, nach dem gleichen Schema. Herrgott, Sie schaden sich doch nur selbst, wenn Sie jetzt nicht den Mund aufmachen. Kapieren Sie das nicht?«

Guter Bulle funktionierte allerdings auch nicht.

Rosberg schwieg. Rosberg starrte.

Es hatte keinen Sinn momentan. Paul Apfel bedeutete den beiden Beamten, Rosberg wieder abzuführen. Der Mann ließ sich von seinem Stuhl zerren und wirkte dabei noch lethargischer als zu Beginn. Nicht einmal die Zigarettenpackung hatte er angerührt. Gar kein gutes Zeichen, fand Paul Apfel.

»Ich hab fast Angst gekriegt vor dir«, meinte der Kommissar, als die Beamten die Tür wieder geschlossen hatten.

»Ich auch«, gab Reutemann zurück, »bloß geholfen hat es alles nichts.«

»Nein«, sagte Apfel, »geholfen hat es alles nichts.« Es war kurz nach halb sieben, als die beiden den tristen grauen Verhörraum mit dem Holztisch verließen.

Kurz vor sieben bat der Kommissar Carl Reutemann: »Schalt doch mal den Fernseher ein, ich will Nachrichten sehen.«

Die »heute«-Nachrichten zeigten zunächst einen Bericht aus der Allianz-Arena mit dem Abtransport von Jabouilles Leiche und einen Reporter, der auf der Esplanade vor dem Stadion die Ereignisse der letzten Stunden zusammenfasste, die Paul bereits kannte.

Danach war der Bundesinnenminischter in seinem Rollstuhl zugeschaltet, der sich betroffen zeigte und mehr trotzig als überzeugend schwäbelte, dass er für die »Weltmeischterschaft« nach wie vor keine Sicherheitsbedenken sähe.

Ein Sprecher von LaCroix äußerte sich zutiefst schockiert vom Mord an seinem Vorstandsvorsitzenden. Ein Film skizzierte die wichtigsten Stationen von Jabouilles Karriere. Apfel sah den Mann nun zum ersten Mal, wie er vor seinem Ende in der Arena ausgesehen hatte. Blonde Haare, schmales Gesicht, hager. Ein wenig Ähnlichkeit mit dem amerikanischen Schauspieler Danny Kaye, fand Apfel. Jabouille war Sohn eines Westschweizer Schusters. Firmengründung mit dreiundzwanzig, Millionär mit achtundzwanzig. Tot mit dreiundvierzig. Der Film würdigte sein umfangreiches soziales Engagement.

Weinende Mitarbeiter sprachen vor der Kamera hochachtungsvoll von »Jean Jabouille« oder einfach nur von »JJJ«. Offenbar war hier ein Konzernlenker gestorben, der die Bodenhaftung noch nicht ganz verloren hatte.

Im Anschluss sprachen sich die üblichen Verdächtigen, vom Kaiser abwärts, dafür aus, die eine oder andere Festlichkeit oder Feier im Rahmen der WM zurückhaltender und dezenter zu gestalten. Ansonsten müsse man mit den Vorbereitungen für das Großereignis aber wie geplant fortfahren.

Das Interessanteste am anschließenden »heute spezial« war eine Schaltung in die Schweiz, wo der Fußballverband WAFA mittlerweile seine Pressekonferenz beendet hatte. Der gesundheitlich sichtbar angeschlagene WAFA-Präsident Fritz Rindt rekapitulierte die Aussagen des deutschen Innenminischters und gab sich betroffen, aber kämpferisch.

Deutlich spannender dagegen das Statement von Vizepräsident Patrick »PC« Cevert, der sich vor der WAFA-Zentrale in Pose warf und Bemerkenswertes verkündete: »Ich bin mir nicht mehr sicher, ob die Veranstalter der WAFA Fußball-Weltmeisterschaft 2006 und der Präsident der WAFA tatsächlich in der Lage sind, den ordnungsgemäßen und sicheren Ablauf der WAFA Fußball-Weltmeisterschaft 2006 in Deutschland zu gewährleisten.«

Bums, da war es raus. Die WAFA war mittlerweile ganz offensichtlich ein Dampfkessel, unter dessen Deckel es brodelte und kochte. Und Vize Cevert war mutig (oder verzweifelt?) genug, den Streit nach außen zu tragen und nicht zu warten, bis die ganze Konstruktion von selbst in die Luft flog.

Paul Apfel mochte gar nicht hinsehen, als er am nächsten Morgen an der Landshuter Tankstelle am Zeitungsregal vorbeikam.

»TODES-WM! FUSSBALL-BOSS SCHLÄGT ALARM«.

21

Als Paul am 2. Mai, einem bemerkenswert milden Dienstag im Frühling 2006, ins Büro kam, hatte er fast eineinhalb Stunden Zeit bis zur ersten Besprechung des Tages, die für zehn Uhr angesetzt war. Er hatte gestern Abend mit Äpfelchen kaum über den Fall gesprochen.

Bei ihrem sehr späten Abendessen waren sie schweigsam wie selten gewesen. Als Miriam mit einem kurzen »Und?« einen behutsamen Vorstoß wagte, brummte ihr Ehemann nur »Daliah Lavi!« Alles stöhnte, Taschi motzte: »Papa, bitte nicht. Das ist nur noch endspeinlich.« »Ends« war bei den jungen Apfels die Vorsilbe des Jahres 2006, alles war »ends«, »endskrass«, »endsteuer«, »endsgeil«.

»Daliah Lavi!«, sagte Paul Apfel immer, wenn er nichts erzählen wollte. Früher hatte er dann immer einen alten Schlager der Lavi gesungen, etwa von 1971, den er hinreißend fand. »Meine Art, Liebe zu zeigen, das ist ganz einfach Schweigen. Worte zerstören, wo sie nicht hingehören.« Das sang er dann mit pseudofranzösischem Akzent – sehr großes Kino. Wer schrieb heute noch solche Lieder?

Er hatte gestern nicht reden wollen, und er wollte eigentlich auch heute nicht reden. Er wollte alleine für sich nachdenken.

Hatte er etwas vergessen? Etwas übersehen? Etwas, das wichtig war? Oder wenigstens wichtig sein könnte?

Äpfelchen hatte ihn auch nicht gedrängt, und er war ihr dankbar dafür. »Samurai Showdown« war eine harte Nuss. Von 1.237 Seiten hatte sie bisher gerade mal rund vierzig geschafft, und auch die erst in einer Rohversion, mit der sie ihre Arbeit stets begann.

Mehr denn je malte er sich aus, dass er mit einer Gitanes Filter im Mund deutlich inspirierter nachdenken könnte. Er musste diesen Gedanken, diese Lust, wieder loswerden, irgendwie.

Der Flurfunk hatte gemeldet, dass das BKA Rosberg an diesem Morgen schon wieder in Behandlung hatte. Viel Vergnügen, dachte der Kommissar. Carl Reutemann, der sich gegen neun müde in sein Büro schleppte, inspirierte ihn jedenfalls nicht.

Oder vielleicht doch? War da was?

Michael Albers, der erste Tote. Sein Büro, leer, kein Computer, keine brauchbaren Unterlagen. Apfel wusste, dass da etwas war. Allerdings wusste er nicht, was. Er bedauerte immer wieder, dass es im wirklichen Leben keine Rückwärtstaste gab, wie an seinem iPod-Musikplayer. Oder »Apfel Z«, wie an seinem privaten Computer. Eine Taste, mit der man zurückspringen konnte. Eine Stunde zurück, einen Tag zurück, einen Fall zurück. Oder »Apfel C« und dann gleich »Apfel V« – ein Erlebnis, irgendetwas irgendwo kopieren und woanders wieder einsetzen. Schneide George W. Bush aus und setze ihn in der Wüste Gobi wieder ein, ohne Wasser.

Kommissar Paul Apfel wusste, dass er jetzt gerne zurückspringen würde ins Büro von Michael Albers.

Er hatte eine Eingebung und rief bei Reutemann an: »Du hast dreißig Sekunden, die Welt zu retten«, erklärte Apfel. »Komm sofort rüber. Und unterwegs überlegst du dir schon mal, was alles im Büro von Albers in Pasing rumlag, als wir das erste Mal dort waren. Versuch dich genau zu erinnern.«

Als der Inspektor in Apfels Zimmer kam, zählte er die Gegenstände auf und hörte sich dabei an wie früher die Kandidaten in Rudi Carrells »Laufendem Band«. Nur das Fragezeichen fehlte. »Aktenordner, jede Menge Aktenordner. CDs, Kabel, die roten Krieg-der-Sterne-Lautsprecher, die Schreibtischunterlage, die …«

»Stopp«, unterbrach ihn Apfel, »stopp, hör auf und hol die Schreibtischunterlage aus der Asservatenkammer. Und beeil dich.«

Irgendetwas war mit dieser Schreibtischunterlage. Paul Apfel war sich jetzt sehr sicher.

Es dauerte keine zehn Minuten, bis Carl Reutemann zurück war und ihm die Unterlage in Form eines großen Tischkalenders auf den Tisch warf. Die erste Seite war bis auf eine handschriftliche Notiz unbeschrieben. Die darunter liegenden Seiten interessierten den Kommissar nicht.

Apfel sah sofort, wonach er gesucht hatte. »Siehst du's auch?«, fragte er den Inspektor.

Carl Reutemann nickte langsam. »Ja, ich sehe es auch.«

Die einzige handschriftliche Notiz, die Albers (oder wer auch immer) auf der Schreibtischunterlage eingetragen hatte, lautete »JJ/MR«. Das war es, was Paul Apfel im entlegensten Winkel seines Gehirns aufgestöbert hatte.

JJ/MR.

»Das kann Jean Jabouille/Markus Rosberg bedeuten«, überlegte Reutemann, »muss es aber nicht«.

»Nein, das muss es nicht«, stimmte ihm Apfel zu, »aber ich fress einen Besen, wenn es das nicht bedeutet. Und das wäre die erste wirkliche Verbindung zwischen Mord Nummer 1 und Mord Nummer 3, die wir knüpfen können.«

»Vage«, dachte Carl Reutemann nach, »du weißt, dass das sehr vage ist. Sehr, sehr vage.«

»Natürlich weiß ich das. Bei mir ist alles vage, außer meinem Sternzeichen. Aber was haben wir sonst, mit dem wir weitermachen können?«

»Warum steht da nur JJ, Paul? Und nicht JJJ?«

»Da kann ich nur den hochverehrten Kollegen Glemser zitieren. Bin ich Jesus? Aber vergiss nicht, dass alle Leute, die bisher von Jabouille gesprochen haben, entweder Jean Jabouille gesagt haben – oder JJJ. Den Jacques spart sich irgendwie jeder. Wenn ihn Albers auch nur unter Jean Jabouille kannte, macht das JJ wieder Sinn. Wir müssen Rosberg diese Notiz zeigen. Vielleicht wird er dann gesprächiger.«

Zunächst mussten sie ihr Fundstück allerdings den Kollegen vorführen. »Ziemlich großer Notizblock«, bemerkte Marco Quester, als Paul Apfel mit der Schreibtischunterlage von Michael Albers in das Zehn-Uhr-Meeting der »Soko Stadion« marschierte.

»Ist wirklich ein großes Ding«, gab der Kommissar zurück, »wirst gleich sehen.«

Apfel wartete, bis Mona Maierhofer, die junge Kollegin vom BKA, die wenigen Neuigkeiten zusammengefasst hatte, die sich in den letzten Stunden ergeben hatten. Gartner war verhindert. Wodurch, wusste niemand so genau. Egal, Hauptsache, er war nicht da, dachte Apfel.

Schurti, der Mann vom Organisationskomitee, der drei lange Stunden gewartet hatte, bis er die Identität des Toten preisgegeben hatte, und dies dann auch nicht gegenüber der Polizei, sondern gegenüber einer Nachrichtenagentur – dieser Schurti war mittlerweile ausführlich befragt worden. Er redete sich damit heraus, dass er nach dem Auffinden der Leiche unter Schock gestanden hätte. Dadurch habe er sich mehrere Stunden lang nicht in der Lage gesehen, seine Gedanken zu sammeln und eine eindeutige Aussage zu machen. Er habe nicht einmal mehr gewusst, ob er Männlein oder Weiblein gewesen sei an diesem 1. Mai 2006.

Allerdings wiesen die mittlerweile überprüften Telefonprotokolle des WAFA-Büros in der Arena aus, dass es in den rund drei Stunden nach dem Auffinden der Leiche insgesamt einunddreißig Telefonate zwischen München und der WAFA-Zentrale in der Schweiz gegeben hatte – dreizehn Gespräche aus der Arena zur WAFA, achtzehn Telefonate von der WAFA in die Arena. Von dieser offenbar hektischen Krisenkommunikation, stellte Schurti empört klar, wisse er nichts. Diese Gespräche müssten von seinen Kollegen geführt worden sein.

Festzustehen schien jedenfalls, dass es gärte hinter den Kulissen des Fußball-Weltverbands. Maximaler interner Abstimmungsbedarf, das räumte selbst Schurti ein, sei notwendig derzeit bei den Schweizer Fußballbeamten, um diese schwere Krise zu bewältigen.

Darüber hinaus – nur Marginalien. Pillepalle. Aber immerhin charmant und uneitel dargeboten von Mona Maierhofer.

Rosberg, erfuhr die Runde, die mittlerweile den Charakter eines veritablen Krisenstabes angenommen hatte, ohne sich tatsächlich so zu nennen, hatte sich an diesem Morgen mindestens so hartleibig gezeigt wie tags zuvor.

Ein Team der Kantonspolizei Genf war unterwegs, um in der LaCroix-Zentrale in Montreux nach Hinweisen zu suchen. Die Ergebnisse würden schnellstmöglich nach München übermittelt. Dennoch müssten eventuell noch heute Beamte des BKA in die Schweiz aufbrechen, um die Ermittlungen bei LaCroix zu unterstützen. Ob Gartner als Vorhut vielleicht schon unterwegs war, konnte – oder mochte? – Mona Maierhofer nicht verraten.

Sie wollte die Veranstaltung bereits beenden, als Paul Apfel die Hand hob. »Mona, wir haben da noch was Interessantes entdeckt.«

Der Kommissar hielt seine Schreibtischunterlage in die Luft.

»Das ist die Schreibtischunterlage, die wir nach Mord Nummer 1 im Büro des Opfers Michael Albers gefunden haben.« Apfel legte eine dramaturgisch geschickte Kunstpause ein.

»Auf ihr ist eine einzige handschriftliche Notiz eingetragen.« Erneute Pause, die Hälse der Zuhörer reckten sich. »JJ Schrägstrich MR – JJ wie Jean Jabouille, MR wie Markus Rosberg.« Das leise Gemurmel, das jetzt einsetzte, gab keinen rechten Hinweis darauf, wie die Kollegen auf die Neuigkeit reagierten.

Jetzt stand Carl Reutemann auf und sprach weiter. »Das kann Jean Jabouille und Markus Rosberg bedeuten, muss es aber natürlich nicht. Aber wenn wir richtig liegen, wäre das der erste Link zwischen Jabouille, dem dritten Toten, und Rosberg, dem mutmaßlichen Mörder der ersten beiden Opfer.«

Das Gemurmel klang jetzt eher zustimmend, einige Kollegen nickten. Mona Maierhofer, die erstaunlich an Format und Selbstsicherheit gewonnen hatte während der letzten Wochen, bat um Ruhe.

»Auf jeden Fall interessant. Was schlagt ihr vor?«

Apfel musste nicht lange nachdenken. »Wir gehen mit dem Ding zu Rosberg und schauen, wie er reagiert.«

»Okay«, meinte die BKA-Beamtin, »dann treffen wir uns hier um 16 Uhr wieder.«

»Hoffentlich ist Gartner bis dahin nicht zurück«, flüsterte Carl Reutemann Apfel zu – allemal so laut, dass es ein großer Teil der Versammlung beim Verlassen des Besprechungsraumes hören konnte.

Dreißig Minuten später saßen der Kommissar und der Inspektor wieder auf ihren Plätzen im rundum grauen Verhörraum des Präsidiums. Die Schreibtischunterlage hatte Apfel auf dem Tisch platziert, allerdings mit der ominösen Notiz nach unten.

Heute kam Markus Rosberg schneller, und heute schien ein Beamter genügt zu haben. Apfel fiel auf, dass Rosberg abgenommen hatte. Und: Der Mann machte einen weniger bockigen Eindruck als am Tag zuvor. Er blickte Paul und Carl in die Augen, griff nach einer der erneut angebotenen Zigaretten, zündete sie sich an und – schwieg immer noch.

Okay, dachte Paul Apfel, dann rede ich eben. »Diese Schreibtischunterlage haben wir im Büro von Michael Albers gefunden. Sehen Sie, was da steht?« Apfel drehte den Block um. »JJ und MR.«

Rosberg warf einen eher desinteressierten Blick auf das Blatt und konzentrierte sich wieder auf seine HB.

»Ich sage Ihnen mal, wie ich mir das vorstelle«, fuhr der Kommissar fort. »MR – das sind Sie. JJ – das ist Jean Jabouille, der dritte Tote. Jetzt frage ich mich, was Sie mit Jabouille zu schaffen hatten, ob Sie Jabouille kannten und ob Sie wissen, wer und was hinter dem Mord an Jabouille steckt. Können Sie nachvollziehen, dass ich mich das frage, Herr Rosberg?«

Rosberg sah ihn an. Apfel hatte das Gefühl, dass er nahe dran war, den mutmaßlichen Doppelmörder zum Sprechen zu bringen, sehr nahe. Aber einfach noch nicht nahe genug. Es war, als wollte Rosberg sprechen – war sich aber noch nicht endgültig im Klaren darüber, was er sagen sollte.

Reutemann atmete tief durch und blickte fragend nach links zu Apfel. Nein, bedeutete ihm der Kommissar mit einem kaum wahrnehmbaren Kopfschütteln, heute keine Vorstellung des bösen Bullen. Sie würde hoffentlich nicht mehr nötig sein.

»Herr Rosberg«, nahm der Kommissar einen neuen Anlauf, »Sie wandern wegen zwei Morden lebenslänglich in den Bau und sehen fünfzehn Jahre lang keine Sonne und kein Meer. Sie haben nichts mehr zu verlieren. Jede Aussage, die Sie machen, kann Ihre Situation nur verbessern. Denken Sie einfach mal drüber nach.«

Dann zupfte er Carl Reutemann am Ärmel, griff sich seine Schreibtischunterlage und seinen Inspektor – und ging.

Wie überrascht ihnen der allein gelassene Rosberg möglicherweise hinterher sah, bekamen Apfel und Reutemann nicht mehr mit.

»Was war das denn jetzt, Paul?«, fragte der Inspektor, als sie auf dem kahlen und kalten Gang vor dem Verhörraum standen. »Der war knapp davor, endlich das Maul aufzumachen. Und du gehst einfach heim.«

»Junger Freund«, entgegnete Apfel, »erst einmal freut es mich, dass du auch gemerkt hast, dass er reden will. Andererseits ärgert es mich, dass du nicht verstehst, warum ich gegangen bin. Jetzt hätte er vielleicht ein bisschen was gesagt. Heute Nachmittag wird er überlaufen vor lauter Glück, dass er uns alles erzählen darf.«

»Dein Wort in Gottes Ohr«, gab Reutemann zurück. »Ich weiß ja, dass bei dir die Seele eines uralten weisen Indianers im Körper eines jungen Mannes steckt. Hoffentlich behältst du mit deiner jahrzehntelangen Erfahrung Recht.«

Nun sollte Rosberg drei, vier Stunden Zeit zum Nachdenken bekommen. Wichtig, das wusste Paul Apfel ganz genau, war es jetzt nur, dass keiner der BKA-Folterknechte Rosberg zwischenzeitlich in die Klauen bekam. Er würde das nicht mit Mona Maierhofer klären, sondern direkt mit dem Polizeipräsidenten.

Als er in sein Büro kam und Heger anrufen wollte, hatte er Besuch. »Küss die Hand«, begrüßte ihn Hannes Glemser, der sich auf Apfels Bürostuhl gezwängt hatte.

»Hannes, bitte wart drei Minuten«, sagte der Kommissar, »ich muss telefonieren.«

Hegers Sekretärin Julia Baier erklärte mit ihrer rauchigen Stimme, dass sie den Chef erst in einem der umliegenden Büros aufstöbern müsse.

Der Polizeipräsident war hörbar ungehalten ob der Störung. »Was gibt es denn so Wichtiges, Apfel?«

»Ich habe gerade mit Rosberg gesprochen. Er zwar nicht mit mir – aber ich glaube, dass ich ihn kurz davor habe. Ich will ihn heute um halb drei noch mal haben.«

»Können Sie, können Sie«, erwiderte der Präsident, »Sie können auch zu ihm in die Zelle ziehen und ihm das Brusthaar ondulieren, wenn er nur endlich den Mund aufmacht.«

»Danke für das Angebot, ich werd drüber nachdenken«, antwortete Apfel, »aber Sie müssen mir auch einen Gefallen tun: Vorher darf ihn niemand in die Mangel nehmen. Wenn er redet, dann mit mir.«

Apfel konnte hören, wie Heger unter großem Geraschel in seinen Unterlagen kramte. »Zwei tüchtige Psychologen vom BKA sind um zwei bei ihm.«

»Blasen Sie's ab«, bat Apfel.

»Ich werde sehen, was ich tun kann«, brummte der Polizeipräsident und legte auf.

»So.« Hannes Glemser drehte sich auf Pauls Stuhl nun vom Fenster weg wieder in Richtung Büro. Der Kommissar nahm in seinen eigenen vier Wänden auf dem Besucherstuhl Platz, auch egal.

»Und, Hannes, was treibt dich aus deinem gemütlichen Krematorium Ost mit deinen fünfzehn wunderbaren Mitarbeitern zu mir?«

»Nummer 4.«

»Wie? Nummer 4?«

»Wenn du Pech hast, liegt demnächst Leiche Nummer 4 für dich in der Arena zur Abholung bereit.«

Jetzt kapierte Apfel. Doch er blieb merkwürdig gelassen. Hatte ihn der Tod von Jean-Jacques Jabouille noch aus der Spur geworfen, spürte er diesmal nur Leere. Drei oder vier oder auch fünf Tote – das machte jetzt keinen großen Unterschied mehr für ihn.

Er wollte nur noch diesen Fall lösen, seinen inneren Frieden wieder finden und danach zurückkehren in seine bisweilen schräge Landshuter Welt.

Was hatte Glemser gesagt? Wenn du Pech hast?

»Komm, Hannes, Butter bei die Fische. Ich ertrag die Wahrheit. Was ist Sache?«

Glemser berichtete. Rubinho, der brasilianische Star-Stürmer des FC Bayern, die Tormaschine aus dem Amazonasgebiet, die große WM-Hoffnung Brasiliens, dessen Name sogar Paul Apfel etwas sagte, war gestern unentschuldigt nicht zum Training erschienen. Und er war auch heute unentschuldigt nicht zum Training erschienen.

Seinen luxuriösen 480 PS starken Audi-RS-6-Sportkombi hatte die Polizei vor zwei Stunden im Münchner Vorort Garching ganz in der Nähe des Flughafens in einem Waldstück gefunden. Aufgebrochen, die Front beschädigt. Am Lenkrad und am Armaturenbrett Blutspuren. Nur von Rubinho, dem Jungle-Boy aus Manaus, keine Spur.

Noch hielt der FC Bayern die Sache unter der Decke und erklärte den beim Training stets herumlungernden Journalisten die Abwesenheit Rubinhos mit einer Bronchitis, wegen der er das Bett hüten müsse. Lange würde sich dieses Spielchen allerdings nicht mehr durchhalten lassen.

Emma Keßlers Stimme schepperte aus dem Lautsprecher des Telefons. »Heger lässt dir ausrichten, dass du Rosberg für dich allein hast. Du wirst wissen, was er damit meint, hat er gesagt.«

Paul Apfel wusste es. Immerhin etwas.

»Woher weißt du das, Hannes?«

»Der FC Bayern hat das BKA informiert, und die haben mir Bescheid gegeben, falls irgendeiner der Blitzgneißer von ›Bild‹ was mitkriegt und bei uns nachfragt. Dann bin ich gebrieft und steh nicht ganz so dumm da wie sonst, verstehst?«

»Blitzgneißer?«

»Wienerisch für Schnellspanner, Paul.«

»Kapier ich nicht. Und das BKA rechnet stündlich mit der Ankunft von Rubinho in der Arena?«

»In horizontaler Position, Paul. Nein, keiner weiß was, ist eh klar. Aber es würde fein ins Bild passen.«

»Hat der Mann Familie?«, fragte der Kommissar.

»Hier in Deutschland anscheinend nicht. Nur ständig wechselnde Freundinnen, der reinste Harem«, antwortete Glemser, »dazu einen Clan von Freunderln aus Brasilien und einen ziemlich dubiosen Manager, der die Vaterrolle gibt.«

»Und ist mit denen schon geredet worden?«

»Wer das aktuelle Mädel ist, wissen sie nicht einmal bei Bayern – und der Herr Manager weiß auch nicht, wo seine Geldquelle steckt. Er sagt, er wär ja nicht der Kindergärtner von Rubinho. Hinter seinem Brasilo-Clan rennt der FCB gerade her, aber die sind wie ein Sack voller Flöhe.«

»Dass jemand jetzt unerkannt einen toten Brasilianer in die Arena transportiert«, überlegte der Kommissar, »kann ich mir nicht vorstellen. Das Gelände ist nach dem Mord an Jabouille wieder bestens bewacht.«

»Ich kann mir so vieles nicht vorstellen«, dachte Hannes Glemser laut nach, »und es passiert trotzdem.«

Dann schlug der Piepser des Österreichers Alarm. Glemser stemmte sich aus Apfels Stuhl und verabschiedete sich mit einem original wienerischen Bye-Bye. »Ba-Ba, Paul.«

Der Kommissar rief nebenan bei Carl Reutemann an. »Nummer 4«, raunte er ins Telefon. Der Inspektor war ein besserer Blitzgneißer als er.

»Nein«, sagte Carl, »nein, keine Nummer 4. Du verarschst mich, Paul, oder?«

»Komm rüber«, erwiderte Paul Apfel.

Keine fünf Minuten später hatte er Carl die Rubinho-Geschichte erzählt. Der Inspektor blieb unbeeindruckt.

»Die sind alle total hysterisch«, befand er, »wir mit eingeschlossen. Morgen taucht Rubinho wieder auf beim Training. Wahrscheinlich hat er Zahnweh und weiß vor lauter Schmerzmitteln nicht mehr, wie er heißt und ob er sechs oder acht Millionen im Jahr verdient.«

»Oder er liegt morgen mit der Nummer 4 in der Arena«, gab Paul zurück und biss in die Leberkässemmel, die ihm Emma Keßler mitgebracht hatte und die heute seine gesamte Marschverpflegung darstellte. »Stell dir vor, Brasiliens Superstar endet im deutschen Nationaltrikot mit der Nummer 4. Total absurd.«

Der Kommissar wischte sich Reste von süßem Senf vom Mundwinkel, leckte den pappigen Senffinger genüsslich ab und schaute auf die Uhr. Es war Zeit aufzubrechen zum nächsten Tête-à-tête mit Markus Rosberg. Vielleicht zum entscheidenden Tête-à-tête.

Zehn Minuten später saßen sich Paul Apfel, Carl Reutemann und Markus Rosberg gegenüber, als hätten alle drei ein Schweigegelübde abgelegt.

Rosberg rauchte eine HB und eine zweite. Es breitete sich eine fast klösterliche Stille aus, die der Kommissar unter anderen Umständen durchaus als erholsam empfunden hätte. Weder Apfel noch Reutemann wagten, Rosberg zu bedrängen. Er würde sprechen, irgendwann, bald, jetzt, ganz von alleine. Das spürten die beiden Polizisten.

Der dünne blonde Mann griff nach einer weiteren HB, der dritten innerhalb von kaum zehn Minuten, und begann noch hektischer als zuvor an der Zigarette zu saugen. Und dann sprach Markus Rosberg. Langsam, leise, vielleicht sogar zu leise für das ständig im Nebenraum mitlaufende Tonband. Aber allemal so laut, dass der Kommissar und der Inspektor verstehen konnten, was ihnen der Import-Export-Spezialist zu sagen hatte.

»Ich war es nicht«, sagte Markus Rosberg, und es war kaum mehr als ein Flüstern, »ich habe Albers und den Penner nicht umgebracht. Ich möchte den Anwalt dabei haben.«

22

Jetzt war es raus.

Apfel war erleichtert, einerseits. Nun würde wieder Bewegung in die Ermittlungen kommen. Er konnte nur hoffen, dass Rosberg noch mehr zu sagen hatte, noch mehr Substanzielles vor allem. Andererseits standen sie nun wieder ganz am Anfang. Alles, was sie bisher an Ergebnissen vorzuweisen hatten, den mutmaßlichen Mörder, das mutmaßliche Tatmotiv – ab damit in die Präsidiumstoilette und einmal kräftig an der Schnur für die Spülung ziehen.

Das alles ging dem Kommissar durch den Kopf an diesem 2. Mai 2006, binnen weniger Sekunden, nachdem Markus Rosberg den entscheidenden Satz ausgesprochen hatte: »Ich war es nicht.«

»Sehr schön«, sagte Paul Apfel, »sehr schön, es geht doch. Wir holen Ihren Verteidiger dazu und sehen uns dann wieder. Die Zigaretten dürfen Sie behalten.«

Es dauerte fast zwei Stunden, bis der Rechtsverdreher im Präsidium auftauchte – Apfel hatte nicht viel für den Anwaltsstand übrig und hielt die meisten Verteidiger für Rechtsverdreher, die mehr ihren eigenen Profit als den Sieg der Gerechtigkeit im Sinn hatten und außerdem geschlossen FDP wählten.

Paul Apfel und Carl Reutemann saßen die Zeit im Büro des Kommissars ab und hofften, dass Rosberg zwischendurch die neu gewonnene Lust am Reden nicht wieder verlieren würde. Apfel hatte intuitiv entschieden, vorerst weder den Polizeipräsidenten noch das BKA von der neuesten Wendung des Falls zu informieren – er befürchtete, dass er andernfalls keine Möglichkeit mehr bekommen würde, Rosberg in Ruhe zu befragen.

Der Anwalt Phillip Ertl war vielleicht Anfang dreißig, wirkte in seinem dunkelblauen Anzug wie ein übrig gebliebener Konfirmand und war eine fahle, farblose Erscheinung. Insofern passte er immerhin ausgezeichnet zu Markus Rosberg. Dafür war er ziemlich freundlich, höflich und bemüht.

»Tut mir Leid, dass Sie so lange warten mussten«, entschuldigte sich Ertl, dessen hohe Stimme seine Erscheinung perfekt ergänzte. Der Kommissar beschloss, dass er den Mann Westerwelle taufen würde. »Ich musste kurzfristig für einen erkrankten Kollegen in einen Termin.«

»Kein Problem, wir können ja nicht erwarten, dass Sie den ganzen Tag rumsitzen und auf unseren Anruf warten«, gab Apfel mit einer Freundlichkeit zurück, die ihn selbst überraschte.

»Herr Rosberg will eine neue Aussage machen?«, fragte der Anwalt. »Das erstaunt mich doch nach den bisherigen beiden Gesprächen, die ich mit ihm hatte.«

Wenig später saßen sie zu viert im Verhörraum. Apfel und Reutemann bezogen ihre mittlerweile angestammten Plätze. Rosberg saß ihnen gegenüber, wie immer. Der Anwalt nahm neben Rosberg Platz. Er förderte einen billigen blauen Plastikkugelschreiber und einen Schreibblock aus seinem dicken schwarzen ledernen Aktenkoffer zutage. Die nächsten gut eineinhalb Stunden schrieb Ertl so eifrig mit, wie sich das für einen tüchtigen Pennäler ziemte. Ansonsten verhielt er sich still und unauffällig.

Es waren spannende und interessante neunzig Minuten, vielleicht die interessantesten der vergangenen gut drei Wochen. Rosberg wirkte auf die beiden Polizeibeamten wie die sprichwörtliche Ketchup-Flasche – aus der zunächst nichts herauskommt und dann plötzlich alles auf einmal.

»Können wir das Ende unseres letzten Gesprächs für das Protokoll und für Herrn Ertl noch einmal rekapitulieren?«, begann Paul Apfel, »Sie ziehen Ihr Geständnis zurück und behaupten nunmehr, dass Sie Michael Albers und Karl Grünaug nicht ermordet haben.«

Rosberg stieß den Rauch seiner HB durch die Nase aus und nickte.

»Nicken reicht nicht«, forderte ihn Apfel auf, »Nicken können wir nicht protokollieren.«

»Ja«, erwiderte Markus Rosberg in resigniert und müde klingendem Tonfall, »ich meine, nein. Ich war es nicht. Ich habe weder Albers noch diesen Penner Grünaug ermordet. Ich habe mit beiden Morden nichts zu tun.«

Westerwelle ließ seinen Kuli über das Papier flitzen.

»Schön«, sagte der Kommissar, »sehr schön. Dann wären wir

auch schon bei der zentralen Frage. Warum haben Sie bisher behauptet, der Mörder gewesen zu sein? Gefällt es Ihnen gar so gut bei uns?«

Rosberg nahm sich Zeit für seine Antwort, als wolle er dem mitschreibenden Anwalt die Möglichkeit geben, mit seiner Aussage Schritt zu halten.

Dann sprach er weiter. »Weil ich bezahlt wurde.«

»Bezahlt?«, fragte Carl Reutemann. »Von wem? Für was?«

»Dafür, dass ich die beiden Morde auf meine Kappe nehme. Fünfhunderttausend Euro haben sie mir versprochen.«

»Für fünfhunderttausend Euro gehen Sie freiwillig lebenslänglich in den Knast? Sie sind wahnsinnig.«

»Blödsinn«, antwortete Rosberg. Er legte zwischen seinen einzelnen Zigaretten jetzt keine Pausen mehr ein, sondern rauchte mehr oder weniger ununterbrochen. »So verrückt bin nicht einmal ich. Mir wurde zugesichert, dass sich der Fall so entwickeln würde, dass ich spätestens nach der Weltmeisterschaft wieder draußen bin. Diese paar Wochen, dachte ich mir, die sitze ich leicht aus.«

Apfel begnügte sich mit der Rolle des stillen Beobachters und ließ Carl Reutemann weiterfragen. Rosberg begann schwer zu husten, bestimmt eine Minute lang. Es war ein trockener, bellender Raucherhusten, der Carl Zeit gab, nachzudenken. Als Rosberg sich erholt hatte, zündete er sich unbeeindruckt eine weitere Zigarette an. Dieser Mann qualmte, als gäbe es kein Morgen.

»Zweite zentrale Frage«, legte Reutemann nach, »wer sind *die*? Die, für die Sie freiwillig in den Knast sind? Die Chinesen?«

»Quatsch«, gab Rosberg zurück, »der Mann ist Schweizer, soweit ich weiß, und heißt Modena, Vitantonio Modena.«

Nun musste sich Apfel doch einmischen. »Ist das der nächste Bär, den Sie uns aufbinden, Rosberg? Erst waren's die Chinesen, jetzt ziehen Sie ein Kaninchen namens Modena aus dem Hut? Heißt der Mann nicht vielleicht doch eher Bruno Bologna oder Riccardo Rimini? Lange genug Zeit zum Ausdenken Ihrer Schauermärchen hatten Sie ja.«

Carl Reutemann wollte sich das Heft diesmal nicht aus der Hand nehmen lassen und schaute Apfel ungehalten an. »Wie soll das gelaufen sein, dieser Deal?«

Nun sprach Markus Rosberg fast ohne Unterlass, annähernd fünfunddreißig Minuten lang. Er brauchte elf HB mit Filter dafür, Paul Apfel zählte mit.

»Sie wissen«, begann Rosberg, »dass ich im Asien-Import-Export tätig bin. Oder besser war, wenn es dumm läuft. Einzelheiten zu meinen Geschäften tun hier nichts zur Sache. Jedenfalls hatte ich nie so viel Ärger mit der Schweizer Polizei, dass sie mich verhaften oder aus dem Land werfen konnten. Sie hatten immer ein Auge auf mich, konnten aber nichts tun. Ich bin ja auch nicht ganz blöd.«

Rosberg schwitzte jetzt, Apfel konnte Schweißtropfen auf seiner Stirn erkennen. Die vier Männer heizten mit ihrer Körperwärme den Raum auf. Der Kommissar hatte einmal gelesen, dass jeder menschliche Körper in etwa die Wärme einer 100-Watt-Glühbirne abstrahlt. Hier im Raum saßen an diesem Tag aber offenbar vier Halogenscheinwerfer.

»Im Februar«, fuhr Rosberg fort, »erhielt ich einen Anruf von einem Mann, der sich mir als Vitantonio Modena vorstellte. Er behauptete, dass er ein Schweizer Geschäftsmann sei und einen Fünfhunderttausend-Euro-Deal für mich hätte. Da bin ich natürlich hellhörig geworden. Das wären Sie vermutlich auch.«

Reutemann forderte Rosberg mit einer unwirschen Handbewegung auf, weiterzureden. »Dawai, dawai.«

»Wir haben uns in Lugano getroffen, drei oder vier Tage später. Es war eine klassische Erpressung. Modena wusste mehr von meinen Asien-Geschäften, als die Polizei je erfahren durfte.«

»Was wusste er?«, ging der Inspektor dazwischen.

»Produktpiraterie«, erklärte Rosberg und trat eine weitere HB auf dem grauen Linoleumboden aus, »gefälschte Trikots, gefälschte Hosen, gefälschte Schuhe, gefälschte Kappen. Gehen Sie in Tschechien, in Italien, in Spanien oder in Russland in einen Laden und kaufen Trikots oder sonst irgendeinen Krempel von Madrid, Barcelona, Manchester oder von Bayern. Sie haben eine Chance von mindestens fünfzig Prozent, dass ich das Zeug von Asien nach Europa geschafft habe. Oder glauben Sie, irgendjemand kauft in einer Strandbude in Rimini ein Original-Trikot des FC Bayern für einen Wucherpreis von siebzig oder achtzig Euro?«

»Und das wusste er alles?«

»Seine Unterlagen waren besser als meine. Er hatte alle Einfuhren der letzten dreißig Monate in einer Liste, und er wusste, was zusammen mit dem ganzen Sportkrempel außerdem noch von Asien nach Europa verschifft wurde.«

»Das wäre?«

»Tut nichts zur Sache«, winkte Rosberg ab, »ein bisschen Arbeit soll für Sie schon noch übrig bleiben. Jedenfalls war Modena bestens informiert, und mir war klar, dass ich in der Scheiße stecke.«

»Kennen Sie Modenas Quelle?«

Nun standen auch auf Rosbergs Oberlippe Schweißtropfen, und rund um die Achseln begannen sich dunkle Flecken auf seinem T-Shirt abzuzeichnen – genau wie bei der Kanzlerin bei den Bayreuther Festspielen 2005, als sie noch nicht Kanzlerin war. Es roch jetzt nicht mehr gut im Verhörraum des Polizeipräsidiums. Es stank vielmehr, nach Rauch, nach Schweiß, nach den nervösen Ausdünstungen von vier angespannten Männern, die das allerdings nur am Rande registrierten. Wer den Raum nun von außen betreten würde, hätte allerdings größere Schwierigkeiten, den Geruch zu ignorieren. Apfel pfurzte vernehmbar. War jetzt auch schon egal.

»Nein, die kenne ich bis heute nicht«, antwortete der ehemalige Mörder Rosberg, »aber wenn ich eins und eins zusammenzähle, dann komme ich auf einen Namen.«

»Und«, rief Carl Reutemann, sprang auf und verlor kurz die Beherrschung, »was ist das für ein Name? Herrgott, lassen Sie sich doch nicht alles aus der Nase popeln.« Der Inspektor erntete einen besorgten Blick des immer noch hektisch mitschreibenden Anwalts Ertl.

»Horst Weidler«, antwortete Rosberg, »er kann diese Informationen eigentlich nur von Horst Weidler haben. Weidler ist der Mann, in dessen Auftrag ich in den letzten drei Jahren Schiffsladungen von gefälschten Sportartikeln nach Europa geschafft habe und der hinter einem großen Teil der Fälschungen steckt.«

»Wer ist dieser Weidler«, fragte Reutemann, nun wieder ruhig, zurück, »und wo finden wir ihn?«

Rosberg lachte kurz auf. »Sie sind naiv. Sie meinen, Sie schlagen ein Telefonbuch von St. Gallen oder Zürich auf, suchen nach

W wie Weidler, finden dort einen Horst Weidler, vielleicht auch noch mit Berufsbezeichnung ›Produktpirat‹, und laden sich zum Kaffeekränzchen ein? Nein, so läuft das nicht, Herr Reutemann.«

»Okay – wie läuft es dann?«

»Das ist eine brutal große Branche, wenn man das so nennen darf. 2003 hat irgendjemand den weltweiten volkswirtschaftlichen Schaden durch Produktpiraterie auf fünfhundert Milliarden Dollar beziffert. Eine halbe Billion. Können Sie sich das vorstellen?«

»Rosberg, vielen Dank für den BWL-Lehrgang«, erwiderte der Inspektor, »was wollen Sie mir damit sagen? Klartext bitte.«

»Ich habe Weidler nie kennen gelernt. Ich weiß nicht einmal, ob er wirklich Horst Weidler heißt. Vor Weidler steht ein Strohmann und vor dem Strohmann noch einer und davor ein Dritter und ein Vierter. Das sind die Jungs, die sich die Finger dreckig machen, und nicht ein Weidler. Keine Ahnung, wer Weidler wirklich ist. Vielleicht ist Jabouille Weidler auf die Spur gekommen. Oder vielleicht war Jabouille selbst Weidler, weil er lieber gefälschte LaCroix-Trikots verkaufte als gar keine. Vielleicht gibt es gar keinen Weidler, und zwei, drei clevere Jungs haben ihn als Phantom erfunden, dem nun alles nachjagt.«

Apfel war einmal mehr überrascht von Rosberg. Nein, der Mann war weiß Gott nicht dumm – nur offenbar zu leicht beeinflussbar, zu labil, zu gierig und zu faul für richtige Arbeit.

Carl Reutemann wechselte das Thema. »Und was war der Deal? Mit Modena?«

»Ganz einfach. Er vergisst, was er über mich weiß. Und ich muss ihm den einen oder anderen Gefallen tun. Der erste Gefallen war kein großes Problem. Albers, der Journalist, war Weidler offenbar auf die Spur gekommen. Modena nannte ihn natürlich nicht Weidler, sondern nur ›den Chef‹. Ich gehe aber davon aus, dass der gemeint war, der für mich Weidler war.«

Rosberg riss fahrig eine neue Schachtel HB auf.

»Jetzt kommt wieder die Fernsehsache ins Spiel, die Sie schon kennen. Ich sollte Albers Material zuspielen, das mir Modena geben wollte. Also eigentlich genau so, wie ich Ihnen das erzählt habe. Nur dass das Zeug nicht von den Chinesen kommt, sondern von Modena oder Weidler oder wie immer Sie wollen.«

»Wer garantiert uns, dass Ihre zweite Version nicht genauso Humbug ist wie die erste?«, fragte Reutemann.

»Niemand«, erwiderte Rosberg und presste die Lippen zusammen. »Niemand – aber haben Sie eine bessere Version? Ich kann Ihnen nur sagen, wie es wirklich war. Ob Sie mir glauben und was Sie draus machen, ist allein Ihre Angelegenheit.«

»Weiter«, erwiderte der Inspektor knapp. Für einige Sekunden waren die einzigen Geräusche, die zu hören waren, das lautstarke Inhalieren des Rauches von Rosberg und das Britzeln einer Fliege, die an der grellen Neonröhre über ihnen verschmorte.

Paul Apfel bat um eine Pause. Er musste pinkeln, dabei noch mal in Ruhe pfurzen und wenigstens ein, zwei Minuten frische Luft atmen.

Einige Augenblicke standen Apfel, Reutemann und der junge Anwalt nebeneinander an drei Urinalen im Untergeschoss des Präsidiums und erleichterten sich.

»Weniger glamourös«, sagte Apfel und starrte die geflieste weiße Wand vor seiner Nase an, »kann Polizeiarbeit überhaupt nicht sein.«

Die Toilette roch nach Urin, sein Hemd stank nach Rauch wie nach einem mehrstündigen Wirtshausbesuch, und sie waren noch längst nicht fertig mit Markus Rosberg. Ihm fiel ein, dass sie sich nicht offiziell für das 16-Uhr-Meeting abgemeldet hatten. Paul Apfel ging aber davon aus, dass Heger ihre Abwesenheit als selbstverständlich voraussetzen würde angesichts ihres Rendezvous mit Rosberg.

Nach gut fünf Minuten Pause kehrten sie zurück.

Carl Reutemann versuchte, den Faden wieder aufzunehmen. »Okay. Albers. Sie haben also Kontakt zu Albers aufgenommen und ihm die Unterlagen übergeben?«

»Nachdem ich ihn angefixt hatte, war er total gierig auf das Zeug. Ich habe ihm immer wieder klargemacht, wie brisant und gefährlich dieses Material ist. Ich habe ihm eingeschärft, dass er die Daten nur auf einem einzigen Computer speichern darf, den er immer bei sich haben muss. Ich habe ihm sogar Informationen besorgt, wie er eine Festplatte so löschen kann, dass sie garantiert nicht mehr wieder hergestellt werden kann. Modena wollte auf keinen Fall, dass der Unsinn mit den Fernsehquoten versehentlich irgendwo ans Licht kommt. Und ich habe mir dreißigtausend Euro Vorschuss geben lassen.«

Nun wussten Reutemann und Apfel also auch, warum die Festplatte gelöscht worden war.

»Allerdings«, fuhr Rosberg fort, »gab es keine Auseinandersetzung mit Albers. Und ich habe ihn nicht umgebracht. Als ich ihn das letzte Mal gesehen habe, war er quicklebendig, gesünder und fitter als wir vier hier zusammen.«

»Aha«, warf Carl Reutemann ein, »das lassen wir einfach mal stehen. Nächstes Rätsel. Warum haben Sie dann behauptet, dass Sie Albers und Grünaug ermordet haben?«

Rosberg fuhr sich mit den Händen nervös durchs Gesicht und verbrannte sich beinahe die Finger an der HB, die in seinem Mundwinkel steckte. »Modena hatte mich in der Hand, das verstehen Sie. Der erste Gefallen mit Albers war kein Problem, das war Alltagsarbeit für mich. Der zweite Gefallen war härter. Falls sich Modena und seine Kollegen gezwungen sehen sollten, Albers zu eliminieren, müsste ich den Mord auf mich nehmen. Dafür sollte ich fünfhunderttausend Euro bekommen.«

»Versteh ich nicht«, erwiderte Reutemann. »Was haben Sie von fünfhunderttausend Euro, wenn Sie für einen Mord fünfzehn Jahre im Knast sitzen?«

»Hab ich Ihnen doch schon gesagt«, blaffte Rosberg ungehalten zurück, »ich sollte nicht lange sitzen. Die Abmachung war, dass ein weiterer Mord in genau dem gleichen Stil stattfinden sollte, während ich schon im Knast saß. Das hätte dann schon mal erhebliche Zweifel ausgelöst, ob ich Albers überhaupt umgebracht habe. Nach der WM wollten sie mir dann ein zweifelsfreies Alibi verschaffen und die Geschichte so hindrehen, dass ich mit ein paar Monaten wegen Vortäuschung einer Straftat oder so was davonkomme. Die WM war immer das ganz große Thema für ihn. Anscheinend haben sie sich davon die ganz großen Deals erhofft.«

»Und das haben Sie geglaubt? Sie sind doch dümmer, als ich gedacht habe, Rosberg.«

»Erstens hatte ich keine andere Wahl – das Material von Modena war auch seine paar Jahre wert. Dann die fünfhunderttausend –

Mann, so viel Geld. Und außerdem wissen die nicht, was ich über Weidler weiß und was nicht. Wenn sie mich zu lange im Bau schmoren lassen, könnte ich vielleicht auspacken. Ich hab mir einfach gedacht, dass die das nicht riskieren. Hey, ich bin ein Zocker, sonst würde ich nicht hier sitzen.«

»Und der Penner? Grünaug?«, setzte Reutemann nach.

»Von dem war nie die Rede. Als ich in Lindau gehockt bin, ist plötzlich Modena aufgetaucht und meinte, blöderweise gibt es jetzt noch eine zweite Leiche, die ich übernehmen muss. Irgendjemand ist ihnen als Augenzeuge in die Quere gekommen, als sie Albers umgebracht haben. Das war mir dann auch schon egal. Außerdem hat er einen anständigen Honoraraufschlag in Aussicht gestellt.«

»Und dann?«

»Dann hat Modena mit mir einen Tag lang die Chinesensache gepaukt. Alle Namen, alle Daten, den ganzen Kram. Irgendwann nachts um drei war er endlich zufrieden und zog ab.«

»Kennen Sie Jean Jabouille?«, fragte Apfel dazwischen.

»Nie gesehen, nie gesprochen«, antwortete Rosberg, »aber natürlich kenne ich den Namen. Ich hab schließlich seine Klamotten in rauen Mengen verkauft, wenn auch nicht die echten. Sie meinen wegen der Notiz auf dem Schreibtisch von Albers?«

»Genau.«

»Wahrscheinlich hatte Albers Kontakt mit mir und mit Jabouille. Vielleicht hat er sich für irgendeinen Tag vorgenommen, mich und auch Jabouille anzurufen. Keine Ahnung, was da war.«

Eine Frage hatte Apfel noch. »Wissen Sie, was ich nicht ganz verstehe? Warum haben Sie sich nicht an die Abmachung mit Modena gehalten? Warum spielen Sie Ihr Spiel nicht weiter bis nach der WM und warten, bis man Sie vielleicht wirklich rausholt?«

Rosberg schwieg. »Die DNA«, antwortete er schließlich, »Sie haben mir gesagt, dass man mein Genmaterial bei Albers und bei dem Obdachlosen gefunden hat. Herrgott, ich habe Albers vor seinem Tod mindestens eine Woche nicht gesehen, und den Penner nie in meinem ganzen Leben. Wie kommt dann mein Genmaterial an die Leichen?«

»Interessante Frage«, erwiderte Apfel.

Rosberg hatte eine Antwort parat, ohne zu zögern. »Ich kenne den Trick von einem Chinesen, mit dem ich mal zu tun hatte. Du sammelst auf Vorrat Kopfschuppen, Hautschuppen und Haare von jemandem und nimmst Speichelproben. Dazu reichen schon ein paar Zigarettenkippen. Wenn du es besonders gründlich machen willst, schläferst du ihn ein, nimmst ihm Blut ab und kratzt ihm vielleicht sogar noch den Dreck unter den Fingernägeln heraus. Und die ganz Harten organisieren eine Prostituierte und zapfen ihr danach das Sperma ab. Das ganze Zeug drapierst du dann am Tatort oder an einer Leiche – und bingo!«

»Und Sie meinen, bei Ihnen war es so?« Jetzt verstand Paul Apfel auch das kurze Entsetzen, mit dem Rosberg auf die Information reagiert hatte, dass bei beiden Toten sein Genmaterial gefunden worden war.

»Sieht doch so aus, oder? Ich hab ein paar Tage darüber nachgedacht. Aber jetzt bin ich mir ganz sicher, dass die einen Teufel tun und mich hier rausholen. Am liebsten würden die mich bis an mein Lebensende hier hocken lassen.«

»Und wenn ich Ihnen mit der DNA einen Bären aufbinden wollte?« Der Kommissar versuchte jetzt, Rosberg zu provozieren.

Der Mann dachte kurz nach. »Glaub ich nicht. Kann ich mir nicht vorstellen. Und wenn, wär's auch egal. Ich habe viel nachgedacht die letzten Tage. Ich weiß einfach zu wenig, um für die eine wirkliche Gefahr zu sein. Die sind froh, wenn einer für ihre Geschäfte in den Knast wandert. Ist doch so, oder? Ich habe Ihnen jetzt so gut wie alles erzählt, was ich weiß – und was hilft's Ihnen weiter? Haben Sie jetzt jemanden anderen zum Verhören oder Verhaften?«

Jetzt musste Apfel kurz nachdenken. »Nein, haben wir nicht«, antwortete er schließlich, »haben wir wirklich nicht. Aber das soll erst einmal nicht Ihr Problem sein. Ihnen ist klar, dass Sie vorerst in Haft bleiben?«

Der Kommissar wandte sich an Ertl, den schweigenden Anwalt. »Natürlich kann Ihr Verteidiger einen Haftprüfungstermin beantragen. Ich weiß allerdings nicht, ob das viel Sinn haben wird.«

»Darüber« antwortete Westerwelle und blickte von seinen voll geschriebenen Blättern hoch, »werde ich mit meinem Mandanten und meinen Kollegen in Ruhe nachdenken.«

»Und«, fügte Paul Apfel in Richtung Rosberg hinzu, »beizeiten werden sich auch meine Kollegen von der Wirtschaftskriminalität für Sie interessieren. Ihnen wird hier bestimmt nicht langweilig die nächsten Wochen und Monate.«

Markus Rosberg zog an seiner letzten Zigarette während dieses Verhörs und stieß den Rauch laut hörbar wieder aus. Von zwei Schachteln HB war nun nur noch eine gute halbe übrig. »Befürchte ich auch«, gab er zurück.

»Trotzdem«, ergänzte der Kommissar, »danke erst mal für Ihre Mithilfe. Wenn Sie weiter mit uns zusammenarbeiten, ist das das Beste, was Sie für Ihre Zukunft tun können.«

Fünf Minuten später saß er mit Carl wieder in seinem Büro. Wenn er genauso nach Rauch stank wie Reutemann, dachte Apfel, dann würde ihn Äpfelchen erst einmal zwei Stunden zum Auslüften auf den Balkon stellen.

»Mann, Carl«, sagte der Kommissar und atmete tief durch, »da kann ich genauso gut wieder selber rauchen. Wahrscheinlich wäre das gesünder.«

Apfel blätterte am PC durch seine internen Mails. Glemser hatte geschrieben. Rubinho war auch zum Nachmittagstraining des FC Bayern nicht aufgetaucht. Schöne Scheiße, hatte der Pressesprecher geschrieben.

»Und jetzt«, fragte Carl Reutemann schließlich, »jetzt haben wir so viele neue Informationen – und wissen nicht, was wir damit anfangen sollen und wo wir anfangen sollen.«

Doch an diesem Tag wollte Paul Apfel gar nichts mehr anfangen. Seine Augen brannten, sein Magen schmerzte vor Hunger, und er wollte nur noch raus. Raus aus diesem Büro, raus aus diesem Präsidium. Weg von Rosberg, weg von Rubinho, weg sogar von Carl Reutemann.

Auf der Heimfahrt nach Landshut blieb sein iPod stumm.

23

Der Kommissar war früh im Bett an diesem Abend. Er schlief schlecht, und er träumte schwer.

Es war sogar vollkommener Wahnsinn, was er träumte in dieser Nacht.

Apfel wohnte in diesem Alptraum, wie in seiner Kindheit in München, in einem Mehrfamilienhaus mit zehn, zwölf Parteien, fünfter Stock, ganz oben. Plötzlich tauchten vor dem Balkon Hubschrauber auf. Maskierte Männer, bewaffnet mit Handgranaten, sprangen auf den Balkon der Familie Apfel. Sie sprangen auf alle Balkone des Mehrfamilienhauses.

In den Wohnungen deponierten sie Sprengkörper. Dann verteilten sie Flugblätter. Flugblätter mit Werbung für ein völlig neuartiges Wasserbett mit dem Namen »Happy Water«. Alle Bewohner mussten den ellenlangen Werbetext (»Relaxen total. Happy Water. So gut haben Sie noch nie geschlafen ...«) innerhalb einer halben Stunde auswendig lernen. Wer den Text dann nicht parat hatte – dessen Wohnung sprengten die Männer ohne viel Aufhebens in die Luft. »Eine völlig neue Dimension interaktiver Werbung«, nannten sie das.

Als sich einer der maskierten Männer mit einer MG vor Paul aufbaute und der panische Kommissar den Text aufsagen sollte, verlor er die Nerven und brachte den Text durcheinander. »Happy Relaxen. Total Water ...« Der Maskenmann zündete die Sprengkörper. Der Werbeterrorist wurde zerrissen, Paul wurde zerrissen, seine Familie wurde zerrissen, alles wurde zerrissen. Dann wachte er auf, schweißnass, erschlagen. Es war drei Uhr nachts, und der 3. Mai 2006 hatte noch nicht einmal richtig begonnen.

Paul Apfel fand keinen Schlaf mehr in dieser Nacht. Der Gedanke an Rosberg, Rubinho und an neue Dimensionen interaktiver Werbung ließ ihn immer wieder nur kurz wegdämmern – und binnen Minuten von neuem hochschrecken.

Kurz nach fünf hatte er genug. Er duschte, länger und heißer als sonst, genoss das dampfende Wasser auf seiner Haut, das Gefühl von Sauberkeit. Einmal mehr wollte er sich die Ereignisse der letzten Wochen mit Wasser und Duschgel vom Körper schrubben und dann in die Landshuter Kanalisation spülen.

Als er sich abgetrocknet hatte, waren sie allerdings noch immer da, die Ereignisse der letzten Wochen.

Der freundliche Tankstellenmann schaute Apfel erstaunt an, als er bereits um kurz vor sechs auftauchte. Er legte gerade die Zeitungen aus. »Bild« hatte es tatsächlich herausbekommen, offenbar als einziges Blatt. »ANGST UM BAYERN-STAR RUBINHO: AUCH TOT?«, plärrte die Schlagzeile und zeigte den Fußballspieler vorsorglich schon einmal in horizontaler Position, wie er nach einer vergebenen Chance flach auf dem Rasen lag.

»Auch tot?«, fand Paul Apfel, war so schlimm, dass es fast schon wieder gut war. Auch tot – wie wer? Wie Michael Albers? Karl Grünaug? Kennedy? Lady Di? Der alte Papst? Das journalistische Gewissen der »Bild«-Schreiber?

Auch Patrick Cevert, den als »PC« bekannten WAFA-Vize, hatte »Bild« mit der Rubinho-Nachricht konfrontiert. Cevert nutzte die Chance wieder einmal zu massiver Kritik an den Sicherheitsmaßnahmen und zu Angriffen auf Präsident Rindt und die deutschen Organisatoren. Der Mann war offenbar darauf aus, sich als großer sicherheitspolitischer Scharfmacher der WAFA zu profilieren, dachte Apfel, als eine Art Fußball-Beckstein.

Kurz nach sieben saß er in seinem Büro in der Ettstraße, über eine Stunde früher als üblich. Nun waren auch die Nachrichten-Websites im Internet auf den Rubinho-Zug aufgesprungen und brachten das Verschwinden des Bayern-Kickers kurz vor Saisonschluss in Zusammenhang mit den bisherigen drei Morden. Wenn die Hysterie der Öffentlichkeit noch zu steigern war, dann durch dieses Ereignis.

Der Kaiser mahnte allerdings zur Vernunft. »Der Brasilianer an sich ist ja nicht immer sehr zuverlässig. Bestimmt taucht er bald irgendwo auf und lacht über den ganzen Schmarrn.« Dieses Exklusiv-Zitat von »Bild« hatten auch alle Online-Medien übernommen.

Paul hackte eine Zusammenfassung des gestrigen Verhörs mit Markus Rosberg in den PC und verteilte das Dokument über das interne Mailsystem. Er hielt den Text so knapp wie möglich. Er würde heute noch genug Möglichkeiten erhalten, das Geschehen ausführlich darzustellen. Zumindest befürchtete Paul Apfel das.

Kurz nach acht ließ sich Carl Reutemann blicken. »Bist du wieder da oder immer noch?«, erkundigte er sich mit einem demonstrativen Blick auf die Uhr.

»Immer noch«, brummte Apfel zurück, »ich wohn jetzt hier. Hol uns zwei Kaffee und setz dich her.«

Fünf Minuten später war Carl mit zwei Bechern ohne Henkel zurück, die so heiß waren, dass er sie nur am obersten Rand ins Büro balancieren konnte. »Und, Paul? Schlauer als gestern?«

»Keine Ahnung«, raunzte der Kommissar, »beschissen geschlafen, beschissen geträumt, alles beschissen.«

Er erzählte Carl von seinem Traum. Der Inspektor bepinkelte sich fast vor Lachen. »Du hast sie wirklich nicht mehr alle, Paul«, sagte Reutemann höchst amüsiert, »ein gesundes Hirn kann doch gar nicht auf solchen Schwachsinn kommen. Das solltest du untersuchen lassen, ehrlich. Ich sag dir das als Freund.«

Jetzt musste Paul Apfel auch lachen, und danach ging es ihm immerhin wieder ein klein wenig besser. Er hatte zwar das Gefühl, dass er gerade auch aus Schwermut Kraft und Inspiration schöpfen konnte. In dieser Hinsicht fühlte er sich der depressiven Comicfigur »Bernd, das Brot« mit ihrem schlichten Standardkommentar »Mist!« irgendwie seelenverwandt. Andererseits – Carls Lockerheit und Optimismus waren bestimmt auch nicht verkehrt. Nachdem er bis jetzt kaum über das weitere Vorgehen nachgedacht hatte, überlegte er nun laut. »Also, Carl. Mit welchen Vorschlägen gehen wir ins Zehn-Uhr-Meeting?«

Apfel legte eine kurze schöpferische Pause ein und sprach dann weiter, ohne auf Reutemanns Antwort zu warten. »Weißt du was? Ich würde gerne wissen, wie Jabouille zum Thema Produktpiraterie stand.«

»Wie soll er dazu gestanden haben? Er war der Boss von La-Croix. Produktpiraterie war für ihn so bedrohlich wie die Vogelgrippe für dein niederbayerisches Federvieh.«

»Klar«, gab Paul Apfel zurück, »das liegt in der Natur der Sache. Mich würde trotzdem interessieren, wie präsent das Thema für ihn war. Ich will wissen, was er dagegen unternommen hat, wie viel Zeit er dafür investiert hat. Ich will es einfach wissen. Vielleicht sollten wir in die Schweiz fliegen.« Dann fügte er hinzu: »Wenn man uns lässt. Haben wir noch Reiseetat fürs zweite Quartal?«

»Eine Fahrkarte zum Flughafen reicht«, gab Carl Reutemann zurück.

»Ach ja? Und von dort aus marschieren wir zu Fuß nach Genf?«

»Du musst nicht nach Genf. Michel Depailler, der persönliche Assistent von Jabouille, landet heute um 14 Uhr 45 in München. Er hat seine Flüge extra so gelegt, dass er hier einen Zwischenstopp auf dem Weg nach Moskau macht. Er hat eine gute Stunde Zeit für die Polizei. Hat mir Mona Maierhofer in der Kaffeeküche gesteckt.«

»Bloß dass dieses Gespräch bestimmt nicht wir führen, sondern irgendwelche Hengste vom BKA.«

»Darauf kannst du einen lassen.«

»Heute nicht. Soll ich das BKA bitten, für uns zu fragen?«, murmelte der Kommissar und fand die Idee albern.

»Du kannst Gartner oder Heger bitten, dass du Depailler für ein paar Minuten kriegst«, regte Carl Reutemann an.

»Lieber bewerb ich mich in Landshut als Oberbürgermeister, statt unserem Buletten-Prinzen.«

»Dann wirst du's eben nie erfahren. Sturkopf«, antwortete der Inspektor.

Das Schöne war – Gartner war immer noch abwesend, als Apfel und Reutemann kurz vor zehn in den Konferenzraum einzogen. »Dienstlich verhindert«, erklärte Mona Maierhofer. Da Gartners Kollege Detlef Friesacher schon seit Tagen im polizeibürokratischen Orkus verschwunden war und sich Heger offenbar nicht nach der Aufgabe drängte, hatte Mona Maierhofer erneut die Leitung des Meetings.

Sie hatte bereits mit ihrer Einleitung begonnen, als Apfel eine Idee hatte.

»Stell dir vor«, flüsterte er dem neben ihm sitzenden Carl Reutemann ins Ohr, »die vierte Leiche ist gar nicht Rubinho.«

»Sondern?«, raunte Carl zurück.

»Gartner. Der ist immerhin mindestens genauso spurlos verschwunden. Vielleicht liegt er schon irgendwo in der Arena, furchtbar zugerichtet.«

»Herrlicher Gedanke«, antwortete Reutemann leise und wollte noch etwas sagen, als ihn Monas entschiedenes »Psssssst« stoppte.

Apfel blickte Mona Maierhofer treuherzig an. Wo waren sie stehen geblieben? Irgendwie hatte er gerade den Anschluss verloren. Ach ja – er sollte von Rosbergs gestrigem Verhör berichten.

Die nächsten zehn Minuten fasste Paul Apfel die Ereignisse zusammen, mit ein paar Einwürfen unterstützt von Carl Reutemann. Danach war Stille – auch wenn die Anwesenden die wichtigsten Einzelheiten schon aus dem Memo des Kommissars kannten.

Heger meldete sich zu Wort. »Sehr gute Arbeit, Apfel, dass Sie Rosberg zum Reden gebracht haben«, lobte der Polizeipräsident. Paul hielt den Mann immer mehr für eine gespaltene Persönlichkeit. Dr. Jekyll und Mr. Hyde in ein und derselben Polizistengestalt. Manchmal angenehm und zauberhaft. Manchmal ein selbstgefälliger Fatzke. Immerhin, dachte der Kommissar, es gab Menschen, die waren immer nur selbstgefällige Fatzkes. Insofern, Punkt für Heger.

»Können wir einen Mann für glaubwürdig halten, der uns jeden zweiten Tag eine neue Geschichte auftischt?«, warf Mona Maierhofer in die Runde.

»Ich glaube schon«, antwortete Paul Apfel, »mein Bauch sagt mir, dass die letzte Version stimmt.«

»Ihr Bauch?« Heger zog seine buschige rechte Augenbraue von Waigel'schen Dimensionen hoch.

»Jawohl, mein Bauch«, erwiderte der Kommissar, »mehr habe ich momentan leider nicht anzubieten.«

Carl Reutemann mischte sich ein. »Immerhin ist es der gleiche Bauch, der Paul gestern Vormittag gesagt hat, dass Rosberg bald reden würde. Und außerdem«, fügte er hinzu und schaute auf Apfels Oberkörper, »finde ich, dass es gar kein so kleiner Bauch ist.«

Allgemeine Erheiterung. Apfel wusste, dass ihm fünf oder sechs Kilo weniger gut tun würden. »Saukerl«, zischte er dem feixenden Reutemann zu.

»Es wird uns auch nichts anderes übrig bleiben«, meinte Heger, »als die Spuren, die Rosberg jetzt ausgelegt hat, weiterzuverfolgen und zu untersuchen. Phantomzeichnung dieses Modena anfertigen, Untersuchungen in Lindau und in Genf, Abstimmung mit unseren V-Leuten in der Produktpiraten-Szene, Suche nach dem Mysterium Horst Weidler und und und. Das Wichtigste wäre, Modena zu identifizieren. Von ihm aus können wir uns weiterhangeln.«

Jetzt war es Zeit für Paul Apfels Anliegen. »Ich habe gehört, dass Jabouilles rechte Hand heute in München ist.« Er sprach Harald Heger direkt an.

»Von wem haben Sie das gehört?«, fragte der Polizeipräsident zurück. Apfel konnte erkennen, dass Mona Maierhofer Carl Reutemann einen annähernd unsichtbaren Blick zuwarf.

»Von jemandem«, erklärte Apfel ausweichend. »Ich möchte mit dem Mann reden. Fünfzehn Minuten reichen mir.«

Heger dachte nur kurz nach. »Okay«, erklärte er dann, »ich gebe den Kollegen vom BKA Bescheid, dass Sie zuerst dran sind. Nicht dass die nicht fertig werden und Depailler dann keine Zeit mehr hat.«

Apfel bedankte sich. Täuschte ihn sein Gefühl, oder hatte sich seine innenpolitische Position seit dem Erfolg mit Rosbergs Verhör wieder verbessert?

Als sie den Raum verließen, schäkerte Carl Reutemann schon wieder mit Mona Maierhofer. War da mehr als nur Teeküche und vertrauliche Informationen?

»Hübsches Mädel, die Mona.« Apfel lächelte Reutemann an, als beide wieder in seinem Büro saßen.

»Ehrlich?«, erwiderte der Inspektor ungerührt. »Und was hab ich damit zu tun?«

»Nur so, Carl.« Emma Keßlers Flurfunk würde rechtzeitig melden, wenn es etwas zu melden gab, dachte sich Paul Apfel und wechselte das Thema. Es gab jede Menge Arbeit. Der Phantomzeichner war für seine Arbeit mit Markus Rosberg zu präparieren, die Pressemitteilung zum widerrufenen Geständnis von Rosberg war abzunehmen.

Und dann wurde Rubinho gefunden.

Es war kurz nach elf an diesem 3. Mai 2006, als die Wahrheit über das Verschwinden des Star-Stürmers des FC Bayern, der Tormaschine, des Jungle-Boy aus Manaus ans Licht kam.

Allerdings lag Rubinho keineswegs tot auf den kalten Stufen der Münchner Allianz-Arena, sondern offenbar sehr lebendig in einer Hängematte an der Copacabana oder sonst wo im herbstlich warmen Brasilien. Der Kaiser, dachte Apfel, als er die Meldung im internen Mailsystem fand, dieser Schweinehund, hatte mal wieder den richtigen Riecher gehabt.

Vor knapp zehn Minuten hatte sich der Manager des FC Bayern bei Polizeipräsident Heger gemeldet. Gleichzeitig hatte der Pressesprecher des Vereins seinen Kollegen im Präsidium informiert. Apfel läutete bei Glemser im Krematorium Ost durch.

»Da schaust, Paul, der Bimbo ist wieder da. Wenigstens etwas.«

»Der Rubinho ist einfach nach Brasilien abgedampft? Wieso das denn?«

»Bevor du mir tausend Löcher in den Bauch fragst, erzähl ich dir, was mir der zauberhafte Pressemensch von Bayern erzählt hat. Mehr weiß ich auch nicht. Also – der Rubinho hatte mal wieder Ärger mit einem Mädel. Außerdem war er leicht verletzt, und die Bundesligasaison ist in eineinhalb Wochen eh vorbei. Er hat fünf Spiele kein Tor geschossen, und dann hat er einfach die Schnauze voll gehabt und wollte bloß noch weg. Außerdem war der Magath unzufrieden mit seiner Fitness und wollte ihn als Konditionstraining wieder mal einen oberbayerischen Berg raufhetzen und mit Medizinbällen traktieren.«

»Und dann ist er nach Brasilien?«

»Genau. Nur – der Bursch ist ja auch nicht blöd. Er will nicht, dass gleich klar ist, dass er abgehauen ist. Also schnappt er sich den Pass von einem seiner brasilianischen Spezln, mit denen er hier rumhängt, bucht den Flug auf den Namen des Spezls und spaziert mit dem fremden Pass durch die Kontrolle. Schauen sich ja alle recht ähnlich, die Bimbos.«

»Es gibt weder Bimbos noch Piefkes, merk dir das endlich, du Hosentaschen-Haider«, protestierte der Kommissar und fuhr fort: »Und jetzt hat er sich gemeldet?«

»Richtig. Einer von seinen Spezln hat in der ›Bild‹ gesehen, dass Rubinho angeblich tot ist, und hat ihn auf einer brasilianischen Handynummer angerufen, die sonst kein Mensch hat. Der Rubinho war überrascht, dass er tot ist, und hat sich bei Bayern gemeldet.

Der Pressemensch von Bayern meint, dass der Rubinho manchmal wie ein kleines Kind ist, das gar nicht weiß, was es anstellt. Jedenfalls kommt er übermorgen zurück, kriegt eine Kopfwäsche, die seine dunklen Locken blondiert, und wird ein paar hunderttausend Euro Geldstrafe zahlen. Ist eh nur Kleingeld für ihn.«

»Und das Auto«, fragte Paul Apfel, »der Unfall, das Blut?«

»Wie immer«, antwortete Hannes Glemser, »my name is not Jesus. Ich schätze mal – am Flughafen geklaut. Rubinho sagt jedenfalls, dass er es dort abgestellt hat. Es wird ja kaum ein Auto öfter geklaut als diese fetten Audi-Sportkombis. Und wenn es jemand klaut, der mit fünfhundert PS nicht umgehen kann – der fährt halt in den Graben und schlägt sich dann noch am Lenkrad den Schädel ein.«

»Solltest Polizist werden und nicht Pressesprecher«, befand Apfel.

Und tatsächlich ergab die DNA-Analyse, die der Kommissar zwei Stunden später auf den Schreibtisch bekam, dass das Blut nicht von Rubinho stammte, sondern von einem der bulgarischen Autoschieber, die sich in den letzten Jahren rund um den Münchner Flughafen breit gemacht hatten. Der Mann war nach zwei mehrmonatigen Boxenstopps in St. Adelheim nun offenbar wieder auf der Piste unterwegs.

»Dann ist wohl doch eher Gartner die Nummer 4«, befand Carl Reutemann fast fröhlich, als der Kommissar aufgelegt hatte. Paul hatte den Lautsprecher angehabt.

Neunzig Minuten später hatte Paul Apfel eine weitere Pressemitteilung abzunehmen – diesmal zum wundersam wieder aufgefundenen Fußballspieler Rubinho.

Eine Leberkässemmel und eine Butterbreze später fand der Kommissar, dass es Zeit war, Richtung Flughafen aufzubrechen. Er war gespannt auf sein Treffen mit Michel Depailler. Und er war mindestens ebenso gespannt, ob der Zeichner, der sich gleichzeitig an seinem Computer mit Unterstützung von Markus Rosberg an einem Phantombild von Vitantonio Modena versuchte, vernünftige Ergebnisse liefern würde.

Kurz vor drei saß Paul Apfel in einem Bistro im hellen und luftigen Zentralbereich des Terminals 1 des Münchner Flughafens Michel

Depailler gegenüber. Depailler war nicht, wie erwartet, Westschweizer, sondern Franzose. Er stammte aus Clermont-Ferrand in Zentralfrankreich, wie er später beim Abschied erklärte.

Der Mann sah tatsächlich aus wie ein Bilderbuchfranzose. Er war hager, dunkelhaarig, vielleicht Ende dreißig und ähnelte dem jungen Jack Lemmon. Und auch er rauchte wie ein Schlot. Es schien jetzt Apfels Schicksal zu sein, wegen unentwegten Passivrauchens elend an Lungenkrebs zu krepieren. Allerdings rauchte Depailler nicht Gitanes, sondern Marlboro. Das machte es leichter für den Kommissar. Durfte man hier überhaupt rauchen? Apfel sah sich vorsichtshalber gar nicht erst um.

Das Deutsch des Mannes war korrekt, wenn auch von einem starken französischen Akzent geprägt. Aber er bemühte sich tapfer um die exakten Formulierungen und versuchte aufrichtig und eifrig, Paul zu helfen. Zunächst erklärte er, wie geschockt er immer noch sei vom Tod seines Chefs, den er auch einen guten Freund nannte. Heute sei er unterwegs nach Moskau, um mit den russischen Minderheitsaktionären von LaCroix das weitere Vorgehen im Unternehmen zu besprechen.

»Zu Details werden Sie ja nachher meine Kollegen vom BKA ausführlich befragen«, erklärte Paul Apfel, »ich interessiere mich ganz speziell für ein Thema. Wie intensiv hat sich Jean Jabouille mit dem Thema Produktpiraterie auseinander gesetzt?«

Depaillers Augen blitzten auf. Eine Kellnerin stellte zwei sehr kleine Flaschen Mineralwasser mit Kohlensäure auf den Tisch. »Oh, das war ein sehr, sehr wichtiges Thema für Jean«, erklärte Michel Depailler, und eigentlich sagte er »särr, särr wischtisches Thäma«.

»Als Vorstandsvorsitzender von LaCroix«, fuhr der Franzose fort, »war es natürlich wichtig für ihn. Aber für ihn war es noch ein wenig wichtiger, wenn Sie verstehen, was ich meine. Wie sagt man das? Eine Herzensangelegenheit, denke ich. LaCroix verlor 2005 circa achtzig bis hundert Millionen Euro durch die Piraten.«

Paul Apfel lächelte innerlich über Depaillers französisch-deutsche »'erzensangelegen'eit« und ließ einen erstaunten Pfiff hören.

»Zuletzt«, erklärte Depailler weiter, »beschäftigte er sich manchmal den halben Arbeitstag mit dem Thema. Er traf viele Leute, studierte Unterlagen, plante Initiativen. Er sprach einige Male davon, dass er im Umfeld der Weltmeisterschaft auf einen großen Schlag gegen die Piraten hofft.«

Eigentlich hatte Apfel schon alles erfahren, was er wissen wollte. Zwei Tische weiter warteten bereits drei Kollegen vom BKA auf den Mann von LaCroix. Aber eine Frage hatte der Kommissar denn doch noch.

»Monsieur, sagt Ihnen der Name Horst Weidler etwas?«

Depailler musste nicht lange nachdenken. »Man sagt, das wäre einer der großen Chefs der Piraten. Aber niemand kennt ihn, und niemand weiß, ob es ihn überhaupt gibt. Ein Phantom, meine ich.« Rosberg hatte offenbar nicht phantasiert, stellte Paul Apfel befriedigt fest.

Eine allerletzte Frage noch. »Hatte Jean Jabouille je etwas zu tun mit einem deutschen Journalisten namens Michael Albers?«

»Michel Albers?« Depailler sprach den Vornamen, wie seinen eigenen, französisch aus und überlegte. »Nein, nicht dass ich wüsste. Der Name sagt mir nichts, *excusez-moi.*«

Jammerschade, dachte der Kommissar, wäre auch zu schön gewesen. Er wollte sich schon von Depailler verabschieden, als der Franzose meinte: »Aber ich kann Marguerite fragen, Jeans Sekretärin. Vielleicht weiß sie etwas.«

Michel Depailler tippte eine lange Nummer in sein Mobiltelefon, wartete ein paar Sekunden und sprudelte dann auf Französisch los. Mehr als »Michel Albers«, *»ordinateur«* und *»calendrier«* verstand der Kommissar nicht. Seine Französisch-Kenntnisse hatten schon seine Lehrer auf dem Gymnasium unbeeindruckt gelassen.

Depailler deckte den Hörer ab und flüsterte: »Madame Laffite sieht im Kalender von Jean nach.« Die BKAler klopften schon nervös mit den Fingerspitzen auf den Tisch. Paul schaute auf die Uhr und stellte fest, dass er bereits fast zehn Minuten überzogen hatte. Es war ihm scheißegal.

Jetzt war Marguerite Laffite offenbar zurück. *»Deux fois?«*, fragte Depailler zurück und kritzelte Notizen in seinen Block. *»Et quand c'était?«* Depailler kritzelte weiter. Mit *»deux fois«* konnte sogar Apfel etwas anfangen. Hieß das, dass Jabouille Albers zweimal getroffen hatte? Ihm war, als würde sein Herz einen Hüpfer machen.

Depailler verabschiedete sich mit drei *»Merci«* von Jabouilles Sekretärin und wandte sich wieder dem Kommissar zu. »Der Name Albers steht wirklich zweimal in Jeans Kalender. Und Marguerite ist sich sicher, dass nicht sie die Termine eingetragen hat, sondern Jean selbst. Das ist ungewöhnlich, kam aber schon mal vor. Nach diesem Kalender trafen sie sich zweimal in einem Café in Genf. Einmal am 2. März, einmal am 28. März. Mehr weiß auch Marguerite nicht.«

Nun hatte Paul Apfel wirklich alles gehört. Er verabschiedete sich fast herzlich von Depailler, überließ den Franzosen den BKA-lern und war sehr zufrieden mit seinem Ausflug zum Münchner Flughafen. Dann machte er sich auf den kurzen Weg nach Landshut. Vom Auto aus rief er bei Carl Reutemann an.

»Carl? Kannst du mich hören? Eine Goldgrube, der Mann«, rief der Kommissar ins Telefon. »Jabouille und Albers haben sich anscheinend zweimal im März in Genf getroffen. Vielleicht waren sie gemeinsam den Produktfälschern auf der Spur. Ich bin jetzt felsenfest davon überzeugt, dass hier das Motiv für die beiden Morde liegt. Grünaug war wohl wirklich nur ein Unfall oder sollte uns auf eine falsche Spur locken.«

»Hervorragend«, gab Carl Reutemann zurück. »Mein Termin war auch gut.« Der Inspektor war bei der Erstellung des Phantombildes dabei gewesen. »Der Zeichner ist mit einem Laptop im Verhörzimmer angerückt. Rosberg hat ihm ein paar Mal auf die Tastatur geascht, aber ansonsten lief es bestens.«

»Tüchtiger Zeichner?« Apfel war seit Ewigkeiten nicht mehr bei so etwas dabei gewesen.

»Macht eh fast alles der Computer. Der Kollege hat Rosberg Unmengen von Fotos gezeigt – und Rosberg musste einfach immer die aussuchen, die die größte Ähnlichkeit mit Modena hatten. Nach eineinhalb Stunden war ein Bild fertig, von dem Rosberg meint, es schaut aus, als ob Modena selbst vor ihm stehen würde. Das Bild ist schon an BKA und LKA verteilt und in die Schweiz geschickt.«

»Mailst du mir das bitte nach Hause«, sagte Paul Apfel.

Die Antwort von Carl Reutemann hörte der Kommissar nicht mehr, weil wieder einmal die Leitung zusammengebrochen war.

Zwanzig Minuten später war Apfel zu Hause.

Heute war er gesprächiger. Zunächst allerdings kam er gar nicht zu Wort. Tatjana Apfel debattierte mit ihrer Mutter, ob sie Miriams nagelneue Stiefel am Abend ins Eiscafé anziehen durfte.

Es war nun nicht so, dass sich die Apfel-Töchter ohne Schuhspenden ihrer Mutter barfuß durch Landshut plagen mussten. Äpfelchen war daher auch unwillig. »Das sind keine Schuhe für jeden Tag«, versuchte sie ihre älteste Tochter abzufertigen und meinte damit, dass es sich um keine Alltagsschuhe handelte.

Tatjana Apfel setzte ihr charmantestes Lächeln auf und strahlte ihre Mutter an. »Ich will sie ja auch nicht jeden Tag anziehen, sondern nur heute, Mama. Büttä!«

Drei Stunden später stakste sie auf Mutters hohen Hacken ins Eiscafé.

Frauen, dachte Apfel einmal mehr, sind völlig anders als Männer. Ganz besonders, wenn sie den Nachnamen Apfel tragen. Er hatte nie auch nur das geringste Interesse daran, Carl Reutemanns Cowboy-Stiefel auszuführen, nicht einmal für einen einzigen Tag.

Als Miriam kochte, das heißt, als sie abgepackte Gnocchi aus zwei Plastikverpackungen fingerte und ein übergroßes Glas fertige Tomatensoße öffnete, fand er endlich Zeit, sich mit ihr zu unterhalten.

»Wir machen Fortschritte, Äpfelchen«, erklärte er, »ich bin mir jetzt ganz sicher, warum Albers und Jabouille sterben mussten.« Er berichtete ihr von seinem Gespräch mit Depailler.

»Gut. Sehr gut«, befand Miriam, als sie die Gnocchi in ein Sieb im Spülbecken goss und von heißem Dampf eingenebelt wurde. »Ihr seid so nah dran – aber auch so weit weg. Wenn ihr nicht irgendwo diesen Modeno auftreibt, stochert ihr weiter im Nebel. Genau wie ich jetzt«, fügte Äpfelchen hinzu und verscheuchte die Dampfschwaden mit ein paar energischen Handbewegungen.

»Der Mann heißt Modena. Aber natürlich hast du Recht«, gab Paul zu, als sie sich an den Tisch setzten. »Modena ist der Schlüssel zu allem. Er ist neben dem Phantom Weidler der einzige Name und das einzige Gesicht, das wir haben.«

Das restliche Essen sprachen Paul, Miriam, Tatjana, Natascha und Jonathan nicht mehr über die Arbeit des Kommissars, sondern über Schuhe, Schulnoten und Miriams Kampf mit ihrem zunehmend blutrünstigeren Japan-Thriller. Paul Apfel empfand diese Abwechslung als äußerst angenehm.

Nach dem Essen sah er in seinem E-Mail-Postfach nach, ob er sich auf Carl Reutemann verlassen konnte. Er konnte. Vitantonio Modena blickte ihm entgegen. Er war ein sehr italienischer Typ mit dunklem Teint, rundlichem Gesicht und langen braunen Locken. Die Phantomzeichnung sah fast aus wie ein Foto.

Paul Apfel blickte Vitantonio Modena tief in die braunen Augen.

»Jeder Weg hat mal ein Ende«, sagte er finster. Marianne Rosenberg, 1978.

24

Dass Äpfelchen mit ihrer Skepsis nur zu richtig lag, erfuhr der Kommissar in den folgenden zehn nicht enden wollenden Tagen, an denen sie kaum Fortschritte machten.

Der 4. Mai 2006, der der Tag nach Apfels Gespräch mit Jabouilles Assistenten Michel Depailler war, hatte mit dem üblichen Getöse der Morgenzeitungen begonnen, diesmal allerdings in doppelter Ausführung. An diesem Donnerstag hatten die Blätter gleich zwei bedeutende Neuigkeiten zu verkünden. »Bild« brachte es auf der Titelseite in riesigen schwarzen Buchstaben auf den Punkt. »ARENA-KILLER: NEIN, ICH WAR'S NICHT!« Und: »RUBINHO: JA, ICH LEBE!«

Seinen Bericht hatte der Kommissar noch am Abend zuvor daheim in Landshut geschrieben. Im Zehn-Uhr-Treffen fasste er sein Gespräch mit Michel Depailler nochmals zusammen. Als Apfel fertig war und seine Einschätzung vorgetragen hatte, dass er nun endgültig davon überzeugt war, dass das Motiv für die Morde im Bereich Markenpiraterie zu suchen war, stimmte ihm die an diesem Tag nur zwölfköpfige Runde der »Soko Stadion« ohne langes Zögern zu.

Der Münchner Polizeipräsident Harald Heger sprach diesbezüglich quasi das Schlusswort: »Nachdem wir jetzt wissen, dass es ganz offensichtlich eine Verbindung zwischen dem ersten Opfer Michael Albers und dem dritten Opfer Jean-Jacques Jabouille gab, sollten wir alle Anstrengungen auf die Ermittlungen im Bereich Markenpiraterie konzentrieren.«

Carl Reutemann verteilte an jeden Teilnehmer ein Phantombild des gesuchten Vitantonio Modena.

»Schaut ja aus wie Paolo, der schwule Kellner vom Mare Adriatico«, bemerkte Marco Quester – eine Bemerkung, für die er sich einen strafenden Blick des Polizeipräsidenten einhandelte.

Wieder verhielt es sich so, dass Paul Apfel noch etwas beizutragen hatte, als Mona Maierhofer die Versammlung schon beenden wollte.

»Was passiert jetzt eigentlich mit Rosberg?«, fragte er in die Runde.

Die einen sahen in die Luft, die anderen blickten zu Boden. Ratlos aber zeigte sich eigentlich die gesamte Runde. Offenbar spürte Heger, dass er etwas sagen müsste. »Das wird der Haftrichter entscheiden. Ich gehe aber davon aus, dass er nach wie vor wegen dringendem Tatverdacht in Haft bleibt. Seine DNA-Spuren wurden an den ersten beiden Opfern gefunden, das lässt sich nicht wegdiskutieren. Und außerdem wollen sich unsere Kollegen von der Wirtschaft sicher weiterhin intensiv mit ihm befassen.«

Der Polizeipräsident erwies sich als tüchtiger Prophet.

Der Haftrichter, der eine Haftrichterin war, sah überhaupt keinen Anlass, Markus Rosberg aus der Untersuchungshaft zu entlassen, im Gegenteil. Bereits einen Tag später wurde der Wahl-Schweizer in die Justizvollzugsanstalt München-Stadelheim verlegt.

Dort blickte er, nicht nur wegen des Falles Albers/Grünaug, sondern auch wegen der Ermittlungen in Sachen Wirtschaftskriminalität bis zu einem möglichen Prozess und darüber hinaus einem längeren Aufenthalt entgegen. Selbst dann, wenn er die beiden Morde tatsächlich nicht begangen haben sollte.

Apfel war dies nur recht. Er setzte nach wie vor große Hoffnungen in einen gesprächigen Markus Rosberg. Und er war allemal bereit, den Tabakumsatz seiner Landshuter Tankstelle noch erheblich zu steigern, um den Mann bei Laune zu halten.

Das Verrückteste und Unglaublichste, das in den nächsten eineinhalb Wochen passierte, war dieses: Auch an der Leiche von Jean-Jacques Jabouille fanden sich DNA-Spuren von Markus Rosberg. DNA-Spuren, die so oberflächlich an der Kleidung und am Körper der Leiche hafteten, dass sie nicht von einer möglichen Begegnung von Rosberg mit Jabouille vor einigen Tagen oder gar Wochen stammen konnten.

Dass der Mann bereits fünf Tage in Haft saß, als der Vorstandsvorsitzende des Sportartikel-Giganten LaCroix ermordet wurde, war das beste aller nur denkbaren Alibis. Dies stärkte zweifellos die Glaubwürdigkeit von Rosbergs letzten Aussagen bezüglich seiner Unschuld, half ihm aber dennoch nichts. Er blieb in Haft, und die Wirtschaftsleute drehten ihn alle ein, zwei Tage durch den Wolf.

Immerhin – seine Haftbedingungen wurden erträglicher. Zu den Gesprächen mit Apfel wurde Rosberg nunmehr, wenn auch in Handschellen, ins Büro des Hauptkommissars gebracht. Schön für Rosberg – hier schien er sich sehr viel wohler zu fühlen als im grauen Verhörraum des Präsidiums. Schlecht für Paul Apfel – er würde nach dem Abschluss des Falles wochenlang lüften müssen, um die Räucherkammer wieder bewohnbar zu machen.

Als er selbst aufgehört hatte zu rauchen, hatte er erst nach gut zwei Monaten das Gefühl gehabt, in seinem Büro einigermaßen frische Münchner Innenstadtluft statt dem Qualm von Gitanes Filter einzuatmen. Und das auch erst, nachdem er dem Kollegen Christoph Siller von der Beschaffung einen Neuanstrich seiner vier Bürowände abgeschwatzt hatte. Einen hinreißend schönen Eisenbahn-Kalender in Hochglanzausführung hatte ihn das als Schmierstoff gekostet, neben enorm viel Überredungskunst.

Dass seine DNA am Körper von Jabouille gefunden worden war, ließ Markus Rosberg völlig kalt. Keine Spur von dem Entsetzen, das ihn, wenn auch nur kurz, gepackt hatte, als er von Apfel erfahren hatte, dass an den Leichen von Albers und Grünaug Spuren seines Genmaterials gefunden worden waren.

Diesmal war es für Rosberg nur eine Bestätigung seiner festen Meinung, dass die Drahtzieher, die Hintermänner des abgetauchten Vitantonio Modena, keinesfalls beabsichtigt hatten, ihm nach einigen Wochen wieder aus der Haft zu verhelfen.

Nur eines verstand Markus Rosberg nicht. Auch Paul Apfel verstand es nicht. Warum? Warum an einer Leiche genetisches Material eines Mannes anbringen, der als Täter ohnehin nicht in Frage kommt? Taktik? Ein versteckter Hinweis? Ein Tipp, den Apfel und seine Kollegen verstehen sollten? Es ergab keinen Sinn.

Wahrscheinlich hatte Carl Reutemann die richtige Lösung. Es war der 8. Mai 2006, ein Montag, als sie in Pauls Büro über diese Frage nachdachten.

»Ich glaube«, warf der Inspektor plötzlich ein, »es war einfach nur ein Versehen.«

»Ein Versehen?« Paul Apfel spürte den abgestandenen Gestank

von Rosbergs Zigaretten in der Nase, war morgenmuffelig und verstand überhaupt nichts.

»Herrgott, Paul. Kennst du eine Organisation, die wirklich funktioniert? Wo mehr als acht oder zehn Leute zusammenarbeiten – und wo die Rechte wirklich weiß, was die Linke tut? Denk an unseren Laden hier.«

Apfel dachte nach. Ein langfristigeres Zusammensein von mehr als fünf Menschen, egal ob kleine WG oder große AG, bedeutete seiner Erfahrung nach fast zwangsläufig Durcheinander und Desorganisation. Bei ihm zu Hause in Landshut reichten hierfür sogar exakt fünf Menschen plus ein Hund.

Bei diesem Gedanken erinnerte er sich an seinen Badewannen-Sturz, und er spürte ein Ziehen in der rechten Hüfte, die mittlerweile kaum mehr schmerzte, allerdings immer noch eine dezente blaugrüne Färbung aufwies.

»Eins zu null für dich, Carl«, entgegnete Paul Apfel, und er spürte, dass er nur sehr langsam dachte an diesem Montagmorgen. »Aber was willst du mir damit bitte sagen?«

»Dass die Kriminellen auch nicht schlauer oder besser organisiert sind als die Kriminaler, Paul. Wenn bei uns der Apfel nicht weiß, wo der Gartner ist oder was die Maierhofer tut – meinst du, bei denen ist es besser? Irgendjemand hat gepennt, einen Befehl nicht weitergegeben. Ein anderer hat nicht mitbekommen, dass Rosberg längst aus dem Spiel ist, und das Tütchen mit Hautschuppen und Haaren und Fingernagelsplittern über Jabouille verstreut. Schon war's passiert.«

»Banale Lösung«, raunzte Apfel, »aber irgendwie auch hübsch.« Der Gedanke heiterte ihn ein wenig auf, und er beschloss, Carls triviale Erklärung vorsichtshalber nicht weiter zu hinterfragen.

Dann sagte Paul Apfel gar nichts mehr. Er überlegte, was die wichtigste Erkenntnis der letzten fünf oder sechs Tage gewesen war. Die Feststellung, dass er nun tatsächlich wusste, dass Carl ein Techtelmechtel mit der blonden Mona Maierhofer vom BKA pflegte, zählte dabei nicht.

Wobei – es war angenehm festzustellen, dass sich Carl auch von den verdrießlichsten Ermittlungsergebnissen nicht die fast schon penetrant gute Laune verderben ließ. Und, zumindest Paul fand es ebenso angenehm, dass ihm Mona von Tag zu Tag hübscher und strahlender vorkam. Der Kommissar war sich nicht sicher, ob es am Make-up, an den Haaren oder an Carl lag. Er würde Emma Keßler fragen, so viel Neugierde durfte sein.

Er hätte es wissen müssen. Emma hatte Mona bereits gestern in frauentypischer Direktheit gefragt, was sie denn nun vom durchaus ansehnlichen Kollegen Carl Reutemann halte? Die BKA-Kollegin hatte nicht lange nach Ausflüchten gesucht. Nun also wusste es auch Paul, bald würde es der Flurfunk offiziell melden – nur mit Carl selbst würde Paul Apfel erst einmal nicht darüber sprechen.

Sie waren Kollegen, sie waren Freunde, aber sie waren auch Männer. Sie hatten Themen, über die sie sprachen. Musik. Computer. Schauspielerinnen. Mörder. Und sie hatten Themen, über die sie nicht sprachen. Die ersten grauen Haare (vorerst nur bei Paul), ihre Beziehungen, ungewöhnliche Verfärbungen ihres Urins, ihre Altersvorsorge. War einfach so. Für eine männliche Version von »Sex and the City« hätte es kaum eine schlechtere Besetzung geben können als Kommissar Paul Apfel und Inspektor Carl Reutemann.

Sie hatten auch so genügend Themen, gerade in diesen Tagen.

Vitantonio Modena blieb zunächst ein Phantom. Das BKA ermittelte in Lindau, das BKA ermittelte in der Schweiz. Das BKA ließ das Bild von Modena in die einschlägigen Kreise von Produktpiraten einsickern. Drei Kollegen waren in der Volksrepublik China und in Taiwan vor Ort zugange.

Der Kleinkriminelle, bei dem die Polizei Rosberg in Lindau aufgegriffen hatte, konnte sich weder an den Besuch eines Modena noch an den Mann auf dem Bild erinnern.

»Typisch für diese Drecksau. Er kann sich nie an irgendwas erinnern. Außer er kriegt Geld dafür, dann überwindet er seinen Alzheimer«, kommentierte Rosberg diese Aussage.

Nichts. Es schien ihn nicht zu geben, diesen Modena. Er war schlichtweg nicht existent, nicht vorhanden, kein Anschluss unter dieser Nummer. Weder in der Schweiz noch in Italien und in Frankreich, auch nicht in Skandinavien und in Osteuropa oder sonst irgendwo auf der Welt gab es in den Datenbanken einen Mann, auf den die von Rosberg gemachten Angaben zu Alter und Größe samt Phantombild und einschlägiger Kriminellen-Karriere auch nur annähernd passten. Kein Vitantonio Modena, kein Vito oder Tonio oder wie auch immer er seinen Namen abkürzen mochte.

Dabei war er der Schlüssel zu allen weiteren Türen, durch die sie im Rahmen dieses Falles noch zu gehen hatten. Johannes Gartner war zurück, und er bedrängte und drangsalierte Apfel. Der Kommissar müsse neue und genauere Informationen aus Rosberg herausbekommen, ansonsten würden sich wieder die Spezialisten vom BKA um den Zeugen bemühen.

Genau das war es, was der Kommissar vermeiden wollte. Er war froh, dass sein privilegierter Zugang zu Rosberg, außer von Gartner, derzeit nicht grundsätzlich in Frage gestellt wurde, und er konnte sich nicht vorstellen, dass ein anderer Gesprächspartner mehr und vor allem wertvollere Informationen aus Rosberg herausbekommen würde.

Trotzdem. Zweifel – die hatte auch er.

Hatte Rosberg sie doch ausgetrickst? Nein, beteuerte ihr wichtigster Zeuge. War die Qualität des Bildes doch zu schlecht? Sollte ein neues Phantombild erstellt werden? Auf keinen Fall, beharrte Rosberg und atmete den Rauch einer HB durch die Nase in Richtung von Paul Apfel aus, der ihm gegenübersaß.

Rosberg hatte seine ganz eigene Theorie, die der Kommissar zumindest nicht rundweg von der Hand weisen konnte.

»Alle haben Schiss vor Weidler«, befand der ehemalige Mordverdächtige, »keiner traut sich, Modena zu kennen.«

Apfel war entnervt und sprang auf. »Verdammt, wer ist Weidler, Rosberg? Sie müssen doch in Gottes Namen irgendwas mitbekommen haben all die Jahre.«

Markus Rosberg blieb seelenruhig und ungerührt sitzen. »Tut mir Leid. Ich würde viel dafür geben.«

Apfel wusste längst nicht mehr, ob er ihm glauben konnte. Hatte Rosberg überhaupt Interesse daran, den Fall zu lösen? Bei den beiden Morden war er mittlerweile weitgehend außen vor – niemand glaubte mehr an eine Schuld von Markus Rosberg.

Aber die Betrugsdelikte. Paul Apfel war nicht sicher, ob Rosberg nicht vielleicht eher Schlimmeres zu befürchten hatte, wenn die Strukturen der Markenpiraten in größerem Stil zerschlagen wurden. Der Kommissar wurde nicht schlau aus dem hageren, fast dürren blonden Mann, der ihm immer und immer wieder gegenübersaß und der ebenso ungerührt wie mitleidlos die Luft in seinem Büro verpestete.

Mit den Tagen verlor auch die Öffentlichkeit wieder zusehends das Interesse am Fall der drei Toten in der Arena. Das war Kommissar Apfel allerdings sehr recht.

Wer aber weiterhin Schlagzeilen machte, war der WAFA-Vize Patrick Cevert, der seinen Machtkampf mit Präsident Fritz Rindt mittlerweile ohne Scheu öffentlich austrug. PC warf dem offenbar ebenso kranken wie politisch schwachen Rindt beispiellose Nachlässigkeiten in Sicherheitsfragen sowie massive organisatorische Schwächen bei der Neustrukturierung der WAFA vor.

Der für seine bisweilen langatmigen Beiträge berüchtigte sport- und dopingpolitische Experte der »Süddeutschen Zeitung« handelte Cevert bereits als aussichtsreichsten Kandidaten für die Nachfolge Rindts, der Anfang 2007 aus Altersgründen abdanken sollte.

»Auch die, die Cevert nicht zu ihren Freunden zählen«, schrieb die SZ, »sprechen ihm nicht ab, dass er seine Finger in genau die richtigen Wunden legt und die Schwächen der WAFA sehr gründlich analysiert hat. Solange Franz Beckenbauer nicht bereit ist, in die Bütt zu steigen, muss PC als wahrscheinlichster Nachfolger des angeschlagenen Rindt gelten. Auch wenn dies vielen nicht gefallen mag.«

Apfel hatte den Artikel zufällig im Pressespiegel des Präsidiums gefunden – ansonsten interessierte er sich weniger denn je für Fußball. Ab dem Eröffnungsspiel am 9. Juni, so viel stand für ihn fest, würde er fünf Wochen lang den Fernseher nicht einschalten – alleine schon, um dem TV-Moderator Wolf-Dieter Poschmann zu entkommen, dessen Näschen für eitle und selbstverliebte Auftritte legendär war.

Der Kommissar fand es erstaunlich, dass die Sicherheitsdiskussionen nach genau einer Woche ohne weitere Leiche in der Arena in der breiten Öffentlichkeit derart schnell abebbten. Wie groß doch in der heutigen Zeit die Bereitschaft oder sogar der Wunsch der Menschen war, Unangenehmes möglichst schnell zu verdrängen.

Es gab längst wieder Spannenderes für »Bild« und seine Leser. Das seit der EM 2004 dramatisch verjüngte Nationalteam von Bundestrainer Jürgen Klinsmann gewann nach längerer Schwächeperiode endlich wieder zwei Testspiele. Und der Kaiser unterschrieb einen neuen millionenschweren Werbevertrag für genau den Computerhersteller, für dessen wichtigsten Konkurrenten der FC Bayern warb.

Das grenzdebil wirkende hosenlose WM-Maskottchen Goleo, von dem Paul Apfel immer noch glaubte, dass es Galileo hieß, hatte neben seinem sprechenden Ball Pille kurzfristig noch ein Weibchen zur Seite gestellt bekommen. Von der ebenfalls blöde in die Welt guckenden Golea erhofften sich WAFA und Veranstalter wohl nochmals höhere Merchandising-Umsätze, vor allem bei der Zielgruppe Frauen.

Der abgehalfterte deutsche Rekordnationalspieler Lothar Matthäus bezichtigte Klinsmann, ihn auf dem Spielfeld jahrelang absichtlich geschnitten zu haben. Doch den beständig unter Wortdurchfall leidenden Matthäus nahm außer seinen Freunden von »Bild« und vor allem »Sport-Bild« ohnehin niemand mehr ernst.

Carl Reutemann interessierte sich im Gegensatz zu Paul Apfel durchaus sehr für Fußball und die anstehende Weltmeisterschaft. Der Kommissar hatte bisweilen sogar das Gefühl, dass die Ermittlungen zu den Arena-Morden in der ganz eigenen Prioritäten-Rangliste des Inspektors längst nur noch Platz drei einnahmen – hinter Mona Maierhofer und der Fußball-Weltmeisterschaft.

Es wunderte Apfel daher nicht, dass Carl im Sportteil der Boulevardzeitung »tz« blätterte, den der Inspektor im Übrigen für bemerkenswert gut hielt, als sich der Kommissar wieder einmal den Rauch von Rosberg in die Augen blasen ließ. Diesmal auf der Agenda ihrer Unterhaltung: eine ausführliche Protokollierung der insgesamt vier Begegnungen von Rosberg mit dem ersten Mordopfer Michael Albers. Lähmende Routine, die nur belanglose Ergebnisse zutage förderte, die ohnehin umgehend in den Akten verschwinden würden.

Doch plötzlich war Markus Rosberg hellwach. Eben noch gelangweilt und seltsam leblos, sprang er unvermittelt auf und riss Carl Reutemann die »tz« aus den Händen.

»Hey, Mann, was soll der Scheiß?«, regte sich der Inspektor auf, doch weder Rosberg noch Apfel hörten ihm zu.

Es war ein Foto auf der ersten Seite des »tz«-Sportteils, das Rosberg aus seiner Lethargie gerissen hatte. Er feuerte die halb gerauchte HB auf den Boden von Apfels Büro, stapfte die Kippe mit den Füßen aus und warf die Zeitung auf Pauls Schreibtisch.

»Wer ist das?« Rosberg machte eine Kopfbewegung in Richtung eines großformatigen Bildes, das laut Bildunterschrift Jürgen Klinsmann und drei seiner Nationalspieler, darunter den grimmig dreinblickenden Torwart Oliver Kahn, bei einer Pressekonferenz gestern in Frankfurt zeigte. Dort hatten sie die bisher streng geheime endgültige Version ihrer roten Nationaltrikots für die WM präsentiert, die es ab sofort in allen WAFA WM-2006-Shops zu kaufen gab. »Wer ist das?«, wiederholte Markus Rosberg und deutete auf einen jünger aussehenden Mann am Bildrand.

»Das ist der Kahn, der immer Kaugummi kaut, den kenn sogar ich«, sagte Paul Apfel.

»Quatsch, der rechts daneben«, gab Rosberg zurück.

Der Kommissar sah genauer hin. Hellbraune Haare, volles Gesicht. »Nie gesehen. Carl?«

Der Inspektor, der mittlerweile ebenso das Bild anstarrte, schüttelte den Kopf. »Keine Ahnung. Was ist mit dem? Modena in Hellbraun?«

Rosberg kniff die Augen zusammen und näherte sich dem Foto auf höchstens noch zwanzig Zentimeter. »Nein, nicht Modena. Ich kenne den Mann nicht. Aber ich kenne die Krawatte.«

Apfel und Reutemann sahen ebenfalls genauer hin. Der Mann mit dem vollen Gesicht trug eine grasgrüne Krawatte mit roten Punkten. Etwas zu bunt vielleicht für Pauls Geschmack, aber ansonsten nicht weiter der Rede wert.

»Und, was sagt uns das?« Carl Reutemann fand es eigenartig, wie sich Rosberg für eine grün-rot gepunktete Krawatte begeistern konnte.

»Dass Vitantonio Modena genau die gleiche Krawatte anhatte, als er in Lindau bei mir war«, antwortete Rosberg.

»Und deswegen reißen Sie mir die Zeitung aus der Hand?« Reutemann war nun endgültig bedient. »Es gibt zweihundert Millionen solcher Krawatten auf der Welt. Was soll der Affenzirkus?«, brüllte er.

Paul Apfel schwieg, und Markus Rosberg mimte den Gekränkten. »Mir ist es ehrlich langsam scheißegal, ob Sie Ihren Fall lösen. Aber diese Krawatte gibt es garantiert nicht zweihundertmillionenmal«, schrie er zurück.

Der Kommissar mischte sich ein. »Woher wollen Sie das wissen?«

»Die Punkte sind übrigens gar keine Punkte, sondern Fußbälle. Ich habe diese Krawatte bei Modena stundenlang aus der Nähe gesehen, als er mir die falsche Aussage eingebläut hat. Ich kann mir so was verdammt gut merken.«

»Riesig.« Carl Reutemann hatte seinen Lautstärkeregler wieder etwas heruntergefahren. »Wirklich riesig, Rosberg. Und wenn Sie Recht haben? Dann kauft Modena vielleicht im gleichen Laden ein wie der Fußballmensch hier auf dem Bild. Schafscheiß, Paul.«

Der Kommissar unterstützte Carl, wenn auch nicht vom Ton, so doch von der Sache her. »Ich denke wirklich, dass uns das nicht weiterhilft, Herr Rosberg.«

Ihr wichtigster Zeuge fiel auf einen Schlag wieder in seine lethargische Starre zurück. Es war bemerkenswert, stellte Apfel fest, welchen extremen Stimmungsschwankungen Markus Rosberg unterworfen war. Fast schon wie er selbst.

Nun stand Paul Apfel wieder fest auf dem Boden der Tatsachen. Carl hatte Recht. Mit albernen Krawatten-Theorien würden sie sich nur lächerlich machen. An die Reaktion von Gartner auf die angebliche »Enthüllung« mochte er gar nicht erst denken. So verzweifelt waren sie nun auch wieder nicht.

Bei ihrer täglichen Besprechung, die an diesem Tag um 13 Uhr stattfand, musste sich Apfel erst gar nicht bemühen, den vermeintlichen Hinweis Rosbergs nicht zu erwähnen. Er hatte ihn praktisch schon wieder vergessen.

Nun waren es noch genau vier Wochen und ein einziger Tag bis zum Beginn der Fußball-Weltmeisterschaft 2006.

25

Es war Äpfelchen, die die Dinge wieder ins Rollen brachte.

Paul Apfels ermittlungstechnische Muse erklärte ihren Gatten für bescheuert an diesem Abend. Für bekloppt, instinktlos und überhaupt, schlimmste aller Beschimpfungen, für einen typischen Mann eben.

Er dankte ihr herzlich dafür.

Miriam Apfel war selbst genervt, als ihr Ehegatte nach Hause kam. Ursache war der »Samurai Showdown«, der japanische Historienwälzer, in dessen mörderische mittelalterliche Welt sie zwecks deutscher Übersetzung nun vollends abgetaucht war. »Der Mann denkt zu kompliziert, der Mann macht alles zu kompliziert«, keifte sie aus dem Esszimmer, als Paul noch in der Garderobe damit beschäftigt war, sich seine etwas engen schwarzen Halbschuhe von den Füßen zu ziehen.

Der Kommissar wusste genau, dass Äpfelchen auf ihn abzielte mit ihrer Litanei. Allerdings wusste er nicht, was er verbrochen hatte am Vortag. Und es ärgerte ihn, dass sie ihre Nerven nicht im Zaum halten konnte, bis er wirklich zu Hause angekommen war und sich wenigstens die Schuhe ausgezogen hatte. Was für ein Empfang. Welcome to L.A.

»Idiot«, fluchte Miriam Apfel, als der Kommissar ins Esszimmer einbog.

»Danke«, gab Paul Apfel zurück. »Was habe ich denn angestellt? Die Tüte mit den englischen Weingummis hat Jonathan auf ex verdrückt, nicht ich.«

So richtig schien Äpfelchen erst jetzt zu bemerken, dass er nach Hause gekommen war. Sie blickte von ihren Papierbergen und ihrem weißen iBook auf und lächelte ihn müde an.

»Ich mein nicht dich. Nagoya ist der Trottel.«

Wie schön. Der Kommissar war hoch erfreut, dass sich der Zorn des Imperiums nicht gegen ihn richtete, sondern gegen den Autor von »Samurai Showdown«.

»Je verschwurbelter, desto besser«, schimpfte Miriam Apfel, »das erinnert mich an meinen alten Deutschlehrer Franz-Josef Holthaus. Wenn ich irgendwas völlig Verschwurbeltes geschrieben habe, hat er gemeint, Fräulein Zimmermann, was wollen Sie mir damit sagen? Dann hab ich ihm in einem einfachen Satz gesagt, was ich gemeint habe – und er hat dann gesagt, dann schreiben Sie das doch einfach so, Fräulein Zimmermann. Ich sollte ihn mal bei Nagoya vorbeischicken.«

»Für mich ist Japanisch immer verschwurbelt«, gab Paul zurück, ebenfalls müde lächelnd.

Miriam fegte ein paar Blätter vom Esstisch. »Heute kann er mich mal gern haben, der Nagoya. Ich mag nicht mehr. Wie war's bei dir? Neue Erkenntnisse?«

Paul schüttelte den Kopf. »Satz mit X.«

»Das sagst du jetzt seit Tagen, Paul. So habt ihr selten gehangen.«

»Noch nie, Miriam, noch nie. Mittlerweile wird's immer abstruser. Wir verdächtigen Leute schon, weil sie die falschen Krawatten anhaben.« Der Kommissar berichtete seiner Frau von der Entdeckung Rosbergs.

»Und ihr seid der Sache nicht nachgegangen? Null Reaktion?« Äpfelchen fing schon wieder an, sich aufzuregen. Es war fast so, als hätte Norifumi Nagoya noch mehr schwurbeliges Japanisch angeliefert.

»Wie gesagt, Äpfelchen, wir haben das ziemlich albern gefunden und wollten uns bei Gartner und Heger nicht unbedingt zur Lachnummer machen.«

Nun regte sie sich endgültig auf. Und Miriam Apfel konnte sich aufregen! »Paul, das ist typisch für dich und vor allem für deinen Carl und überhaupt für euch Männer«, mäkelte sie. Und weiter: »Null Komma null Prozent Instinkt und ein Einfühlungsvermögen tief unter dem Gefrierpunkt. Emotionale Trampeltiere seid ihr alle miteinander.«

Diesmal war nun wirklich er gemeint. So ganz war sich Apfel allerdings auch jetzt nicht sicher, womit er den Zorn verdient hatte. »Was soll das, Miriam? Glaubst du vielleicht an den Krawattenquatsch?« Er war jetzt wirklich verärgert über ihre merkwürdige Reaktion.

Miriam schimpfte weiter. »Darum geht's doch gar nicht, Paul. Ihr habt einen Zeugen, den ihr seit Tagen ausquetscht und bei dem nix rumkommt. Dann hat er endlich mal eine Idee, hat was zu sagen – und ihr macht euch lächerlich über ihn. Jetzt wird der Rosberg bestimmt irrsinnig motiviert sein, sich weiter für euch Gedanken zu machen. Für so blöd und instinktlos hätte ich nicht einmal dich und deinen Spezl Carl gehalten.«

Paul Apfel bekam es dicke ab an diesem Abend. Aber er verstand jetzt immerhin, was Äpfelchen meinte.

»Du meinst – wir hätten einfach zeigen sollen, dass wir ernst nehmen, was er sagt? Nur um ihn bei der Stange zu halten?«

»Wow! Spuren von Restintelligenz.« Miriam Apfel lächelte spöttisch. »Wenn sich Nagoya auch so deutlich ausdrücken würde, wäre ich richtig froh. Natürlich, Paul. Egal, was an der Krawattengeschichte dran ist – Rosberg muss doch das Gefühl kriegen, dass er wichtig ist. Sonst macht er völlig dicht, und ihr könnt ihn vergessen. Denk einfach mal drüber nach.« Ohne weiter auf Pauls Arbeit einzugehen, wandte sich Äpfelchen wieder dem Nagoya zu.

Und ohne es ahnen zu können, hatte Miriam Apfel in diesen Minuten dafür gesorgt, dass nun endlich das passierte, auf das Apfel und seine Kollegen seit nunmehr gut eineinhalb Wochen gewartet hatten. Und von dem Paul Apfel schon befürchtet hatte, dass es gar nicht mehr geschehen würde. Es ging voran. Sie machten endlich richtige Fortschritte.

Und sie begannen bereits am nächsten Tag zu verstehen, dass Vitantonio Modena doch nicht die zentrale Figur war, die allein den Schlüssel zur Lösung des Falles in der Hand hielt. Vielmehr war diese Figur doch, ein wenig überraschend, der ehemals des Doppelmordes verdächtige Zeuge Rosberg.

Am nächsten Morgen, es war Freitag, der 12. Mai 2006, saß Paul Apfel bereits um 7 Uhr 35 in seinem Büro im Polizeipräsidium in der Ettstraße in München. Er hatte sich in den letzten Monaten oft genug darüber geärgert, dass die Büros im Präsidium aus Kostengründen nur mehr mittwochs und am Wochenende gereinigt wurden. An diesem Morgen allerdings war er froh, dass sich am Donnerstagabend keine Putzkolonne durch die Räume gewälzt hatte.

Drei von Rosbergs platt gedrückten Kippen lagen immer noch in der Nähe seines Schreibtisches. Das war dem Kommissar momentan allerdings ebenso völlig egal wie der abgestandene Studentenkneipen-Mief, der seit Tagen wie festgenagelt in seinem Büro hing. Das Einzige, was Paul Apfel interessierte an diesem Freitagmorgen, war der altmodische grüne Plastikpapierkorb direkt unter seinem Schreibtisch.

Er brauchte nicht lange zu suchen. Er musste lediglich ein paar Zigarettenfilter und ein wenig Asche vom Papier schütteln. Dann sah die »tz« vom gestrigen Donnerstag bis auf ein paar Brandflecken fast aus wie neu.

Er tat, was er sonst nie tat, und schlug den Sportteil auf. Er übersah die TV-Kritik mit der albernen Überschrift und dem komischen Gesicht darüber und fand, was er suchte. Er konnte sich immer noch nicht vorstellen, dass die Krawatte des Mannes irgendeine Bedeutung für die Lösung des Falles haben sollte. Aber er war nun, nach Äpfelchens gestriger Moralpredigt, immerhin bereit, Rosbergs Hinweis ernst zu nehmen und ihm vor allem nachzugehen.

Um 7 Uhr 40 rief er den Bereitschaftsdienst in Stadelheim an. Er müsse Rosberg sehen. Ja, hier im Präsidium, schnellstmöglich. Der Mann am Telefon war unwillig, versprach aber, sein Möglichstes zu tun. Allerdings könne es zehn Uhr werden, bis der Zeuge überstellt sei.

Apfel blickte auf die Uhr. Über zwei Stunden. Scheiß-Bürokraten. Wann tauchte Pressemann Glemser üblicherweise morgens im Präsidium auf? Apfel fiel auf, dass er keine Ahnung hatte.

Er versuchte es exakt um acht. Krematorium Ost war bereits angefeuert. Glemser schnaufte und war offenbar gerade zum Dienst erschienen.

»Servus, Hannes, Paul hier.«

»Ich seh's. Muss das sein, mitten in der Finsternis?«

»Muss sein, Hannes. Ich staune ja, dass du um acht schon da bist.«

»Ich staune jeden Tag. Ist eigentlich auch völliger Blödsinn. Um die Zeit schlafen meine Freunde bei der Zeitung alle noch. Es würde vollkommen langen, wenn ich um elf komme. Aber ich bin deutsch-österreichischer Beamter, und kein anständiger Beamter darf …«

»Stopp, Hannes, stopp.« Paul Apfel hatte hier, jetzt und heute keine Zeit für Glemsers Wiener Schmäh. »Bittschön ein anderes Mal. Ich brauch dich. Komm bitte runter, sofort und dringend und danke.« Vorsichtshalber legte der Kommissar nach dieser als Bitte getarnten Aufforderung umgehend den Hörer auf, um keine Widerrede zuzulassen.

Es dauerte trotzdem fast eine Viertelstunde, bis sich Hannes Glemser in seinem Büro einfand und in einen der schäbigen Drehstühle plumpsen ließ.

»Du brauchst dich hier gar nicht so breit zu machen. Schau her«, empfing ihn der Kommissar.

»Ich mach mich nicht breit. Ich bin so breit«, erwiderte der Pressemann und schob sich auf dem Stuhl durch das halbe Zimmer bis an Pauls Schreibtisch.

»Das gibt Spuren auf dem Boden, wenn du hier spazieren fährst«, mäkelte der Kommissar.

»Ehrlich? Das tut mir Leid«, gab Glemser fast hämisch zurück. »Also, was ist so wichtig, dass du mir mein Bürofrühstück versaust?«

Apfel zeigte auf das Bild in der »tz«. »Siehst du dieses Bild?« Er wusste sofort, dass er die falsche Frage gestellt hatte.

»Jaaaa«, dehnte Hannes Glemser, »ich glaube, ich sehe ein Bild. Es ist bunt, rechteckig, auf Zeitungspapier gedruckt, und ich kann euren bundesdeutschen Bundestrainer erkennen, der nach den drei schmählichen Niederlagen in der Vorrunde zurücktreten wird. Dann kann er sich wieder an den Strand von Kalifornien absetzen, wo er eh am allerliebsten ist. Wobei ich zugeben muss, dass wir Österreicher mit drei Niederlagen in der Vorrunde noch gut bedient wären, weil wir wegen dem Krankl, diesem Hornochsen …«

Der Kommissar mochte den Österreicher, doch heute fiel ihm Glemser auf die Nerven. Konnte man mit dem Mann nur noch Albernheiten austauschen? Er unterbrach ihn unwillig.

»Hannes, bitte. Ich brauche dieses Bild, und ich brauche es so groß wie möglich. Und eigentlich brauche ich gar nicht das ganze Bild, sondern nur den Typen mit der grünen Krawatte. Lass ihn vergrößern. Und bitte frag mich jetzt nicht, warum. Glaub mir einfach, dass es wichtig ist.«

Glemser schaute auf den Fotohinweis. Das Bild, das für Paul Apfel offenbar so wichtig war, war ein Agenturfoto. »Sollte kein Problem sein. Bei solchen Pressekonferenzen fotografieren sie meistens digital. Und bei einer Acht-Megapixel-Auflösung kannst du ein Poster von deinem Spezl mit der Krawatte machen. Ich kümmere mich drum und ruf dich an.«

Diesmal schob Hannes Glemser den Stuhl per Hand und betont vorsichtig an seinen Platz zurück.

Zwanzig Minuten später rief er an. »In der Agentur haben sie nur eine kleinere Version, und die Fotografin ist irgendwo unterwegs. Ich hab das Mädel am Handy erreicht. Sie ist um elf wieder im Büro und mailt dir einen hochaufgelösten Krawattenmann, den du endlos vergrößern kannst. Du brauchst ihn ja nicht gedruckt, oder?«

Paul überlegte kurz. »Fürs Erste tut's auch die Datei. Aber sag der Frau, sie soll uns das Bild auch möglichst groß schicken. Ich hab keinen vernünftigen Farbdrucker hier. Und gib ihr meine private Mailadresse. Bei der Dienstadresse gibt's mit der großen Datei wieder nur Ärger mit der Firewall.«

Kein Farbdrucker, keine funktionierende Mailadresse. Die miese technische Ausstattung, mit der er zu kämpfen hatte, kotzte Paul Apfel an. Er nannte das Polizeiarbeit auf Armenrecht.

»Hab ich eh gemacht, das mit der Mailadresse. Und wegen dem Ausdruck ruf ich sie noch mal an. Schätze, den hast du morgen. Das Mädel hat sich flott angehört.«

»Ach ja, eines noch«, fügte der Kommissar hinzu, »ruf bei der ›tz‹ im Sport an und frag nach, wer der Mensch ist.«

»Auch das«, antwortete Hannes Glemser, »hat vor halb zehn keinen großen Sinn. Aber ich bemüh mich und geb dir Bescheid.«

Nun konnte Paul Apfel nur noch warten. Es war bereits 8 Uhr 50, und von Carl Reutemann keine Spur. Nein, die Romanze mit Mona Maierhofer tat der Arbeitseinstellung des Inspektors nicht gut. Erst um zwei nach neun warf Carl die Tür auf und federte strahlend in Pauls Zimmer.

»Morgen, Paul. Und, heute schon erfolgreich das Böse bekämpft?«

»Blöder Spruch, Carl. Hast du Spätdienst, oder warum kommst du jetzt erst?«

Carl Reutemann ließ sich die Laune kein bisschen verderben. »Bin schon lange da, Paul. Ich wollte aber erst ein paar sympathische Menschen treffen, bevor ich zu dir reinkomme.«

»Arschloch«, gab der Kommissar zurück, was liebevoller gemeint war, als es klang. »Ich bin auch sympathisch. Ich kann es manchmal nur nicht so richtig zeigen. Wir werden uns den Krawattenmann doch näher anschauen.«

»Es lässt dir also keine Ruhe?« Carl Reutemanns Lächeln verebbte, und er seufzte. »Da steckt Miriam dahinter, oder? Aber bitte, wenn's schön macht.«

Apfel berichtete dem Inspektor von Äpfelchens Standpauke. Carl seufzte. »Weiber machen traurig, Paul.«

»Nicht nur«, antwortete der Kommissar, »oder, Carl?«

Der Inspektor lächelte wissend. »Nein, nicht nur, Paul. Man darf sie bloß nicht heiraten.«

Es war zehn vor zehn, als Markus Rosberg in Paul Apfels Büro geführt wurde. Er schien, für seine Verhältnisse, in ordentlicher Stimmung zu sein.

»Tja, Herr Rosberg, so schnell sieht man sich wieder«, empfing ihn der Kommissar. »Ihr Krawattenmann hat uns doch mehr beschäftigt, als wir gedacht hatten.«

»So so«, entgegnete Rosberg und blickte sich auf der Suche nach dem für seine Aussagen unverzichtbaren Treibstoff um. Apfel zog eine Packung HB, ein oranges Plastikfeuerzeug und einen frisch angeschafften Blech-Aschenbecher aus seiner Schublade und schob alles Rosberg zu. Dann stand er auf, ging um seinen Schreibtisch, hob die drei Kippen mit spitzen Fingern auf und warf sie demonstrativ in den Papierkorb. Rosberg schien sich zu amüsieren.

»Also, Herr Rosberg, die Krawatte. Können Sie uns die Krawatte bitte so genau wie möglich beschreiben?«

»Da gibt es nicht viel zu beschreiben. Sehr guter Stoff, dürfte Seide sein, dunkelgrün. Und das, was hier aussieht wie rote Punkte, sind wie gesagt Fußbälle.« Er deutete auf das Bild in der »tz«, die immer noch vor Paul Apfel lag.

»Was für Fußbälle?«, fragte der Kommissar.

Rosberg dachte nach. »Keiner der modernen Kunststoff-Fußbälle, die aussehen wie silberne Ufos«, sagte er schließlich. »Aber auch keiner wie früher, das klassische Modell mit den zusammengenähten Achtecken. Oder wie viele Ecken sind das? Sie wissen schon, was ich meine.«

»Sondern?« Apfel seufzte.

»Ein altmodischer Fußball.« Jetzt wusste es Rosberg wieder. »Wissen Sie was? Es war einer der altmodischen Bälle von früher, wie 1954 im Endspiel von Bern, einer mit langen braunen zusammengenähten Lederstücken. So sind mir die Bälle auf der Krawatte vorgekommen.«

Der Kommissar überlegte und startete auf seinem Rechner die Internet-Suchmaschine Google. Nach einigem Suchen und mit Hilfe der Stichworte »Lederball« und »1954« hatte er ihn gefunden. Torelli, den Original-Lederball der Weltmeisterschaften 1954 bis 1966, der heute als Nostalgie-Artikel wieder hergestellt wurde. Achtzehn Lederteile aus Rindsleder, handvernäht, bei Regen schwer wie Münchhausens Kanonenkugel.

Paul Apfel hatte den braunen Ball groß auf seinem Bildschirm und drehte den Flachbildschirm zu Rosberg. »Ist das Ihr Ball?«

Markus Rosberg nickte eifrig. »Genau. Genau wie die Nähte hier aussehen, sind sie auch auf dem Ball auf der Krawatte. Schwarze Linien auf dem roten Ball.«

Der Kommissar warf zum x-ten Mal einen Blick auf das Zeitungsfoto. Er sah nur rote Punkte und weder altmodische noch neumodische Fußbälle. Nebenbei klickte er alle zwei, drei Minuten auf sein E-Mail-Postfach. Keine neuen Mails. Kein Foto der Fotografin, obwohl es bereits kurz nach elf war.

Erst um 11 Uhr 20 hatte er Post.

Die Mail lud und lud und lud. Auch der Internetanschluss im Präsidium war nicht auf dem alleraktuellsten Stand der Technik.

Nach zwei, drei Minuten war die Mail da. Betreff »Vergrößerung Teilnehmer Fußball-PK«, mit dem Hinweis »Ausdruck geht heute noch raus« und vielen Grüßen von Lucrezia Gräfin von Schimmelmann, Pressebüro Heckl & Bekannte. Der Name war schon mal beeindruckend, fand der Kommissar.

Apfel klickte den Anhang an. Der Mann mit dem vollen Gesicht trug eine grüne Krawatte mit roten Punkten. Apfel vergrößerte das Bild in einem einfachen Bildbearbeitungsprogramm. Rote Punkte. Er vergrößerte es nochmals. Rote Fußbälle. Ganz eindeutig altmodisch rote Fußbälle mit schwarzen Nähten.

Der Kommissar forderte Reutemann und Rosberg auf, ebenfalls hinter den Schreibtisch zu kommen und sich das vergrößerte Bild anzusehen. Der Inspektor ließ ein pfeifendes Geräusch hören, das anerkennend klang. Rosberg nickte, als habe er es immer schon gewusst.

»Punkt für Sie, Herr Rosberg«, lächelte der Kommissar. »Jetzt würden wir gerne wissen, wer unser Krawattenfreund ist.«

Er rief bei Hannes Glemser an. Der Pressesprecher meldete sich statt mit »Krematorium Ost« mit »Nix, Paul. Wollt dich eh grad anrufen.«

»Was heißt nix? Nix ist verboten, Hannes, bei Todesstrafe. Du sagst doch selber immer, aufgeben tust du höchstens einen Brief.«

»Der Mensch von der ›tz‹, der bei der Pressekonferenz war, meint, da sind tausend Leute rumgehupft. Er hat keine Ahnung, wer das war. Nachdem er so nah bei Klinsmann steht, muss er aber einigermaßen wichtig sein, irgendein Mensch von der WAFA oder dem Organisationskomitee vielleicht. Mehr kann ich dir momentan auch nicht sagen.«

»Danke. Ich halte dich auf dem Laufenden«, antwortete Apfel und warf den Hörer zurück auf sein Schreibtischtelefon. Er wusste, dass es kein wirkliches Problem sein würde, herauszufinden, wer der Mann war. Er konnte Hannes Glemser mit dem WM-Komitee oder mit ein paar Zeitungen telefonieren lassen, irgendwann würde irgendjemand den Namen wissen. Aber er wollte die Info schnell. Oder genauer gesagt, er wollte sie sofort.

Carl Reutemann hatte die Idee. »Schurti«, überlegte er laut. »Der Mann vom Organisationskomitee, der gewusst hat, wer Jabouille war und es drei Stunden exklusiv für sich behalten hat. Der schuldet uns einen Gefallen.«

Gute Idee, fand Apfel. »Haben wir die Nummer?«

»Emma«, antwortete Carl Reutemann.

Die Sekretärin und leitende Mitarbeiterin des Flurfunks im Münchner Polizeipräsidium brauchte zwei Minuten, dann hatte sie die Nummer.

Paul Apfel drückte den Knopf an seinem Telefon, mit dem er die Anzeige der Rufnummer beim Angerufenen unterdrücken konnte. Es hatte ihn irgendwann zwei Stunden Studium der Bedienungsanleitung und einen kurzfristigen Nervenzusammenbruch gekostet, um herauszufinden, wie sich diese Funktion mit einem einzigen Tastendruck aktivieren ließ. Aber spätestens heute zeigte sich, dass sich der Aufwand gelohnt hatte.

Martin Schurti ging selbst ans Telefon. Apfel hatte sich für eine Offensivtaktik entschieden und wollte Schurti keine Chance geben, wieder langwierige Abstimmungsgespräche mit der WAFA zu führen.

»Tag, Herr Schurti, hier Max Falk von der ›tz‹, München, Sportredaktion.«

»Ja?« Schurti schien leicht irritiert zu sein.

»Herr Schurti, haben Sie vielleicht unsere gestrige Ausgabe im Büro liegen?«

»Sollte in der Pressestelle sein. Wieso fragen Sie?«

»Sie müssen uns bitte einen Gefallen tun. Holen Sie sich doch die Ausgabe. Der Sportteil reicht.«

»Moment.« Apfel hörte, wie Schurti den Hörer auf den Tisch legte. Dann hörte er zwei Minuten außer Hintergrundgemurmel gar nichts, und dann war Martin Schurti zurück.

»So, jetzt hab ich die Zeitung hier. Um was geht es denn eigentlich?«

»Wir bereiten gerade eine Beilage vor, die die exzellente Arbeit des Organisationskomitees im Rahmen der WM würdigt«, log der Kommissar ungeniert.

Schurti klang ebenso erfreut wie verwundert. »Aha, davon weiß ich gar nichts.«

»Läuft alles über ganz weit oben«, erklärte Apfel geheimnisvoll. »Und in dieser Beilage drucken wir ein Bild ab, das wir gestern schon im Blatt hatten. Nur fehlen uns ein paar Namen für die Bildunterschriften. Vielleicht können Sie uns da helfen. Es geht um das große Bild auf Seite einundzwanzig.«

Apfel hörte, wie Schurti blätterte. »Das mit Klinsmann und Kahn?«

»Genau«, bestätigte der Kommissar, »links hinter Klinsmann. Wer ist das? Der mit dem weinroten Hemd?«

»Robert Eckert von der WAFA-Presse.«

»Aaaaahja.« Apfel schrieb eifrig mit. »Und der links daneben?«

»Günther Simon von unserer Mediaagentur Concept.«

»Daaanke. Und der Herr mit dem rötlichen Vollbart ganz links am Bildrand?«

»Hmmm, da muss ich überlegen. Das müsste Thomas Kiermaier sein, ein Pay-TV-Mensch. Das müsste ich aber klären lassen. Soll ich Sie zurückrufen?«

»Neeeiiin«, wehrte Paul Apfel ab, der es für gar keine gute Idee hielt, wenn sich Schurti beim ›tz‹-Sport melden würde, um Bildunterschriften für die WM-Beilage abzusprechen. »Nicht nötig, ich denke, der wird eh abgeschnitten. Hab ich dann alle? Ach nein, einer fehlt noch. Der rechts neben Kahn, der mit der grün-roten Krawatte?«

Martin Schurti ließ kein Zögern erkennen, sondern antwortete ebenso schnell, offen und bereitwillig wie bei den ersten Männern, deren Namen Paul Apfel keinen Deut interessiert hatten.

»Das ist Werner Surer von der WAFA.«

»Aaaaahja«, dehnte der Kommissar erneut und hob dann den rechten Daumen in Richtung Reutemann und Rosberg. »Werner Surer von der WAFA. Wie schreibt man das? S-U-R-E-R?« Apfel notierte.

»Genau, Werner Surer von der WAFA«, gab Schurti zurück, dem vielleicht hätte auffallen können, dass sich Apfel bei keinem der vorherigen Namen nach der genauen Schreibweise erkundigt hatte.

Der Kommissar bedankte sich wortreich, versprach Schurti die Zusendung eines Stapels Belegexemplare der fiktiven Beilage und legte auf. Apfel war zufrieden mit dem Gespräch, sehr zufrieden sogar.

»So so«, sagte er, »unser Krawattenmann ist also von der WAFA, und er hat jetzt sogar einen Namen.«

So ganz mochte sich Carl Reutemann offensichtlich immer noch nicht mit der Krawatten-Idee arrangieren. Er schüttelte den Kopf. »Paul, ich glaube nach wie vor, dass du dich verrennst. Wenn du jetzt anfängst, dich auf die WAFA zu werfen, riskierst du eine blutige Nase.«

Carls Ignoranz ging dem Kommissar auf die Nerven. Er stritt selten mit Reutemann, noch seltener schrien sie sich an – und vor einem Zeugen oder gar Verdächtigen wie Rosberg durfte das erst recht nicht passieren. Aber egal – Paul hatte genug.

»Bockmist, Carl, du redest Bockmist!«, brüllte er. »Du bist immer nur dagegen. Was ich mache, ist falsch, und du weißt alles besser. Was für eine Chance haben wir? Was haben wir sonst noch in der Hand? Was würdest du machen? Verdammt noch mal.«

Carl saß gelassen da, er kannte Apfels Anfälle. Rosberg ließ keine Reaktion erkennen und starrte aus dem Fenster.

Paul wusste, dass er ebenso Unrecht wie Recht hatte. Er atmete tief durch. »Sorry, Carl. Natürlich bist du nicht immer nur dagegen. Aber du musst zugeben, dass wir nichts anderes haben. Wir können dieser Spur nachgehen oder ein paar Tage Urlaub einreichen. Also?«

»Urlaub«, grollte Carl Reutemann.

»Sturschädel«, zischte Apfel. Er hatte das Gefühl, dass ihnen Rosberg heute nicht mehr helfen konnte. Er steckte ihm eine weitere Packung HB zu, dankte ihm und ließ ihn abholen und zurück nach Stadelheim schaffen. Dann suchte er unter wafa.com die Telefonnummer des Verbands in Bern heraus. Er drückte wieder auf seinen Tarnen-und-Täuschen-Knopf am Telefon und wählte die Nummer der Zentrale.

Eine freundliche Dame mit schwyzerdütschem Dialekt meldete sich sofort.

»Guten Tag, Urban von ›Much More Media‹«, sagte Paul Apfel freundlich, »ich würde gerne Herrn Werner Surer Unterlagen zusenden. Was ist das bitte für eine Abteilung?«

Er hörte die Dame auf einer Tastatur klimpern. »Werner Surer, sagten Sie? Das ist das Vorstandsbüro von Monsieur Cevert. Soll ich Sie verbinden?«

»Nein, nein«, lehnte Apfel eilig ab, »ich brauche nur die Abteilung für die genaue Adressierung. Vielen Dank.«

Jede Minute eine neue Erkenntnis, dachte Paul Apfel. »Nicht schlecht, oder?«, wandte er sich wieder Reutemann zu. »Der Mann mit der Krawatte arbeitet ganz oben bei der WAFA für den Vizepräsidenten Cevert.«

Diese Art von Arbeit, zackzack, gefiel Apfel. Wegen dieser Art von Arbeit hatte er nach dem Abitur auf ein Studium verzichtet und war in den Polizeidienst eingetreten. Er hatte eine Spur, und er war finster entschlossen, sie weiterzuverfolgen.

Nur – wie?

Noch hatte er keine Idee. Beim 14-Uhr-Treffen, das wieder Mona Maierhofer leitete, sagte er kein Wort von der Krawattensache. Er wusste noch nicht, wie er weiter vorgehen sollte. Und er fand vor allem, dass es keinen Sinn machte, die Kollegen schon jetzt mit ins Boot zu holen.

Kurz nach 15 Uhr verließ Apfel ohne jede Erklärung das Polizeipräsidium und kehrte an diesem Tag einfach nicht mehr zum Dienst zurück.

26

Paul Apfel wollte diese Krawatte. Er wusste noch nicht genau, was er mit ihr vorhatte, aber er wollte sie mit eigenen Augen sehen. Er wollte ein Gefühl entwickeln für dieses mysteriöse Stück Stoff, an dem er sich festzubeißen schien. Er hatte die fixe Idee, dass ihm dann einfallen würde, wie er weiter vorgehen konnte.

Er suchte sechs, sieben, acht Geschäfte in der Münchner Fußgängerzone und ihren Seitenstraßen auf. Große Kaufhäuser in der Kaufingerstraße, kleine Boutiquen in der Theatinerstraße. Er begab sich jeweils zielstrebig in die Herrenmodenabteilung. Er suchte nie selbst, und er stellte den freundlichen Verkäuferinnen und Verkäufern immer wieder die gleiche Frage. »Haben Sie so eine Krawatte?« Dabei hielt er ihnen das Foto aus der »tz« unter die Nase. »Was hier so aussieht wie rote Punkte, sind in Wirklichkeit kleine Fußbälle.«

Paul Apfel hatte Pech. Es gab grüne Krawatten, die ein wenig heller waren als die gesuchte. Es gab welche, die etwas dunkler waren. Es gab blaue Krawatten mit roten Punkten, es gab sogar lila Krawatten mit sehr großen Bällen darauf. Leider waren es Golfbälle und keine Fußbälle.

Kurzum: Seine grün-rote Fußballkrawatte schien ein ebensolches Phantom zu sein wie ihr Träger Modena oder sein Hintermann Weidler. Apfel wollte fast schon aufgeben, zumindest für diesen Tag, als in der Boutique »Men & More« in einer Seitenstraße der Theatinerstraße das Glück zu ihm zurückkehrte.

Der Laden war unverschämt teuer, und der Verkäufer war ein affektierter Blödmann mit schlohweißen Strähnen in den gegelten schwarzen Haaren. Aber sie hatten seine Krawatte. Beziehungsweise, sie hatten sie fast.

»Die kenn ich doch, die kenn ich doch«, überlegte der Blödmann, der das merkwürdige Namensschild »Jody« trug, »ich glaube, ich glaube. Hmmm, warten Sie, warten Sie.«

Paul Apfel war sehr gespannt, ob Jody wirklich jeden Satz zweimal sagte.

Nein, tat er nicht. »Die ist aber grauenvoll teuer«, sagte Blödmann, als gälte das nicht für das gesamte Sortiment. Dabei sah er den Kommissar mit einem Blick an, den dieser deutlich als herablassend empfand. Sah er so aus, als könnte er sich keine grauenvoll teuren Krawatten leisten?

Er blickte auf seine abgeschabte schwarze Lederjacke, der man ansah, dass Stoiber nur zu gerne an ihr hochsprang. Und er blickte auf seine ebenfalls nicht mehr ganz nagelneue Jeans. Möglicherweise sah er wirklich so aus.

Dann entschwebte Jody hinter einen schwarzen Vorhang und kehrte keine Minute später mit einem Katalog zurück.

»Wusst ich's doch, wusst ich's doch«, befand er und fächelte sich mit dem Katalog kurz Frischluft zu. Dann blätterte er ein paar Seiten durch, fand die richtige und hielt den geöffneten Katalog Paul Apfel hin.

Da war sie, Apfels Krawatte. Einhundert Prozent Kaschmirseide, das Modell »Futbol Extravaganza« der Schweizer Firma Angela P. »Gibt es außer bei uns nur in einer Hand voll Geschäften in ganz Deutschland« erklärte Jody, »zweihundertneunundsiebzig Euro, aber jeden Cent wert, jeden Cent wert. Außerordentliche Qualität, außerordentliche Qualität.«

Apfel musste schlucken und an seine nächste Spesenabrechnung denken. Aber was half es? So viel hatte er bar gar nicht dabei. »Nehmen Sie Kreditkarte?«

»Sicher, sicher«, antwortete Jody, »aber ich glaube, Sie haben mich missverstanden. Auf Lager haben wir die Krawatte natürlich nicht. Dazu ist die Nachfrage viel zu gering. Ich kann sie Ihnen aber sehr gerne bestellen. Das dauert nicht einmal drei Wochen.«

Apfel wollte die Krawatte nicht bestellen. Er wollte sie jetzt, hier und heute und sofort. »Nein danke«, antwortete er schroff. »Darf ich den Katalog behalten?«

»Natürlich, natürlich«, erwiderte Jody indigniert.

»Auf Wiedersehen, auf Wiedersehen«, sagte Apfel und verließ das »Men & More«. Jetzt verstand der Kommissar auch, was der Name des Ladens zu bedeuten hatte. Jody war nicht »Men«. Jody war »More«.

Davon abgesehen war es kompletter Unsinn, was der Verkäufer

erzählt hatte. Als Apfel zu Hause in Landshut angekommen war, hatte er sofort seinen Computer angeworfen und die Website der Schweizer Modefirma »Angela P« aufgesucht. Er schätzte anhand der Händlerliste, die er fand, dass es rund achtzig Geschäfte in Deutschland gab, die Produkte von Angela P verkauften. Zwei davon befanden sich ganz in der Nähe – das Modehaus »Stylepass« in Straubing und die Boutique »Guy Ligier« in Landshut.

Samstag früh um Schlag neun rief er bei »Guy Ligier« an. Treffer, versenkt. »Guy Ligier« hatte noch ein Exemplar der »Futbol Extravaganza« auf Lager. Er bat die Dame am Telefon, die Krawatte für ihn zurückzulegen, und versprach, spätestens um zehn da zu sein.

Er parkte, wie immer, in der Tiefgarage des Karstadt in der Landshuter Altstadt und nahm die Abkürzung durch die Spielwarenabteilung des Kaufhauses. Eine Minute später öffnete sich das prächtige gotische Stadtzentrum seinem Blick. Nicht einmal der übliche Kommerz-Warenhaus-Müll von H&M, Vodafone, McDonald's und Co. konnte den Charme der Landshuter Altstadt merklich trüben, die, wie nicht nur Paul Apfel fand, eines der schönsten Stadtzentren Deutschlands war. Auch wegen der vielen hübschen Mädchen, aber das war jetzt nicht das Thema.

Apfel ignorierte die Martinskirche zu seiner Rechten, die der höchste Backsteinbau der Welt war, überquerte eine der breitesten deutschen Fußgängerzonen, tauchte in die Arkaden auf der gegenüberliegenden Straßenseite ein und stand um zehn vor zehn bei »Guy Ligier« auf der Matte.

Es war alles besser als bei Jody. Die Verkäuferin war eine bildhübsche, wenn auch eher synthetische Blondine, und die »Futbol Extravaganza« kostete nur zweihundertneunundfünfzig Euro. Wobei Paul Apfel das »nur« als eher relativ empfand.

Bereits auf dem Heimweg, der nur wenige Minuten dauerte, wusste er, was er machen würde.

Er war nervös und überdreht an diesem Wochenende. Und, was sonst nie vorkam, er sehnte sich nach dem Montag, nach seinem Carl und seinem Büro.

Apfel fiel es ohnehin auf die Nerven, wie relativ Zeit war. Wenn er sich morgens um sechs genüsslich im Bett räkelte und noch eine halbe Stunde liegen bleiben konnte – dann dauerte diese halbe Stunde gefühlt keine zehn Minuten. Dabei war es doch eigentlich die gleiche halbe Stunde, die sich auf zwei bis drei Stunden ausdehnte, wenn er sich im Fitness-Studio auf dem Laufband quälte.

Dieses Wochenende jedenfalls verging Paul Apfel eindeutig zu langsam.

Montag früh, es war der 15. Mai 2006, erschien der Hauptkommissar mit Krawatte zum Dienst, was sonst nie vorkam. Mona Maierhofer war in der Kaffeeküche die Erste, die ihm begegnete.

»Wow«, lobte sie, »frisch verliebt? Sieht ja edel aus.«

»Wieso? Trägt man Krawatte, wenn man frisch verliebt ist?«, gab Paul zurück. »Muss ich glatt mal Carl fragen.« Mona Maierhofer lief puterrot an und stürzte aus der Kaffeeküche. Der Kommissar schämte sich, einmal mehr, für einen der unüberlegten und unsensiblen Sprüche, die Äpfelchen immer wieder so an ihm kritisierte.

Carl Reutemann kam ein paar Minuten später in Pauls Büro, hatte offenbar noch nicht von Apfels Fauxpas gehört – und tat so, als müsste er sich die Augen reiben.

»Jetzt tickst du völlig aus, oder?«, bemerkte der Inspektor beim Blick auf die »Futbol Extravaganza« und schüttelte den Kopf.

»Wie sagst du immer so schön? Hero oder zero«, antwortete Apfel. »Wenn ich mich verrannt habe, bin ich der Idiot. Wenn mich meine Nase nicht täuscht, bin ich der Held. Was mir ehrlich gesagt aber auch scheißegal ist, Carl.«

Reutemann blieb nicht, wie sonst, noch ein paar Minuten in Paul Apfels Zimmer, sondern zog es vor, seinen Kaffee in seinem eigenen Büro zu trinken. Der Hauptkommissar rief bei Julia Baier an, der Sekretärin des Polizeipräsidenten. Heger hatte jetzt sofort Zeit, hauchte ihm die Kollegin entgegen – oder den ganzen Tag nicht mehr. Dann jetzt, entschied Apfel, ohne überlegen zu müssen.

Er ließ sich von Emma Keßler das Formular eines Dienstreiseantrages geben, hetzte zwei Treppen hoch, fand ein kurzes Lächeln für Julia und legte Heger den Reiseantrag auf den Schreibtisch.

»Sie wollen verreisen?«, erkundigte sich der Präsident. »Gerade jetzt, wo wir im Stadion-Fall hinten und vorne nicht weiterkommen?«

»Vielleicht kommen wir dann wieder weiter«, erwiderte Apfel, »ich will in die Schweiz. Die Soko überlebt auch ein paar Tage ohne mich.« Er korrigierte sich. »Das heißt, ich muss in die Schweiz. Ich will mich bei der WAFA umhören. Ich muss mir ein eigenes Bild machen.«

»Bei der WAFA? Was wollen Sie denn bei der WAFA?« Heger klang irritiert.

»Die WAFA veranstaltet die WM. Ich will wissen, was da läuft. Ich ...« Paul Apfel wusste nicht, was er genau sagen sollte. Ihm wurde klar, dass er sich beschissen vorbereitet hatte auf den Termin bei Harald Heger.

»Geben Sie mir zwei Tage. Bitte. Vertrauen Sie mir. Hier kann ich im Moment eh nichts tun. Von mir aus ziehen Sie mir zwei Tage Urlaub ab.« Der Hauptkommissar klang weitaus weniger überzeugend, als er gehofft hatte.

»Quatsch, Apfel«, antwortete Heger. »Aber wenn Sie Ihre Karten nicht auf den Tisch legen und nicht klar und deutlich sagen, was Sie wissen und was Sie dort wollen, dann bleiben Sie hier. So einfach ist das.« Heger beugte sich wieder über die Papiere auf seinem Schreibtisch. Es schien keinen Sinn zu haben, den Präsidenten weiter zu bedrängen.

Apfel ging und dachte beim Verlassen von Hegers Büro über Plan B nach. Er würde mit der Krawattengeschichte rausrücken müssen, es half nichts. Gerade als er an Julia Baier vorbeiging, klingelte ihr Telefon. »Ja, ist noch da.« Sie deckte den Hörer ab. »Paul, der Chef will dich noch mal sehen.«

Apfel ging zurück in Hegers Büro, blieb aber direkt an der Tür stehen, gute sechs, sieben Meter von Harald Heger entfernt. »Ich kann Ihnen den Antrag so nicht unterschreiben, Apfel«, wiederholte der Polizeipräsident. »Aber passen Sie gut auf sich auf, dass Sie nicht plötzlich zwei Tage krank werden.« Heger blickte aus dem Fenster. Es regnete. »Eine Grippe holt man sich bei diesem Wetter viel schneller, als man denkt.«

»Ich passe auf mich auf, natürlich«, antwortete Apfel und kehrte endgültig in sein Büro zurück. Dort angekommen, spürte er bereits, wie langsam eine Erkältung in seinen Körper kroch. Er dachte einige Minuten nach und zupfte dann den gelben Klebezettel mit der Schweizer Telefonnummer der WAFA von seinem Monitor.

Diesmal gab er sich nicht als Journalist aus, sondern bat ganz offiziell als Münchner Polizeihauptkommissar Paul Apfel darum, ins Büro von Patrick Cevert verbunden zu werden. Der Fußballfunktionär war so kurzfristig nicht zu sprechen, Paul hatte nichts anderes erwartet. Der freundliche Herr am Telefon erkundigte sich, um was es gehe.

Nun war Apfel besser vorbereitet, viel besser sogar. »Ich hätte gerne einen Termin bei Monsieur Cevert«, erklärte der Kommissar und raunte geheimnistuerisch: »Es ist vielleicht ein wenig informell, und ich rufe auch nicht im Auftrag meiner Dienststelle an. Aber ich habe mitbekommen, dass Monsieur Cevert, ähm, Sorgen hat bezüglich der Sicherheitsmaßnahmen bei der WM. Die habe ich offen gestanden auch. Ich habe hier in München einige wirklich sehr bedenkliche Beobachtungen gemacht, die für ihn vielleicht interessant sein könnten.«

Paul Apfel hatte es für eine gute Idee gehalten, sich PC als Informant anzudienen. Als Quelle, aus der der Funktionär möglicherweise weitere Munition für seine Kriegshandlungen mit Präsident Rindt erhalten konnte. Ob sein Plan aufgehen würde, ließ sich der Reaktion des WAFA-Mitarbeiters am Telefon nicht entnehmen. Der Mann klang stoisch und völlig unbeeindruckt und antwortete in seinem quälend langsamen Schweizer Singsang: »Ich werde das bei Monsieur Cevert ansprechen. Wo können wir Sie erreichen?«

»Bitte nicht unter meiner Dienstnummer«, erwiderte Apfel eilig, »Sie verstehen sicher, warum.« Das war nicht einmal gelogen. Er nannte dem Mann seine private Mobilfunknummer. »Wann höre ich von Ihnen?«

»Ich hoffe, in den nächsten Tagen. Sie können sich vorstellen, dass der Terminplan von Monsieur Cevert vor der Weltmeisterschaft außerordentlich eng ist.«

»Bitte versuchen Sie es schnellstmöglich«, gab Paul Apfel zurück, »wir wollen doch alle nicht, dass noch mehr passiert.«

»Ich tue, was ich kann«, antwortete der Schweizer und kappte die Verbindung.

Jetzt konnte Apfel nur noch abwarten und die Zeit aussitzen.

Carl ließ sich nicht blicken. Apfel konnte nicht verstehen, warum der Inspektor sich dermaßen bockig gab und es offenbar sogar auf ein ernsthaftes Zerwürfnis zwischen ihnen beiden ankommen ließ.

Dann wusste er es. Es musste an Mona Maierhofer liegen. Auf der einen Seite er, Paul Apfel. Auf der anderen Seite die Kollegin vom BKA. Und dazwischen Carl Reutemann – zwischen allen Stühlen. Wenn er zu viel wusste von Pauls merkwürdigen Ideen – konnte er dann gegenüber Mona noch den Ahnungslosen spielen? War es da nicht besser, sich zurückzuziehen, nichts zu sehen, nichts zu hören, nichts zu sagen? Neutral zu bleiben?

Apfel hoffte sehr, dass es an Mona Maierhofer lag. Er machte sich zu viele Gedanken. Er wusste, dass er sich zu viele Gedanken machte.

Sein Handy klingelte. Das heißt: Er hörte es von irgendwo klingeln, aber er wusste nicht, von woher.

Apfel wühlte sich durch seine Tasche, stolperte über CDs, zwei Taschenbücher, den iPod, mehrere Packungen Taschentücher und fand schließlich sein Handy. Es hatte bestimmt siebenmal geklingelt, bevor er antwortete.

»Martin Sauber von der WAFA, Büro Cevert.« Es war der Mann von vorhin, keine fünfzig Minuten nach ihrem ersten Gespräch.

»Das ging ja schnell«, antwortete der Kommissar.

»Monsieur Cevert könnte sich am Mittwochnachmittag für Sie Zeit nehmen, also übermorgen um 16 Uhr 45. Aber nicht mehr als eine halbe Stunde und natürlich hier bei uns bei der WAFA in Bern. Passt Ihnen das?«

Apfel tat so, als blättere er intensiv in einem Terminkalender. »Moooment«, überlegte er laut. »Sie sagten Mittwoch, der siebzehnte? Am Nachmittag? Da müsste ich einiges umwerfen, aber ja, das könnte gehen. Genau, das kriege ich hin. Das ist ja sehr schön, dass das so schnell klappt.«

Er ließ sich von Sauber die Adresse der WAFA bestätigen und verabschiedete sich bis übermorgen. Er fand es bemerkenswert, wie interessiert PC daran war, frisches Material gegen Rindt in die Finger zu bekommen. Und er spürte deutlich, wie die Erkältung sich immer grimmiger in seinem Körper breit machte.

Den morgigen Dienstag würde er vielleicht gerade noch so überstehen. Aber am Mittwoch würde er das Bett zu Hause in Landshut kaum mehr verlassen können. Er hoffte, dass er dann am Donnerstag oder Freitag fit genug sein würde, wieder zur Arbeit zu kommen.

Er verzichtete darauf, den Flug nach Bern und zurück von seinem Dienstapparat zu buchen, und nutzte auch nicht seinen Dienstcomputer für eine Online-Buchung. Apfel rief von seinem Handy aus bei einem Reisebüro an.

»Mittwoch hin und am gleichen Tag zurück? Das wären mit der Lufthansa 559,82 Euro inklusive Ticket Fee«, erklärte die Reisebüro-Frau.

Paul Apfel war entsetzt. »Was für ein Vieh? Ich will nach Bern und nicht nach Honolulu. Wieso ist das so teuer?«

Der Kommissar flog privat selten, aber die 39-Euro-Angebote für einen Mallorca-Flug hatten sich auch in seinem Hinterkopf fest eingebrannt. »Wenn Sie es günstiger haben wollen«, flötete die Ticket-Fee zurück, »ist Bern vielleicht die falsche Destination. Außerdem sollten Sie dann einige Tage bleiben und vier bis sechs Wochen vorab buchen. Dann sehen wir, was wir für Sie tun können.«

Paul Apfel stöhnte auf. Zweihundertneunundfünfzig Euro für die »Futbol Extravaganza«, fast sechshundert Euro für den Flug. Und dabei wusste er noch nicht einmal, wie er diese Kosten spesentechnisch unterbringen konnte.

»Da bleibt mir nichts anderes übrig, als erst zu fluchen und dann zu buchen, nicht wahr?«, antwortete er freundlich. Seine Gesprächspartnerin ließ sich Pauls Daten und vor allem seine Kreditkartennummer geben und versprach, den Flugschein am Schalter zu hinterlegen. Ab München Mittwoch 13 Uhr 45, an Bern Mittwoch 15 Uhr. Am gleichen Abend um 20 Uhr 20 zurück.

Am Montagnachmittag und am Dienstag befasste Apfel sich, erstmals seit Wochen, mit einem anderen Fall als den Stadion-Morden. Eine Nachbarschaftsauseinandersetzung in München-Pasing, die mit einem Streit um eine angeblich illegal errichtete Dachgaube begonnen hatte, hatte ein tödliches Ende gefunden. Nachbar P., ein polizeibekannter und zu Alkohol und Gewalttätigkeit neigender

Heizungsbauer, hatte Nachbar F. offenbar im Streit erschlagen, gestand aber trotz eindeutiger Tathinweise nicht. Der an sich mit den Ermittlungen beauftragte Kollege hatte am Wochenende eine schwere Nierenkolik erlitten. Apfel sollte sich einlesen und P. am Mittwoch erstmals vernehmen.

Herr P., sinnierte Apfel beim flüchtigen Durchblättern der dünnen Akte, wird keinen guten Eindruck vom Gesundheitszustand der Münchner Kriminalkommissare haben.

Am Dienstagnachmittag, er hatte zu diesem Zeitpunkt eineinhalb Tage nicht mehr mit Carl Reutemann gesprochen, meldete sich Apfel bei Emma Keßler vom Dienst ab. Er hatte Schüttelfrost, er würde sich ins Bett legen und morgen ganz bestimmt wieder fit sein. Um 15 Uhr 15 fuhr er nach Hause und fühlte sich plötzlich tatsächlich richtig krank.

»Autosuggestion«, befand Äpfelchen, als er ihr erklärte, wie krank er nun auch in echt war. Er teilte ihr mit, warum er so früh zu Hause war, warum er auch morgen nicht ins Büro gehen würde und warum sowohl sie als auch die Kinder morgen jeden Anrufer mit dem Hinweis abwimmeln müssten, er läge schlafend und schwer mitgenommen im Bett und könnte auf keinen Fall gestört werden.

»Autosuggestion«, wiederholte Miriam Apfel, und Paul war sich nicht sicher, ob sie ihm überhaupt zugehört hatte. »Pass nur auf, dass du nicht richtig krank wirst.« Äpfelchen bestand darauf, dass im Grunde jede körperliche Erkrankung in der Psyche wurzelte. Und sie hatte für diese Theorie beliebig viele Beispiele aus der asiatischen Kultur bereit.

»In Japan gab es einen kerngesunden Mann«, verkündete Äpfelchen, »der keinerlei Beschwerden hatte. Er hat sich trotzdem zwei Tage lang mit aller Kraft vorgestellt, wie sich gerade sein Blinddarm entzündet. Am dritten hatte er einen akuten Blinddarmdurchbruch und konnte nur durch eine Notoperation gerettet werden. Also Paul – sei bloß vorsichtig!«

Der Kommissar beschloss, sich schon wieder etwas besser zu fühlen.

Am nächsten Morgen ließ er sich gegen 8 Uhr 30 von Miriam telefonisch bei Emma Keßler entschuldigen. Den Vormittag verbrachte er in seinem Büro im Keller der Landshuter Doppelhaushälfte und legte sich seine Taktik für Cevert zurecht. Das hatte er bereits am Montag und auch am Dienstag getan, aber man konnte nie wissen.

Um halb zwölf schlüpfte er in den grauen Anzug, den er so gut wie nie trug, und band sich eine Krawatte um. Paul Apfel fand, dass die »Futbol Extravaganza« ganz ausgezeichnet zu seinem schwarzen Hemd passte.

27

Es war 12 Uhr 15 mittags an diesem Mittwoch, dem 17. Mai 2006, als sich Apfel in Landshut in den Seat setzte und sich über die A92 auf den Weg zum Münchner Flughafen im Erdinger Moos machte.

Es war 13 Uhr 55, als der kleine Lufthansa-Cityliner Richtung Flughafen Bern-Belp abhob.

Und es war kurz nach 16 Uhr 30, als ein Toyota-Taxi Apfel an der Zentrale der WAFA absetzte. Zuvor hatte er in einer Bar am Berner Airport die Zeit mit zwei Tassen Cappuccino zu je 7 Franken 20 totgeschlagen.

Der Kommissar, bekanntlich ein großer Freund der Siebziger, fühlte sich augenblicklich heimisch bei der WAFA. Die Kommandozentrale des Weltfußballs sah von außen aus, als würde Michael Holm an der Pförtnerlounge sitzen und ganztägig »Mendocino« singen, begleitet von einer akrobatischen Vorführung der Schlagertruppe Dschingis Khan. Und sie sah von innen erst recht so aus.

Die Fassade wurde von tiefbraunen Blechverkleidungen dominiert. Eigentlich war das gesamte Gebäude ein kackbrauner Würfel, dachte Apfel, der keiner anderen Farbe den Hauch einer Chance zu geben schien. Außer dem grünlich-grauen Weiß des Vogeldrecks, den die Fassade magisch anzuziehen schien.

Innen war auch alles braun. Hellbraun, mittelbraun, dunkelbraun, Hauptsache braun. Gemischt mit Orange, wie auf einem psychedelischen Plattencover von David Bowie aus dem Jahr 1973. Oder einem Auftritt der Les Humphries Singers bei Ilja Richter in »Disco 75«.

Die Dame am Empfang trug ein beiges Leinensakko. Ihre untere Hälfte konnte Paul nicht erkennen. Sie wirkte im Kontrast zum sonstigen Ambiente wie original 2006. Der Kommissar stellte sich vor, die Dame lächelte, telefonierte und erklärte, er werde abgeholt.

Nach drei, vier Minuten erschien eine weitere Dame in Jeans und Rollkragenpullover, die ebenfalls mehr nach 2006 als nach

1976 aussah. Schade, dachte Paul Apfel. Wenn, dann hätte die WAFA die Siebziger-Nummer konsequent durchziehen sollen, statt die Flokatis ins Magazin zu schaffen und die Musik des Tanzorchesters ohne Namen im Fahrstuhl ersatzlos zu streichen.

Die Rollkragen-Frau lächelte freundlich, sagte außer »Guten Tag« kein Wort und lieferte ihn im vierten Stock ab. Dort hängte er im Eingangsbereich seinen Mantel an einen orangen Kleiderhaken aus Plastik und musste einige Minuten warten.

Den vierten oder fünften WAFA-Menschen, der in diesen Minuten an ihm vorbeieilte, erkannte er sofort. Es war Werner Surer, der Mann aus dem ›tz‹-Sportteil. Heute trug er keine Krawatte – aber konnte es sein, dass Surer beim Vorübergehen kurz stutzte, als er die »Futbol Extravaganza« an Pauls Hals baumeln sah?

Surer war gerade um die nächste Ecke gebogen, als Paul Apfel ein dunkelhaariger Mann entgegenkam. War das Patrick Cevert? Ja, es war PC.

»Herr Apfel?« Der Kommissar nickte. »Patrick Cevert«, stellte sich der Mann vor, dessen Deutsch so makellos war wie seine strahlend weißen Zähne. Er ließ nicht einmal den Hauch eines französischen Akzents oder eines schwyzerdütschen Dialekts erkennen. »Herzlich willkommen bei der WAFA.« Sein Lächeln war möglicherweise so künstlich wie das von Max Stommelen, dem Briatore-Klon vom »Moneymaker« mit der angewachsenen Sonnenbrille, wirkte aber offen und gewinnend. Und Apfel war sich überhaupt nicht sicher, ob Cevert beim Blick auf die grüne Krawatte mit den roten Bällen gestutzt hatte.

Cevert dirigierte ihn in sein Büro, das bis auf die braunen Fensterrahmen nichts gemeinsam hatte mit dem Siebziger-Jahre-Ambiente, das Apfel bisher gesehen hatte und das ihn schlussendlich auch mehr amüsierte, als dass es ihm tatsächlich gefiel. Hier dominierten Weiß, Beige und Grau in einer Kombination, die Apfel als modern und elegant empfand.

Der Vizepräsident der WAFA bat ihn auf ein hellgraues, offenbar mit Alcantara überzogenes Sofa. PC selbst setzte sich Paul gegenüber auf einen dazu passenden Sessel und verströmte einen entspannten Eindruck. Die Lässigkeit passte zu seiner Kleidung – sportlicher dunkelgrauer Anzug, weinrotes Hemd, keine Krawatte. Durch die kurzen schwarzen Haaren zogen sich mehr graue Fäden als auf den wohl schon etwas älteren Fotos von Cevert, die Apfel im Internet gefunden hatte. Apfel wusste, dass sein Gegenüber zweiundfünfzig war. Er hätte ihn auf allenfalls fünfundvierzig geschätzt.

Das Einzige, das das Gesamtbild eines immer noch jugendlich wirkenden Erfolgsmenschen störte, war die Tatsache, dass Patrick Ceverts Augen von tiefen schwarzen Ringen umgeben waren. PC schien nicht viel Schlaf zu finden in den Tagen und Wochen vor der WAFA Fußball-Weltmeisterschaft Deutschland 2006.

Anmerken ließ er es sich nicht. »Und, gut angekommen in Bern?«, wählte Cevert eine klassische Smalltalk-Eröffnung.

»Kein Problem, ist ja nur ein Katzensprung von München«, spielte der Kommissar den Ball zurück.

Cevert blickte sich um. »Unser etwas merkwürdiges Ambiente müssen Sie entschuldigen. Das Gebäude gehört dringend modernisiert oder am besten gleich komplett abgerissen. Aber Rindt und Konsorten leben noch in den Fünfzigern und pflegen eifrig die ›Elf Freunde müsst ihr sein‹-Mentalität. Die fühlen sich wohl hier. Manchmal möchte man sich schämen.«

»Draußen sieht es mir eher nach den Siebzigern aus«, antwortete Apfel. »Aber Sie haben es hier doch sehr schön.«

»Sie sollten mal zu Rindt ins Büro gehen. Der lebt in seinem eigenen Mausoleum. Dort herrscht Finsternis, in jeder Beziehung«, erwiderte Cevert.

Wenn sich Apfel wegen seiner Krawatte in irgendeiner Form einen Aha-Effekt, eine Reaktion erhofft hatte, war er bisher enttäuscht worden.

Aber dann passierte es doch.

»Apropos Stil«, sagte Patrick Cevert, »entschuldigen Sie, aber ich muss die ganze Zeit Ihre Krawatte ansehen. Das ist die ›Futbol Extravaganza‹ von Angela P, oder?«, fügte der WAFA-Mann hinzu.

»Ja, ich glaube, die heißt so«, erwiderte der Kommissar.

»Ich muss nur lachen, weil ich den Männern aus meinem Mitarbeiterstab zu Weihnachten genau die gleiche Krawatte geschenkt habe, zusammen mit einer Replika des originalen Torelli-Balls der 54er-WM hier bei uns in der Schweiz.«

»Oh, das ist aber großzügig von Ihnen!«, gab sich Paul Apfel überrascht. »Und was haben Sie den Damen geschenkt?«

»Für die habe ich Seidentücher im gleichen Design und Handtaschen aus dem Original-Leder des Torelli-Balles anfertigen lassen. Die waren fast noch begeisterter als ihre Kollegen.«

PC machte eine Pause und schien zu überlegen. »Teures Vergnügen jedenfalls. Tragen alle deutschen Kommissare so exklusive Krawatten?«

»Geschenk von meiner Frau«, lächelte Apfel zurück, »ich bin doch ein so großer Fußballfan.« Er hoffte inständig, dass ihn Cevert in kein Fachgespräch verwickeln würde. Er versuchte daher, den Smalltalk-Part mit einer letzten Frage abzuschließen.

»Und wie viele Krawatten mussten Sie dann insgesamt springen lassen zu Weihnachten?«

Cevert ließ keine Irritation erkennen. »Dreißig. Nein, lassen Sie mich nicht lügen. Inklusive meiner Krawatte waren es dreiunddreißig, weil Stäubli und Regazzoni ja erst im Januar gegangen sind. Ich will überhaupt nicht nachrechnen, was mich das gekostet hat.«

Cevert legte eine weitere Pause ein und lächelte erneut. »Aber deswegen sind Sie ja nicht hier, Herr Apfel. Sie wollten sich mit mir über die Sicherheit bei der WM unterhalten, wenn man mich korrekt informiert hat.«

»Richtig, Monsieur Cevert, sehr richtig. Natürlich haben wir den Zeitungen entnommen, dass Sie große Bedenken bezüglich der Sicherheitsmaßnahmen hegen. Ich bin gekommen, um Sie dringend zu bitten, uns Ihre Bedenken auch offiziell mitzuteilen. Dann können wir hoffentlich noch entsprechende Maßnahmen treffen.«

»Das werde ich gerne tun, sehr gerne sogar, Kommissar Apfel. Aber soweit ich weiß, haben Sie auch Anhaltspunkte für Sicherheitsmängel, die Sie mir mitteilen wollen.«

Paul Apfel wusste, dass das Stück, das er nun zu geben hatte, frech, unverschämt und gewagt war und dass er sich auf dünnem Eis bewegte. »Wir? Anhaltspunkte für Sicherheitsmängel? Nein, nein, da hat man Sie falsch informiert. Alles, was in unserer Macht steht, haben wir längst beseitigt. Ich wollte Sie einfach nur darum bitten, uns Ihre speziellen Informationen mitzuteilen.«

Der Kommissar hoffte, dass Cevert zu sehr Gentleman war, um Martin Sauber, den Mann, mit dem Apfel telefoniert hatte, in sein Büro zu zitieren und Apfel offen mit seinen Aussagen vom Montag zu konfrontieren.

Apfel hatte die Lage diesbezüglich korrekt eingeschätzt. Patrick Cevert schien ein Mann zu sein, der seine Emotionen exzellent kontrollieren konnte. Er lächelte, als habe ihm der deutsche Kommissar soeben die erfreuliche Nachricht von seiner bevorstehenden Beförderung zum Präsidenten der WAFA überbracht. »Dann habe ich offenbar etwas falsch verstanden. Aber das ist überhaupt kein Problem, Herr Apfel. Ich schlage vor, dass ich Ihnen bis nächsten Montag einen schriftlichen Bericht zukommen lasse. Der ist hier oben ...« – Cevert deutete sich an die Schläfe – »... ohnehin längst fertig gestellt.«

Apfel erkannte keinerlei Anzeichen von Enttäuschung oder Unmut bei Cevert. Er hatte zwar das Gefühl, dass die Augen des WAFA-Vizes nun nicht mehr so freundlich strahlten wie zu Beginn ihrer Unterhaltung – aber wahrscheinlich war auch das nur eingebildet.

Eines allerdings war ganz offensichtlich. PC drückte von nun an aufs Tempo. Er ließ ein paar Andeutungen bezüglich der mangelhaften Fälschungssicherheit von Eintrittskarten und der Anfälligkeit des bei der WM eingesetzten digitalen Funknetzes für Hackerangriffe fallen und versuchte Paul Apfel gegen 17 Uhr 10 freundlich, aber bestimmt aus seinem Büro zu komplimentieren.

Eine Frage hatte der Münchner Kommissar allerdings noch. Er zog das Phantombild von Vitantonio Modena aus der linken Innentasche seines Sakkos. »Sie wissen ja, dass wir unsere Stadion-Morde leider noch nicht aufklären konnten.« Er überreichte Cevert das Foto. »Wir suchen nach diesem Mann, der Vitantonio Modena heißt. Sagt Ihnen das Gesicht etwas?«

Cevert zog eine Lesebrille aus seiner Hemdtasche, setzte sie auf und betrachtete das Bild sehr lange und sehr gründlich. Er blieb vollkommen ruhig, und es wirkte sehr überzeugend, als er Paul das Bild nach zehn oder fünfzehn Sekunden zurückgab und den Kopf schüttelte. »Tut mir Leid, Herr Apfel. Ich kann überhaupt nichts anfangen mit diesem Gesicht. Ich hätte Ihnen sehr gerne geholfen.«

Mit diesen Worten erhob sich Cevert von seinem Sessel. Nun stand auch Apfel auf und ließ sich von Cevert zunächst zur Bürotür und dann zur Garderobe begleiten. Am Aufzug verabschiedete sich der WAFA-Mann vom Kommissar. PC war weiterhin so freundlich und zuvorkommend wie zu Beginn ihres Gesprächs.

»Sie hören Anfang der Woche von mir. Und wenn Sie doch noch ein paar Anhaltspunkte für mich haben – Sie wissen ja, wo Sie mich finden.« Bei diesen Worten zwinkerte Cevert dem Kommissar verschwörerisch zu und schob ihn durch die Aufzugtür.

Ein wirklich bemerkenswerter Mann, dachte Apfel, als der Aufzug, dessen Kabine rundum mit dunkelbraunen Holzimitatfolien beklebt war, nach unten schwebte. Er konnte sich ausmalen, dass Martin Sauber in Kürze im Büro von Cevert sitzen würde, um darüber zu berichten, welchen Vorwand Paul Apfel tatsächlich benutzt hatte, um sich einen Besuch in der WAFA-Zentrale zu erschleichen.

Der Kommissar brauchte jetzt Zeit zum Nachdenken. Er musste eine Möglichkeit finden, hier in der WAFA-Zentrale mehr zu erfahren über Cevert, über Modena und Konsorten. Aber wie? Und wo?

Als er im Erdgeschoss angekommen war, wechselte er eilig in den zweiten Aufzug und drückte den Knopf für den obersten, den neunten Stock. Apfel war überzeugt davon, dass Cevert an der Leuchtanzeige über dem Aufzug verfolgt hatte, ob er tatsächlich bis ins Erdgeschoss gefahren war. Im zweiten Aufzug fühlte er sich unbeobachtet und fuhr zweimal von ganz unten nach ganz oben und wieder zurück. Währenddessen arbeitete sein Gehirn auf Hochtouren.

Plötzlich schoss ihm die Erinnerung an einen Geheimdienstroman, den er kürzlich gelesen hatte, durch den Kopf. Darin hatte die CIA monatelang verzweifelt zu ermitteln versucht, wann eine Uranlieferung aus Nordkorea im Iran ankommt. Alle Experten hatten versagt, bis ein Praktikant den Termin herausfand. Er hatte die iranische Putzfrau der Abteilung telefonisch beim Hafenmeister nachfragen lassen, wann das Schiff aus Korea anlegt.

Frechheit siegt, dachte Apfel, und verließ den Aufzug im Erdgeschoss.

Apfel wusste, dass sein deutscher Polizeiausweis in der Schweiz keinen Pfifferling wert war, und dass er ebenso gut Stoibers Hundemarke hätte vorzeigen können. Er vertraute allerdings darauf, dass die Frau am Empfang dies nicht schnell genug realisierte.

Er klopfte an die Tür der Pförtnerloge und hielt ihr den Ausweis hin. Sie öffnete sofort.

»Hauptkommissar Apfel, Kriminalpolizei München«, stellte er sich vor und zeigte ihr das Phantombild von Vitantonio Modena. »Ich muss Sie fragen, wie dieser Mann heißt. Er ist Mitarbeiter der WAFA, und wir wissen, dass Sie ihn kennen.«

Die Frau wirkte erschreckt und eingeschüchtert von Apfels Polizeiausweis. »Moment.« Sie nahm sich noch länger Zeit als Cevert, um das Bild zu betrachten. »Die Haare stimmen nicht, die sind zu lang. Aber der Rest passt. Das muss Regazzoni sein, Beppe Regazzoni. Ja, jetzt bin ich mir ganz sicher. Das ist Regazzoni.«

Paul Apfel notierte. »Regazzoni. Ein g, zwei z?«

»Ich denke, ja«, erwiderte die Frau, die kein Namensschild trug, nervös.

»Sie meinen den Regazzoni, der bis Januar für Cevert gearbeitet hat?«

»Natürlich, wir hatten nie einen anderen«, erklärte sie.

»Und wissen Sie, wo er jetzt ist? Lügen Sie mich nicht an«, sagte der Kommissar in grobem Ton.

»Nein«, erklärte die verängstigte Frau. Apfel war froh, dass seit Beginn ihres Gesprächs kein WAFA-Mitarbeiter vorbeigekommen war, der vielleicht nach seiner nicht vorhandenen Legitimation fragen konnte, hier als deutscher Polizist Verhöre zu führen.

»Nein«, wiederholte die Empfangsdame, »er war vom einen auf den anderen Tag weg. Ich habe doch keine Ahnung, was Sie …«

Der Kommissar wusste nun, was er wissen wollte, und nahm die Schärfe aus dem Dialog. »Beruhigen Sie sich, Frau …«, Apfel blickte um die Ecke und sah das Namensschild an ihrer Theke, »Frau Marko.«

Dann hörte er, wie der Aufzug ankam und einen ganzen Schwarm von WAFA-Mitarbeitern ausspuckte. Er ließ die zitternde Madeleine Marko stehen, huschte durch die Drehtür und ließ sich in den Fond des ersten der drei Taxis fallen, die vor der WAFA-Zentrale warteten.

»Sind Sie Herr Siffert von der WAFA, der reserviert hat?«, fragte der Taxifahrer nach hinten.

»Natürlich«, erwiderte Paul Apfel ungeduldig. »ich bin Paul Siffert. Zum Flughafen bitte.«

Der Mercedes setzte sich mit einem Ruck in Bewegung, und der Kommissar atmete auf der schwarzledernen Rücksitzbank tief durch.

Am Airport Bern-Belp hatte er über zwei Stunden Zeit für seinen Rückflug nach München. Zeit genug, um vier Cappuccino zu je 7 Franken 20 zu trinken und darüber nachzudenken, was der heutige Tag für die Ermittlungen gebracht hatte.

Apfel fand, dass der Tag viel gebracht hatte, ziemlich viel sogar.

Er zerrte sich die »Futbol Extravaganza« vom Hals, stopfte sie in seine Tasche, öffnete den Kragenknopf, verschaffte sich Luft, endlich, und atmete tief durch.

Er hatte Patrick Cevert gegenübergesessen. Ob er auch dem Mann gegenübergesessen hatte, den die Szene der Produktpiraten als Horst Weidler kannte und vor allem fürchtete, wusste er allerdings noch nicht.

Er wusste nun, dass es gut dreißig Männer gab, die von Cevert die »Futbol Extravaganza« erhalten hatten. Vorausgesetzt, Cevert sagte die Wahrheit.

Und er hatte einen neuen Namen für Vitantonio Modena. Er kramte seinen Schmierzettel aus der Hosentasche und konnte den eilig hingeworfenen Namen gerade noch entziffern. Beppe Regazzoni. Regazzoni, wie der Rennfahrer, dachte Apfel. Januar 2006, schrieb er daneben, seitdem weg.

Nun würde es wieder Arbeit geben, viel Arbeit. Er schaute auf die Uhr. Es war 18 Uhr 25, und er wählte die Handynummer von Carl Reutemann.

Carl war sofort dran und erkannte an der Nummer, wer anrief. »Hey, Paul, auferstanden aus Ruinen? Ich dachte, du liegst im Bett?«

»Hi, Baby«, begrüßte ihn der Kommissar und versuchte nicht einmal ansatzweise, krank zu klingen, »kannst du morgen früh um halb acht im Büro sein? Es gibt Arbeit. Wir müssen wieder den Riemen auf die Orgel schmeißen.«

»Aber ich dachte, das tun wir pausenlos?«

»Nix aber, Carl. Sei einfach da. Und noch was: Ja, du kannst es mit deinem Gewissen vereinbaren, Mona nicht zu sagen, dass es mir gut geht und dass ich angerufen habe. Gib ihr einen Kuss von mir.«

Ohne auf eine Antwort von Reutemann zu warten, drückte er auf den roten Knopf und beendete das Gespräch. Dann vertiefte er sich in den neuen Musikexpress, der die Kölner Band Klee auf dem Titelblatt hatte, lehnte sich zurück und beschloss, bis morgen früh halb acht nicht mehr an Patrick Cevert, die WAFA und die Fußball-WM zu denken.

Leicht fiel ihm das nicht. Einer der besten Songs von Klee hieß »Zwei Fragen« – da hätte ich schon einige mehr, dachte Apfel unwillkürlich. Außerdem präsentierte der Musikexpress pünktlich zur WM auf sechs Seiten die besten Fußball-Lieder der Geschichte, darunter »Gute Freunde« und »1:0 für die Liebe« von Franz Beckenbauer.

Auch zum zweiten Erfolgsschlager des WM-Erfinders hatte Apfel den passenden Text auf seiner Gehirnfestplatte abgespeichert: »Du bist das Glück, das große Glück in meinem Leben. Du bist der Stern, der gute Stern auf allen Wegen.«

»Der Kaiser mit seiner Mercedes-Reklame«, murmelte Kommissar Paul Apfel in der Wartehalle des Flughafens Bern-Belp und musste lächeln.

28

Paul Apfel trug keine Krawatte, als er am nächsten Morgen um halb acht ins Präsidium kam.

Er hatte die »Futbol Extravaganza« nach seiner Rückkehr aus Bern sorgfältig glatt gestrichen, in ihren Karton zurückgelegt und im Kleiderschrank verstaut. Wenn er sie nicht in seiner Spesenabrechnung unterbringen konnte, würde er sie nach der WM bei Ebay versteigern, hatte er beschlossen. Er bedauerte nur, dass er sie aus dienstrechtlichen Gründen wohl kaum mit dem sicherlich preistreibenden Hinweis »entscheidendes Beweismittel zur Aufklärung der drei Morde im Münchner Fußballstadion vor der WAFA Fußball-WM 2006« anpreisen konnte.

Wobei – so weit waren sie noch längst nicht. Aber immerhin ein ganzes Stück weiter als noch zu Beginn der Woche. Fand zumindest Apfel.

Als er in sein Büro kam, saß Carl bereits da – und auf Pauls Schreibtisch dampfte eine Tasse Kaffee. »Danke. Womit habe ich das verdient?«

»Mit gar nix«, antwortete der Inspektor, »aber wenn ich eh so früh da bin, kann ich auch Kaffee für uns machen, oder?«

Paul hatte längst beschlossen, auf ihre Probleme der letzten Tage einfach nicht einzugehen. Aussitzen, schweigen, ignorieren – altbewährte Männertaktik. Würde zumindest Äpfelchen sagen. Der Kommissar setzte sich auf den perfekt eingestellten Stuhl hinter seinem Schreibtisch. Der Inspektor schaute ihn an und wartete sichtlich ungeduldig auf eine Erklärung.

Apfel genoss ein paar Momente der Stille und der Spannung. Schließlich eröffnete er Carl Reutemann: »Ich war nicht krank. Ich war in der Schweiz.«

»Erzähl bloß«, erwiderte Reutemann ungerührt.

»Wie? Du weißt Bescheid?« Nun war es der Kommissar, der auf Carls Erklärung wartete. Hatte Heger geplaudert?

»Ich bin nicht blöd. Du bist nie krank – und dann ausgerechnet jetzt. Dazu die Nummer mit der Krawatte. Komm, Paul, du bist nicht halb so schwer zu durchschauen, wie du glaubst.«

»Wer weiß das noch? Mona?«

»Nein, Mona bringt dir heute den geheimnisumwitterten Hustentee mit, den sie in ihrer Familie seit vier Generationen kochen. Er soll abscheulich schmecken, aber wahre Wunder wirken. Ich hab ihr gesagt, dass du begeistert sein wirst. Und wehe, du trinkst nicht mindestens vier Tassen.«

»Pfui Deibel.« Apfel verzog das Gesicht.

»Du warst bei PC?«

Der Kommissar nickte. Carl schien eh schon alles zu wissen. Plötzlich hatte Apfel einen Einfall. »Wie steht Mona eigentlich zu Gartner?«

»Sie hasst ihn«, antwortete Carl Reutemann, »aber das hat sie ja nicht exklusiv.«

»Vertraust du ihr? Kann sie ihren hübschen Mund halten?«

Der Inspektor überlegte. »Ja, ich denke schon. Warum fragst du?«

Statt zu antworten, sagte Apfel: »Dann hol sie bitte.«

Reutemann verstand nicht. »Jetzt? Hierher?«

»Ja, jetzt und hierher. Ich will sie dabei haben.«

Der Inspektor ging und kam keine fünf Minuten später mit Mona Maierhofer zurück. Sie trug eine dunkelgrüne Jeans und ein schlichtes schwarzes langärmeliges Oberteil mit angedeutetem Stehkragen. Apfel dachte, dass sie anscheinend eine der Frauen war, die umso fabelhafter aussahen, je mehr sie anhatten.

Apfel lächelte sie an. »Danke für den Tee, Mona. Aber ich war gar nicht krank.«

»Das hat mir Carl auch gerade angedeutet. Seltsame Methoden, Paul.« Ihrer Mimik war nicht zu entnehmen, was genau sie von seinen Methoden hielt.

Die nächsten vierzig Minuten berichtete Apfel detailliert über seinen Besuch bei der WAFA. Seine Folgerungen und die Konsequenzen für ihre weitere Arbeit sparte er sich für den Schluss auf. Carl und Mona folgten ihm konzentriert und stellten nur wenige Zwischenfragen.

Die wichtigste Frage stellte Paul Apfel am Ende selbst. »Haben wir mit PC den Mann, den wir suchen? Oder liegen wir völlig falsch?«

So ganz war Carl Reutemanns Oppositionsgeist noch nicht verschwunden. »Dass du erst einen einsamen Alleingang unternimmst und plötzlich wieder von ›wir‹ redest, ist bemerkenswert. Und dann ist die Frage doch vor allem: Wenn Cevert wirklich dein Mann ist – kannst du's beweisen?«

Mona Maierhofer ließ Paul gar nicht erst zu Wort kommen. »Du meinst, er ist weder auf die Krawatte noch auf das Phantombild von Modena in irgendeiner Weise angesprungen? Null Reaktion?«

»Null Reaktion«, bestätigte Paul Apfel.

»Gibt's doch gar nicht«, wunderte sich die BKA-Kollegin.

»Würd ich eigentlich auch meinen, Mona«, antwortete der Kommissar. »Aber ich hab genauso erlebt, wie Cevert null Reaktion gezeigt hat, als ich ihm kein Material gegen Rindt liefern konnte. Bei dieser Geschichte weiß ich hundertprozentig, dass er wütend und enttäuscht gewesen sein muss. Nur – man hat ihm nichts angemerkt. Es gibt solche Leute.«

»Und Regazzoni?«, warf Carl ein.

Der Inspektor hatte Recht. Es brachte erst einmal nichts, sich weiter über Patrick Cevert den Kopf zu zerbrechen. Sie hatten jetzt einen neuen Namen für den ehemaligen Modena, dem sie nachgehen mussten. Wenn Ceverts Abteilung diesbezüglich mauerte, mussten sie einen anderen Ansatz finden. Paul überlegte kurz.

»Ruf Welti an«, sagte Reutemann.

»Klasse Idee, Carl.«

Der Kollege von der Schweizer Polizei, der die deutschen Kollegen bereits bei der Ergreifung von Markus Rosberg unterstützt hatte, war sofort am Apparat. Er war lautstark wie immer – und im Gegensatz zu ihrem letzten Gespräch gab es nun offenbar auch keine Anweisung mehr, Informationen ausschließlich an das BKA weiterzugeben.

Leo Welti erinnerte sich sofort an ihr letztes Gespräch. »Tut mir Leid, dass ich Ihnen nicht wirklich helfen konnte«, erklärte er.

»Schon gut«, gab Apfel zurück. »Sagt Ihnen der Name Regazzoni etwas?«

»Na klar. Clay Regazzoni. Armer Teufel. Seit über fünfundzwanzig Jahren im Rollstuhl. 1980 ist ihm im Rennwagen in Long Beach das Bremspedal gebrochen. Ein Ensign, wenn ich mich recht erinnere. Ab gegen die Wand, querschnittsgelähmt.«

Paul hätte es wissen müssen. »Den Rennfahrer meine ich nicht. Der, den ich meine, heißt Beppe Regazzoni und könnte einer eurer Kunden sein.«

Welti sonderte einen undefinierbaren Laut ab. »Regazzoni? Beppe? Da klingelt nichts bei mir. Moment. Ich gehe an den Computer und rufe Sie gleich zurück.« Eine Minute später war Welti wieder am Apparat. Apfel, der den Lautsprecher seines Telefons eingeschaltet hatte, hörte Welti tippen. Allerdings tippte der Schweizer sehr langsam, ganz offensichtlich mit nur einem sorgfältig nach der richtigen Taste forschenden Finger.

»Beppe Regazzoni«, erklärte er schließlich, »Fehlanzeige.«

Sekundenlang herrschte an beiden Enden der Leitung Schweigen. Apfel fürchtete bereits, dass sie nach Vitantonio Modena dem nächsten Phantom aufgesessen waren.

Dann hörten die drei Münchner Welti rufen, ganz offenbar auf der Suche nach einem Kollegen. »Ey, Claudio! Claaaauuuudiooo! Für was steht Beppe in Italienisch? Giuseppe, oder? *Grazie, caro mio.*«

Leo Welti hackte erneut auf seine Tastatur. »Sooo«, erklärte er schließlich, »das sieht doch deutlich besser aus. Wir haben drei Giuseppe Regazzoni unter unseren Freunden. Einen Triebtäter, der fünf Frauen vergewaltigt und eine Frau getötet hat und der seit, Moment, drei Jahren wieder auf freiem Fuß ist.«

»Wie alt?«, fragte Apfel.

Diesmal hackte Welt nur kurz. »Siebenundsechzig.«

»Vergessen Sie's«, erklärte der Münchner Kommissar, der merkte, wie er nervöser wurde. »Und die anderen beiden?«

»Der Zweite könnte besser passen«, rief Welti, »neununddreißig, bis vor fünf Jahren als notorischer Schläger dreimal in Haft. Zwischen zwanzig und vierunddreißig hat er elf Jahre gesessen. Er ist von Beruf Eisenbieger und hat mit dreiundzwanzig zwei Männer, die ihm Geld schuldeten, mit einer Stange tot geprügelt. Seit seiner Entlassung 2001 unauffällig. Die Gutachter haben ihm trotz der langen Haftzeit gute Resozialisierungschancen attestiert. Arbeitete zuletzt angeblich als Leibwächter.«

»Und der Dritte?«

»Mehrfacher Bankräuber, dreiundvierzig …«, las Welti vor.

»Auch gut«, sagte Paul Apfel, »auch sehr gut.«

»Nicht gut genug«, antwortete der Schweizer, »ich sehe gerade, er ist vor zwei Jahren bei einem Überfall erschossen worden.«

Dann musste der Zweite ihr Mann sein. »Haben Sie ein Foto von Regazzoni zwei?«, fragte Apfel.

»Haben wir. Ist aber von 2001. Soll ich's Ihnen mailen?«

»Das wäre prima«, antwortete der Kommissar.

»Fünf Minuten«, rief der Schweizer und verabschiedete sich.

Apfel wartete keine zwei Minuten, bis er zum ersten Mal auf seinen Posteingang klickte.

Er musste noch weitere vier Minuten warten, bis sich der kleine Briefumschlag in seinem Mailprogramm grün färbte und eine E-Mail auf seinen Rechner übertragen wurde. Wie einige Tage zuvor beim Bild von Werner Surer, dem Mann mit der Krawatte, öffnete Paul Apfel den Anhang mit einem einfachen Bildbearbeitungsprogramm.

Mona Maierhofer und Carl Reutemann standen neben Paul, als sich das Bild langsam aufbaute.

Das Schwarz-Weiß-Foto zeigte Giuseppe Regazzoni. Es zeigte aber auch Vitantonio Modena. Die Ähnlichkeit mit Rosbergs Phantombild war frappierend. Der dunkle Teint, das runde Gesicht, die eher kleine Nase, sogar die auffällig geschwungene Form der Augenbrauen. Nur die Frisur war komplett anders. Dunkle Locken auf dem Phantombild, kurz geschorene Haare auf dem Polizeifoto, das offenbar bei der Haftentlassung entstanden war. Insofern, dachte Paul Apfel, kein Wunder.

Er blickte auf zu Mona und Carl. Beide sagten kein Wort. Aber beide nickten.

»Ich denke«, sagte Apfel, als sich die beiden wieder gesetzt hatten, »beim Zehn-Uhr-Termin haben wir einiges zu erzählen.«

»Darf ich mal laut nachdenken?«, fragte Mona Maierhofer.

»Aber immer zu«, ermunterte sie der Kommissar, »dafür zahlt dir der deutsche Staat ja auch eine Stange Geld.«

»Also«, begann die BKA-Beamtin, »was wissen wir? Beziehungsweise, was glauben wir zu wissen, und was wissen wir nicht?« Sie beantwortete die Fragen der Einfachheit halber gleich selbst.

»Wir wissen, dass Albers und Jabouille einem Ring von Produktfälschern auf der Spur waren. Dass sie Kontakt zueinander hatten und dass sie möglicherweise deswegen sterben mussten. Wir wissen, dass Rosberg die beiden Morde untergeschoben werden sollten und dass sein Kontaktmann Regazzoni ganz offensichtlich für PC unterwegs war. Was wir nicht wissen – welche Rolle spielt Cevert? Dass Regazzoni für ihn arbeitete, beweist gar nichts. Wir können vermuten, dass er der große Pate im Hintergrund ist, aber wir können ihm nichts nachweisen. Ende des Vortrags.«

»Habt ihr eigentlich schon mal über die Motivation von PC nachgedacht«, sinnierte Apfel. »Dieser Schweinehund ist so schlau, dass er gleich mehrere Fliegen mit einer Klappe schlägt.«

»Was meinst du damit?«, fragte der Inspektor.

»Überleg doch mal. Er lässt mit Albers und Jabouille die beiden umbringen, die seinen Geschäften auf der Spur sind. Er verkleidet sie so, dass es ausschaut wie der Ritualmord eines Wahnsinnigen. Damit produziert er Chaos und Hysterie rund um die WM – und dieses Chaos nutzt er dann für seine Machtspielchen innerhalb der WAFA.«

Der Auftritt, den Paul Apfel beim Zehn-Uhr-Termin der Sonderkommission hatte, war das exakte Gegenteil seiner Vorstellung vor wenigen Wochen bei der Pressekonferenz im gleichen Raum. Der Kommissar hatte gute Argumente, er war souverän und stellte sich und Carl im besten Licht da.

Noch besser als Apfel war nur Mona Maierhofer. Sie gab mit keinem Wort und keiner Geste zu erkennen, dass sie Pauls Vortrag ebenso gut hätte halten können und in die aktuelle Entwicklung vollständig eingeweiht war.

Sie waren alle drei der Ansicht gewesen, dass es ihnen nur nutzen konnte, Mona zunächst außen vor zu lassen und ihre BKA-interne Position damit nicht zu schwächen. Die Gerüchte über ihre private Verbindung zu Carl Reutemann waren in dieser Hinsicht schon bedenklich genug.

Es zeugte von bemerkenswerter Kaltblütigkeit, wie gelassen Mona Maierhofer die Veranstaltung leitete und sich von jeder der Enthüllungen Apfels aufs Neue überrascht und begeistert zeigte. Mona war ein Luder, dachte Apfel, und er meinte dies ausschließlich positiv.

Als Apfel fertig war, stand großes Tischeklopfen auf dem Programm. Fünfzehn Männer und zwei Frauen klopften so lange auf den Konferenztisch, bis sich Harald Heger erhob und das offizielle Lob aussprach: »Tüchtig, Apfel, tüchtig. Und natürlich auch großes Lob für den Kollegen Reutemann. Apfel, ich erwarte Sie in der nächsten halben Stunde mit Ihren Spesenquittungen in meinem Büro. Die müssen schnellstmöglich abgezeichnet werden.«

»Sehr freundlich, Herr Polizeipräsident«, bedankte sich Apfel. »Aber was viel wichtiger ist: Wie machen wir weiter?«

Der Kommissar hatte das Gefühl, als wäre der Fall für den einen oder anderen hier im Raum damit so gut wie abgeschlossen. Oder als wären Carl und er Wundertätige, die den Rest des Falles in den nächsten Tagen mit zwei, drei Federstrichen klären könnten. Und er merkte plötzlich, wie müde und erschöpft der Rest der Truppe mittlerweile wirkte, wie sehr sie der Fall körperlich und geistig ausgezehrt hatte. Und er erinnerte sich, wie angeschlagen er selbst noch vor wenigen Tagen war, bis ihm Rosbergs Hinweis mit der Krawatte neue Kraft verliehen hatte.

Und: Paul Apfel spürte, dass es jetzt alleine an ihm, an Carl Reutemann und vielleicht auch an Mona Maierhofer liegen würde, die Ermittlungen zu einem vernünftigen Ende zu bringen. Gut einen Monat nach der Quasi-Machtübernahme durch das BKA lag der Fall, ohne dass dies irgendjemand formell beschlossen hätte, plötzlich wieder vor allem in seinen, in ihren Händen.

Das tat ihm gut, sehr gut sogar. Aber es machte ihm auch Angst.

»Ich denke, wir machen uns alle weiter Gedanken und treffen uns heute Nachmittag wieder hier. Sechzehn Uhr, in Ordnung?« Apfel fasste das aufkommende Gemurmel als Zustimmung auf.

Und noch ein Gedanke beschäftigte ihn, als er den Konferenzraum verließ.

Es waren nicht nur Mona, Carl und er, in deren Händen nun alles lag. Es gab da noch jemanden. Der saß in Stadelheim in Untersuchungshaft und hatte ganz gewiss Sehnsucht nach Hauptkommissar Apfel, seinem speziellen Freund Reutemann und der einen oder anderen frischen Schachtel HB.

29

Zehn Minuten nach der Soko-Besprechung saßen Paul Apfel, Carl Reutemann und Mona Maierhofer schon wieder bei drei frischen Tassen Kaffee im Büro des Kommissars.

»Sehr überzeugende Leistung, Mona«, lobte Apfel.

»Danke. Ich war auf dem Gymnasium in Stuttgart in der Theatergruppe«, lächelte Mona.

»Das sollte dich beunruhigen, Carl«, gab der Kommissar zurück.

Dann schwiegen sie und dachten nach, bis Mona Maierhofer die Stille nach zwei oder drei Minuten unterbrach.

»Ich gehe davon aus, dass das BKA jetzt die weiteren Ermittlungen in der Schweiz übernimmt«, erklärte sie. »Aber ich habe dabei kein gutes Gefühl. Überlegt euch mal, wie lange wir nach Modena beziehungsweise Regazzoni gesucht haben, den keiner kennen wollte. Ich finde, wir sollten unbedingt parallel einen zweiten Ansatz verfolgen und nicht alle Chips auf einem Feld platzieren.«

»China«, schaltete sich Paul ein.

»China«, bestätigte Mona.

»Interessant«, fand Carl Reutemann und nahm den Faden auf. »Ihr meint, wir sollten in China weitergraben und dort nach Ceverts Geschäftspartnern suchen?«

Paul und Mona nickten im Duett.

Carl fuhr fort. »An sich keine schlechte Idee. Ich kann mir nur nicht vorstellen, dass wir dort antraben, gestatten, Apfel, Reutemann und Maierhofer die Namen, vielleicht klimpert Mona noch ein bisschen mit den Wimpern – und schon freuen sich die Chinesen, dass sie endlich auspacken dürfen.«

»Das ist genau das Problem«, erwiderte Mona Maierhofer.

»Oder auch nicht«, warf Apfel ein. »Es ist wie im Fußball. Auf die Mannschaftsaufstellung kommt es an. Und wir brauchen einen Außenstürmer oder wie das heißt, der die entscheidenden Chancen vorbereitet. Und der heißt Rosberg.«

»Rosberg?« Carl Reutemann tat so, als hätte er sich an seinem Kaffee verschluckt und müsste husten.

»Genau der, Carl«, antwortete der Kommissar. »Er kennt die Kultur, er kennt die Produktfälscherszene, er hat Kontakte, und er ist nicht blöd.«

»Du willst Rosberg nach China schicken?«, fragte Reutemann, der sich von seinem simulierten Hustenanfall erholt hatte. Mona Maierhofer schwieg.

»Warum nicht?« Apfel schaute Carl und Mona an. »Wobei wir erst einmal klären müssen, ob er glaubt, dass das etwas bringt. Wenn ja, machen wir vielleicht alle zusammen einen Betriebsausflug nach Shanghai.«

Der Kommissar bat Emma Keßler, sich darum zu kümmern, dass Markus Rosberg möglichst schnell zu einem weiteren Verhör ins Präsidium gebracht wurde. Emma rief drei Minuten später zurück: »Er wird überstellt, aber nicht vor 15 Uhr. Stadelheim ist überlastet.«

Paul schaute auf die Uhr. Es war erst 11 Uhr 15. Er wollte nicht daran denken, was passiert wäre, wenn er Rosberg wirklich dringend gebraucht hätte, und zwar pronto.

Die nächsten drei Stunden verbrachte das Trio mit Warten und Reden und dann, zur Abwechslung, wieder mit Reden und Warten. Es war tödlich. Immerhin: Einige Tassen Kaffee später gefiel die China-Ideen allen dreien immer besser.

Allerdings war da noch ein Problem. »Mona«, sagte Apfel, »wie kriegen wir Rosberg für ein paar Tage aus dem Knast raus? Das geht wahrscheinlich am besten über das BKA, oder?«

»Gut möglich«, antwortete sie, »aber das kann endlos dauern. Außer ich mache das, was ich sonst immer ablehne.«

»Und das wäre?«, fragte der Kommissar.

»Ich rufe meinen Vater an. Er leitet die Abteilung für organisierte und allgemeine Kriminalität beim BKA. Wenn er von dem überzeugt ist, was ich ihm sage, kostet es ihn drei Anrufe. Uns würde es drei Wochen kosten.«

Paul Apfel staunte. »Ach, und deswegen bist du beim BKA?«

Er hatte Mona Maierhofer nicht beleidigen wollen. Dennoch hatte er ganz offenbar einen wunden Punkt erwischt.

»Nein, Paul«, gab sie spitz zurück und klang verärgert, »deswegen bin ich nicht beim BKA. Deswegen bin ich vielleicht bei der Polizei. Aber mein Vater wollte partout nicht, dass ich zum BKA gehe, weil er der Meinung war, dass ich mir damit keinen Gefallen tue. Er hat meine Bewerbung nie unterstützt, und das war mir nur recht.«

Carl Reutemann starrte in den Kaffeesatz seiner leeren Tasse. Er kannte die BKA-Geschichte offenbar schon.

»War nicht so gemeint, Mona«, entschuldigte sich Paul.

»Schon gut. Ich bin es nur leid, mich immer wieder verteidigen zu müssen. Oder zu meinen, mich verteidigen zu müssen. Was glaubst du, welchen Hass Gartner deswegen auf mich hat.«

Das war allerdings etwas, das sich der Kommissar gar nicht erst vorstellen wollte. »Aber jetzt würdest du deinen Vater fragen? Mona, wenn du damit ein Problem hast, finden wir einen anderen Weg.«

»Nein«, sagte sie. »Ich hätte ein Problem, wenn die Bitte keinen Sinn machen und mein Vater sich nur darum kümmern würde, weil ich seine Tochter bin. Aber was ich von ihm will, ist hundertprozentig richtig. Es geht alles nur etwas schneller, weil ich seine Tochter bin. Damit kann ich leben.«

Sie trank ihren Kaffee auf, stand auf und sagte sehr bestimmt: »Ich gehe telefonieren. Carl, kommst du mit?«

Sie verschwanden, und Apfel blieb allein in seinem Büro zurück. Es war jetzt 13 Uhr 15. Keine Spur von Rosberg. Es hätte ja immerhin sein können, dass es schneller ging als erwartet.

Es ging nicht schneller, natürlich nicht.

Der Kommissar schlang die beiden matschigen und mittlerweile kalten Leberkässemmeln mit süßem Senf herunter, die bereits zum dritten Mal in dieser Woche sein gesamtes Mittagessen darstellten.

Mona und Carl kamen erst kurz vor zwei zurück. »Er tut, was er kann«, erklärte Mona beim Hereingehen.

»Das heißt?«

»Mein Vater fand den Vorschlag interessant, nach China zu fahren. Er hatte Bauchschmerzen wegen Rosberg, und er will darüber nachdenken.«

»Das heißt?«, fragte Apfel.

»Wenn mein Vater über etwas nachdenkt, ist das meistens die halbe Miete«, antwortete Mona, »es sieht nicht schlecht aus.«

Zwanzig Minuten später klopfte es an Apfels Bürotür. Es war doch schneller gegangen. Ein uniformierter Beamter betrat das Büro mit Markus Rosberg im Schlepptau. Rosberg ließ sich die Handschellen aufschließen, schaute sich um und setzte sich.

»Sie haben Verstärkung?«

»Mona Maierhofer vom BKA«, stellte sich Mona vor.

Rosberg glotzte ihr auf den Busen und erwiderte grinsend »Freut mich, freut mich sogar sehr. Jetzt habe ich neben den Zigaretten des Herrn Kommissars gleich noch einen Grund, gerne herzukommen.«

Mona lächelte nicht und fand die Aussicht offenbar nicht berauschend, mit Rosberg nach China zu reisen. Gut, dass Carl und Paul dabei waren. Rosberg schien gut gelaunt und aufgekratzt zu sein. Der Mann spürte zweifellos, dass er wieder Oberwasser hatte.

»Mensch, ich war ja fast eine Woche nicht mehr hier. Meine Kippen sind alle, und ich dachte schon, Sie brauchen mich nicht mehr.«

»Dass Sie eine Woche nicht mehr hier waren, riecht man«, grummelte der Kommissar, »beziehungsweise man riecht es eben nicht. Und dass wir Sie nicht mehr brauchen, hatte ich auch gehofft. Ist aber leider nicht so. Wollen Sie raus aus dem Knast?«

Rosberg hob die rechte Augenbraue und schaute irritiert. »Saublöde Frage, Entschuldigung. Haben Sie schon mal jemanden getroffen, der darauf mit Nein geantwortet hat?«

»Und ob«, erwiderte Apfel. »Drinnen ist es trocken, warm, einigermaßen sicher, und man bekommt sogar umsonst zu essen, wenn auch beschissen, wie man hört. Wenn man draußen Freunde sitzen hat, die nur darauf warten, dass man rauskommt, um alte Rechnungen zu begleichen, ist das eine ganze Menge wert. Das müssten Sie doch am besten wissen, Rosberg.«

»Ich weiß gar nichts«, knurrte Rosberg zurück. »Natürlich will ich raus. Dämliche Frage. Und es wäre nett, wenn ich hier rauchen könnte.«

»Okay, dann kommen Sie raus«, antwortete der Kommissar und

warf Rosberg eine frische Packung HB zu. »Und Sie dürfen sogar in Urlaub fahren. Pauschalreise nach China, Vollpension auf Kosten der BRD.«

Rosberg schaute noch verwunderter als zuvor. »Geht's noch? Was ist mit China?«

Apfel nahm sich fast eine halbe Stunde Zeit, um Rosberg zu erklären, was sich in den letzten Tagen ereignet hatte und was sie vorhatten.

Rosberg stellte keine Zwischenfragen. Ab und an schüttelte er den Kopf, ab und an grinste er hämisch, und am Ende lachte er schallend.

»Sie sind verrückt«, sagte Rosberg, nachdem er sich beruhigt hatte. »Warum soll ich das Theater mitmachen?«

»Herr Rosberg, auch wenn Sie Albers und Grünaug nicht ermordet haben, haben Sie mit Ihren krummen Import-Export-Geschäften so viel auf dem Kerbholz, dass es mühelos für ein paar Jahre Knast reicht«, antwortete Apfel, »da kann Ihnen alles, was Sie zur Aufklärung beitragen, doch nur helfen.«

Rosberg rauchte und dachte nach. Er blickte seinen Rauchwolken nach, die langsam zur Decke hochstiegen. »Sie geben mir zehn Minuten, okay?«

Rosberg stellte sich ans Fenster, öffnete es und starrte auf die gegenüberliegende Hauswand. In dieser Haltung rauchte er drei Zigaretten, rührte sich nicht und sagte kein Wort. Dann schloss Rosberg des Fenster, setzte sich wieder und legte die Karten auf den Tisch.

»Angenommen, ich helfe Ihnen. Rein theoretisch. Dann will ich nach einer Anstandsfrist von maximal ein, zwei Monaten draußen sein. Das werden Sie mir versprechen, Apfel.«

Nun war es an Apfel, den Kopf zu schütteln und zu lachen. »Jetzt sind Sie der Verrückte. Sie wissen, dass das nicht geht, Rosberg. Ich kann Ihnen das nicht versprechen. Wir leben hier Gott sei Dank eben nicht in China, sondern in einem Rechtsstaat.«

Rosberg studierte scheinbar interessiert die Fingernägel seiner linken Hand und schnippte sich Asche vom blauen Sweatshirt. Dann atmete er laut und vernehmbar aus. »Ich glaube schon, dass man das kann, Herr Apfel. Wenn nicht Sie, dann jemand anders.

Ich kenne zwei solche Fälle. Zwei Fälle, von denen ich weiß, dass es genau so gelaufen ist und nicht anders.«

Apfel wollte nur ungern mit einem Kriminellen über die Möglichkeit der Beugung von Gesetzen im deutschen Rechtsstaat verhandeln. »Können wir das zurückstellen?«, schlug er vor. »Sonst sparen wir uns nämlich die Unterhaltung, und Sie können gleich zurück nach Stadelheim.«

Rosberg nickte. »Okay, wir stellen es zurück. Aber meine Forderung steht, Herr Apfel, garantiert. Ihnen ist klar, dass Sie ohne mich keine Chance haben?«

Der Hauptkommissar ahnte es zumindest. Und er hasste das Gefühl, auf einen Menschen wie Markus Rosberg angewiesen zu sein.

»Dabei geht es gar nicht unbedingt um meine Kontakte. Es geht um die Kultur«, fuhr Rosberg fort. »Wenn Sie als Westler mit Chinesen Geschäfte machen wollen, werden Sie verrückt. Die ticken anders. Die wollen dich erst kennen lernen. Die wollen mit dir fressen, rauchen, saufen, zur Not auch bumsen, auch wenn sich das meistens vermeiden lässt. Und gesoffen wird immer auf Ex – ›*Gan bei*‹ auf Chinesisch. Bis zum Umfallen. Und das nicht nur einmal und nicht nur einen Tag. Und wenn sie das Gefühl haben, dass du ein guter Typ und ein Kumpel bist – dann machen sie vielleicht ein Geschäft mit dir. Oder auch nicht. So funktionieren alle China-Deals, vom Drogen-Deal bis zum Milliarden-Geschäft.«

»Und Sie fressen und rauchen und saufen und bumsen fleißig mit, Rosberg?«, erkundigte sich der Kommissar.

»Gnadenlos«, erwiderte Rosberg ungerührt und hielt seine halb gerauchte HB in die Luft, »was glauben Sie, warum ich so viel rauche?«

»Angenommen«, überlegte Reutemann, »wir fliegen nach China. An wen würden Sie sich wenden?«

Rosberg kratzte sich am Kopf und verzog das Gesicht zu einer Grimasse. Er dachte nach und überlegte und schien schließlich eine zufriedenstellende Antwort gefunden zu haben.

»Wir fliegen nicht nach China. Ich habe eine viel bessere Idee.« Er grinste, legte eine Kunstpause ein und inhalierte die gespannten Blicke der drei Beamten so genüsslich, als hätte er statt einer HB eine Havanna im Mundwinkel baumeln.

Dann zog er seinen Trumpf aus dem Ärmel: »Wir laden die Chinesen hierher ein.«

»Hä?« Apfel war sich nicht sicher, ob er sich verhört hatte. »Was soll das denn jetzt, Rosberg?«

»Ich sag ja, dass Sie die Chinesen nicht kennen. Wenn Sie sich nach China einladen, ist es gut. Wenn Sie die Chinesen zu sich einladen, ist es viel besser. Ausdruck allerhöchster Wertschätzung. Außerdem sind die Chinesen völlig besessen von Bayern. Je länger ich darüber nachdenke – ja, das wäre die viel bessere Idee.«

Der Kommissar überlegte. »Ehrlich gesagt ist es mir wurschtegal, ob wir nach China fliegen oder ob die Chinesen hier antanzen. Hauptsache wir kommen vom Fleck.« Er stand auf und ging auf Rosberg zu. »Wie soll das funktionieren?«

Rosberg schien einen Plan zu haben. »Ich könnte mich an eine Organisation in Shanghai wenden. Sie als deutsche Polizisten würden die Organisation als einen Teil der Mafia bezeichnen. In China gilt sie als ehrbares Unternehmen. Ich kenne die Leute, die Leute kennen mich, und ich glaube, sie mögen mich. *Gan bei.*« Rosberg hob ein nicht vorhandenes Glas in die Luft.

»Warum gerade die?«, erkundigte sich Mona.

Rosberg lächelte sie an. »Drei Gründe, Schätzelchen.« Mona Maierhofer zeigte keine Reaktion. »Erstens: Diese Leute machen Geschäfte mit Weidler und liefern ihm Ware. Zweitens: Sie liefern nur einen Teil ihrer Ware an Weidler und nicht alles, wie viele andere. Das macht sie ein bisschen freier und unabhängiger. Und drittens: Sie mögen Weidler nicht. Er säuft nicht mit ihnen, und er hat versucht, sie über den Tisch zu ziehen. Wird zumindest behauptet. Ich müsste mich schlau machen, ob das stimmt.«

Immerhin konnte sich Apfel gut vorstellen, dass sich PC zu fein sein würde, mit einer Horde wild betrunkener Chinesen die Nächte durchzuzechen. Nur – das bewies nun überhaupt nichts. Und wenn es um Macht und Geld ging, waren diese Bedenken schnell über Bord geworfen.

Mona ließ nicht locker. »Sie kennen die Chinesen. Wie würden Sie rangehen?«

Nun hatte Rosberg genug, schüttelte den Kopf und zog sich mit dem Finger das linke Augenlid nach unten. »Schätzelchen, für wie blöd hältst du mich? Also, jetzt mal zuhören. Ihr überlegt euch, was ihr für mich tun könnt. Dann schauen wir, was ich für euch tun kann. Und zwar genau in dieser Reihenfolge. Und eines noch: Wenn wir zusammenkommen, brauche ich 1,5 Millionen Euro.« Er korrigierte sich. »Stopp, ich hab mich verrechnet. 1,6 Millionen. Plus Reisespesen für die Chinesen. Plus eine Loge in der Allianz-Arena.«

»1,6 Millionen Gage?«, konterte der Kommissar, der nicht zulassen wollte, dass Rosberg noch mehr an Oberwasser gewann. »Sie sind noch hirnkranker, als ich dachte. Und warum eine Loge in der Arena?«

»Quark«, wehrte Rosberg ab, »nicht als Gage. Ich will keine Gage, ich will raus aus dem Loch. Mit den 1,6 Millionen gehen wir einkaufen bei den Chinesen. Kennen Sie ein besseres Argument als einen Koffer voller Cash? Ich nicht, und schon gar nicht bei Geschäften mit Chinesen. Und die Arena ist der ideale Ort, mit den Chinesen zu trinken, zu feiern und zu verhandeln.«

In Apfels Kopf fuhren bunt bemalte China-Fratzen aus der Peking-Oper Karussell. »Rosberg«, sagte er gereizt, »entweder Sie reden Klartext oder Sie brummen weiter in Stadelheim.«

»Ist nicht schwer zu verstehen«, erwiderte Rosberg und schaffte es erneut nicht, einen etwas herablassenden Tonfall zu vermeiden. »Einkaufen heißt: Ich würde den Chinesen jede Menge Schwarzmarkt-Ware abkaufen. Eigentlich genau das, was ich sonst auch mache. Trikots, Hosen, Schuhe, Bälle. Für genau 1,5 Millionen Euro. Und ich werde ihnen noch viel größere Geschäfte in Aussicht stellen. Oder glauben Sie, die Chinesen fliegen für einen feuchten Händedruck, fünf Paar Schuhe und dreimal ›*Gan bei*‹ hier ein?«

Teil eins war Kommissar Apfel klar. »Und die Arena?«, fragte er. »Was soll das mit der Arena? Warum ausgerechnet das aufgeblasene Kaiser-Klo mit den drei Leichen? Ich hasse dieses Ding.«

Markus Rosberg lächelte. »Dass in Peking 2008 die Olympischen Spiele stattfinden, wissen Sie?«

Apfel nickte. Rosberg fuhr fort: »Und das Olympiastadion von Peking, das die Chinesen Vogelnest nennen, ist von den gleichen Schweizer Architekten entworfen worden wie die ...« Rosberg machte eine Pause und schaute Apfel aufmunternd an, als wolle er sagen: »Na, komm schon.«

»Die Allianz-Arena, das hab ich schon mal gelesen«, murmelte der Kommissar matt. Es regte ihn auf, dass Rosberg hier ein Frage-Antwort-Spielchen mit ihm veranstaltete.

»Genau«, erklärte Rosberg, »und deswegen ist die Allianz-Arena in China als Vorbild des neuen Olympiastadions sehr bekannt und wäre ein idealer Aufhänger, die Chinesen hier zu geschäftlichen Gesprächen einzuladen.«

Apfel beschloss, sich zumindest vorläufig mit der Idee zu arrangieren. »Wie soll das mit dem Einkaufen funktionieren?«, fragte er den Import-Export-Fachmann.

Rosberg wedelte mit den Händen und machte eine abwehrende Bewegung. »Nein. Ich lasse mich von euch nicht auspressen. Wenn wir zu meinen Bedingungen zusammenkommen, liefere ich euch die Informationen, die ihr braucht, um Weidler zu kriegen. Oder Cevert oder wen auch immer. Mehr erfahrt ihr jetzt nicht. Ende.« Rosberg stand auf und ging wieder ans Fenster.

»Sie liefern zu hundert Prozent die Informationen, die wir brauchen, um Cevert ans Messer zu liefern?« fragte Apfel nach, um Rosberg zu provozieren.

Rosberg stand die Häme ins Gesicht geschrieben. »Hundert Prozent gibt es nicht, das wissen Sie ganz genau. Ich würde sagen – achtzig. Nein, vielleicht sogar neunzig.«

»Und wenn die falschen zehn Prozent eintreffen? Dann gehen Sie zurück in den Knast, und wir kriegen die 1,6 Millionen zurück?«

»Niemals«, konterte Rosberg. »Ich gehe nicht länger zurück in den Knast als die paar Wochen, die Sie brauchen, damit Gras über die Sache gewachsen ist. Und eines muss Ihnen klar sein: Das Geld ist so oder so futsch, egal ob es klappt oder nicht. In Rauch aufgegangen, wie die HB. Oder soll ich danach bei den Chinesen anrufen und sagen, hey, tut mir Leid, war ein Versehen, und denen vielleicht noch die Kontonummer des Polizeipräsidiums geben, damit sie das Geld zurücküberweisen? Das ist Ihre Investition, Herr Apfel, das muss Ihnen klar sein.«

Paul dachte nach. Mona und Carl saßen schweigend da, die Arme vor den Oberkörpern verschränkt. Hatte das überhaupt irgendeinen Sinn?

Carl Reutemann schaltete sich wieder ins Gespräch ein. »Paul, Mona und ich sind bei den Gesprächen mit den Chinesen dabei. Es ist unser Geld und unser Fall. Klar, oder?«

»Sie müssen sogar dabei sein. Sie sind meine Geschäftspartner. Die rücken selbst nie unter acht Mann an, auch wenn nur drei reden. Und sie schimpfen sich alle Direktoren. Die wären sogar irritiert, wenn ich allein wäre. Dann würden die meinen, dass ich nicht wichtig bin.«

Apfel hatte genug gehört. »Ich darf zusammenfassen. Wenn Sie mitziehen, sollen wir im Gegenzug die Ermittlungen gegen Sie einstellen. Außerdem wollen Sie 1,6 Millionen aus der Staatskasse verpulvern, die ohnehin leer ist. Sie hamse doch nicht mehr alle, Rosberg.«

Rosberg grinste. »Meine Alternativen sind klar. Fünf Jahre Knast oder mehr. Und Ihre? Lebenslänglich an diesem Fall arbeiten? Wünsche viel Spaß. Ich würde jetzt gerne gehen.«

»Das ist Ihre erste Forderung an diesem Tag, die ich uneingeschränkt begrüßen kann«, antwortete der Kommissar. Er öffnete die Tür und bat den Beamten, der vor der Tür auf einer Bank wartete, Rosberg wieder nach Stadelheim zu überstellen. Diesmal verabschiedete sich Rosberg im Gegensatz zu seinen sonstigen Gepflogenheiten. Erst lächelte er Mona an, verzichtete aber wenigstens auf ein weiteres »Schätzelchen«. Dann wandte er sich Paul und Carl zu. »Bis bald, die Herren. Wetten, dass?«

Es war jetzt halb vier. Paul Apfel bat Mona, den 16-Uhr-Termin abzusagen. »Sag einfach, wir sind noch nicht so weit, scheißegal. Ist ja nicht einmal gelogen.«

Mona verschwand für fünf Minuten. Als sie zurückkam, nickte sie kurz. »Kein Problem, passt.«

Paul Apfel spürte, dass sie alle drei zermürbt waren vom endlosen Reden, hin- und hergerissen zwischen der vagen Aussicht, den Fall auf diese Weise lösen zu können, und dem fast körperlich spürbaren Widerwillen gegen Rosbergs Vorschläge. Es dauerte einfach alles schon viel zu lange.

Mona Maierhofer brachte auf den Punkt, was Paul dachte. »Ich finde, wir sollten es probieren. Wir haben keine Garantie, aber es klingt wie eine gute Chance.«

Paul nickte. »Carl?«

Reutemann schreckte auf, als hätte ihn der Kommissar aus dem Sekundenschlaf gerissen. »Natürlich«, beeilte sich der Inspektor zu sagen, »Mona hat Recht. Und natürlich kann man Rosbergs Bedingungen erfüllen.«

Sie wussten alle drei gut genug, dass es durchaus die Möglichkeit gab, die Ermittlungen gegen Rosberg unter Abwägung aller Umstände einzustellen. Darüber mussten sie sich nicht lange unterhalten. In der einen Waagschale lag die Aufklärung von drei Morden und die Zerschlagung von umfangreichen wirtschaftskriminellen Strukturen. Demgegenüber stand lediglich Markus Rosberg, der im Vergleich doch als kleines Licht zu gelten hatte und dessen Verurteilung weder die Mordermittlungen noch den Kampf gegen die Produktpiraterie entscheidend voranbringen würde.

Es war schwierig, aber es war machbar, sogar ohne die Intervention von Mona Maierhofers Vater. Und die 1,6 Millionen? Auch hier war ihnen allen klar, dass für die Aufklärung von Fällen schwerster Kriminalität in den letzten Jahren schon ganz andere Summen aufgewendet worden waren. Für die Befreiung einer deutschen Geisel im Irak waren Ende letzten Jahres fünf Millionen Dollar gezahlt worden. 1,6 Millionen Euro waren keine Peanuts. Aber die Summe war darstellbar.

Sie mussten kein abschließendes Votum mehr fällen. Apfel rief im Büro des Polizeipräsidenten an.

»Julia, ich brauche einen Termin bei Heger.« – »Ja, es eilt.« – »Ja, heute noch, unbedingt.«

Fünfundvierzig Minuten später saß er Harald Heger gegenüber.

Weitere achtzig Minuten später, nach einem ausführlichen Gespräch mit Heger und vor allem nach drei längeren Telefonaten, die der Polizeipräsident zwischendurch in Pauls Abwesenheit führte, wusste Apfel, dass sie ab dem 23. Mai, also in vier Tagen, bis auf weiteres die Loge einer Weißbier-Brauerei in der Allianz-Arena okkupieren konnten. Spätestens zum 9. Juni, so der dringende Wunsch aus der Vorstandsetage der Bierbrauer, müsste die Loge aber wieder besenrein übergeben sein. »WM-Eröffnungsspiel«, hatte

Heger erklärt, »da möchte mein Freund aus dem Brauereivorstand die Loge dann doch selbst nutzen.«

Zwar hatte Heger formell nicht die Kompetenzen, die erforderlich waren, um Rosbergs Forderungen zu erfüllen. Doch die Signale, die er von seinen Gesprächspartnern erhalten hatte, erschienen ihm ausreichend, um Apfel zumindest vorerst grünes Licht für die geplante Operation zu geben.

Am nächsten Morgen meldete sich Paul Apfel gegen acht Uhr früh krank. Es war Freitag, der 19. Mai, und es waren auf den Tag genau noch drei Wochen bis zum Start der Fußball-Weltmeisterschaft 2006.

Es war nicht so, dass er körperlich krank war. Er fühlte sich einfach nur völlig am Ende an diesem Morgen. Er hatte es um halb sieben nicht aus dem Bett geschafft, und er spürte, dass er diesen Tag und das darauf folgende Wochenende brauchen würde, um Kraft zu sammeln.

Er rief vom Bett aus bei Carl an, schilderte, wie schlecht er sich fühlte, berichtete von seinem gestrigen Gespräch mit Heger und gab dem Inspektor zwei Arbeitsaufträge. »Lass Rosberg wieder ins Präsidium schaffen. Er soll telefonieren, bis ihm die Rübe raucht, und zusehen, dass seine Chinesen möglichst schnell hier einfliegen. Und du kümmerst dich um die Visa, falls es Probleme gibt.«

Am Mittag meldete sich der Inspektor zurück. Sein Chef lag immer noch im Bett, in einem Dämmerzustand, irgendwo zwischen Schlaf, Ohnmacht und Bewusstlosigkeit. »Rosberg telefoniert seit einer Stunde«, verkündete er, »in China ist es aber sechs Stunden später als hier. Er weiß nicht, was er heute noch erreicht. Außerdem zickt er.«

Paul Apfel stöhnte auf. »Was will dieses Arschloch denn jetzt schon wieder?«

»Er ist zwar grundsätzlich dabei, aber er will Garantien für seine Amnestie«, antwortete Carl Reutemann.

»Und jetzt?« Apfel wollte nicht an komplizierte Dinge denken.

»Mona wird sich darum kümmern.«

Paul Apfel verstand. »BKA-Beziehungen. Hoffentlich geht's auch ohne ihren Vater.«

»Schaut so aus. Sie hat jedenfalls gemeint, sie schafft's ohne ihn.«

»Und sonst?«

»Hektik«, antwortete Carl, »endlose Telefonate. Emma meint, dass die Leitungen zwischen München, Karlsruhe und Berlin glühen. Da hast du was angestellt, Paul. Sei froh, dass du nicht da bist.«

»Bin ich auch, Carl, darauf kannst du dich verlassen. Ich bin so froh, dass hier nur wir beide sind, ich und meine Kopfschmerzen«, erwiderte der Kommissar, legte ohne ein weiteres Wort auf und schlief wieder ein.

Kurz nach zwei weckte ihn Reutemann ein letztes Mal an diesem Tag auf.

»Hmpf?«, machte Apfel, als er ans Telefon ging.

»Schlaf weiter«, antwortete der Inspektor. »Aber wenn ich dir sage, dass unser Wundertätiger acht Chinesen für nächsten Dienstag nach München eingeladen hat, dann hast du das nicht geträumt. Das ist dann Ernst.«

»Grmpf«, machte der Kommissar und nahm die Meldung emotionslos zur Kenntnis.

Er fühlte jetzt sehr deutlich, dass es zu Ende ging. Die Frage war nur, mit was es zuerst zu Ende gehen würde. Mit dem Fall – oder mit ihm? Apfel ließ ein abschließendes unverständliches Grunzen hören, erahnte durch die Ritzen der Rollläden einen strahlenden Landshuter Frühlingstag und schlief wieder ein.

30

Am Montag darauf, also drei Tage später, waren seine Kopfschmerzen weitgehend verschwunden, und Paul Apfel saß um halb neun wieder auf seinem nach wie vor korrekt eingestellten Bürostuhl. Trotzdem fand der Kommissar, dass die Zeit an diesem Tag fast so zäh verging wie auf seinem Laufband im Landshuter Fitness-Studio.

Am Vormittag verschwand Emma Keßler, um für Rosberg Hemden, Hosen, Socken, Unterwäsche und sonstige Utensilien für die Gespräche mit den Chinesen zu besorgen, die der Mann im Gefängnis nicht bei sich hatte. Daran hatte Paul nicht gedacht. Dann buchte sie acht Einzelzimmer im Marriott Hotel, einem halbrunden Bau direkt am Ende der Nürnberger Autobahn, den jeder kannte, der einmal aus Richtung Nürnberg nach München gefahren war und der nur wenige Minuten von der Arena entfernt lag.

Gegen Mittag wurde das Geld angeliefert. Ein schwarzer Lederkoffer reichte für die 1,6 Millionen Euro. Paul Apfel fand es immer wieder erstaunlich, wie wenig Platz doch für so viel Geld benötigt wurde. Er ließ sich von dem Kurier, der den Koffer mit Handschellen an seinem Handgelenk befestigt hatte, die Geldstapel vorzählen. Der Kommissar quittierte, trug den Koffer zu Emma Keßler und bat sie, ihn in einem der Panzerschränke des Präsidiums unterbringen zu lassen.

Kurz nach eins wurde Rosberg ins Präsidium gebracht. Diesmal ohne Handschellen.

»Sehen Sie«, lächelte er den Kommissar an, als ihn ein Beamter in Apfels Büro schob, »ich wusste, dass wir uns schnell wiedersehen. Mit ein bisschen gutem Willen geht alles, Herr Apfel.«

»Idiot«, antwortete der Kommissar.

»Sie können froh sein, wenn Sie mich bald los sind und ich Ihnen nicht mehr die Bude voll qualme«, erwiderte Rosberg ungerührt und hockte sich in eine Ecke von Apfels Büro.

»Das allerdings«, gab Apfel zurück. »Wann kommen Ihre Chinesen? Und außerdem wäre es sehr freundlich, wenn Sie uns vorher wenigstens verraten würden, mit wem wir es zu tun haben.«

»Werfen Sie Google an«, antwortete Rosberg, »und suchen Sie nach der Shanghai Sports Textile Fabrication. SSTF. Unser Mann heißt Song Xiang.«

Apfel googelte, landete schließlich auf einer asiatischen Ausgabe von Wikipedia und fand in englischer Sprache, was er suchte. SSTF, mittelständischer chinesischer Hersteller von Sportbekleidung, zwei Fabriken, 780 Angestellte, Generaldirektor Song Xiang. Weitere Internetseiten bestätigten diese Informationen. Zumindest hatte Rosberg kein Phantom nach München bestellt.

»Sie trauen mir immer noch nicht«, erklärte Rosberg.

»Ich trau mir manchmal selbst nicht«, grummelte Apfel, »und Ihnen schon zweimal nicht.«

Statt zu antworten, schürte Rosberg seinen kleinen olivgrünen Bundeswehrrucksack auf. Daraus fischte er einen Notizblock hervor und schlug ihn auf. »Ankunft ist jedenfalls morgen, 5 Uhr 40.«

Apfel stöhnte auf. »Mitten in der Nacht. Ich wusste, dass Sie krank sind.« Dann schaute er auf die Uhr und rechnete. Ihnen blieben noch gute sechzehn Stunden.

Es war alles gesagt, was es zu sagen gab zwischen Paul Apfel, Carl Reutemann, Mona Maierhofer und Markus Rosberg. Auf ein letztes Briefing verzichteten sie. Wahrscheinlich würde in den nächsten Tagen ohnehin alles anders kommen als gedacht.

Den restlichen Arbeitstag verbrachte Apfel mit langweiliger Kommissariatsroutine. Er schlug den Tag damit tot, mit Emma, Carl und Mona ausführlich ein spätes Mittagessen im Bratwurstglöckl am Dom einzunehmen und sich weiter in die Akten zum Pasinger Nachbarschaftsmord einzulesen. Er schrieb einen Bericht, langweilte sich in einer öden Sitzung der Soko und regte sich ebenso hingebungsvoll wie vergeblich über den unfähigen Personalrat auf.

Mona hatte gottlob daran gedacht, dass sie, Paul und Carl, ihre Polizeiausweise an Emma übergeben mussten – sie konnten die Dokumente ohnehin nicht brauchen bei den Gesprächen mit den

Chinesen. Im Extremfall könnten ihnen die Ausweise sogar gefährlich werden, sollte man sie bei ihnen finden.

Ein paar Räume weiter, in einem fast leeren Büro, telefonierte Markus Rosberg bis zum späteren Nachmittag wie ein Besessener mit China. Kommissar Apfel steckte einige Male den Kopf in die verrauchte Bude, verstand kein Wort von Rosbergs chinesisch-englischem Mischmasch und hatte das unbestimmte Gefühl, dass Rosberg nur ungern beim Telefonieren gestört wurde.

Gegen halb sechs am nächsten Morgen steuerte Apfel den roten Seat in tiefer Dunkelheit auf den schon jetzt ziemlich gut gefüllten Parkplatz vor Terminal 2 des Münchner Flughafens Franz-Josef Strauß. Vor dem Gebäude begrüßte er Carl und küsste Mona auf die Wange, warum auch immer, vielleicht aus Nervosität. Und er packte Rosberg am Arm.

»Wenn Sie uns reinlegen, lasse ich Sie enteiern«, knurrte der Kommissar, lächelte sein Gegenüber dabei aber ausnehmend freundlich an. Wenn er schon nicht aus Rosberg schlau wurde – dann sollte es dem Ganoven wenigstens genauso gehen.

Sie betraten das Flughafengebäude und suchten nach dem Ausgang in Ebene 03, an dem die Passagiere von Lufthansa Flug 727 vom Shanghaier Flughafen Pu Dong erwartet wurden. Die Geschäfte, an denen sie vorbeihasteten, waren noch geschlossen. Dafür herrschte im Wartebereich bereits Hochbetrieb. Chinesen hatten Schilder mit chinesischen Schriftzeichen in der Hand, Deutsche (zumindest sahen sie so aus), meist in Anzügen, hielten Schilder wie »BMW AG, Shu Wang« oder »Siemens/BenQ, Mr. and Ms. Liu Ziu« bereit.

»Woran erkennen uns unsere Chinesen?«, erkundigte sich Reutemann bei Rosberg.

»Ich bin unser Ausweis. Song Xiang ist ein alter Freund von mir«, erwiderte Rosberg, »er wird sich gut an mich erinnern.« Dann schwiegen sie wieder. Apfel und Reutemann gähnten beinahe gleichzeitig.

Auf der Anzeigetafel erkannte Paul Apfel, dass die Maschine aus Shanghai einige Minuten zu früh gelandet war und die Gepäckabfertigung bereits lief. Kurz danach sah er durch die automatische Glastür die ersten Passagiere durch die Abfertigungshalle laufen, und ihm spukte das Kinderlied von den drei Chinesen mit dem Kontrabass durch den Kopf.

Die ersten Chinesen, die durch die Glastür kamen, liefen an ihnen vorbei. Sie unterschieden sich, außer durch die Gesichter, in nichts von der Ladung eines Flugzeuges aus New York, London oder Amsterdam. Anzüge, T-Shirts, einige wenige elegant gekleidete Businessdamen.

»Klassische graue Parteiuniformen sind anscheinend nicht mehr gefragt«, flüsterte Apfel Carl Reutemann zu.

Plötzlich kam Bewegung in Markus Rosberg. Er winkte – und von hinter der Glastür winkte ein Chinese in Jeans und schwarzer Lederjacke zurück. Wenige Augenblicke später spuckte die automatische Tür den Mann aus, der Song Xiang sein musste, und mit ihm sieben weitere westlich gekleidete Landsleute, die sich diszipliniert in einer Schlange hinter ihrem Anführer aufstellten. Mit einer angedeuteten Verbeugung, einem Lächeln und einem ebenso freundlichen wie leisen *»Nice to meet you, Mister Rosberg«* begrüßte Song Xiang, der Generaldirektor der SSTF, seinen Gastgeber. Rosberg erwiderte die Verbeugung und das Lächeln, erwiderte ein *»Welcome to Bavaria, my friend«* und stellte seine Kollegen Paul Apfel, Carl Reutemann und Mona Maierhofer vor.

Einige Verbeugungen und weitere Höflichkeitsfloskeln später und nachdem Apfel festgestellt hatte, dass zumindest Rosbergs Chinesen merkwürdigerweise überhaupt keine Probleme mit dem »R« in den Namen »Rosberg« und »Reutemann« hatten, waren die acht Asiaten, ihre vielen Koffer und Rosberg in drei Taxis zum Marriott aufgebrochen.

Der Kommissar hatte Rosberg gerade noch die Frage zuraunen können, die ihn seit der Ankunft der Chinesen plagte: »Rosberg, was haben die in den ganzen Koffern?«

»Nichts«, hatte Rosberg geantwortet und gegrinst, »nichts außer Luft und Platz für viele Souvenirs aus Bayern.«

Keine drei Stunden später schaute Paul Apfel durch die Glasfront der VIP-Loge in die gespenstisch leere Allianz-Arena, in der ein einsamer Gärtner mit einer Art Schubkarre die Seitenlinien des Rasens nachzog. Der Kommissar erkannte den Mann auch aus dieser

Entfernung sofort. Es war Julius Stuck, der wackere Schwabe, der in der Kabine des FC Bayern den ersten Toten Michael Albers entdeckt hatte. Apfel versuchte sich zu erinnern, wie unendlich lange das her war. Sechs Wochen? Sechs Monate? Ein Jahr? Wann hatte er eigentlich zum letzten Mal in Ruhe ein paar Schlager gehört? Kannte er überhaupt noch die wichtigsten Texte von Cindy und Bert auswendig? Wahrscheinlich nicht.

Die Tür der Loge flog auf, und Carl Reutemann riss ihn aus seinen Gedanken. Der Inspektor kam mit Mona Maierhofer direkt aus dem Präsidium, während Apfel zu Hause in Landshut gefrühstückt hatte. »Sayonara, Paul«, verkündete Carl und grinste.

»Das ist japanisch, du Depp, so viel habe ich von Miriam schon mitbekommen. Wo bleiben Rosberg und die Chinesen?«

»Sind auch schon da, machen aber noch Pipi. Anscheinend erledigen die alles gemeinsam«, erwiderte Reutemann. Apfel nutzte die Zeit, um sich in der Loge umzuschauen. Der Raum war mit gut vierzig Quadratmetern groß genug für vielleicht fünfzehn bis zwanzig Menschen und bot bei Fußballspielen sicherlich einen überwältigenden Blick auf den Rasen. Ausgestattet war er in einem bayerisch-modernen Stilmix aus viel hellem Holz und Edelstahl, den der Kommissar bemerkenswert fand. »Zirbelstube meets Silicon Valley«, murmelte er und glaubte zu verstehen, wie Reutemann leise ein »Laptop und Lederhose« zurückgab.

»Schlau gemacht«, befand Apfel dann etwas lauter, »das ist bayerisch genug, dass jede Geschäftsverhandlung bestimmt bei der Unterschrift mit einem Königsjodler endet, aber auch modern genug ...«

Weiter kam er nicht. Rosberg und die Chinesen waren da. Und gleichzeitig die Damen vom Arena-Cateringunternehmen »Arena One« in weit ausgeschnittenen und für Apfels Geschmack etwas zu kurzen Dirndln und mit einem zünftigen bayerischen Weißwurstfrühstück für Song Xiang und Gefolge. Auf vier Wägelchen verteilt, erkannte der Kommissar gewaltige Mengen von Brezen, Porzellantöpfchen mit dunkelbraun glänzendem süßem Senf, vier Steingutkessel, unter deren Deckel der Dampf der heißen Würste hervorquoll, sowie eine Ladung von Erdinger-Weißbiergläsern.

»Leckst mi«, entfuhr es Carl Reutemann so leise, dass eigentlich nur der neben ihm stehende Kommissar es hören konnte, »damit machen wir die Chinesen gleich am ersten Tag fertig. Fehlt bloß noch die Hopfenkaltschale selbst.« Das vom Inspektor angesprochene Weißbier, so viel stellte sich schnell heraus, lagerte in rauen Mengen und eiskalt in den unauffällig in die Wandverkleidung integrierten beiden riesigen Kühlschränken der Erdinger-Loge.

Auch Monas grünes Leinenkleid sah irgendwie nach Tracht aus und stand der Kollegin sehr gut, fand Apfel. Er flüsterte ihr zu: »Schau ma mal, wie die Chinesen diese Überdosis Bayerisch verkraften.« Jetzt sagte er auch schon »Schau ma mal«, wie der Kaiser, fuhr es ihm durch den Kopf.

Viele höfliche *»Hello«* und *»How are you?«* und *»What a wonderful stadium«* und vor allem viele kleine Verbeugungen später nahmen acht Chinesen und ihre vier deutschen Geschäftspartner rund um den hellen Holztisch Platz, der mit weiß-blauen Rauten-Servietten und Blumengestecken dekoriert war.

Und viele Weißbier und Weißwürste und Brezen später wusste Paul Apfel, was Rosberg mit langen Verhandlungen und viel *Gan bei* gemeint hatte. Wobei – zum *Gan bei*, zum rituellen Trinken auf Ex, waren sie bis zum frühen Nachmittag noch gar nicht vorgedrungen. Mit bayerischen Halbliter-Weißbiergläsern war das sogar für Chinesen schwierig. Für Chinesen, die im Übrigen fast ausnahmslos hervorragend Englisch sprachen. Zumindest solange sie noch nüchtern waren.

Song Xiang und seine Begleiter, die vielen Huis und Wangs, deren Namen sich Apfel so schnell nicht merken konnte, hatten trotz des für sie ungewohnten Weißbiers ihren Spaß. Oder, besser gesagt, wahrscheinlich gerade deswegen. Markus Rosberg, der zwar gar kein Altbayer war, sondern aus dem Fränkischen stammte, was für keinen der Chinesen einen Unterschied bedeutete, gab den Gästen zunächst Unterricht im Weißwurst-Essen (*»You have to* zuzel *the Weißwurst, you know,* zuzeln, *as we Bavarians say«*).

Dann zuzelte er eine Weißwurst aus und warf die leere Wursthaut über seine rechte Schulter hinter sich, wo sie an die blitzblanke Edelstahlverkleidung eines der Kühlschränke klatschte. Die Chinesen klopften sich vor Begeisterung auf die Schenkel, zuzelten auch, feuerten die Wursthäute ebenfalls hinter sich und waren hingerissen vom bajuwarischen Spektakel. »Zuzeln *is really funny*«, kicherte der Kleinste unter ihnen, der Ju Xia hieß, wenn sich Paul Apfel richtig erinnerte – oder war Ju Xia der Größere, der mit der FC-Bayern-Baseballkappe?

Als die Chinesen noch einige Weißwürste und vor allem einige Weißbiere mehr gezuzelt hatten, wies Rosberg die immer lustigere Runde, von deren guter Stimmung sich jetzt auch die drei Polizisten zunehmend anstecken ließen, in weiteres bayerisches Brauchtum ein.

»*What's your name?*«, fragte er die dirndltragende Arena-One-Bedienung mit der blonden Hochsteckfrisur, die in Schmalz ausgebackene winzige Apfelkücherl als Zwischenmahlzeit auf dem Tisch platzierte.

»Marina«, antwortete die junge Frau und lachte gar nicht mal schüchtern.

»*Look, my friend*«, rief Rosberg Song Xiang zu, »*if you need something from this beautiful young bavarian lady, you just have to say*: Do geh her, Madl. *Come on, try it.*«

»Der scheißt sich nix, der Chines', und macht das glatt«, raunte Carl Reutemann dem neben ihm sitzenden Apfel zu und behielt Recht. Denn so war es auch: »*How's that, Markus?* Da geh her, Maddel«, radebrechte Song Xiang, hieb seinem chinesischen Nebenmann vor Begeisterung auf die Schulter und brüllte dann gleich noch mal: »Da geh her, Maddel!«

Marina ließ sich nicht bitten, eilte hinüber zu Song Xiang und lächelte ihm ein zauberhaftes »*Yes, what can I do for you, Sir?*« entgegen. Offenbar waren die Catering-Girls im VIP-Bereich der Arena bestens darin geschult, Anzüglichkeiten nicht mehr ganz nüchterner Geschäftsleute charmant zu begegnen. Dann aktivierte Song Xiang seinen gesamten deutschen Wortschatz, rief in ohrenbetäubender Lautstärke und mit triumphierendem Grinsen: »Oktoberfest. Zuzeln. Da geh her, Maddel. Lothar Matthaus. Olli Kahn. Jawoll, mein Fuhrer.«

Gegen vier am Nachmittag spürte dann auch Apfel, wie ihm der Alkohol zu Kopf stieg. Er hatte sich geschickt auf drei Weißbier beschränkt, um einen einigermaßen klaren Kopf zu behalten –

trotz des Rauches, der jetzt in dicken blauen Schwaden über dem Tisch waberte und sie alle so einnebelte, dass vom grünen Rasen der Arena zumindest von Apfels Platz aus nichts mehr zu sehen war.

Und auch als Rosberg schließlich doch noch den von den Chinesen heiß geliebten Reiswein und dazu geeisten Weißwein auffahren ließ, hielt er sich zurück, so weit möglich. Den wichtigsten Trick hatte ihnen Markus Rosberg schon vorab ans Herz gelegt: »Mit so viel Eiswürfeln wie möglich verdünnen. Und wenn keiner hinschaut, immer mal wieder unauffällig ein Glas im Blumeneimer versenken, den es hoffentlich gibt. Aber nicht erwischen lassen, sonst sind die Chinesen beleidigt. Und dazu viel Kruppuk essen, fürs Aufsaugen der Flüssigkeit.« Gottlob gab es einen Blumenkübel, gleich an der Wand, in Reichweite von Paul Apfel. Diese Blumen mussten länger nicht mehr gegossen werden, wenn es nach dem Kommissar ging. Das eine oder andere *Gan bei* hatte sich aber nicht vermeiden lassen.

Gegen fünf, als hätte die Truppe einen geheimen Befehl erhalten, sprang plötzlich ein Chinese nach dem anderen auf. *»We need to go«*, entschuldigte Song Xiang den raschen Abgang – und ein paar *»Goodbye«* und *»See you tomorrow«* später waren sie auch schon verschwunden, nicht mehr ganz sicheren Schrittes und mit einem Markus Rosberg im Gefolge, der sich tapfer gehalten und bis zum Schluss keine Abnutzungserscheinungen gezeigt hatte.

Ach ja, jetzt fiel es dem Kommissar wieder ein. Für 17 Uhr hatte Rosberg eine Exklusiv-Führung für seine chinesischen Gäste durch die Arena gebucht. Apfel wollte nicht dabei sein. Er hatte für seinen Geschmack schon genug von diesem Stadion gesehen, mehr als genug.

Und so blieben Apfel, Carl Reutemann und Mona Maierhofer in der VIP-Loge zurück. Mona ließ ein erschöpftes »Puuuh« hören, Reutemann atmete tief durch, und der Kommissar versuchte, die letzten Stunden still zu verarbeiten. Dann stand er auf, schob die Glastür der Loge auf, die zu den dazugehörigen VIP-Plätzen führte, und trat ins Freie. Es roch nach frisch gemähtem Gras in der leeren und stillen Allianz-Arena, und jetzt atmete auch Apfel tief durch.

Er hatte gar nicht bemerkt, dass Carl und Mona ebenfalls nach draußen gekommen waren. »Und?«, fragte der Kommissar.

»Hinreißende Alkoholiker. Sie sind wirklich putzig«, antwortete der Inspektor. »Ich frag mich nur, wann Rosberg übers Geschäft reden will. Heute ging es ja keine Sekunde um Business, wenn ich nichts verpasst habe.«

»Außer vielleicht«, ergänzte Mona, »in den Momenten, als Rosberg mit diesem Xong Siang Chinesisch geredet hat. Aber auch das klang mir nicht richtig geschäftlich.«

»Song, Schätzelchen«, erwiderte Reutemann.

»Wie?«

»Der Mann heißt Song, Song Xiang«, gab Carl zurück. »Und nicht Xong Siang. So wie der Indianerhäuptling im ›Schuh des Manitu‹. Der heißt auch Listiger Lurch. Und nicht Lustiger. Da kann man eine Menge falsch machen.«

Nach einer anständigen Dosis Frischluft hatte Apfel das Gefühl, dass er schon wieder deutlich besser in Form war. »Ich pack's, meine Lieben«, sagte er, »wir sehen uns morgen. Gleiche Zeit, gleicher Ort.«

Der Kommissar fühlte sich fit, beschloss aber dennoch, den Seat an der Arena stehen zu lassen und sich auf die beschwerliche Heimreise mit U-Bahn und Bundesbahn heim nach Landshut zu machen. Von der Allianz-Arena über Marienplatz und den Münchner Hauptbahnhof nach Landshut zu fahren, war geographisch zwar so sinnvoll wie eine Reise von München nach Rom über Stockholm und dauerte wahrscheinlich dreimal so lange wie mit dem Auto. Im Interesse seines Führerscheins war das aber die einzige vernünftige Lösung.

»Du bist blau und stinkst«, empfing ihn Äpfelchen liebevoll, nachdem er die paar Minuten vom Landshuter Hauptbahnhof bis zur Apfel'schen Doppelhaushälfte auf dem Damenfahrrad vollkommen sicher zurückgelegt und dabei Peter Alexanders »Ich zähle täglich meine Sorgen« geschmettert hatte und anschließend »Komm mit und steck dir deine Sorgen an den Hut«. Das hatte nichts mit Alkohol zu tun. Der Kommissar sang immer beim Nachhausefahren, zum Verdruss besonders seiner Tochter Taschi, die dies bekanntlich »endspeinlich« fand.

Auch wenn sein gefühlter Alkoholpegel höchstens bei 0,4 Promille lag, beschloss Kommissar Apfel, sein Bett frühzeitig aufzusuchen. Seine Kopfschmerzen am nächsten Morgen bestätigten ihn in der Richtigkeit dieser Entscheidung.

Ums Geschäft ging es auch beim nächsten Treffen mit den Chinesen nicht, genau vierundzwanzig Stunden nach ihrem ersten Rendezvous. Zur Debatte standen stattdessen Elvis Presleys Militärdienst in Deutschland, die Schönheiten von Heidelberg, die Schrecken der Vogelgrippe, die immerblonden Frauen des deutschen Fußball-Kaisers, das Design der neuen S-Klasse von Mercedes sowie die sehr ausführlich diskutierte Frage, ob die Autobahnen des Führers die sieben WM-Titel von Michael Schumacher erst möglich gemacht hatten.

Der Führer hatte es den Chinesen ohnehin angetan. Beinahe zwei Stunden und eine enorme Anzahl von *Gan bei* gingen über die Diskussion ins Land, ob wohl Hitler oder Mao mehr Menschenleben auf dem Gewissen hatten. Als Markus Rosberg diesbezüglich eine klare Überlegenheit des Führers reklamierte, reagierten die Gäste aus der Volksrepublik fast ein wenig beleidigt. Aber egal. *Gan bei.*

Ach ja, die gigantischen Baufortschritte in Shanghai waren auch ausführlich zu erörtern. »Wussten Sie, dass bei jedem Wimpernschlag eines Menschen bei uns in Shanghai ein Haus fertig gestellt wird?«, fragte Song Xiang, und Apfel war sich nicht sicher, ob das den Chinesen mit Stolz oder doch eher mit Schrecken erfüllte. Vielleicht doch eher mit Schrecken, denn Song Xiang fuhr fort: »Seien Sie froh, dass München im Vergleich wohl doch eher überschaubar und gemütlich ist.«

»Sie sollten erst mal meine Heimatstadt Landshut sehen«, gab der Kommissar lächelnd zurück.

Apfel erschrak fast, als sich sein chinesischer Nebenmann am frühen Nachmittag plötzlich zu ihm herüberbeugte und ihn auf Englisch ansprach. »Sie sind also aus Polen?«

Beinahe hätte der Kommissar nicht die Kurve bekommen. Gerade noch rechtzeitig erinnerte er sich daran, dass er den Chinesen ja als Gründer einer Sporthauskette in Polen vorgestellt worden war, der sich über die Rosberg-Connection mit »günstiger« Ware eindecken wollte. »Äh, nein, ja, also ich nicht, ich bin Deutscher, natürlich. Aber meine Geschäfte sind in Polen«, eierte Paul wenig überzeugend herum.

Seinen Nachbarn schien dies aber nicht zu stören. *Gan bei.*

»*Poland must be beautiful*«, lächelte der Chinese.

»*Yes, beautiful, really beautiful*«, gab Paul Apfel zurück, und schon war die schüchterne deutsch-chinesisch-polnische Kontaktaufnahme wieder beendet.

»Rosberg ist happy«, flüsterte ihm Carl Reutemann irgendwann ins Ohr, »anscheinend ist er froh, dass er endlich Menschen gefunden hat, die noch mehr rauchen als er.«

»Kaum zu glauben«, antwortete Apfel, »nur der Kleine da hinten qualmt nicht. Sonst paffen sie ja alle, als gäbe es kein Übermorgen.«

»Ich hab mich erkundigt«, sagte der Inspektor, »der raucht nur nicht mehr, weil man ihm schon beide Lungenflügel entfernt hat. Stell dir das mal vor.«

»Deswegen wirkt er so atemlos. Na denn – *Gan bei*, Carl.«

»*Gan bei*, Paul.«

Mittlerweile hatte sich der Kommissar immerhin einige Namen wie Wang Zhongyi, Deng Guangwei und Wang Zhanbo merken können. Er schaltete seinen Körper in einen Art Ruhezustand und bekam kaum mit, dass Rosberg und die Chinesen mittlerweile zum Thema Helmut Kohl übergegangen waren.

Über den ehemaligen Kanzler der Einheit schienen sich die Chinesen prächtig amüsieren zu können. Sie bliesen immer wieder ihre Bäuche auf, klopften sich auf ihre plötzlich so mächtigen Schmerbäuche und kicherten »*Thick man, big thick man*«. *Gan bei.*

Mit einem Schlag war Apfel dann wieder hellwach. Hatte er sich verhört, oder hatte Rosberg tatsächlich »*Let's talk about business*« zu Song Xiang gesagt?

Nein, er hatte sich nicht verhört, denn plötzlich war es still geworden in der Arena-Loge.

Es half Apfel und seinen Kollegen Carl Reutemann und Mona Maierhofer nur nichts, denn der Generaldirektor der SSTF hatte noch keine Lust auf Geschäfte. »*Business, yes, yes. Big Business, but not today. We wait for tomorrow. Gan bei.*«

Und das war für diesen Tag das letzte Wort zu diesem Thema.

Als die Chinesen den Raum am späten Nachmittag wieder auffallend fluchtartig verlassen hatten, diesmal ohne Rosberg, und Apfel & Co. sich wieder zum Luftholen in den Innenraum der Arena begaben, blieb Mona Maierhofer am Tisch in der VIP-Loge sitzen. Ihr ging es nicht gut, und sie war fast so blass wie die Reste des Kruppuk, die in Bröseln über den ganzen Tisch verstreut waren. Apfel hatte es zuerst bemerkt und ging wieder zurück in die Loge.

»Zwei Tage *Gan bei*, das ist zu viel für eine einzelne Frau«, japste sie.

Es dauerte ein paar Minuten, bis auch Mona nach draußen kam. Nun saßen sie zu viert auf den Promi-Hockern der Arena, hatten diesmal aber Gesellschaft. Weit weg, unten auf dem Rasen, erklärte Julius Stuck einmal mehr einer Besuchergruppe, wie man das Gras heutzutage wachsen lässt. Für das Quartett vor der VIP-Loge waren Stucks Ausführungen aber nur als verwehte Wortfetzen hörbar.

»Ich treffe mich heute Abend mit Song Xiang und versuche, entscheidend weiterzukommen«, erklärte Rosberg, der in den letzten Tagen zusehends aufgeblüht war und kaum mehr an den verdruckststen Kleinkriminellen aus ihren ersten Verhören erinnerte.

»Was haben Sie vor?«, fragte Carl Reutemann.

»Ich schlage ihm einen besseren Deal vor als Weidler, das ist die ganze Kunst. Ich zahle zwanzig Prozent mehr als Weidler, und ich zahle cash. 1,5 Millionen für fünf Schiffscontainer voller Trikots, Schuhe, was auch immer, scheißegal.«

»1,5 Millionen für gefälschte Ware. Und was machen wir dann mit dem ganzen Krempel?«

»Das«, ergänzte Rosberg, »sind fünf Container voller Beweismaterial gegen die internationalen Produktfälscher. Und außerdem springen für Sie persönlich bestimmt ein, zwei Paar LaCroix-Schuhe raus. Die Qualität der Sachen ist nämlich eins a. Das Zeug wird meistens in den gleichen Fabriken und aus dem gleichen Material hergestellt wie die Originale, nur eben illegal in der Nachtschicht.«

Das hatte Carl Reutemann nicht gewusst. Aber ihn konnte ohnehin nichts mehr überraschen in diesem Fall.

»Und was passiert dann?«, fragte Mona Maierhofer. »Und was passiert vor allem mit den restlichen hunderttausend? Die stecken Sie ein?«

»Lass dich überraschen, Schätzelchen«, lächelte Markus Rosberg, »du wirst es erfahren. Vielleicht schon morgen.«

31

An diesem nächsten Morgen, es war Donnerstag, der 25. Mai 2006 und Christi Himmelfahrt, saßen Markus Rosberg, Paul Apfel, Carl Reutemann und Mona Maierhofer um kurz nach acht in der frisch gereinigten, gelüfteten und erneut generalüberholt wirkenden Erdinger-VIP-Loge in der Allianz-Arena. Wieder hatte Reutemann einen schwarzen Lederkoffer mit 1,5 Millionen Euro aus dem Polizeipräsidium mitgebracht.

Bevor der dritte Akt der China-Oper auf dem Programm stand, wollten sie besprechen, was gestern Abend noch passiert war und, viel wichtiger, was heute passieren sollte.

»Es wird ernst«, erklärte Markus Rosberg und ermahnte den Kommissar, den Inspektor und seine Kollegin und Freundin, heute mit dem Weißwein besonders vorsichtig umzugehen und so viel Eis wie nur möglich zu verwenden.

»Was war gestern mit Song?«, wollte Apfel wissen.

»Alles im gelben Bereich, also im grünen«, erwiderte Rosberg, »ich habe ihm das Geschäft vorgeschlagen, er schien einverstanden zu sein. Aber endgültig werden wir das erst heute erfahren.«

Die Chinesen ließen bis Viertel nach neun auf sich warten. Stau zwischen dem Marriott und der Arena.

Ansonsten begann der Tag nicht anders als die Tage zuvor. Weißwurstfrühstück, Weißbier. Neu war nur, dass sich Paul Apfel unsterblich blamierte. Der Kommissar hatte ja mittlerweile mitbekommen, dass »Grüß Gott« auf Chinesisch so viel heißt wie *»Ni hao«*. Und so begrüßte er Song Xiang an diesem Morgen euphorisch mit einem, zugegeben etwas schlampig ausgesprochenen, »Niao«.

»No problem«, lächelte der Chinese, trat zur Seite und öffnete ihm sogar noch die Logentür. *»No problem. We will wait for you.«*

Auf den fragenden Blick des irritierten Kommissars hin lächelte der Chinese und erklärte auf Englisch: »Oder wollten Sie *›Ni hao‹* sagen? *›Ni hao‹* heißt tatsächlich ›Guten Tag‹. Aber *›Niao‹* heißt pinkeln.«

Apfel wusste gar nicht, was ihm peinlicher war – dass er spürte, wie er rot anlief, oder dass Reutemann neben ihm vor Lachen fast kollabierte.

Innerhalb der nächsten Stunden bemerkte Apfel dann aber doch einen entscheidenden Unterschied zu den Vortagen.

Die Chinesen tranken heute weniger, und sie schienen weniger ausgelassen zu sein. Es war nicht so, dass sie nichts tranken. Aber der Rhythmus der *Gan bei* hatte sich doch erheblich verlangsamt.

Es war kurz vor eins, als Song Xiang auf den Tisch klopfte und mit dieser einen Handbewegung die Unterhaltung der anderen Chinesen zu einem leisen Gemurmel reduzierte, das schließlich ganz verstummte. Er lächelte. *»It's time for business.«*

Markus Rosberg lächelte auch. Plötzlich lächelten alle im Raum erwartungsvoll, Paul Apfel, Carl Reutemann und Mona Maierhofer eingeschlossen. Rosberg bestätigte: *»Yes, it's time for business.«*

Der Chinese zog Papiere aus seiner Tasche, die offenbar bereits vorbereitet worden waren. Er übergab sie an Rosberg, der sie hochhielt. Kommissar Apfel konnte Blätter mit chinesischen Schriftzeichen und Blätter mit normaler Schrift erkennen. Die anderen Chinesen stießen ein Gemurmel aus, das für Apfels Ohren nach Zustimmung und Bestätigung klang.

»Erstklassige Ware für 1,5 Millionen Euro«, erklärte Song Xiang in seinem sehr ordentlichen Englisch. »Und wir bekommen zwanzig Prozent mehr als vom Dieb Weidler. Und das ist nur der Anfang.«

Er wandte sich direkt an Rosberg. »Sie sind ein großer Freund des chinesischen Volkes, Mister Rosberg. *Gan bei!*« Die Gläser flogen in die Höhe.

»Und Sie«, erwiderte Rosberg und blickte die Anwesenden reihum an, »sind herausragende Vertreter der größten Wirtschaftsmacht des 21. Jahrhunderts. *Gan bei.*«

Das Gemurmel wuchs sich zu Lob- und Hochrufen aller Beteiligten aus, die Paul, Carl und Mona nicht verstehen mussten, um sie mühelos interpretieren zu können. Im Anschluss leisteten Song Xiang und Markus Rosberg jeweils acht Unterschriften, begleitet von insgesamt sechzehn Hochrufen. Reutemann war froh, dass es keine sechzehn *Gan bei* waren.

Dann gab Rosberg Reutemann ein Zeichen. Der Inspektor legte den Koffer, der schon seit dem Morgen zwischen seinen Beinen stand und aus dem auf Rosbergs Wunsch hunderttausend Euro im Präsidium verblieben waren, auf den Tisch.

Apfel hätte nicht behaupten können, dass ihm dabei wohl war. Auch wenn er lange genug Zeit gehabt hatte, sich auf diesen Moment vorzubereiten.

Reutemann schob den Koffer Rosberg zu, der ihn an Song Xiang weiterleitete. Der öffnete den Koffer so, dass alle Anwesenden den Inhalt sehen konnten – die »Aaaaahs« und »Oooohs«, die die Chinesen daraufhin ausstießen, klangen kaum anderes als der Jubel in Deutschland bei entsprechenden Anlässen. *Gan bei.* »Euro – sehr gut«, rief Song Xiang aus und blickte in den Koffer, »Dollar – nicht so gut.« Das Gelächter wollte nicht mehr enden.

Rosbergs Geschäftspartner lächelte kurz, stand auf und rief: »So, nun wollen wir feiern.«

Apfel überlegte, was hier die vergangenen zweieinhalb Tage stattgefunden hatte, kam aber zu keinem zufriedenstellenden Ergebnis. Die Frequenz der *Gan bei* steigerte sich nun wieder auf das gewohnte Niveau. Der Rauch hing über dem Tisch und war auch durch die Klimaanlage nicht mehr zu vertreiben.

Es war kurz nach vier, als Markus Rosberg begann, sich das rechte Auge zu reiben, als hätte sich dort ein lästiges Staubkorn eingenistet. Das war das Zeichen, das er mit Paul, Carl und Mona vereinbart hatte, wenn sie im entscheidenden Moment besonders aufmerksam sein sollten.

Reutemann schubste Paul Apfel zu seiner Linken und Mona Maierhofer zu seiner Rechten mit dem Ellbogen an und signalisierte Rosberg mit einem kurzen Blickkontakt, dass sie bereit waren. Carl Reutemann war jetzt mindestens so nervös wie bei ihrem ersten gemeinsamen Besuch bei Monas Eltern, den er kürzlich absolviert hatte, ohne dass dies Paul auch nur hatte ahnen können.

Rosberg erhob das Weißweinglas mit den Eiswürfeln und stieß mit Song Xiang an. Dann griff er in seine Hemdtasche, faltete ein Papier zweimal auf und warf das Bild des WAFA-Vizepräsidenten Patrick Cevert, das er sich von Paul Apfel hatte geben lassen, mitten auf den Tisch. »Schlechter Tag für Sie, Mister!«, rief er.

»Oh, Mister Weidler!«, brüllte Song Xiang. »Sie haben uns betrogen. *Fuck you!*« Nun stimmten die anderen Chinesen in den Chor ein. *»Fuck you, Weidler.«*

Plötzlich griff der Chinese, der zwei Plätze neben Reutemann saß, zu seinem Weinglas, schüttete es über dem Bild von Cevert aus und rief: »Das ist es, was du verdient hast, Weidler.« *Gan bei*, und wieder flogen die Gläser in die Höhe.

Markus Rosberg nickte seinen drei deutschen Begleitern zu. Carl Reutemann sah Paul Apfel und Mona Maierhofer an, die ein ernstes Gesicht zeigten.

Es war nun klar, dass Horst Weidler und Patrick Cevert ein und dieselbe Person waren. Es war tatsächlich der Fußballfunktionär, der an den Strippen zog im weltweiten Geschäft der Markenpiraten. Es war wirklich PC, der die Morde an Michael Albers, Karl Grünaug und Jean-Jacques Jabouille zumindest in Auftrag gegeben hatte.

Nur, überlegte Paul Apfel, was half es? Was konnten sie beweisen? Welchen Wert hatte die weinselige Reaktion einer Horde halb betrunkener Chinesen auf ein Foto – auch wenn sie von drei deutschen Kriminalbeamten beobachtet worden war?

Apfel wusste es nicht, und er fühlte sich jetzt auch zu müde, um näher darüber nachzudenken.

Kurz nach fünf verschwanden die Chinesen wie gewohnt von der Bildfläche. Nach ihrer Zeit war es 23 Uhr. Offenbar hatten sie einfach keine Lust, sich auf die deutsche Zeitrechnung umzustellen.

Das deutsche Quartett blieb zurück. Drei erschlagene Polizisten und ein aufgekratzter Rosberg.

»Lustige Truppe«, erklärte er vergnügt. »Und ein sagenhafter Erfolg.«

»Was für ein sagenhafter Erfolg?«, brummte Apfel, während Carl Reutemann die Tür zur Arena aufschob, um frische Luft in die Loge zu lassen. Plötzlich klingelte sein Handy. Er meldete sich und hörte zu.

»Kollege Quester ist dran«, flüsterte er dem Rest zu. »Wir haben Regazzoni.« Dann hörte er weiter zu, fragte zwischendurch »Wie?«, »Was?« und »Wann?« und legte wieder auf.

Rosberg war begeistert, anscheinend fühlte er sich schon wie ein halber Polizist. »Erst Weidler. Dann mein Freund Regazzoni. Guter Tag, oder?«

Apfel erklärte, was er erfahren hatte: »Regazzoni wurde heute früh in Berlin bei einer Polizeikontrolle geschnappt. Kein Widerstand, alles okay.«

»Und?«, erkundigte sich Mona Maierhofer.

»Er streitet natürlich ab, etwas mit den drei Morden zu tun zu haben. Viel mehr weiß ich auch nicht, er ist immer noch in Berlin.«

Apfel erinnerte sich an seine ursprüngliche Frage, bevor sein Mobiltelefon angeschlagen hatte. »Was für ein sagenhafter Erfolg, Rosberg? Was bringt uns die Nummer mit Cevert? Dass die Chinesen Cevert als Weidler identifiziert haben, war eindeutig. Fragt sich bloß, ob uns das weiterhilft.«

Mona Maierhofer und Carl Reutemann nickten zustimmend.

»Das alleine hilft uns nicht viel«, gestand Rosberg. »Aber ich habe Song Xiang gestern Abend dazu überredet, morgen auf dem Polizeipräsidium eine ausführliche Aussage zu seinen Geschäften mit PC zu machen, bevor die ganze Truppe nach Shanghai zurückfliegt. Außerdem wird er Unterlagen übergeben, die Cevert schwer belasten. Er weiß, dass er damit ein Risiko eingeht, aber ich hatte, sagen wir mal, sehr gute Argumente. Und ein Konkurrent im Knast ist auch nicht zu verachten.«

Rosberg setzte einen triumphierenden Blick auf. Apfel, Reutemann und Mona Maierhofer schwiegen. »Dafür also die restlichen hunderttausend Euro«, meinte Mona schließlich.

»Schlau, Schätzelchen«, bestätigte Markus Rosberg, »dafür die restlichen hunderttausend. Die haben es ihm auch leichter gemacht zu akzeptieren, dass ihr gar keine Geschäftspartner seid, sondern Polizisten.«

Apfel dachte laut nach. »Die Aussage des Chinesen und vor allem vernünftige Unterlagen könnten wirklich reichen«, meinte er. Zum ersten Mal in diesen Tagen klang der Kommissar annähernd zufrieden.

»Das wird reichen«, erwiderte Rosberg, »ganz bestimmt.«

»Warum«, krächzte Mona Maierhofer, deren Stimme nun offenbar endgültig vor dem Kollaps stand, »warum war Cevert so dumm, sich bei den Chinesen sehen zu lassen?«

Statt wie erwartet Markus Rosberg antwortete Carl Reutemann. »Nach drei Tagen Party kapier das jetzt sogar ich. Er musste sich einmal sehen lassen, verstehst du. Wenigstens ein einziges Mal, sonst wäre aus dem Geschäft nichts geworden.«

»Und«, fügte Rosberg hinzu, »es ist drei Jahre her, dass er selber in China war. Damals war er noch nicht der ganz große Maxe von heute. Danach hat er natürlich alles seine Leute erledigen lassen.«

Rosberg wollte schon gehen. Doch eine Frage hatte Paul Apfel noch. »Der Krempel, den Sie für die 1,5 Millionen auf Staatskosten gekauft haben – was ist mit dem?«

Rosberg lachte. »Der kommt in sieben bis acht Wochen in fünf Containern in Hamburg an. Sie werden von ihren neuen chinesischen Freunden rechtzeitig informiert. Ihre polnischen Sportgeschäfte warten schließlich auf die Ware, nicht wahr?«

Paul Apfel lächelte zurück, noch nicht ganz überzeugt, aber schon deutlich entspannter als noch einen Tag zuvor. »Natürlich. Meine polnischen Sportgeschäfte. Ich werde sie Apfelski Athletics nennen. Was haltet ihr davon?«

Ohne eine Antwort abzuwarten, verließ Apfel das vorerst letzte Mal die Allianz-Arena und machte sich auf den Heimweg nach Landshut.

32

Es schien wirklich zu Ende zu gehen, als Paul Apfel am nächsten Morgen wieder hinter seinem Schreibtisch im altehrwürdigen Münchner Polizeipräsidium in der Ettstraße saß. Nicht mit ihm allerdings, sondern tatsächlich mit dem Fall.

Carl Reutemann war ähnlich zuversichtlich. »Mensch, Paul, das sieht doch gut aus. Der Chinese packt aus, liefert die Unterlagen, und wir haben Regazzoni. In ein paar Tagen ist alles vorbei.«

»Dein Wort«, antwortete der Kommissar, »in Gottes Ohr, Carl.«

Die nächsten Stunden brachten die Erkenntnis, dass Inspektor Carl Reutemann durchaus richtig gelegen hatte mit seinem Optimismus.

Es war der 26. Mai 2006. Es waren noch genau vierzehn Tage bis zum Eröffnungsspiel der Fußball-Weltmeisterschaft. Es war ebenso genau zweiundfünfzig Tage her seit die Leiche von Michael Albers vom Greenkeeper Julius Stuck in der Allianz-Arena gefunden worden war.

Gegen zehn schob sich Rosberg durch die Tür von Apfels Amtsstube, Song Xiang von der SSTF im Schlepptau. Die anderen Chinesen verbrachten den Tag zusammen mit Emma Keßler bei einem Ausflug zu Schloss Neuschwanstein. Song Xiang hatte sich stattdessen für eine polizeiliche Aussage zum Stückpreis von einhunderttausend Euro entschieden. Keine schlechte Wahl, wie der Kommissar fand.

»Herzlich willkommen im Polizeipräsidium«, begrüßte ihn Apfel auf Englisch, »ich freue mich wirklich sehr, Sie heute hier zu sehen.« Und das, dachte der Kommissar, war weit untertrieben.

An diesem Nachmittag gab Song Xiang in chinesischer Sprache die Aussagen zu Protokoll, die die Fußballwelt einige Wochen später erschüttern sollten.

Er identifizierte Patrick Cevert auf mehreren Fotos und Videobändern eindeutig als den Mann, den er bisher nur als Horst Weidler gekannt hatte. Und er lieferte mündlich und schriftlich Hintergrundinformationen, die kaum mehr einen Zweifel an der führenden Rolle von PC im internationalen Milliardengeschäft mit gefälschten Markenprodukten zuließen.

Er gewährte Paul Apfel, Mona Maierhofer, Carl Reutemann und Polizeipräsident Heger, die das Gespräch führten, fundamentale Einblicke in die Funktionsweise des »Systems Cevert«. Als führender Kopf der WAFA hatte Cevert offenbar Muster, Designs und Abnahmeversionen von neuen Sportartikeln, von Trikots, Hosen, Stutzen, Bällen und Schuhen auf den Schreibtisch bekommen. Dies war meist weit vor der offiziellen Vorstellung und Markteinführung der Produkte geschehen. PC hatte den Zeitvorsprung genutzt, um die Entwürfe frühzeitig in Asien als Raubkopien in Auftrag zu geben. Damit hatte er es geschafft, neue Trikots von Real Madrid, Manchester United, Juventus Turin oder Bayern München gleichzeitig mit der offiziellen Ware auf den Schwarzmarkt zu werfen – oder sogar noch ein wenig früher.

Und – Song Xiang erklärte sich bereit, unter erneuter Zusicherung strikter Immunität bei Bedarf erneut nach Deutschland zu kommen, um Cevert bei einer Gegenüberstellung persönlich zu identifizieren.

Um 21 Uhr 10, gute dreieinhalb Tage nach ihrer Ankunft in Deutschland, saßen der kleine Mann und seine sieben Begleiter schon wieder im Flugzeug, Lufthansa 0726 von München nach Shanghai, Flughafen Pu Dong.

Bereits gegen 16 Uhr nachmittags war Markus Rosberg wieder in die JVA Stadelheim eingerückt, in der er auch die nächsten etwas mehr als sechs Wochen verbringen sollte. Seine Freilassung war für den 10. Juli 2006 vereinbart worden. Das war ein Tag nach dem Finale der Fußball-Weltmeisterschaft und damit genau der Tag, an dem sich die Behörden das geringste nur mögliche öffentliche Interesse an Rosbergs Freilassung erhofften.

Giuseppe Regazzoni bestritt weiterhin jede Beteiligung an den drei Morden. Er gestand ein, von dem Plan Ceverts für den Mord an Jabouille gehört zu haben. Er hätte damit aber nichts zu tun gehabt.

Allerdings fanden sich auch von ihm an allen drei Leichen DNA-Spuren. Weitere Indizien belasteten ihn schwer. Eine Zeugin, die sich bei der Polizei gemeldet hatte, war felsenfest davon überzeugt, Regazzoni kurz vor dem mutmaßlichen Mordzeitpunkt in einer Bar gesehen zu haben, wo er sich mit Albers einen heftigen Streit geliefert hatte. Fußspuren, die nach dem Mord an Jabouille an der Allianz-Arena gefunden worden waren, ließen sich eindeutig Stiefeln zuordnen, die in Regazzonis Berner Wohnung gefunden wurden.

Im Februar 2007 wurde Giuseppe Regazzoni in einem aufsehenerregenden Indizienprozess in München wegen dreifachen Mordes zu einer lebenslänglichen Freiheitsstrafe verurteilt. Wegen der Schwere der Schuld erklärte das Gericht darüber hinaus eine Entlassung nach fünfzehn Jahren für ausgeschlossen.

Mona Maierhofer beantragte drei Tage nach der Abreise der Chinesen die Versetzung zum Landeskriminalamt nach München. Kurz darauf trat sie gemeinsam mit Carl Reutemann einen zweiwöchigen Sonderurlaub an.

»Und«, lachte Apfel, als Mona und Carl an diesem 2. Juni 2006 in sein Büro kamen, um sich zu verabschieden, »jetzt sagt doch endlich, wo es hingeht in euren vorgezogenen Flitterwochen. Lasst mich alten Mann nicht dumm sterben.«

»Doch, Paul, das tun wir«, strahlte Mona und umarmte den Kommissar.

»Wir sagen dir höchstens, wo es nicht hingeht«, fügte Carl Reutemann hinzu. »Garantiert nicht nach China. Und garantiert nirgendwohin, wo die ›WAFA WM 2006‹ im Fernsehen zu sehen ist.«

»Das«, entgegnete Paul Apfel gut gelaunt, »könnte allerdings schwer werden.«

Patrick Cevert, dies hatte sein Büro auf eine fingierte Interviewanfrage von Apfel hin mitgeteilt, würde sich erst zum Eröffnungsspiel der Weltmeisterschaft wieder in Deutschland aufhalten. Bis dahin hatte er einer Vielzahl von Terminen und Aufgaben in der Schweiz nachzukommen.

Das BKA bevorzugte eine Verhaftung in Deutschland entschieden. Es war juristisch und verfahrenstechnisch bedeutend einfacher, den Mann von Beginn an in dem Land zu verhören, in dem die Morde verübt worden waren, hinter denen Cevert ganz offensichtlich die treibende Kraft gewesen war. Vor allem aber wurde

Cevert in Zusammenarbeit mit den Schweizer Kollegen ab sofort rund um die Uhr mit der modernsten verfügbaren Technik observiert. Davon erhoffte man sich in den verbleibenden Tagen bis zum WM-Beginn weitere wertvolle Hinweise.

Drei Tage später führte Cevert von einem seiner Handys aus zwei Telefonate mit Firmen in Taiwan, die als führende Produzenten von gefälschter Markenware seit Monaten im Visier internationaler Ermittler waren. In beiden Telefonaten war von der Lieferung neuer Ware in der letzten Juni-Woche die Rede.

Sollte PC Anzeichen machen, sich aus der Schweiz abzusetzen, würden die Ermittler sofort zugreifen. Als der WAFA-Vizepräsident am 9. Juni mit einer Lufthansa-Maschine nach München flog, waren der Herr und die Dame in der Reihe hinter ihm kein verliebt turtelndes junges Ehepaar, sondern Zielfahnder des Bundeskriminalamts.

Weitere Fahnder eskortierten Cevert in den nächsten Stunden bis auf die Ehrentribüne der Allianz-Arena. Sie hatten gehofft, Cevert würde in Deutschland und im Umfeld des Eröffnungsspiels durch die Kontaktaufnahme mit möglichen Mittätern weitere verwertbare Spuren liefern. Leider wurden sie enttäuscht.

Paul Apfel kehrte genau noch ein Mal in die Allianz-Arena zurück.

Und das kam so: Am Tag vor dem Eröffnungsspiel bat ihn Polizeipräsident Heger in sein Büro und drückte ihm ein Kuvert in die Hand.

»Ich weiß, dass das nicht Ihr allerliebstes Hobby ist«, sagte der Präsident, »aber vielleicht hat ja wenigstens Ihre Frau Spaß daran. Die beiden Karten hat mir übrigens der Oberbürgermeister gestiftet – aber ich denke, Sie haben sie mehr verdient als ich.«

»Wenn ich schon zum Fußball gehe«, erwiderte Apfel, »dann will ich auch dabei sein, wenn Ceverts Spiel endgültig beendet wird.« Er erläuterte Heger seinen Wunsch.

Der Polizeipräsident nickte. »Ich kümmere mich darum.«

Und so saßen Paul und Miriam Apfel am 9. Juni 2006 auf der Ehrentribüne des »WAFA WM-Stadions München«, das normalerweise Allianz-Arena hieß, und jubelten mit, als Deutschland das Eröffnungsspiel der Fußball-Weltmeisterschaft gegen Costa Rica vor 66.000 Zuschauern mit einer begeisternden Leistung 6:1 gewann. Durch jeweils zwei Tore von »Poldi« Podolski und »Schweini« Schweinsteiger sowie weitere Treffer von Kevin Kuranyi und Michael Ballack erfüllte der Gastgeber seine erste Pflichtaufgabe bravourös.

Nur fünf, sechs Plätze weiter saß Franz Beckenbauer, wie Äpfelchen gleich nach dem Anpfiff bemerkt hatte. Sie hatte ihrem Mann aufgeregt den Ellbogen in die Seite gestoßen und »Schau, Paul, der Kaiser!« gerufen. Ihren Mann ließ dies allerdings kalt. »Oh mei, der Schlagersänger«, murmelte Paul Apfel nur.

Allerdings jubelte Apfel genau genommen nur in der ersten Halbzeit. Etwa in der 40. Minute erkannte er, wie ihm zwei Ermittler des Bundeskriminalamts, deren Bewegungen so unauffällig waren wie ihre grauen Anzüge, vom Rand der Ehrentribüne aus zunickten. Apfel wusste, dass die Beamten bewaffnet waren. Doch zu erkennen war dies für einen Beobachter nicht.

Der Kommissar warf Äpfelchen einen Blick zu, strich seiner Frau über die Wange und verließ seinen Platz vorzeitig. Die letzten Minuten der ersten Halbzeit stand er neben den beiden BKA-Beamten, die einen bestimmten Sitzplatz nicht aus den Augen ließen, der nur wenige Reihen unter ihnen lag. Einen Sitzplatz und einen Mann.

Als der Schiedsrichter, der keinerlei Mühe mit dem einseitigen Spiel hatte, die erste Halbzeit mit einem schrillen Pfiff beendete, strafften sich die Männer vom BKA. Sie wiesen Apfel an, vorauszugehen. Dann folgten sie dem Kommissar.

Apfel musste nur ein paar Treppen nach unten gehen, um an der Sitzreihe anzukommen, die der Mann gerade verlassen wollte, den sie beobachtet hatten.

Er drängte sich an mehreren Anzugträgern vorbei und legte seine Hand auf die Schulter des Mannes. »Auf ein Wort, Monsieur Cevert«, sagte Paul Apfel mit einem gewinnenden Lächeln, »ich habe doch noch ein Sicherheitsproblem bei der WM entdeckt, über das ich gerne mit Ihnen sprechen würde.«

Wenn der Vizepräsident der WAFA ungehalten war ob der Störung, ließ er es sich nicht anmerken. »Oh, Herr Apfel«, raunte ihm der Schweizer freundlich zu, »ich freue mich nach wie vor über jede Information. Lassen Sie uns doch bitte morgen in meinem Hotel reden. Meine Sekretärin ruft Sie wegen eines Termins an.« Cevert blickte sich auf der Ehrentribüne um, die sich zusehends leerte und deren Besucher den opulenten VIP-Büfetts zustrebten, »jetzt ist es wirklich ein wenig ungünstig.«

Nun lächelte Paul Apfel nicht mehr. Einer der BKA-Beamten platzierte sich rechts von Cevert, Apfel blieb links von ihm. Der zweite Beamte postierte sich hinter dem Fußballfunktionär.

»Morgen ist es leider zu spät, Herr Weidler«, erklärte Apfel, griff nach dem Arm von Patrick Cevert und drückte den Mann Richtung Tribünenausgang.

Erneut, wie schon bei ihrer ersten Begegnung in der Schweiz, hatte sich der WAFA-Vize fast gespenstisch gut unter Kontrolle.

»Was reden Sie denn da, Herr Apfel?«, fragte Cevert unbeeindruckt. »Und bitte lassen Sie mich ...«

Das waren die letzten Worte, die Patrick Cevert, der stellvertretende Präsident des Fußball-Weltverbands WAFA, in diesem Leben sagte.

Ob Paul Apfel zuerst die beiden Plopps gehört hatte, wie von zwei fachgerecht geöffneten Champagnerflaschen im nahe gelegenen VIP-Bereich, oder ob er zuerst die beiden Schläge gespürt hatte, die Cevert erschütterten und deren Druckwellen auch er spürte – das konnte der Kommissar im Nachhinein nicht mehr sagen.

Es war alles viel zu schnell gegangen, praktisch gleichzeitig. Keiner der umstehenden Beobachter hatte auch nur den Hauch einer Chance gehabt, nachzuvollziehen, was tatsächlich passiert war. Im Augenwinkel hatte Paul Apfel einen dunkel gekleideten Schatten einige Meter über ihnen auf der nun fast leeren Ehrentribüne wahrgenommen. Der Schatten war in einer einzigen fließenden Bewegung aufgetaucht, hatte seinen Arm gehoben und war wieder verschwunden. Im selben Moment war Cevert kollabiert und nur auf den Beinen geblieben, weil Apfel und der Mann zu seiner Rechten ihn untergehakt hatten und stützten. Ebenfalls gleichzeitig waren aus den zwei BKA-Beamten sechs oder sieben Männer geworden, die sie blitzschnell und entschlossen in Richtung eines Seitenausgangs drängten.

Apfel und der Mann zu Ceverts Rechten schleiften den Funktionär durch eine Tür in einen gelb gestrichenen Gang und ließen ihn dort zu Boden sinken. Aus zwei Schusswunden am rechten Nasenflügel und unter dem rechten Auge lief Blut, nicht viel allerdings. Von den Augen des toten WAFA-Vizepräsidenten war nur noch das Weiß zu sehen.

Das alles hatte ab den Plopps der Champagnerkorken, die eine Waffe mit Schalldämpfer gewesen sein mussten, fünfzehn Sekunden gedauert, vielleicht zwanzig, garantiert nicht mehr.

Apfel hatte keine Zeit gehabt, erschüttert, geschockt, verstört, betäubt oder in sonst irgendeiner Weise emotional auf den vierten Mord in der Arena zu reagieren. Es dauerte keine weitere halbe Minute, bis ihn einer der Beamten am Arm fasste und durch die Eingeweide des Stadions zum Parkhaus dirigierte.

Nur wenig später fuhr ein anderer Beamter den roten Seat vor, mit Miriam auf dem rechten Rücksitz. »Ich fahre Sie nach Hause«, erklärte der Mann. Paul Apfel setzte sich neben seine Frau. Äpfelchen weinte. »Paul, mein Gott, was ist passiert?«

Apfel schüttelte den Kopf und strich ihr eine Träne von der Wange. »Ich weiß es nicht, Miriam, ich weiß es nicht. Cevert ist tot und …« Dann konnte sich auch der Kommissar nicht mehr gegen die Tränen wehren. Er hatte so genug vom Sterben und vom Töten.

Die nächsten Tage war Paul Apfel krank geschrieben. Es war jetzt nicht mehr sein Fall, sondern nur mehr der des BKA. Der Kommissar war nur noch als Zeuge gefragt, konnte aber kaum mithelfen, das Rätsel um den vierten Arena-Mord zu lösen.

Er hatte genauso viel gesehen wie die wenigen anderen Augenzeugen, die den Vorfall beobachtet hatten. Oder besser gesagt, genauso wenig. Ein Mann in Schwarz, ein Phantom, trotz intensivster Suche und Fahndung im Stadion und rund ums Stadion nicht mehr zu finden. Als hätte sich die Erde auf der Ehrentribüne der Arena für wenige Sekunden geöffnet, den Mann ausgespuckt und dann gleich wieder verschluckt.

Es gab nur ganz wenige konkrete Hinweise. Zwei Zuschauer glaubten, einen asiatisch aussehenden Mann beobachtet zu haben. Und bei der Tatwaffe handelte es sich um eine Pistole vom Typ QSZ-92, wie sie vor allem in der chinesischen Volksbefreiungsarmee verwendet wird. Darüber hinaus ergaben die Untersuchungen, dass Patrick Cevert aus exakt elf Metern Entfernung erschossen worden war.

Bei den in den Vorgang eingeweihten Größen aus Politik, Weltverband und Organisationskomitee war man sich einig, dass das große Fußballfest auf keinen Fall beschädigt werden durfte. Die Todesursache von Patrick Cevert wurde offiziell zum Herzinfarkt umdeklariert. Der letzte Arena-Mord wurde nie aufgeklärt, und auch die ungeheuerlichen Vorwürfe gegen Cevert blieben der Öffentlichkeit bis zum Ende der WAFA Fußball-Weltmeisterschaft Deutschland 2006 verborgen.

Paul Apfel kam, wie es seiner widerstandsfähigen Natur entsprach, schnell wieder auf die Beine. Irgendwann in den Tagen der Fußball-Weltmeisterschaft 2006 saß der Hauptkommissar mit seiner Frau und seinen drei Kindern am Frühstückstisch. Er hatte Urlaub beantragt, und es ging ihm wieder gut wie lange nicht.

»Kinder, es ist endlich vorbei«, verkündete er, »ich hab jetzt wieder viel mehr Zeit für euch.«

Natascha Apfel verdrehte die Augen. »Das«, befand Taschi und grinste, »sind aber gar keine guten Nachrichten, Papa.«

33

Es war, wie geplant, der 10. Juli 2006, als Markus Rosberg gegen elf Uhr vormittags die Justizvollzugsanstalt München-Stadelheim verließ.

Aus vielen Fenstern wehten immer noch die schwarz-rot-goldenen Fahnen vom Vorabend, als die ganze Nation nach zwei Toren des spät eingewechselten Mehmet Scholl und einem 2:0 gegen Italien bis in den Morgen den vierten Fußball-WM-Titel für Deutschland gefeiert hatte. Als der schwäbische Bäckerssohn Jürgen »Klinsi« Klinsmann mit seinem Team in den Olymp der ewigen deutschen Nationalhelden aufgestiegen war, gleich nach den unvergessenen Heroen von Bern 1954.

Markus Rosberg hatte das Spiel im Fernsehraum der JVA zusammen mit denen verfolgt, die nicht so viel Glück hatten wie er und nicht am nächsten Morgen in die Freiheit zurückkehren durften. Ohne Bier und Schnaps hatte trotz des Sieges keine ganz große Feierlaune aufkommen wollen.

Niemand wartete vor dem Gefängnistor auf Rosberg. Er war müde und sehnte sich nach seiner bescheidenen Wohnung in Kreuzlingen am Bodensee.

Trotzdem war Markus Rosberg, der kleine blonde Mann mit dem fusseligen Schnauzbart, rundum mit sich und der Welt zufrieden.

Es war einfach unglaublich, wie hervorragend alles gelaufen war in diesen Wochen im Mai.

Es hatte zwei entscheidende Ereignisse gegeben. Als ihm nach langem Nachdenken klar geworden war, dass ihn Weidlers Leute, diese gottverdammten Schweine, tatsächlich im Knast verrotten lassen wollten – da hatte er nach einigen wichtigen Tagen des Schweigens entschieden, dass er seine Taktik ändern musste. Nur ein Widerruf des Geständnisses konnte ihm jetzt noch helfen.

Und dann hatte ihm der Kommissar die China-Sache vorgeschlagen. Rosberg hatte nur zehn Minuten und ein paar Zigaretten am offenen Fenster von Apfels Büro gebraucht. Dann hatte er gewusst, was er machen würde. Und es hatte alles wunderbar funktioniert.

Die zweihundertfünfzigtausend Euro, die er den Chinesen für fünf Container bester Ware gezahlt hatte, waren für Song Xiang und seine Leute viel mehr als üblich, für ihn dagegen ein Spottpreis gewesen. Allein von der Differenz zu den 1,5 Millionen, die er von Apfel erhalten hatte, konnte er bis ans Ende seiner Tage bequem leben.

1,25 Millionen Euro. Es war unfassbar. Und er war froh, dass er das Geld noch vor seiner Rückkehr nach Stadelheim auf ein sicheres Schweizer Nummernkonto transferiert hatte.

Wenn die Ware in gut vierzehn Tagen in Rotterdam ankam, würde er da sein und alle notwendigen Schritte in die Wege leiten. Seine langjährigen chinesischen Freunde von der Shanghai Sports Textile Fabrication würden ihm dabei helfen, einer Beschlagnahmung durch die Polizei zuvorzukommen. So wie sie ihm in der VIP-Loge der Allianz-Arena geholfen hatten, als sie für Paul Apfel, Carl Reutemann und Mona Maierhofer ein dreitägiges grandioses Spektakel inszeniert hatten, das in keiner Relation zu dem eher überschaubaren Geschäft stand, das er diesmal mit ihnen gemacht hatte.

Aber sie würden künftig weitaus größere Deals durchziehen, das wussten die Chinesen so gut wie er selbst.

Franz Beckenbauer hatte schon Recht mit seinen »Guten Freunden«, dachte Rosberg und prostete sich im Geiste selbst zu. *Gan bei!*

Er schätzte den Erlös für die Ware, mit dem er auf dem Schwarzmarkt in Spanien und Portugal rechnen konnte, auf weitere sechshundert- bis achthunderttausend Euro.

Das waren insgesamt vielleicht sogar zwei Millionen Euro. Markus Rosberg wurde es fast schwindlig, als er im Fond des Taxis, das ihn zum Münchner Hauptbahnhof beförderte, über diese Summe nachdachte.

Und da waren auch noch die vierzigtausend Euro, die er übrig behalten hatte, weil Song Xiang schon für sechzigtausend Euro gerne bereit gewesen war, auszupacken und alles auf den Tisch zu legen, was er über Patrick Cevert wusste.

Diese vierzigtausend hatte er allerdings auf einem anderen Konto geparkt, sicher war sicher.

Es hatte sich wirklich alles gelohnt. Und, das war die Pointe: Seine Geschäftsaussichten waren besser denn je – jetzt, wo Cevert, sein ehemaliger Auftraggeber, auf dessen Spur er die Polizei aus purem Zufall gebracht hatte, tot war. Die Figur, die den Markt zuletzt beherrscht hatte, war nun nicht mehr im Spiel.

Natürlich war es für Rosberg ein schlimmer Zwischenfall gewesen, als er Albers bei einer geschäftlichen Auseinandersetzung erschossen hatte, mehr im Affekt als aus Absicht.

Und noch viel schlimmer war es für ihn gewesen, den Obdachlosen zu töten und danach möglichst gründlich entstellen zu müssen, um eine Identifizierung unmöglich zu machen und eine falsche Spur zu legen. Den Obdachlosen Grünaug, diesen dummen, zufälligen Augenzeugen, der versucht hatte, ihn zu erpressen. Nein, er hatte kein Risiko eingehen können mit diesem Mann.

Rosberg tötete ungern und auch nur dann, wenn es unbedingt sein musste. Er war kein Mörder. Er war kein Killer wie Regazzoni, den Cevert mit dem Mord an Jabouille beauftragt hatte. Er war Geschäftsmann.

Und dennoch, dachte Markus Rosberg, als er in den Zug Richtung Schweiz stieg, es hatte sich alles unbedingt gelohnt. Diesmal war er schlauer gewesen als sie alle.